Mark Twain

TOM SAWYER · HUCKLEBERRY FINN

Haike Siegel

MARK TWAIN

Die Abenteuer des Tom Sawyer
und
Huckleberry Finn

Frei nacherzählt von

Karl Bruckner

Mit 56 Illustrationen von Werner Brauer

SÜDWEST VERLAG · MÜNCHEN

Sonderausgabe für Südwest Verlag GmbH & Co. KG, München

ISBN 3 517 00367 0

Schutzumschlag: Werner Brauer, München

Gesamtherstellung: Wiener Verlag, Wien

DIE ABENTEUER
DES TOM SAWYER

»Tom!«

Keine Antwort.

»To-o-om!«

Tante Polly lauschte, aber es blieb still. »Wenn ich nur wüßte, wo dieser Lausbub wieder steckt. To-o-om!«

Ärgerlich furchte sie die Stirn und musterte, über die Brille hinweg, eingehend das Zimmer. Von Tom, ihrem Neffen, war nicht einmal die Spitze seines Schopfes zu sehen. War er vielleicht, ohne sich mahnen zu lassen, zur Schule gegangen? Es wäre das erstemal gewesen, daß er so etwas getan hätte. Oder hatte er sich unters Bett verkrochen, weil er hoffte, auf diese Weise die Schule schwänzen zu können? Dem Schlingel wäre das ohne weiteres zuzutrauen.

»To-o-om! Wenn ich dich erwische, wirst du was erleben!« drohte die Tante laut genug, daß Tom, falls er sich tatsächlich versteckt hielt, es unbedingt hören mußte. Da sich aber weiterhin nichts regte, schob sie die Brille — deren strenges Funkeln, wie sie meinte, Tom mächtigen Respekt einflößte —

auf die Nasenspitze vor und stocherte mit einem Besen unter das Bett. Plötzlich stieß sie an etwas Weiches, und fast im selben Augenblick flitzte ein graues Tier an ihr vorbei. Vor Schreck blieb ihr der Atem fort, dann packte sie der Zorn. An Stelle Toms hatte sie die Hauskatze aufgestöbert, die ganz sicher von ihm nur deshalb in dem Zimmer eingeschlossen worden war, um seine alte Tante zu erschrecken.

»So ein Bengel ist mir noch nicht untergekommen«, murmelte sie und spähte nochmals in alle Winkel. Dann öffnete sie die Tür zu dem kleinen Vorgarten und suchte Tom im wuchernden Unkraut und Weingeranke. Da sie abermals nach ihm rief, vernahm sie vom Hausflur her ein leises Klirren, als hätte jemand an Marmeladetöpfe gestoßen. Nun wußte sie Bescheid. Hurtig griff sie nach einem Stock und erwischte rechtzeitig einen arg mit Pflaumenmus beschmierten Jungen, der soeben aus der Speisekammer schlich.

»Also da steckst du, Nichtsnutz! Was hast du denn in der Kammer gemacht, he?«

Tom sah so unschuldsvoll drein wie ein Weihnachtsengel. »Nichts, Tante.«

»So? Nichts? Dann schau einmal deine Hände an. Und was ist das um deinen Mund, he?«

Tom betrachtete so erstaunt seine Finger, als sähe er sie zum erstenmal in seinem Leben.

»Weißt du etwa nicht, was das ist?« fragte die Tante. »Na, ich weiß es jedenfalls! Und jetzt werde ich dir fünfundzwanzig mit dem Stock aufzählen, wie ich es dir schon einmal versprochen habe, als du über die Marmelade gingst . . .«

Tom sah, wie der Stock sich hob, und fühlte sein Hinterteil schlimm bedroht. »Achtung, Tante! Eine Maus ist hinter dir!« schrie er.

Und während Tante Polly, die Röcke vor Angst hochgerafft, den Boden nach einer Maus absuchte, kletterte Tom über den Gartenzaun. Als sie endlich begriff, daß der Schlingel sie abermals genarrt hatte, blieb sie sprachlos stehen. Sie wußte selber nicht, sollte sie Tom verwünschen oder ihre Leichtgläubigkeit, sollte sie lachen oder zornig sein. Vor Verwirrung nahm sie die Brille ab und setzte sie wieder auf, wobei sie verstohlen lächelte, wie jede gutmütige Tante über die Spitzbubenstreiche eines Lieblingsneffen lächeln würde, der noch dazu, wie Tom, das Kind der verstorbenen Schwester ist.

Viel zu selten brachte Tante Polly es fertig, diesem Schlingel tüchtig den Hosenboden auszuklopfen. Ihr Herz hing an Tom, obwohl, mit ihm verglichen, sein jüngerer Bruder Sid ein wahrer Musterknabe war. Niemals fiel Sid durch schlechtes Benehmen auf. Beim Sonntagsgottesdienst saß er so still wie angemalt, während man bei Tom immer eine Störung befürchten mußte. Stets war er auf neuen Unfug bedacht, und er hatte dabei so viele spaßige Einfälle, daß Tante Polly nicht ernsthaft böse sein konnte, ja ihn sogar noch bemitleidete, wenn er nach einer vollbrachten Spitzbüberei zerschunden nach Hause kam. Sie wußte wohl, daß sie nicht recht tat, so oft Nachsicht zu üben, denn es hieß doch: Wer sein Kind nicht beizeiten straft, verdirbt es.

Die alte Frau seufzte. Sie sah Toms heiteres Gesicht mit den hellen Augen vor sich, die sie so sehr an die teure Verstorbene erinnerten. Genau wie Tom — so kindlich lustig und doch wieder spitzbübisch — hatte auch die Schwester dreingesehen.

»Ach, dieser kleine Strolch, er verdiente Hiebe!« seufzte Tante Polly, denn sie ahnte, daß Tom jetzt nicht, wie es seine

Pflicht gewesen wäre, zur Schule gelaufen war, sondern sich irgendwo umhertrieb. Er ist ein Nichtsnutz — dachte sie weiter —, ich sollte wahrhaftig viel strenger mit ihm sein. Seine Mutter würde mich tüchtig ausschelten, könnte sie sehen, wie ich mit Tom umgehe. Aber von heute an werde ich ihn fester an die Zügel nehmen. Jawohl, das werde ich tun! Und wenn ich erfahre, daß er die Schule geschwänzt hat, dann — dann lasse ich ihn morgen, am Samstag, den Gartenzaun streichen.

Mit Recht dachte sie, daß dies eine harte Strafe für Tom bedeuten würde, galt doch der Samstag für jeden Buben im Städtchen als Feiertag.

Tom hatte tatsächlich den Weg zur Schule nicht gefunden, er war nämlich unterwegs einigen Gleichgesinnten begegnet, mit denen er so viel Wichtiges zu besprechen und zu tauschen hatte, daß er alles andere vergaß und, weil es gar so heiß war, mit ihnen zum Fluß baden ging. Als er sich endlich doch seiner Pflicht erinnerte, war der Unterricht schon beendet. Lustig pfeifend ging er nach Hause und half seinem jüngeren Bruder Sid und dem kleinen Negerjungen Jim, der Tante Polly diente, Feuerholz für den nächsten Tag spalten und sägen. Zwei Minuten lang arbeitete er mit, dann begann er Jim seine heutigen Erlebnisse zu erzählen, und als er damit fertig war, hatten Sid und Jim die ganze Arbeit allein getan. Gut gelaunt begab sich Tom zum Mittagstisch, und da die Tante seinen Gruß so freundlich erwiderte, als wäre nichts Besonderes vorgefallen, ließ er sich die Suppe gut schmecken und stibitzte nebenbei Zuckerstückchen. Sein Appetit ließ erst nach, als ihn plötzlich die Tante mit der unschuldigsten Miene fragte:

»Nicht wahr, heute war es recht heiß in der Schule?«

Tom ließ sofort den vollen Löffel sinken, den er soeben zum Mund führen wollte. »Mhm — ja«, antwortete er gedehnt.

»Sehr heiß, Tom?«

»Mhm«, bestätigte Tom, dann legte er den Löffel weg. Die Suppe schmeckte ihm mit einemmal nicht mehr.

Seine verlegene Miene belustigte Tante Polly. Sie glaubte

nämlich wie alle gutherzigen alten Tanten ein besonderes Geschick für Verhandlungskunst zu haben, und meinte, sie könne jedermann durch hinterhältige Fragen derart in die Enge treiben, daß man ihr alles sagte, was sie erfahren wollte. Auch jetzt dachte sie, besonders schlau zu sein, da sie weiterfragte: »Hattest du nicht Lust, schwimmen zu gehen, Tom?«

Ein Nadelstich hätte Tom nicht besser warnen können. Sofort schaute er forschend in Tante Pollys Gesicht, vermochte aber darin nicht zu lesen, was sie eigentlich wußte. Obgleich ihm nicht wohl zumute war, war er doch imstande, ohne Erröten zu sagen: »O ja — ich wäre gerne baden gegangen, aber ich habe in der Pause den Kopf unter die Pumpe gesteckt, und da wurde mir gleich kühler.« Damit glaubte Tom allen weiteren unbequemen Fragen zuvorgekommen zu sein.

Und darin irrte er.

Tante Polly ärgerte sich über die voreilige Frage, dann kam ihr ein neuer Gedanke. An diesem Morgen hatte sie Tom einen frischen Kragen an die Jacke genäht. War er wirklich schwimmen gegangen, dann mußte er die Jacke ausgezogen und dabei den Kragen abgetrennt haben. Darum befahl sie Tom: »Mach doch die Jacke auf, ich möchte sehen, ob der Kragen gehalten hat.«

Toms Miene entspannte sich. Er öffnete die Jacke. Der Kragen saß fest. Das überraschte die Tante. Beinahe hätte sie Tom unrecht getan. Vielleicht war er doch viel braver, als sie glaubte. Da zeigte Sid nach Toms Kragen und rief: »Tante, ich habe aber gesehen, daß du den Kragen mit weißem Zwirn angenäht hast — und jetzt ist der Zwirn schwarz!«

Tante Polly rückte ihre Brille zurecht, aber bevor sie noch »Ah!« zu sagen vermochte, flitzte Tom zur Tür hinaus.

An einem sicheren Plätzchen besah er dann zwei Nadeln, die unter dem Rockkragen staken. In eine war weißer, in die andere schwarzer Zwirn eingefädelt.

»Zu dumm so etwas«, brummte Tom. »Da hab ich heute wirklich den falschen Zwirn erwischt. Aber nie wäre sie selber drauf gekommen, hätte Sid nicht getratscht — na warte, diesmal kriegst du Hiebe — oder ich laß mir die Ohren abschneiden.«

Aber kurz darauf ließ ihn ein anderes, aufregenderes Ereignis den unliebsamen Zwischenfall vergessen. Auf der Dorfstraße kam ihm ein völlig unbekannter Junge entgegen.

Ein fremder Bub in St. Petersburg!

Selbst in einem weitaus größeren amerikanischen Städtchen als diesem armseligen kleinen Nest mit dem lächerlich hochtrabenden Namen St. Petersburg hätte dieser Junge Aufsehen erregt, denn wer so wie er an einem Werktag neue Schuhe trug, mußte etwas Besonderes sein. Und seine neue blaue Jacke, die feine Hose, das riesige Halstuch, das zierliche Hütchen — zum Staunen!

Je länger Tom diesen Wunderjungen anstarrte, um so schäbiger erschien ihm die eigene Kleidung. Er empfand die Eleganz des fremden Jungen als eine Herausforderung. Noch mehr ärgerte ihn die Art, wie das Bürschchen über ihn hinweg in die Luft guckte. Dieser aufgeblasene Hohlkopf dachte wohl, Tom Sawyer wäre irgendein beliebiger Lausejunge, dem man ohne weiteres auf den Kopf spucken könnte? Der Bengel schien keine Ahnung zu haben, daß Tom Sawyer der unerschrockenste Draufgänger und Fährtensucher im Umkreis von zehn Meilen war, der beste Kenner aller Schlupfwinkel in St. Petersburg, weiter der Besitzer einer Sammlung kostbarer Seltenheiten, unter denen sich — und das war nicht gelogen — ein prachtvolles altes Hufeisen, Schlangenhäute, Käfer und Eidechsen befanden. Der berühmte Tom Sawyer besaß auch Hunde- und Katzenzähne sowie eine blaue Glaskugel und einen fünf Zoll langen rostigen Schiffsnagel. Außerdem war er General einer Bubenarmee. Brauchte ein so bedeutender Junge sich das gefallen zu lassen, daß eine derart lachhaft aussehende Zierpuppe an ihm vorüberging, ohne zumindest »Hallo!« zu sagen?

Nein! Und nochmals nein!

Also verstellte Tom Sawyer dem fremden Bürschchen den Weg, in der Absicht, es zu einem Zweikampf herauszufordern, falls dieses nicht vorziehen sollte davonzulaufen!

Der Bub lief nicht davon! Er musterte Tom von oben nach unten, von unten nach oben — mit verächtlich herabgezogenen Mundwinkeln!

»Warum schaust du so dumm?« begann Tom das Geplänkel.

»Weil ein Dummer vor mir steht«, sagte, ohne zu überlegen, der Fremde.

Und Tom begriff, daß er keinen Neuling vor sich hatte. Er brauchte sich nicht lange mit überflüssigen Reden aufzuhalten, sondern konnte gleich gröber werden. »Sei nicht frech, sonst fängst du eine, daß dir die Haare rauchen«, drohte Tom.

Sofort ruckte der Gegner, den Kopf schief haltend, vor und bot Tom die Wange. »Schlag mich, wenn du dich getraust.«

Tom blinzelte, ihm war unbehaglich zumute. So etwas von Mut und Frechheit war ihm schon lange nicht untergekommen. Dieses Bürschchen hatte er gewaltig unterschätzt, das schien ja ein erfahrener Raufer zu sein. »Pah, du glaubst, ich getrau mich nicht? Ich hab schon Größere verprügelt!«

»Na, dann hau doch her! Zeig, wie stark du bist!«

»Wenn ich im Ernst hinhaue, dann bleibt von dir nichts übrig. Du fällst schon um, wenn ich dich mit dem kleinen Finger anstoße.«

»Dann probier's doch! Fang schon an — dann werden wir gleich sehen, wer von uns beiden der Stärkere ist!«

»Geh, du tust mir ja leid. Wenn ich will, blas ich dich in die Luft, du Heuhupfer.«

Der fremde Junge bog den Kopf zurück und lachte schallend. »Ohoho, so ein Schafsgerippe will mich wegblasen! Ohohoho . . .«

Das Lachen reizte Tom. Er hob die Fäuste und suchte nach einem besonders schlimmen Schimpfnamen. Sein Zorn war aber so groß, daß ihm nichts Geeignetes einfiel. Er begnügte sich also damit, unter wütendem Fauchen dem Gegner die Fäuste vor die Nase zu halten, worauf dieser Tom gegen die Brust stieß und gleichzeitig vor die Füße spuckte. Das war eine eindeutige Kriegserklärung. Tom hätte sich selber einen feigen Kojoten schimpfen müssen, wäre er zurückgewichen. Er sprang den Feind mit der Schnelligkeit einer Wildkatze an, und im nächsten Augenblick rollten beide im Straßenstaub. Eine graue Wolke erhob sich, in der Fäuste wie Blitze zuckten, Köpfe an den Haaren gerüttelt wurden, Füße strampelten und stießen und abwechselnd die Körper neben- und übereinander lagen. Aus der Staubwolke tönte heftiges Keuchen, Ächzen, Schnaufen und hie und da auch Schmerzgebrüll, je nachdem, wer gerade wen an den Haaren oder den Ohren gepackt hatte. Plötzlich stieß Toms Oberkörper aus der Staubwolke und rechts und links je eines seiner Beine. Er hatte den Gegner überwunden und saß auf ihm.

»Ergib dich oder ich schlag dich braun und blau«, drohte er dem Unterlegenen. Aber dieser versuchte wutbrüllend, den Sieger abzuschütteln, was ihm neue Hiebe eintrug.

»Ergib dich!« forderte Tom.

Der Gegner wollte nicht. Abermals drehte und wand er sich wie ein Wurm, worauf Tom ihn noch mürber klopfte. Endlich schien er weich genug geprügelt.

»Aufhören! Ich ergeb mich«, stieß er hervor.

Tom ließ sofort von dem Besiegten ab, der sich mühsam aufrappelte und schluchzend vor Wut davonhumpelte.

»Jetzt weißt du, wer ich bin«, schrie Tom hinterher. »Merk dir das: Beim nächstenmal gibt's doppelte Hiebe, wenn du wieder frech wirst!«

Der Geschlagene gab keine Antwort und beschäftigte sich damit, im Gehen den Staub aus seinen Kleidern zu klopfen. Erst als er weit genug entfernt war, verhieß er Tom, daß der große Bruder ihn rächen würde. Tom lachte höhnisch und schickte sich an, nach Hause zu gehen. Aber kaum hatte er sich umgedreht, traf ihn, von dem heimtückischen Gegner geworfen, ein Stein zwischen die Schultern.

Augenblicklich nahm Tom die Verfolgung auf. Aber der Feigling erreichte noch vor ihm die Tür seines Wohnhauses, und Tom mußte nach wenigen Minuten die Belagerung aufgeben, da die Mutter seines Feindes ihn verjagte. Voll Groll gegen den feigen Steinwerfer und dessen Sippe ging er heimwärts.

Es war spät geworden, und sein schlechtes Gewissen riet ihm, durch ein offenes Fenster einzusteigen. Warum aber dieses Fenster so auffällig offenstand, wurde ihm erst klar, nachdem er so leise wie möglich ins Zimmer geklettert war und von Tante Polly am Kragen gepackt wurde. Sie hatte ihm aufgelauert. Das offene Fenster war die Falle gewesen, die sie ihm gestellt hatte. Ohne zu überlegen, war er auf den Leim gegangen — er, dessen Spürnase von allen Buben des Städtchens gerühmt wurde, ihn, den Listigsten hatte die alte Tante überlistet! Zum Heulen war das. Und das Allerschlimmste: Morgen sollte er, zur Strafe für seine Missetaten, den Gartenzaun streichen. An einem schulfreien Samstag arbeiten!

War das ein schöner Morgen! So hell und frisch erschienen Bäume, Häuser und Gärten, als wäre das Ganze ein Bild, eben fertiggemalt und noch feuchtglänzend. Freude spiegelte sich auf den Gesichtern aller Buben und Mädel. Jedes drückte deutlich aus, welche Lust es sei, an diesem wunderschönen Sommermorgen umherzutollen, zu scherzen, zu spielen, fröhlich zu sein.

Und da betrat Tom die Bildfläche. Für ihn war die Sonne nicht aufgegangen, die ganze Welt erschien ihm düster, grau, hoffnungslos und des Lebens unwert. Denn Tom schleppte einen Eimer voll grüner Farbe und trug einen mächtigen Pinsel.

Die Farbe stank so sehr, daß er den Duft der Akazien nicht spüren konnte, und der Pinsel schien das häßlichste Ding der Welt zu sein.

Vor ihm erhob sich dieser verflixte Bretterzaun, den er streichen sollte. Tom starrte ihn böse an. Noch nie war ihm dieser Zaun um das Haus der Tante so unendlich lang vorgekommen. Er schien aus reiner Bosheit über Nacht gewachsen zu sein. Ihn zu streichen war eine Arbeit für zehn große Männer.

Verdrossen tauchte Tom den Pinsel ein, strich probeweise eine der oberen Zaunlatten an und trat zurück, um abzuschätzen, wieviel ihm noch zu tun bliebe.

Du lieber Himmel! Da hatte er sich eben so angestrengt, daß er beinahe schwitzte, und das Ergebnis war bloß ein grünes Farbfleckchen. Was heißt, ein Fleckchen! Ein Tüpfelchen, ein I-Tüpfelchen war das Gestrichene im Vergleich zu der Gesamtlänge des Zaunes. Dreißig Yard lang und neun Fuß hoch war dieses unselige Holzwerk!

Tom seufzte tief und setzte sich entmutigt auf einen Baumstumpf. Das Leben kam ihm sehr traurig vor. Er empfand es als Bürde und hätte gern mit einem Engel im Himmel getauscht. So ein Engel hatte es bestimmt besser, der konnte faulenzen, denn im Himmel gab es keine Zäune — nur Wolken.

Tom seufzte abermals.

Plötzlich weiteten sich seine Augen vor freudigem Staunen.

Soeben hatte er sich vorgestellt, wie schön es wäre, wenn einer der faulenzenden Engel sich seiner erbarmen und ihm helfen würde, den Zaun zu streichen, und — da kam tatsächlich ein Engel des Weges! Er war schwarz und trug keine Flügel. Es war der kleine Negerjunge Jim, der, wie jeden Morgen, zur Pumpe ging, um einen Eimer Wasser zu holen, und dann gewöhnlich selbst geholt werden mußte. Bei der Pumpe warteten nämlich schon andere, bis die Reihe an sie kam — Weiße, Mulatten und Neger, Buben und Mädchen, brave und schlimme, solche, die miteinander stritten, und solche, die spielten und plauderten.

Bei der Pumpe war immer etwas los.

»Jim!« rief Tom den schwarzen Engel an. »Komm her, Jim! Heute hole ich das Wasser, du darfst inzwischen den Zaun anstreichen.«

Jim blieb stehen, grinste, daß seine weißen Zähne schimmerten, und bewegte verneinend den Wollkopf. »Geht nicht, Master Tom. Deine Tante mir sagen: Jim, du holen Wasser, und wenn Master Tom dich aufhalten und wollen, Jim soll streichen Zaun, du sagen — keine Zeit.«

»Ach, du hast sie schlecht verstanden, Jim! Sie hat gemeint, du solltest dich vor mir nicht aufhalten lassen, wenn ich dich den Zaun streichen lasse — gib her den Eimer . . .«

»Nein, Master Tom, deine Tante sagen, sie werden Jim Kopf abreißen, wenn er Master Tom helfen.«

»Haha, Jim, du glaubst aber auch alles! Meine Tante wäre gar nicht imstande, jemandem weh zu tun — sie fährt einem höchstens mit der Hand über den Kopf und schimpft ein bißchen. Aber wer macht sich was draus? Schimpfen tut nicht weh. Mich macht sie nur weich, wenn sie weint . . . Du, Jim, ich gebe dir eine Glaskugel, wenn du statt meiner den Zaun streichst — da, schau . . . ist sie nicht schön?«

Tom ließ die Glaskugel auf seiner hohlen Hand rollen, bis sie dermaßen im Sonnenlicht funkelte, daß dem armen Jim vor Bewunderung und Verlangen die Augen aus den Höhlen traten. Er konnte nicht länger widerstehen, stellte den Eimer ab, griff nach der Kugel und hielt sie ans Auge, um durchzublicken. Im nächsten Moment stieß er einen

Schreckensruf aus, ließ die Kugel fallen, packte den Wassereimer und sauste die Straße hinab, während Tom so eifrig den Zaun bepinselte, als hätte er seit einer Stunde nichts anderes getan. Tante Polly, deren plötzliches Auftauchen die beiden Schlingel so erschreckte, zog den Pantoffel wieder an, mit dem sie gedroht hatte, und kehrte, über ihren Sieg triumphierend, ins Haus zurück.

Toms Arbeitseifer war nicht von langer Dauer. Er dachte daran, wie viele Streiche er für heute geplant hatte, und sein Kummer wurde immer größer. Bald würden seine Spielgefährten auf Abenteuer ausgehen und hier vorbeikommen. Wenn sie sahen, wie er arbeiten mußte — heute an einem freien Samstag —, lachten sie ihn aus.

Der bloße Gedanke an das Gelächter und die Witze, die man über ihn machen würde, ließ Tom vor Scham erröten. Er mußte sich irgend etwas ausdenken, um diese Arbeit loszuwerden. Was konnte er nur tun?

In Eile leerte er die Taschen und musterte seine Schätze — rostige Nägel, die Hälfte eines Federmessers mit ab-

gebrochener Klinge, eine Schnur, einige Murmeln, einen Glasknopf und zwei Beinknöpfe, eine kleine Holzdose, in der er einen grün schillernden Käfer eingeschlossen hatte, ein Endchen Zwirn mit aufgereihten Glasperlen, farbige Steinchen vom Fluß, noch einen Nagel und eine Schleuder aus Hickoryholz. Alles zusammen reichte nicht aus, sich auch nur für eine halbe Stunde die Freiheit zu erkaufen.

Trübsinnig starrte Tom vor sich hin. Er hatte nichts zu hoffen. Die schöne freie Welt blieb für heute durch diesen verflixten Bretterzaun versperrt. Es gab keinen Schlüssel, der ihm das Tor zum Freisein öffnete. Seine Schätze waren zu gering.

Dreimal soviel müßte er haben, um einen seiner Freunde bestechen zu können, daß er den Zaun für ihn streiche. Dreimal soviel — hm —, drinnen im Haus hatte er noch mancherlei versteckt. Leider war ihm von Tante Polly der Eintritt vor Beendigung seiner Arbeit verboten worden. Und er brauchte doch so dringend Tauschgegenstände, denn dort kam schon Ben Rogers angetänzelt.

Ausgerechnet Ben!

Es war zum Verzweifeln. Bens Spott war ätzend wie Lauge. Er hatte eine widerliche Art, das Auge halb zuzukneifen, die Unterlippe ein wenig vorzuschieben und einen von unten her anzuglotzen, wenn ihm etwas mißfiel.

Am liebsten hätte Tom dem gefürchteten Ben den Inhalt seiner Taschen vor die Füße geworfen, um ihn abzulenken. Der Gedanke schien ihm gar nicht so übel. Schon griff er nach einigen Murmeln, da kam ihm ein neuer, weitaus besserer Einfall. Schnell packte er den Pinsel und zog ihn mit solchem Eifer über die Zaunlatten, daß Ben, als er Tom bemerkte, verdutzt stehenblieb. Vor Verwunderung vergaß er, in den prächtigen Apfel zu beißen, den er in der Linken hielt.

»He, Tom! Was machst du da?« schrie er.

Tom strich eifrig weiter.

»Tom! Bist du taub? Oder hast du Strafarbeit, daß du nicht reden darfst?«

Tom trat einen Schritt zurück und musterte das Gestrichene wie ein Kunstmaler, der sein Werk betrachtet. Dann vollführte er mit dem Pinsel noch einen eleganten Strich und trat abermals zurück. Er konnte den Duft von Bens Apfel spüren, aber er bezwang seine Lust, danach zu sehen, und machte sich neuerdings an die Arbeit — hier einen Strich, dort einen Tupfen, da eine Wellenlinie, darüber ein Pünktchen und nun über das Ganze drübergestrichen, daß die Farbe spritzte.

Ben folgte aufmerksam jeder Bewegung. Die Sache begann ihn zu interessieren, und er trat näher. »Sag schon endlich, was du hier machst.«

Tom drehte sich um. Als hätte er jetzt erst Ben bemerkt, sagte er: »Ah, du bist es, alter Bursche ...«, dann besah er wieder das Gestrichene und murmelte: »Hm, nicht schlecht, aber da fehlt doch was ...« Und er tupfte mit dem Pinsel auf eine unbemalte Stelle des Zaunes.

Bens Neugier wuchs noch mehr. »Hör zu, Tom, jetzt sag mir schon endlich, warum du ausgerechnet heute diesen alten Zaun streichst. Mußt du die Arbeit zur Strafe machen?«

Tom drehte sich um und schaute erstaunt. »Arbeit, sagst

du? Meine Tante hat mir erlaubt, dieses schöne Holz zu bemalen — das nennst du Arbeit?«

Ben, im Begriff, in seinen Apfel zu beißen, setzte diesen wieder ab. »Du willst mir doch nicht einreden, daß du malst?«

Die Antwort ließ auf sich warten. Tom strich schon wieder mit Hingabe. Liebevoll fügte er einen Pinselstrich an den andern — dreimal waagrecht, dreimal senkrecht, und einen sehr zarten tat er schräg darüber. Es schien ihm wahrhaftig Freude zu bereiten.

Ben Rogers begann die Sache in ganz anderem Licht zu sehen als vorhin. Wenn Tom jetzt zurücktrat, um seine Arbeit zu überprüfen, trat auch Ben zurück und legte, genau wie der Künstler, den Kopf schief. Plötzlich zeigte er auf eine winzige farbfreie Stelle, die Tom übersehen hatte. »Hier muß man auch drüberstreichen — leih mir einmal den Pinsel.«

Tom überlegte, dann sagte er: »Nein, das darf ich nicht, Ben. Die Tante würde mir sofort Farbe und Pinsel wegnehmen, ließe ich einen Fremden an den Zaun. Sie ist mächtig heikel mit dem Holzwerk — ist auch kein gewöhnliches Holz, sondern etwas Besonderes. Was meinst du, wie lange ich bitten mußte, bevor sie mir erlaubte, den Zaun zu streichen?«

»Ach, Tom, laß mich doch ein kleines Stückchen streichen.«

»Tut mir leid, Ben, ich kann nicht. Meine Tante würde es sofort merken, an welcher Stelle ein Fremder gestrichen hat. Glaub mir — Jim wollte auch schon gerne den Pinsel haben und mein Bruder gleichfalls, aber ich durfte ihn nicht herborgen, weil unter tausend Buben höchstens einer so gut streichen kann wie ich!«

»Aber geh, sei nicht so — laß mich doch probieren. Du wirst sehen, ich kann es auch. Tom, ich geb dir den Apfelrest!«

»Nein, Ben, ich trau mich nicht, ich hab viel zu große Angst, du könntest etwas falsch streichen, und dann wäre der Teufel los.«

»Ich geb dir den ganzen Apfel, Tom!«

Tom spähte besorgt um sich. Man konnte leicht sehen, wie überaus schwer es ihm fiel, einen anderen seine Arbeit tun zu lassen. Endlich überwand er sich und tauschte den Pinsel gegen den Apfel.

Während Ben Rogers in der Sonnenhitze arbeitete und schwitzte, saß Tom, der große Künstler, im Schatten auf dem Baumstumpf und ließ sich den Apfel gut schmecken. Nun konnte er in Ruhe darüber nachdenken, wie er noch mehr Leichtgläubige zur Arbeit verleiten könnte, denn Opfer gab es bald genug.

Billy Fisher kam vorbei, verspottete Ben Rogers und strich einige Minuten später selber mit Fleiß den Gartenzaun. Für dieses Vergnügen hatte er an Tom einen Angelhaken und eine Schweinsblase zahlen müssen.

Jonny Miller kam, lachte Billy Fisher aus und tauschte eine Weile später ein Pfeifchen und einen Zinnsoldaten für knappe fünf Minuten Streichen. Denn schon hatte sich Sam Butler eingefunden, der, ohne zu handeln, vor Tom einen Kamm ohne Zähne, zwei Glasmurmeln und eine Bleikugel hinlegte — bloß weil seine Freunde Buddy und Bill es nicht glauben wollten, daß er, während sie langsam bis hundert zählten, zwei Yard vom Zaun streichen könnte. Sam verlor die Wette, weil fünf neue Anwärter ihn umstanden und ständig behinderten. Diese fünf mußten, ebenso wie Späterkommende, ihren Tribut entrichten, um malen zu dürfen.

Gegen vier Uhr nachmittags war aus dem trübsinnigen Tom Sawyer vom Morgen ein wahrer Nabob geworden, der, lustig vor sich hin pfeifend, seine Schätze musterte. Tom konnte wahrhaftig zufrieden sein. Einen so lustigen Tag hatte er schon lange nicht mehr erlebt. Der Zaun war mit einer dreifachen Farbschicht bedeckt. Die Mehrzahl der Buben des Städtchens hatte ihrer jäh erwachten Leidenschaft fürs Zäunestreichen alle Tauschobjekte geopfert, über die sie verfügten. Manche waren sogar zu seinen Schuldnern geworden, weil sie nicht aufhören mochten. Und wäre nicht der Farbeimer leer geworden, sie würden den Zaun noch einmal gestrichen und wahrscheinlich ihre Hosen als Pfänder dagelassen haben.

Durch einen Zufall war Tom Sawyer dahintergekommen, daß alles, was man tun *muß*, Arbeit heißt, hingegen alles, was man freiwillig tut, Vergnügen bereitet.

Tante Polly schlief. Die milde Sommerluft, das Bienengesumm im Garten, der Duft der Blumen, die gedämpften Geräusche, die ein leiser Wind vom Flußufer hertrug, hatten sie schläfrig gemacht. Allmählich war die Strickarbeit, mit der sie am offenen Fenster saß, ihren Händen entglitten. Sie vernahm noch das Schnurren der Hauskatze, die sich zu ihren Füßen im Nähkorb zusammengerollt hatte, dann sank ihr Kopf tiefer. Und nun schliefen beide — die Katze im Körbchen, die Herrin im Lehnsessel.

Der Nachmittag verging, die Baumschatten wurden länger. Die Pfoten der Katze zuckten. Sicher träumte sie von einer Mäusejagd und vermeinte auch im Traum zu spüren, daß eine Maus mit ihrer Schwanzspitze spielte, denn mit einemmal schrak sie auf. Vor ihr stand jenes zweibeinige Geschöpf, das von der Herrin Tom gerufen wurde. Diesen Zweibeiner fürchtete die Katze wie die heiße Herdplatte, auf der sie sich einmal das Pfötchen verbrannt hatte. Sogleich wollte sie mit einem Satz durchs offene Fenster in den Garten entweichen, aber Tom hatte ihr, während sie von Mäusen träumte, einen Wollknäuel an den Schwanz gebunden, und der Sprung mißlang. Die Katze landete auf dem Fensterbrett und versuchte den Faden loszuwerden. Dabei miaute sie so kläglich, daß die Tante aufwachte. Aber bevor sie vollends munter war, hatte Tom bereits den Faden zerrissen und die Katze in den Garten gestoßen.

Tante Polly rieb sich die Augen und rückte die Brille zurecht. »Was machst du hier? Warum bist du nicht draußen bei deiner Arbeit?« fragte sie streng.

»Ich bin fertig, Tante«, sagte Tom stolz. »Alles hab ich gestrichen — dreimal nacheinander.«

Die Tante blickte streng über die Brille hinweg. »Du, Tom, wenn du mich zum besten halten willst, dann ...«

»Ich schwöre es, ich bin fertig, Tante. Komm und sieh es dir an.«

Wäre nur ein Fünftel von dem wahr gewesen, was Tom behauptete, hätte Tante Polly sich gefreut. Was sie aber sah, verblüffte sie derart, daß sie minutenlang vor Verwunderung nicht reden konnte. Der Zaun war zur Gänze gestrichen. Und zwar dreifach! Sogar der Boden, das Gras und die Blumen im Garten waren mit Farbe gesprenkelt.

Tante Polly war sehr gerührt — nicht wegen der gesprenkelten Blumen, sondern über die fast unglaubliche Leistung. Wie hatte Tom das bloß zuwege gebracht? Sonst war er immer bei der Arbeit faul und wurde nur lebendig, wenn seine Freunde ihn zum Spiel holten. Und diesmal hatte er etwas geleistet, das in derselben Zeit zwei Erwachsene nicht fertiggebracht hätten.

Diese Glanzleistung mußte belohnt werden!

»Komm mit mir, Tom!« befahl die Tante. Mehr wollte sie im Augenblick nicht sagen, weil sie fürchtete, Tom würde ihrer Stimme anmerken, wie nahe sie daran war, vor Freude zu weinen. Und das durfte doch der Schlingel nicht erfahren. Gleich hätte er sich eingebildet, von nun ab könne er ungestraft die schlimmsten Streiche verüben. Aber den schönsten Apfel aus der Speisekammer sollte er sich aussuchen dürfen.

Tom fühlte sich sehr geehrt, als ihn die Tante vor die Apfelkiste führte. Er nahm sich vor, künftig jede Arbeit zu übernehmen, die man ihm antragen würde, und sie dann von seinen Freunden verrichten zu lassen. Nun war er ja reich. Einen Sack voll Tauschgegenstände hatte er im Kuhstall versteckt. Damit konnte er auf lange Zeit seine Helfer entlohnen — falls ihm nicht ein neuer Trick einfiel, der noch mehr einbringen würde. Bedächtig wählte er den schönsten Apfel, und da ihm andere auch recht gut gefielen, wies er auf ein Spinnennetz an der Decke. Während die Tante arglos hinaufschaute, stibitzte er noch drei Äpfel, dann ließ er sich ohne Wimpernzucken erzählen, welch braver Junge er sei, und daß er nur zu wollen brauchte, um gute Leistungen zu vollbringen, die ihm so bald kein anderer nachmachen könnte.

Tom dachte an das Spinnennetz und die vier Äpfel in seinen Taschen und verdrückte sich so schnell er konnte. Draußen, hinter dem Zaun, begegnete er Sid, der eben die Außentreppe emporsteigen wollte. Da die Gelegenheit, Sid für seinen Verrat zu strafen, günstig war, bewarf Tom ihn mit Erdbrocken und lief davon, da das Wehgeschrei des Überfallenen die Tante herbeirief. Toms Ziel war ein Weideplatz außerhalb des Städtchens. Heute sollten dort zwei Lausbubenbanden gegeneinander kämpfen. Der Anführer der einen Bande hieß Tom Sawyer, jener der anderen war sein Freund und Blutsbruder Joe Harper. Einträchtig nahmen beide auf einem Dunghaufen Platz, von wo aus sie das Gefecht am besten leiten konnten.

Es begann mit gegenseitigen Schmähreden, die von den »Generalen« auf dem Misthaufen, je nachdem, gegen wen sie sich richteten, mit Pfuirufen oder Beifallsklatschen bedacht wurden. Nachdem sie sich genug in Zorn geredet hatten, beschossen die Krieger einander mit faulen Äpfeln, Erdklumpen und Rasenstücken. Ein Klumpen traf Joe Harper ins Gesicht, worauf er ziemlich viel Erde spuckte, denn er hatte gerade den Mund aufgerissen, als das Geschoß geflogen kam. Diesen günstigen Umstand nützte Tom und gab seiner Schar das Zeichen anzugreifen. Die Harpianer wurden, da der General ihnen im Moment nicht befehlen konnte, in die Flucht geschlagen oder gefangengenommen.

Tom jubelte über den Sieg — sein Blutsbruder flüchtete, als er dazu wieder imstande war. Erzürnt über die Niederlage seiner »Armee«, forderte er Tom zum Zweikampf. Beide Gegner waren gleich stark, gleich flink und kannten jede Finte. Sie rauften so lange, bis ihnen vor Erschöpfung die Zungen heraushingen, dann reichten sie einander, bejubelt von ihren Anhängern, die Hände und schworen, weiterhin treue Blutsbrüder zu bleiben, worauf jeder seine Verletzungen und die Löcher an Hemd und Hose untersuchte.

Auf dem Heimweg kam Tom, der kühne Krieger, am Haus Jeff Tatchers vorbei. Im Vorgarten erblickte er ein blauäugiges Geschöpf mit hellem, zu Zöpfen geflochtenem Haar, in das eine blaue Masche gebunden war, die einem riesigen Schmetterling ähnlich sah. Dieses Geschöpf trug ein weißes Sommerkleidchen, mit rosa Bändern verziert, und roch eben an einem Blumensträußchen. Ein so wunderliebes Mädchen glaubte Tom noch nie erblickt zu haben. Es kam ihm wie ein Traumbild vor. Er schloß die Augen, zählte bis zehn — und als er wieder hinsah, war die Kleine noch immer da. Anscheinend fand sie es gar nicht schmeichelhaft, von einem verschwitzten, staubbedeckten Gassenjungen angegafft zu werden, denn sie zog die zarten Brauen hoch und spielte die Entrüstete. Tom hielt den abweisenden Blick für einen aufmunternden, und sein Herz trommelte einen Parademarsch. Er vermeinte, einem Engel begegnet zu sein, und hätte sich nicht gewundert, wenn die Holde plötzlich die Riesenmasche auf ihrem Haar wie Flügel bewegt hätte und himmelwärts geflogen wäre. Eine gewisse Anny Lawrence von der Sonntagsschule war vergessen. Vor kurzem noch hatte Tom dieses Mädchen für das schönste des Weltalls gehalten und so heftig verehrt, daß ihm vor Sehnsucht der Magen knurrte, wenn er sie länger als einen Tag nicht sah. Aber was war im Augenblick Anny Lawrence? Im Vergleich zu dieser lieblichen Frühlingsblume im weißen Sommerkleid war Anny ein welkes Blatt im Herbst.

Tom hielt sich an zwei Zaunlatten fest und preßte das Gesicht in den Zwischenraum. Jetzt griff »Frühlingsblume« nach einem Stiefmütterchen. Ach, wie zart ihre Finger zugriffen, wie sachte sie das Blümchen abriß! Tom seufzte erbärmlich, denn er stellte sich vor, er wäre das Blümchen gewesen. Er spürte förmlich, daß er nun aus zwei Teilen bestand. Es tat ihm gar nicht weh, obwohl jetzt seine Beine allein vor dem Zaun standen und sein Körper von dem Engel mit der Flügelmasche gehalten wurde.

Tom quetschte die Nase noch tiefer zwischen die Latten und seufzte lauter, denn er wollte gehört werden. Dann erinnerte er sich, wie abgerissen und verschmutzt er aussehen mußte, da er ja aus dem »Krieg« kam, und er wünschte sich einen Zauberring, mit dessen Hilfe er sich in den Präsidenten Amerikas oder gar in einen Lokomotivführer verwandeln könnte, um der unvergleichlichen »Frühlingsblume« zu imponieren. Schließlich fiel ihm ein, daß er es nicht notwendig hatte, ein anderer zu sein. Denn Tom Sawyer bewunderten seine Freunde, und die Feinde fürchteten ihn. General Sawyer konnte mehr als Äpfel grapsen oder Grillen aus Löchern kitzeln. Zum Beispiel vermochte er eine Minute lang auf den Händen zu stehen oder einen Strohhalm auf der Nase zu balancieren und — schielen konnte er wie kein anderer.

Ohne dem Mädchen einen weiteren Blick zu schenken, schlenderte Tom bis zur Ecke — die Kleine sollte glauben, er ginge nach Hause. Tat ihr das leid, würde sie ihm nachschauen.

Von der Ecke her blinzelte Tom zurück — »Frühlingsblume« blickte ihm nach! Nicht, daß sie sich nach ihm umgedreht hatte. Nein, nur den Kopf wendete sie ein wenig und schielte aus den Augenwinkeln nach ihm. Immerhin war das ein Beweis, daß es ihr nicht gleichgültig war, ob er fortging oder blieb. Aber nun sollte sie staunen!

Tom zeigte seinen besten Handstand, balancierte einen Strohhalm auf der Nasenspitze, schlug sein schönstes Rad — alles vergeblich. »Frühlingsblume« band umständlich ein Sträußchen Stiefmütterchen und kümmerte sich so wenig um sein närrisches Getue wie etwa um einen Spatzen, der sich im Staub aufplusterte.

Tom litt sehr unter dieser Nichtachtung. Jedes andere Mädchen hätte Beifall geklatscht, würde er so viele Kunststücke gezeigt haben. Aber diese Kleine hatte entweder nichts übrig für Kunst, oder sie war herzlos. Sie glich ohnedies einer

Puppe zum Verwechseln. Was war ihm eingefallen, dieses eitle Geschöpf »Frühlingsblume« zu nennen? Eine Strohblume war es bestenfalls und verdiente nicht, daß er auch nur den Finger krumm machte. Fort von hier, bevor diese Herzlose ihn auch noch auslachte.

Nein, sie lachte ihn nicht aus. Sie kehrte ihm den Rücken zu und schien ins Haus gehen zu wollen. Doch nach ein paar Schritten blieb sie wieder stehen, zupfte an dem Sträußchen, drehte sich kurz um und warf etwas von sich. Ein Stiefmütterchen flog über den Zaun, fiel vor Tom zu Boden.

Die unerwartete Blumenspende verblüffte ihn derart, daß er zuerst verständnislos die Haustür angaffte, hinter der die verehrte Spenderin verschwunden war. Nach einer Weile erst begriff er die ganze Größe des Glücks, das ihm zuteil geworden. Die lieblichste der lieblichen Frühlingsblumen in dem fleckenlosesten weißen Sommerkleidchen, das je ein Mädchen trug, hatte ihm, dem schmutzigsten, abgerissensten und frechsten Bengel des Städtchens, ein Stiefmütterchen zugeworfen! Das war zuviel Glück.

Tom wurde ganz schwindlig davon. Er drehte sich dreimal auf der Ferse um sich selbst und zischte dabei wie ein Dampfventil, wenn der Kessel unter Hochdruck steht. Denn irgendwie mußte er doch etwas von dem übergroßen Glücksgefühl, das ihn erfüllte, wieder loswerden. Es hätte ihn sonst zersprengt.

Und da lag noch immer die Blume auf dem Boden!

Tom spähte nach allen Seiten. Niemand beachtete ihn. Trotzdem — äußerste Vorsicht!

Die Hände aufs Hinterteil gelegt, näherte er sich dem Stiefmütterchen, pfiff laut und drehte die Schultern abwechselnd nach rechts und links. »Unauffälliger« hätte er sich gar nicht mehr benehmen können. Aber er war ja sooo verliebt, und in diesem Zustand benimmt sich selbst der schlaueste aller Lausbuben wie ein richtiger Tölpel. Darum bückte sich auch Tom nicht nach der Blume, sondern spähte nochmals, womöglich noch auffälliger, nach allen Seiten und nahm endlich das Stiefmütterchen mit den Zehen auf — auch darin galt er ja als Meister. Noch lange stand er da, preßte das Blümchen an die Magengegend und starrte zu den Hausfenstern hinüber, aber »Frühlingsblume« ließ nicht einmal einen Flügel ihrer Haarmasche sehen. Das verstimmte Tom. Denn er wußte, daß es zu Hause Fleischknödel gab, und er spürte gewaltigen Appetit. Er nahm sich vor, bis zwanzig zu zählen und dann zu gehen, wenn sich das Mädchen unterdessen nicht blicken ließe. Langsam zählte er bis fünfundzwanzig und gab außerdem noch zweimal je zehn dazu. »Frühlingsblume« blieb unsichtbar.

Vielleicht saß sie schon vor einer vollen Schüssel und lachte über ihn? Ha, das wäre ja noch schöner!

Tom warf einen letzten, einen allerletzten und endlich einen allerallerletzten Blick nach den Fenstern, dann ging er tief beleidigt davon.

Oh, wie weh das tat, von diesem weißen Sommerkleid, nein, von einer Frühlingsblume ausgelacht zu werden! Bei dem Gedanken an sie schmerzte ihn das Herz — oder war es der Magen? Natürlich, da in Bauchmitte lag doch der Magen. Er knurrte. Das kam aber nicht von den Gedanken an »Frühlingsblume«, sondern an verlockende braune Fleischknödel in Soße.

Vor Sehnsucht nach den Fleischknödeln wässerte Tom der Mund. Er war außerstande, sich noch das liebliche Gesichtchen seiner Angebeteten vorzustellen, da ihm dauernd die Fleischknödel in den Sinn kamen.

Erst nach dem Abendessen gelang es ihm wieder, und zwar zu einem Zeitpunkt, da er der unglücklichste und verlassenste Junge der ganzen Welt zu sein glaubte.

Sein Bruder, der Musterknabe Sid, hatte die Zuckerdose zerschlagen — und ihm, Tom, hatte die Tante das Rückenende weich geklopft. Noch nie hatte sie so kräftig zugeschlagen!

Zu spät erkannte sie ihren Irrtum, bereute ihn aber kaum. Statt sich zu entschuldigen, sagte sie nur zu Tom: »Ach was, du hättest noch viel mehr Hiebe verdient. Ich habe nämlich mittlerweile erfahren, wer den Zaun gestrichen hat. Nat Parkers Mutter war bei mir und beklagte sich über dich. Sie sagte, du hättest Nat und anderen Buben für das Streichen die Taschen geleert — stimmt das oder willst du behaupten, Frau Parker hätte mich angelogen?«

Tom merkte, daß die Tante ernstlich böse war, und zog es vor zu verschwinden. Als er, zusammengerollt wie ein Igel, in seinem Bett lag, kam sein ganzer Schmerz zum Ausbruch. Sid, das Muster, hatte die Dose kaputtgemacht — Tom bekam die Hiebe. Der dumme Nat Parker, der, um arbeiten zu dürfen, auch noch bezahlte, wurde verteidigt — Tom, der Schlaukopf, der die andern für sich arbeiten ließ, wurde bestraft. War das nicht schlimmstes Unrecht?

Armer Tom!

Die ganze Welt haßte ihn. Niemand gab ihm ein gutes Wort, niemand tröstete ihn. Oh, wie weh das tat! Und wieder lag hier im Magen der Schmerz. Tom gebot seinen Tränen Halt und befühlte seinen Bauch. Tatsächlich, er war geschwollen. Der Grund hiefür war, daß Tom hinter dem Rükken der Tante drei große Knödel aus dem Topf gefischt und diese verschlungen hatte, ohne sie zu zerkauen.

Ob er deshalb sterben mußte? Ach, wie arm und verlassen war er doch.

Neue Tränenströme rannen, da erinnerte sich Tom an »Frühlingsblume« und stieg aus dem Bett. Leise, um Sid nicht zu wecken, schlüpfte er in die Hose und schlich zum Hause Jeff Tatchers. Noch einmal wollte er die Verehrte sehen und nachher sich hinlegen und sterben, denn auf dieser garstigen Welt schien kein Platz zu sein für eine so empfindsame Seele wie seine.

Hinter einem Fenster von Jeff Tatchers Haus brannte noch Licht. War es das Fenster, hinter dem »Frühlingsblume« atmete? Sie ahnte nichts von dem Leid in Tom Sawyers Bauch. Sie las vielleicht — während er hier vor dem Zaun stand, in dunkler Nacht, einsam, verlassen.

Vor Mitleid mit sich selber begann Tom zu schluchzen. Oh, nun würde er bald tot sein und starr und kalt hier liegen. Übrigens, warum sollte er ausgerechnet auf dem Gehsteig liegen wie ein verendeter Hund? Ihm, dem berühmten Trapper Tom Sawyer, gebührte eine bessere letzte Ruhestätte. Unter dem Fenster von »Frühlingsblume« wollte er sterben. In einem Garten voll Blüten sollte seine Seele entfleuchen. Er mußte sich beeilen, die Knödel in seinem Bauch schienen immer größer zu werden. Also kletterte er über den Zaun, kroch durchs Gebüsch und richtete sich unter dem erleuchteten Fenster auf. Von Gram durchwühlt, seufzte er tief und zog das Stiefmütterchen hervor, das er unter dem Hemd versteckt hatte. Es war zerknittert und verwelkt, und das erhöhte seine Todestraurigkeit. Morgen früh wird ihn »Frühlingsblume« unter ihrem Fenster liegen sehen — kalt und starr. Sie wird das Stiefmütterchen bemerken, das er in der Hand hält, und in Tränen ausbrechen. Er aber würde längst im Himmel ein Engel geworden sein. (Ob es im Himmel ein Mittel gegen Leibschmerzen gab? Diese Knödel drückten ihn ganz fürchterlich.)

Gerührt über sein trauriges Los, seufzte Tom abermals und machte sich zum Sterben bereit. Er knickte einige Zweige und raufte Gras aus. »Frühlingsblume« sollte ihn keinesfalls übersehen, wenn sie am Morgen die Fenster öffnete. Oh, wenn sie ihm doch jetzt ein einziges Mal über die Stirn wischte, auf der bereits der Todesschweiß stand. Hoffentlich wird sie morgen, über seinen armen Leib gebeugt, eine Träne vergießen oder gar schluchzend sich über ihn werfen.

Tom streckte sich ins feuchte Gras und wartete auf den Tod. Und da geschah das Wunder. Das Fenster wurde aufgestoßen.

Tom starrte erwartungsvoll hinauf. Gleich würde er das liebliche Antlitz von »Frühlingsblume« erblicken — — —

Ein Schaff erschien und dahinter das schwarze Gesicht einer im Hause bediensteten Negerin. Jetzt hob sie das Schaff — ein Schwung, und ein mächtiger Schwall Badewasser platschte auf Tom nieder. Pustend, halb erstickt sprang er auf und entschwand im Dunkel der Nacht.

So feierlich, wie es sich an einem richtigen Sonntagmorgen gehört, ging die Sonne hinter dem Städtchen auf. Höhersteigend ließ sie die Häusergiebel golden erglänzen und tastete allmählich mit den Strahlenfingern durch die Fenster. Einer dieser Sonnenfinger kitzelte Tom Sawyer so lange in der Nase, bis er munter wurde. Tom reckte sich, gähnte und lag eine Weile ganz zufrieden da. Mit einemmal erinnerte er sich des gestrigen Wasserfalls, und eine Falte erschien auf seiner Stirn. Eine zweite Falte gesellte sich zur ersten, weil ihm einfiel, daß er heute zur Sonntagsschule gehen mußte. Zehn Bibelsprüche hätte er auswendig lernen sollen, und keinen einzigen konnte er. Was würde Mister Washer, der Hilfsgeistliche der kleinen Gemeinde, dazu sagen? Schon vergangenen Sonntag hatte er Tom Sawyer streng angeblickt und gedroht, er werde Tante Polly bitten, ihrem lernfaulen Neffen die Hosen strammzuziehen. Bei diesem Gedanken furchte eine dritte Falte seine Stirn. Heute wird Mister Washer ganz bestimmt streng prüfen. Das konnte böse werden. Eine Weile überlegte Tom, ob er nicht doch in der Eile noch drei oder wenigstens zwei Bibelverse lernen sollte, aber er verspürte so wenig Lust dazu, daß er diesen Plan gleich wieder aufgab.

Neidisch betrachtete er seinen Bruder Sid, der mit gutem Gewissen fest schlief. Sid hatte schon gestern abend die zehn Bibelsprüche gelernt. Er konnte sie, ohne zu stocken, hersagen, von vorne nach hinten und umgekehrt. Sid war eben ein Musterknabe. Am letzten Sonntag hatte ihn Mister Washer belobt und ihm feierlich zehn gelbe Zettelchen überreicht, von denen je eines bedeutete, daß dessen Besitzer zehn Bibelsprüche auswendig wußte. Sid konnte also einhundert Bibelsprüchlein und würde vielleicht einmal den großen Preis erringen, den Wunschtraum aller Musterknaben — eine farbig bebilderte Bibel. Allerdings bekam man diese erst, wenn man im Besitz von zehn roten Zetteln war — und ein roter hatte den Wert von zehn gelben Zetteln. Also mußte man eintausend Bibelverse auswendig hersagen können.

Eintausend Verse!

Wenn Tom nur daran dachte, begann es gleich in seinem Kopf zu summen. Bisher hatte nur ein Farmerssohn aus der

Umgebung dieses Kunststück fertiggebracht. Aber seither schielte er leicht und murmelte unablässig salbungsvolle Sprüchlein vor sich hin, so daß die alten Tanten des Städtchens meinten, der Geist der Erleuchtung spräche aus dem Wunderknaben. Einige nichtswürdige Ketzer freilich behaupteten, er sei durch das viele Auswendiglernen übergeschnappt.

Tom war das ziemlich gleichgültig. Ihn interessierten die zehn gelben Zettel Sids viel mehr. Nach kurzem Suchen fand er das Versteck und war dadurch auf dem besten Weg, den übergeschnappten Farmerssohn zu übertrumpfen. Tom hatte nämlich einen glänzenden Einfall, als er an Sids gelbe Zettel dachte: Mister Washers Gedächtnis war nicht das beste, kurzsichtig war er außerdem, also mußte es möglich sein, ihn so zu beirren, daß er Sid für Tom hielt. Und wenn man noch einige solcher Zettel eintauschte, konnte man vielleicht — es war durchaus nicht gewiß — mit einer Belobigung statt mit einem Tadel rechnen. Denn — wozu hatte man im Kuhstall einen Sack voll Tauschobjekte versteckt?

Gleich nach dem Frühstück sauste Tom so überraschend davon, daß Tante Polly vergebens rief: »He, Tom! Hast du die Bibelsprüche gelernt?«

In einem Winkel der Holzkirche, die einer Seifenkiste mit einem aufgesetzten Spielzeugtürmchen glich, nahm Tom Aufstellung. Er hatte die Hälfte seiner Schätze mitgebracht und lauerte nun auf die Buben, die gleich ihm vor dem Gottesdienst um halb elf Uhr die Sonntagsschule besuchen mußten. Die ersten drei Jungen ließ Tom ungehindert vorbei, den vierten, es war der blasse James Braigh, rief er an: »Hallo, James! Komm her, ich hab was für dich ... Was sagst du zu diesem prächtigen Angelhaken? Und dieses Rohrpfeifchen kannst du auch haben, ich will nur eine Kleinigkeit dafür.«

James nahm beides beglückt entgegen. Ein Pfeifchen hatte er sich schon lange gewünscht, und der Angelhaken war derselbe, den er gestern für anderthalb Minuten Zaunstreichen eingetauscht hatte.

»Und jetzt gib mir deine gelben Zettel«, verlangte Tom. »Du hast doch unlängst eine ganze Menge Bibelsprüche aufgesagt, stimmt's?«

James wußte vierzig Bibelsprüche auswendig. Aber das hatte ihm niemals ein Pfeifchen und einen Angelhaken eingetragen. Er tauschte mit Vergnügen. Und ebenso Harry und Josua Spencer und eine Anzahl anderer Buben, die über einen oder mehrere gelbe Zettel verfügten. Sogar drei rote hatte Tom in der Tasche, als es Zeit war, zur Sonntagsschule zu gehen.

Alles in allem besaß er genug, um eine Bibel zu fordern. Und just heute war der Bruder des Bürgermeisters von Sankt Petersburg zu Besuch gekommen! Jeff Tatchers berühmter Bruder Bill — der große Bill, der Kreisrichter! Das Erscheinen einer so bedeutenden Persönlichkeit hatte sämtliche Kirchengänger alarmiert. Jeder wollte Big Bill die Hand drücken, jeder wünschte, ihm Schmeichelhaftes zu sagen oder wenigstens dem Berühmten in Erinnerung zu bringen, daß man vor Jahrzehnten die Ehre gehabt hätte, mit ihm Murmel zu spielen oder zu raufen.

Mister Washer stand, honigsüß lächelnd, neben Bill und bemühte sich, seine Aufgeregtheit zu verbergen, die ihm den Schweiß aus allen Poren trieb. Der Kreisrichter war nämlich nicht nur verschiedener Geschäfte wegen aus dem zwanzig Meilen entfernten Florianopolis hierhergekommen, sondern auch, um die Sonntagsschule zu inspizieren, die der junge Hilfsgeistliche Washer leitete. Und Big Bill hatte ein gewichtiges Wort dabei mitzureden, ob ein junger Hilfsgeistlicher geeignet war, die Schule der Gemeinde Dingsda oder Dingsdort zu betreuen. Mit einem Wort: Mister Bill Tatcher war ein großes Tier, und Mister Washer schwitzte nicht zum Spaß. Gerne hätte er hundert Jahre Fegefeuer auf sich genommen, wäre der Farmerssohn mit den tausend eingelernten Bibelsprüchen gesund zur Stelle gewesen. Mit Stolz hätte Mister Washer den kleinen Gedächtniskünstler als seinen Schüler vorstellen und ihn fünfzig oder hundert der salbungsvollsten Sprüchlein aufsagen lassen können. Ganz sicher hätte dann der Kreisrichter den tüchtigen Hilfsgeistlichen Washer zu seinen Erfolgen als Sonntagsschullehrer beglückwünscht, und alles wäre in bester Ordnung gewesen. Aber leider schielte der kleine Bibelkenner gerade heute stärker als je und

wackelte so heftig mit dem Kopf, als würden drinnen die tausend auswendig gelernten Bibelverse Nachlaufen spielen.

Es war ein Jammer.

Zum Überfluß verlangte jetzt der Bürgermeister auch noch von Mister Washer eine Ansprache an den Kreisrichter. Was blieb dem armen Hilfsgeistlichen anderes übrig, als diesem Wunsch Folge zu leisten? Er räusperte sich einmal, er räusperte sich ein zweites Mal, und das drittemal tat er es so kräftig, daß Tom Sawyer endlich doch aufhörte, seinem Nachbarn unbekümmert laut die Geschichte einer aufregenden Mäusejagd zu erzählen. Mister Washer zwang sich zu einem nachsichtigen Lächeln, strich mit dem Finger den steifen Kragen entlang, dessen scharfe Ecken unter dem Kinn stachen und ihn zwangen, den Kopf steif zu halten — endlich begann er:

»Liebwerte Brüder und Schwestern! Ein seltener Gast hat uns heute die hohe Ehre erwiesen, in unserer Mitte . . .«

Hier unterbrach sich Mister Washer und streichelte nervös seinen sandgelben Ziegenbart, da ein seltsames Geräusch ihn störte. Befremdet sah er, und mit ihm etwa ein Drittel der versammelten Gemeinde, daß die ehrenwerte Mistreß Pinapple nervös auf ihrem Sitz herumrutschte, wobei sie sich, unterdrückte Laute des Entsetzens ausstoßend, bemühte, einen Käfer zu erwischen, der vom Spitzenkragen aus über ihren Rücken abwärts krabbelte. Tom Sawyer, der hinter ihr saß, machte dazu ein so unschuldsvolles Gesicht, daß sogar Mister Washer, der grundsätzlich von seinen Mitmenschen nur Gutes glaubte, sofort begriff: Dieser Lausejunge hat etwas sehr Böses getan.

Schließlich konnte der Hilfsgeistliche seine feierliche Ansprache doch noch ungestört zu Ende führen, indem er nicht den Kreisrichter, sondern Tom Sawyer dauernd im Auge behielt. Nach seiner Rede rieb sich Mister Washer die Hände und fragte so freundlich, als wären seine Sonntagsschüler lauter Engelchen: »Und nun, liebe Kinder, will ich unserem tiefverehrten Herrn Kreisrichter und hochgeschätzten Gast, Mister Bill Tatcher, zeigen, daß es einige unter euch gibt, deren Fleiß zu den schönsten Hoffnungen berechtigt. Wer mehr als zehn gelbe Zettel hat, erhebe sich.«

Mehrere Buben machten Miene aufzustehen, ließen es aber bleiben und blickten vorwurfsvoll nach Tom Sawyer, der als einziger der Aufforderung Folge leistete. Mister Bill Tatcher und einige andere Größen reckten neugierig die Hälse. Mister Jeff Tatcher schaute betroffen drein: Soweit er sich erinnern konnte, gab es in der Sonntagsschule mindestens fünf Knaben, von denen jeder mehr als hundert Bibelverse aufsagen konnte, aber Tom Sawyer war nicht unter diesen fünf gewesen.

Mister Washer wiederholte seine Frage, wobei er Tom mit Absicht übersah. Wieder entstand eine Bewegung unter den Sonntagsschülern, aber es erhob sich keiner. Tom hatte allen diesen Braven ihre Zettel abgehandelt, die in der Sonntagsschule soviel wie ein Zeugnis galten. Das konnte aber Mister Washer nicht wissen. Er hatte vorgehabt, so zu tun, als wären seine Sonntagsschüler in der Mehrzahl kleine Bibelkenner, und er wollte durchblicken lassen, daß sogar für den einen oder den anderen bei eifrigem Lernen Aussichten bestünden, den höchsten Preis zu erringen — eine Bibel.

Mister Washer fand es unbegreiflich, warum seine besten

Schüler sitzen blieben, statt aufzuspringen und ihre Zettel vorzuzeigen, damit man auch ohne Prüfung sah, wie viele Bibelsprüche jeder konnte. Hier mußte ein Mißverständnis vorliegen.

Aufgeregt ruderte Mister Washer mit den Armen, als wollte er durch die Luft davonschwimmen, und lächelte noch freundlicher, als er mit etwas heiserer Stimme sagte: »Liebe kleine Freunde — eure Bescheidenheit ist wahrlich rührend, aber ihr dürft nicht übertreiben, meine Lieben. Es gereicht unserer Sonntagsschule zur Ehre, wenn ihr zeigt, wie viele gelbe und rote Zettel ihr für fleißiges Lernen von Bibelsprüchen erhalten habt. Also erhebt euch, ihr Lämmer des Herrn, und wer die meisten Zettel hat, der trete vor, damit alle den Fleißigen sehen können.«

Nach diesen Worten wurde den braven Schülern noch unbehaglicher zumute. Die Blicke, die sie Tom zuwarfen, ließen erraten, daß sie sich gern auf ihn gestürzt und ihn verprügelt hätten. Er aber griff in die Taschen, holte einige Packen gelber und roter Zettel hervor und begab sich zu Mister Washer.

»Hier sind Zettel für tausend auswendig gelernte Bibelverse. Bekomme ich jetzt eine Bibel?« sagte er ohne Scheu und so laut, daß man es noch in der letzten Bank verstehen konnte. Ein Raunen der Bewunderung kam aus den Reihen der Kirchenbesucher.

Mister Washer glotzte Tom an, dann stierte er auf die Zettel nieder, die Tom ihm entgegenhielt. Die hinten sitzenden Mitglieder der Gemeinde reckten die Hälse, um das Wunderkind, das tausend Bibelverse wußte, besser sehen zu können. So etwas gab es nicht alle Tage. Selbst eine so bedeutende Persönlichkeit wie der Kreisrichter schupfte seinen Speckbauch zurecht und machte »ta-ta-hm, hm«, was sicherlich außerordentliches Staunen ausdrücken sollte.

Tom Sawyer blickte stolz um sich, als erwartete er Beifallklatschen von den Anwesenden. Er fand, daß seine Leistung durchaus anerkennenswert war. Hatte er doch in einer knappen halben Stunde einen Packen Bibelzettel eingehandelt, deren Erwerb etwa zwanzig Buben wochenlanges Lernen gekostet hatte.

Mister Bill Tatcher stand auf, und nach ihm erhoben sich die angesehensten Gemeindemitglieder. Big Bill räusperte sich. Die Standespersonen taten respektvoll desgleichen. Big Bill trat auf Tom Sawyer zu und legte ihm gewichtig die Hand auf den Kopf. Mister Washer buckelte, als wäre ihm selber diese große Ehre widerfahren, und rieb sich so eifrig die Hände, daß Tom erwartete, es werde gleich Rauch aus ihnen aufsteigen. Die ehrwürdigen Gemeindeoberhäupter warfen einander bedeutungsvolle Blicke zu, die auszudrücken schienen: Ja, ja, so mußte es kommen, wir haben es ja schon

längst gewußt, was wir an Tom Sawyer haben — ist es nicht so?

Big Bill sagte: »Ja, mhm — also ...«, und dann sagte er eine Weile nichts, weil es ihn aus der Fassung brachte, daß Tom Sawyer fröhlich grinsend irgend jemandem zuzwinkerte. Es war »Frühlingsblume«, von ihrem Onkel, dem Bürgermeister, kurz Betsy gerufen.

Das Mädchen errötete heftig. Das Bürschchen hatte ihr schon gestern durch seine Frechheit Eindruck gemacht, aber daß er auch der beste Sonntagsschüler war, machte ihn in ihren Augen zu einem Helden, dem keiner widerstehen konnte. Gerne hätte sie ihm jetzt eine Kußhand zugeblasen, aber das war unmöglich, denn Tom wurde soeben von Big Bill, dem Ehrengast, gezwungen, diesem in die Augen zu schauen, indem er Tom mit einem seiner Wurstfinger unter dem Kinn faßte und folgende Rede hielt:

»So, so — hm, ja, du bist ein braver Junge. Tausend Bibelverse sind viel — sehr viel! Das ist schon etwas wert im Leben, ja, ja — hm — das wirst du gewiß nicht bereuen, daß du soviel gelernt hast, ja — hm ... eines Tages wirst du ein großer Mann sein — mhm — und dann — dann wirst du sagen: Was ich bin und was ich weiß — hm — verdanke ich alles der herrlichen Sonntagsschule — jawohl, der Sonntagsschule und Mister Washer — jawohl. Ich sage — hm — tausend Bibelsprüche lernen ist wohl eine wundervolle neue Bibel wert. Ja, ja, mein Junge, wenn du einmal ein großer Mann sein wirst, tauschst du deine Bibel nicht gegen tausend Dollar ein — das sage ich, Bill Tatcher, jawohl.«

Tom fühlte sich äußerst unbehaglich, aber was konnte er tun? Den dicken Mann, der ihn durch die Wölbung seines Kugelbauches zwang, den Oberkörper krumm zu machen, konnte er doch unmöglich mit einer Stecknadel stechen. Zum Glück bemühte sich nun Mister Washer, die Aufmerksamkeit des hohen Besuches von Tom Sawyer abzulenken, denn er ahnte Schlimmes. Es gelang aber nicht. Der Kreisrichter war zwar ein gottesfürchtiger Mann, doch weil er selber nur drei Bibelsprüche kannte, die er bei jeder passenden Gelegenheit zum besten gab, beeindruckte es ihn gewaltig, daß ein Bürschchen wie Tom Sawyer deren tausend wußte. Er griff nach der Bibel, die Tom als Preis beanspruchte, und blätterte darin, um irgendeinen Spruch zu finden, den er von Tom hören wollte.

Mister Washer flehte insgeheim den Erzengel Gabriel an, ihm beizustehen und Big Bill davon abzuhalten, diesen verflixten Tom Sawyer nach Bibelsprüchen zu fragen. Denn nun konnte sich der bedauernswerte Hilfsgeistliche genau entsinnen, daß er Tom vergangenen Sonntag wegen völliger Unwissenheit gerügt hatte und nicht dessen Bruder Sid, wie er anfänglich glaubte.

Der Erzengel Gabriel kam nicht zu Hilfe — vielleicht hörte er gerade einem Engelchor beim Halleluja-Singen zu, weil doch heute Sonntag war. Jedenfalls wollte plötzlich der Herr Kreisrichter von Tom erfahren: »Du kennst sicher auch die Namen der zwölf Apostel, nicht wahr?«

Mister Washer erschrak. Gerne wäre er dreimal nacheinander auf den Kirchturm geklettert, hätte er jetzt Tom Sawyer mit dem übergeschnappten Wunderknaben austauschen können. Er versuchte nun, hinter dem Kreisrichter versteckt, Tom durch Lippenbewegungen einige Apostelnamen zu übermitteln. Aber Tom reagierte nicht darauf, sondern wunderte sich nur über den Kreisrichter, der die Apostelnamen nicht zu wissen schien — sonst hätte er ja nicht Tom Sawyer darum zu fragen brauchen. Befremdet sah er also in das feiste Gesicht und entdeckte bei dieser Gelegenheit mehrere schwarze Härchen auf der kreisrichterlichen Nase.

»Tom Sawyer kann natürlich die Apostelnamen zu jeder beliebigen Tages- und Nachtstunde aufsagen«, versicherte buckelnd und händereibend Mister Washer. »Tom hat ein hervorragendes Gedächtnis, nur ist er überaus scheu und so still. Manchmal muß ich ihn geradezu ermahnen, weniger still zu sein.« Und Mister Washer beugte sich zu Tom vor, strich ihm sanft über das Ringelhaar — wieviel lieber hätte er daran gerissen! — und sagte milde: »Thomas, antworte dem Herrn — fürchte dich nicht.«

Tom hatte soeben die Härchen auf der Nase des Kreisrichters fertiggezählt — dreizehn waren es!

Ein ehrwürdiger Gemeindeältester in schwarzem Frack und

mit goldener Brille beugte sich zu Tom nieder. »Nun, mein Junge, willst du vielleicht mir die Namen der Apostel sagen? Du kennst mich doch gut, ich bin dein Nachbar — na, also, los . . . die Namen der beiden ersten Jünger waren —?«

»David und Goliath«, platzte Tom heraus, worauf die Sonne sich vor Gram verfinsterte.

Wenn Tom an einem Montagmorgen erwachte, war er stets übler Laune, denn nun begann wieder eine neue Woche voll Leid und Sorgen, mit denen der Schulgang für ihn verbunden war. Auch an diesem Morgen wünschte er, die Woche solle von Montag bis Samstag aus Feiertagen bestehen und der Sonntag ein Ruhetag bleiben, an dem man sich von anstrengenden Spielen und Abenteuern erholen könne. Da dies aber infolge des Unverstandes der Erwachsenen leider nie der Fall sein würde, dachte Tom scharf nach, was er tun müsse, damit aus dem heutigen Tag ein Feiertag für ihn werde. Das beste Mittel schien ihm, krank zu sein. Und so fing er an, seinen Körper abzutasten, ob nicht etwas zu finden wäre, was als Krankheit gelten könnte. Seine Stirn war kühl, sein Herz schlug gleichmäßig, und Schluckbeschwerden hatte er auch keine — aber der Magen knurrte, wenn er den Bauch einzog. Soweit er sich erinnern konnte, hatte Tante Polly einen leeren Magen nie als Krankheit gelten lassen, damit war also nichts zu machen. Weitaus beunruhigender war ein lockerer Schneidezahn. Er wackelte sehr, und wenn Tom sich vorstellte, wie schrecklich das war, ihn auszureißen, dann schmerzte er wirklich ein bißchen. Aber halt, vorgestern hatte er sich doch einen Dorn in die große Zehe getreten — was

war damit? — — — Aha! Dort, wo der Dorn gesteckt war, dort war die Haut ein wenig gerötet. Und wenn man darauf drückte, stach es. Grund genug, sich krank zu stellen!

Tom überzeugte sich, daß Sid noch schlief, dann legte er sich zurecht und fing an zu seufzen und zu stöhnen. Es hörte sich derart jämmerlich an, daß das härteste Schurkenherz weich wie Butter geworden wäre.

Sid schlief aber, wie nur ein Junge schlafen kann, dem das Lernen Vergnügen bereitet, der seine Aufgaben tadellos gemacht hat und daher eitel Lob erwartet.

Tom stöhnte lauter. Sid schlief weiter.

Tom blickte den Bruder böse an, schöpfte so viel Luft, wie seine Lungen fassen konnten, und jammerte so herzzerreißend, daß sogar die Fliegen an der Decke vor Mitgefühl zu summen begannen. Sid gab noch einen Schnarchton von sich, dann schlug er die Augen auf, blinzelte und wendete sich ruckartig Tom zu, der soeben gleich einem Sterbenden den letzten Rest von Atemluft verhauchte.

»Tom! Was fehlt dir? Bist du krank?« fragte Sid ängstlich.

Statt einer Antwort sog Tom frische Luft in die leeren Lungen, wobei er die einströmende Frischluft pfeifen ließ, daß man meinen konnte, er würde in den nächsten Minuten an Schwindsucht sterben. Sid erschrak noch mehr und rüttelte den Bruder. »Tom, lieber Tom, was hast du denn? So rede doch ... Tom!«

»Ich — muß — sterben! Au, au — o weh! — gleich bin ich — tot«, stöhnte und jammerte Tom mit schmerzverzerrtem Gesicht.

Sid überlegte nicht lange und sprang aus dem Bett. Er wollte schnell Tante Polly holen, zog aber vor Aufregung und Eile die Hose verkehrt an und schrie, um keine Zeit mehr zu verlieren, zur offenen Tür hinaus: »Tante Polly! Komm schnell! Tom stirbt gleich! Schnell, komm ...«

Dieser Ruf hatte schlimme Folgen. Der Negerjunge Jim stieß vor Schreck einen gefüllten Wassereimer um, Mary, die neue Hausgehilfin, ließ einen Milchtopf fallen, und Tante Polly verschluckte sich beim Kaffeetrinken. Trotzdem stand sie im Nu an ihres Lieblings Sterbelager.

»Was fehlt dir, mein Herzblatt?« stammelte sie mit bebenden Lippen. Sie hatte sich so sehr gehetzt, daß sie nach Luft rang. Außerdem war ihre Brille angelaufen — aber beides hinderte sie nicht daran, sofort Toms Stirn und Puls zu befühlen.

Tom hörte nicht auf zu seufzen, zu stöhnen und sich zu winden. Bald drückte er die Hände an den Bauch, bald griff er nach der kranken Zehe und zwischendurch nach dem lokkeren Zahn.

Tante Polly hatte nichts Beunruhigendes entdeckt. Eine leise Ahnung kam ihr, daß Toms Gestöhne nicht ganz ehrlich sei. Statt nach dem Doktor zu schicken, betrachtete sie eine Weile den Todeskandidaten und ertappte ihn dabei, wie er, unter der Hand hervorblinzelnd, nach ihr Ausschau hielt. Nun wußte sie Bescheid. Sie stemmte die Fäuste in die Hüften und sagte drohend: »Toom!«

Sogleich verstummte der »Sterbende«. Still, mit geschlossenen Augen, lag er da.

»Tooom — schau mich an«, befahl die Tante.

Tom zwinkerte zuerst mit einem Auge, dann mit beiden. Schon fragte die Tante weiter, kalt und gebieterisch: »Wo tut es dir weh?«

Tom zeigte auf den Mund, den Bauch und wies die Zehe vor. »Da — und da ... und da auch«, stotterte er.

»So«, sagte die Tante, und nach einer kleinen Pause: »Was ist heute für ein Tag, Tom?«

Tom hatte es anscheinend vergessen. Er wich dem strengen Blick der Tante aus, schaute bekümmert zur Decke auf und dann, wie hilfesuchend, auf Sid, der ihn noch immer mit entsetzt aufgerissenen Augen anglotzte: »Heute ist ... Montag«, antwortete endlich Tom und fügte entschuldigend hinzu: »Aber der Zahn tut mir wirklich weh, Tante. Sieh nur, wie er wackelt.«

»Dann muß er heraus«, entschied Tante Polly streng. »Sid, bring einen Bindfaden und ein glühendes Stück Kohle.«

Sid lief, Tom bettelte: »Bitte, Tante, reiß mir den Zahn nicht heraus. Bitte nicht, Tante — er tut mir gar nicht mehr weh. Er wackelt nur — ein kleines bißchen ... ich reiße ihn selber aus — bitte, Tante.« Da kehrte Sid mit den gewünschten Dingen zurück, Tante Polly schlang trotz Toms Bitten ein Ende des Bindfadens um den Zahn und das andere um den Bettpfosten. Jetzt hob sie jäh die Hand, Tom sah ein glühendes Kohlestück vor seiner Nase, zuckte zurück und — war den Zahn los.

Jedes Unglück birgt aber auch etwas Gutes in sich. Auf dem Weg zur Schule konnte Tom bereits den staunenden Freunden ein neues Kunststück vorführen: Er spuckte auf eine noch nie gesehene Weise durch die Zahnlücke und errang die Bewunderung aller. Sogar Huckleberry Finn, der Sohn des schlimmsten Trunkenboldes im Städtchen, war von der neuen Art zu spucken begeistert.

Huckleberry war stets nur in Lumpen gehüllt, die er unterwegs auflas, denn Geschenke nahm er nicht an. Er wußte, daß er im Städtchen als ein Beispiel von Verworfenheit und Verkommensein galt, dem jedes wohlerzogene Kind in weitem Bogen auszuweichen hatte. Und er wußte auch, daß behäbige Bürger die Hunde auf ihn hetzen würden, wenn es ihm jemals einfallen sollte, bettelnd bei ihnen anzuklopfen. Die Buben des Städtchens aber suchten Huckleberrys Gesellschaft entgegen allen Verboten. Sie neideten ihm das freie Leben, und manch eines der Bürgersöhnchen würde gern seine Kleider mit Huckleberrys Lumpen vertauscht und wie dieser von Abfällen gelebt haben, hätte er ebenso ungebunden umherstromern dürfen.

Huckleberry brauchte weder zur Schule zu gehen noch zur Kirche — man duldete ihn weder hier noch dort. Huckleberry brauchte niemanden um etwas zu bitten, und niemand befahl ihm — keiner hätte ihn beschenkt, und keiner lud ihn in sein Haus oder bot ihm eine bescheidene Stelle an. Huckleberry brauchte sich nicht zu waschen, er konnte schwimmen und fischen, wann es ihm beliebte, und er durfte auch bei Regenwetter in Abfalltonnen schlafen oder im Winter mit löchrigen Schuhen im Schnee waten und frieren — den Bürgern des Städtchens war das gleichgültig. Huckleberry verlangte nichts von ihnen, fiel niemandem zur Last und belästigte keinen — also ließ man ihn in Frieden. Andernfalls hätte man ihn in den Kotter gesperrt, in dem oft genug sein betrunkener Vater lag.

Dennoch war er den Buben der Umgebung ein Vorbild. Und Tom Sawyer wäre kein rechter Lausbub gewesen, hätte die tote Ratte, die Huckleberry an einer Schnur hinter sich über den Boden schleifte, nicht seine Neugier erregt.

»Hallo, Huckleberry, was machst du mit der Ratte?«

»Ah, ich hab eine Warze auf der Hand, die will ich durch die Ratte wegzaubern.«

Vor Überraschung pfiff Tom durch die Zähne. »Du kannst mit der Ratte zaubern? Wie machst du das? Ist das sehr schwer?«

»Ganz leicht, gib acht: Du nimmst eine tote Ratte und gehst vor Mitternacht auf den Friedhof. Dort versteckst du dich hinter einem Grab, in dem man am selben Tag einen ganz schlechten Kerl begraben hat, den holt dann in der Geisterstunde der Teufel. Du kannst ihn aber nur riechen und nicht sehen, und dann mußt du ihm die tote Ratte nachwerfen und dazu murmeln: Eile, eile, Ratte, schwarze — bring dem Teufel meine Warze.«

»Deine Ratte ist aber grau und nicht schwarz.«

»Ja, jetzt ist sie grau, aber bei Nacht ist sie schwarz. Und wenn du mir nicht glaubst, kannst du ja heute nacht mit mir kommen . . .«

»Heute nacht? Hm, ich weiß nicht, ob das möglich sein wird. Meine Tante, weißt du, die paßt höllisch scharf auf, ich . . .«

»Pah, sag lieber gleich, daß du dich fürchtest.«

»Ich mich fürchten? Da kennst du mich aber schlecht. Ich geh mit dir . . . jawohl, ganz bestimmt geh ich mit.«

Huckleberry sah Tom zweifelnd an, doch dieser streckte die Brust vor und zog mit einem so energischen Ruck den Hosenbund hoch, daß Huckleberry es wohl glauben mußte.

»Gut«, sagte er, »ich hol dich vor Mitternacht ab. Wenn du eine Katze dreimal miauen hörst, das bin ich.«

»In Ordnung«, sagte Tom, dann fiel ihm ein, daß Tante Polly bei Nacht den Schlüssel zur Haustür unter ihrem Kopfpolster zu verstecken pflegte. »Du, Huck, sag einmal — ich —

ich glaube ... weißt du bestimmt, daß heute nacht ein schlechter Kerl auf dem Friedhof begraben liegt?«

»Natürlich liegt einer dort — der alte William Hot wurde heute mittag beerdigt, und der war doch der schlimmste Wucherer weit und breit. Kannst dich darauf verlassen — den holt bestimmt der Teufel.«

»Ah so — nun ja, dann bleibt es dabei«, murmelte Tom nachdenklich gestimmt. Schon wollte er gehen, aber Huckleberry hielt ihn zurück. Er trug in einer Zündholzschachtel eine kleine Waldbewohnerin bei sich. »Schau her, Tom, was ich noch habe. Was sagst du dazu?«

Tom sah hin und schob geringschätzig die Unterlippe vor. »Pah, eine Baumwanze.«

»Ja, aber es ist die schönste, die ich heuer gesehen habe. Und wie lebendig sie herumkriecht — ich sage dir, das ist keine gewöhnliche Baumwanze.«

Toms Interesse erwachte, aber er zeigte es nicht, denn er war ein gewiegter Insektensammler. »Was willst du für die Wanze haben?« fragte er in gleichgültigem Ton.

»Ah, die geb ich nicht her — ich hab dir ja gesagt, es ist die schönste«, erwiderte Huckleberry, denn auch er war ein gerissener Tauschfachmann.

»Meinetwegen kannst du die Wanze auch behalten, ich brauche sie nicht. Solche wie diese gibt es viele ...«

»Na, eine so schöne gefleckte wirst du nicht finden. Überhaupt — was willst du mir für sie geben?«

»Etwas, das viel mehr wert ist — da: meinen Zahn.«

Huckleberry begutachtete den Zahn und fand ihn geeignet zum Wiedervertauschen. Nur ein kleines Bedenken hatte er: »Ist der Zahn auch echt?«

»Das fragst du noch? Glaubst du, ich bin ein Schuft? Da schau her — heute erst hab ich ihn ausgerissen — bitte ...« Tom zeigte die frische Zahnlücke.

»Schon gut, Tom, der Zahn ist echt«, bestätigte Huckleberry, dann ging er, die tote Ratte nachschleifend, davon und pfiff sich eins. Tom steckte die Schachtel mit der Baumwanze in die Hosentasche und setzte sich in Trab. Er hatte sich mächtig verspätet, und als er die Schule von St. Petersburg, ein einsam gelegenes kleines Blockhaus, erreichte, vernahm er schon von außen eintönigen Singsang. Der Unterricht hatte bereits begonnen — Buben und Mädchen lasen im Chor.

Leise öffnete Tom die Tür zum Klassenzimmer. Auf einem großen Lehnstuhl in der Ecke thronte Lehrer Zigfield, der nebenbei auch Barbier war und gelegentlich Mixturen für krankes Vieh braute. Im Augenblick klebte er Zettelchen auf kleine Medizinflaschen, die er einer vor ihm stehenden Pappschachtel entnahm. Ab und zu blickte er prüfend in die Klasse und nickte zufrieden oder hob die Augenbrauen — je nachdem, ob er mit dem Können seiner Schüler zufrieden war oder nicht. Wahrscheinlich hätte er Tom, der sich zu seiner Bank schlich, gar nicht bemerkt. Dummerweise hörten aber die Buben und Mädchen zu lesen auf, zuerst die in den vordersten Schulbänken und dann die weiter hinten Sitzenden. Bald schauten alle interessiert zu, wie Tom auf den Zehenspitzen zu seinem Sitzplatz ging, und dadurch wurde Mister Zigfield aufmerksam. Just als der nichtsahnende Tom seinen Sitznachbarn fröhlich zuzwinkerte, ertönte hinter seinem Rücken die strenge Stimme des Lehrers: »Thomas Sawyer! Du kommst zu spät — wo warst du bis jetzt?«

Wenn Mister Zigfield »Thomas« statt »Tom« sagte, dann bedeutete das nichts Gutes. Tom wollte eben mit einer Ausrede antworten, da erblickte er auf der Seite, wo die Mädchen saßen, zwei blaue Augen, zwei helle Zöpfchen und ein ihm gut bekanntes Gesichtchen: »Frühlingsblume!«

Und der Platz neben ihr war frei!

»Ich hatte etwas Wichtiges mit Huckleberry Finn zu besprechen«, bekannte Tom, ohne den Blick von dem Mädchen abzuwenden.

Mister Zigfield hob die Augenbrauen, stellte das Fläschchen ab, das er soeben bekleben wollte, und erhob sich langsam, als würde er an Schnüren hochgezogen. Er war ungewöhnlich lang und dürr und schien vor Empörung über Toms Antwort noch länger und dürrer zu werden. In der Klasse verstummte jeder Laut. Alle harrten gespannt auf das Kommende.

»Mit wem hattest du etwas zu besprechen?« fragte der Lehrer, da er glaubte, sich verhört zu haben.

Nun erst wandte Tom den Blick von »Frühlingsblume«. Er war entschlossen, jedes Opfer auf sich zu nehmen, wenn man ihm nur den leeren Platz neben der Verehrten anwies. Darum bekannte er mit der Miene eines Märtyrers: »Mit Huckleberry Finn, Sir.«

Mister Zigfield hatte sich also nicht verhört. Er griff nach seiner Rute. »Thomas Sawyer! Das ist die frechste Antwort, die mir je ein Schüler gegeben hat. Ich werde dich lehren, mit einem so verworfenen Geschöpf wie diesem Huckleberry etwas zu besprechen. Zieh die Jacke aus!«

Die Rutenstreiche schmerzten, aber Tom dachte an »Frühlingsblume«, und es klang wie Engelsgesang in seinen Ohren, als der Lehrer endlich zu ihm sagte: »So, und nun setz dich zu den Mädchen. Dort neben Betsy Tatcher ist noch ein Platz frei.«

Bei den Mädchen sitzen zu müssen galt für jeden Buben als Schande, aber für Tom war es eine Auszeichnung. Darum beachtete er weder das höhnende Kichern noch die gezischelten Spottrufe seiner Feinde in der Klasse. Selbst daß Betsy Tatcher das Gesicht von ihm abwandte, machte ihm nichts aus. Er durfte ja neben ihr sitzen, und wenn er das Armgelenk etwas seitwärts spreizte, stieß er an sie.

Eine Weile saß er still und tat, als würde er eifrig mitlernen, dann schielte er verstohlen zu Betsy hinüber und merkte, daß sie ebenfalls nach ihm sah. Natürlich beugte sie sich sofort wieder über die Fibel und tat so, als wäre der Platz neben ihr leer. Da aber Tom nicht aufhörte, sie anzuglotzen, schnitt sie ihm eine Grimasse. Auch gut — dachte er —, wir werden ja gleich sehen, ob sie zu dem da auch Gesichter schneiden wird. Vom Lehrer ungesehen, holte er einen Pfirsich aus der Tasche und schob ihn dem Mädchen hin. Zuerst schaute sie so abweisend drein, daß es schien, als wäre sie böse. Aber bald ruhten ihre Blicke immer öfter auf der Frucht, und da Tom diese noch näher rückte, fing Betsy an zu lächeln.

»Nimm ihn, er ist süß wie Zucker«, raunte Tom dem Mädchen zu. Und gleich darauf konnte er bereits flüstern: »Laß ihn dir gut schmecken.«

Nach diesem ersten Erfolg erwachte sein Ehrgeiz. Bis nun hatte er Betsy bewiesen, daß er tapfer und freigebig war, jetzt wollte er zeigen, daß in ihm auch ein Künstler steckte. Also zeichnete er mit dem Griffel unter der vorgehaltenen Linken auf seine Schiefertafel ein Haus mit gewelltem Dach, einen zwiebelförmigen Rauchfang, aus dem dauergelockte Rauchschwaden aufstiegen, darüber einige Vögel, die man ebensogut für Mondraketen halten konnte, und vor das Haus einen Mann, der seiner Größe nach an der Sonne die Zigarre hätte anzünden können. Diesem Mann ließ der Künstler einen Spitzbart wachsen, worauf er einem Menschen so ähnlich sah wie eine Kuh einem Krokodil. Das Kunstwerk war fertig. Tom verdeckte es aber weiterhin mit einer Hand, so daß Betsy ihre Neugier nicht länger zähmen konnte. Sie hatte schon die ganze Zeit versucht, unter Toms Hand durchzuspähen — es war ihr nicht gelungen.

»Zeig mir, was du gemacht hast«, zischelte sie.

Sofort enthüllte Tom sein Kunstwerk und wurde belobt: »Oh, das ist schön ... kannst du auch mich zeichnen?«

Tom errötete vor Stolz und malte ein Ding, das einer stacheligen Gurke glich, auf zwei zerfransten Strohhalmen zu stehen schien und oben mit Stielaugen und zwei abstehenden Zöpfchen versehen war. Zu diesem Kunstwerk äußerte sich »Frühlingsblume«:

»So schön bin ich ja gar nicht.«

Das Lob spornte Tom an, sein Allerbestes zu geben. Er verfertigte ein »Selbstporträt«, das einer vom Wind zerzausten Vogelscheuche sprechend ähnlich sah, und schrieb darunter: »Ich hab dich gern.« Aber das zeigte er Betsy so lange nicht, bis sie drohte: »Laß mich sehen, oder ich spreche nie wieder ein Wort mit dir.«

»Ich sag es dir lieber, ja?«

»Nein, ich will es selber sehen — zeig her!«

»Nein, ich tu's nicht.«

»Du bist garstig, ich bin böse auf dich.«

»Gut, ich zeig es dir, wenn du schwörst, daß du es niemandem sagen wirst.«

»Schön, ich schwöre ... aber jetzt zeig schon her!«

Tom zierte sich noch ein wenig, dann hob er in kleinen Rucken die Hand, bis Betsy lesen konnte: Ich hab dich —

Aber im selben Augenblick, als Tom sein Herzensgeheimnis endgültig preisgeben wollte, wurde er von einer unwiderstehlichen Macht am Ohr gepackt, hochgezogen und unter dem Spottgelächter der halben Klasse quer durchs Schulzimmer in eine Ecke gezerrt, worauf sich Mister Zigfield, ohne ein Wort zu reden, wieder auf seinen Lehnstuhl zurückzog.

Nach einer halben Stunde Winkelstehen durfte Tom wieder seinen Platz auf der Knabenseite einnehmen. Diese Erlaubnis kam just zur rechten Zeit. Tom war nahe daran gewesen, einzuschlafen und langsam umzusinken. Anfänglich hatte er mit Ehrfurcht das gerahmte Bild eines würdevoll dreinschauenden Generals betrachtet, das an der seitlichen Holzwand hing. Dann war ihm vorgekommen, der General langweile sich. Also zeichnete er ihm eine Fliege auf die Nase, und damit der General die Fliege gut sehen könne, versah er ihn auch noch mit einer Brille. Später, als er den Berühmten überdies mit einem Zylinderhut ausgestattet hatte, malte er einen Vollbart dazu, und dann gähnte er so laut, daß Mister Zigfield aus seinem Schlummer erwachte und ihn sich setzen hieß.

Es war ein heißer Tag geworden, kein Windhauch regte sich, die Luft flimmerte vor Hitze, sogar die Fliegen am Fenster schliefen ein. Das Gemurmel der lesenden Schülerschar wurde leiser und leiser. Wenn es ganz aufhörte, erwachte Mister Zigfield und klopfte mit einem Rohrstock an die Wand, damit die Säumigen sich wieder an ihre Pflicht erinnern sollten. Auf diese Weise wurde auch Tom Sawyer dreimal nacheinander aus einem milden Dahindösen gerissen, worauf er sich nach irgendeiner Beschäftigung umsah. Schon hatte er sich entschlossen, mittels einer Schleuder die Fliegen an der Wand zu bombardieren, da erinnerte er sich der Zündholzschachtel mit der Baumwanze. Freudig befreite er das Tierchen aus seinem Gefängnis und ließ es auf dem Pult spazieren.

Aus Begeisterung über die wiedererlangte Freiheit wollte die Wanze bis zur Kante des Pultes, dem Ende ihrer neuen Welt, laufen, doch Tom stieß sie mit dem Griffel wieder zurück und lenkte ihren Freiheitsdrang in die entgegengesetzte Richtung, wo sein bester Freund Joe Harper, über die Fibel gebeugt, ein Nickerchen machte. Joes Nase gefiel der Wanze außerordentlich, darum kletterte sie hinauf. Leider erwachte Joe von dem Gekrabbel und fegte die Wanze auf das Pult, wo sie von Toms Griffel in Sicherheit gebracht wurde. Wieder durfte die Wanze auf einem vom Griffel begrenzten Raum spazierengehen, was Joe Harpers Interesse in höchstem Maße erregte. Sogleich beteiligte er sich mit seinem Griffel an der Baumwanzendressur, bis er auf die großartige Idee kam, quer über den Pultdeckel einen Strich zu ziehen.

»Schau, Tom, das hier ist die Grenze — solange die Wanze auf deiner Seite bleibt, gehört sie dir, kriecht sie über den Grenzstrich, gehört sie mir, einverstanden?«

Die Wanze entpuppte sich als ein wankelmütiges Geschöpf. Eine Weile gefiel es ihr in Toms Gehege, dann stattete sie Joes Reich einen kurzen Besuch ab und kehrte wieder in ihr

Heimatland zurück. Eine Zeitlang schien sie nachzudenken, ob sie abermals ins Ausland reisen sollte. Nach einigem Hin und Her entschied sie sich für neutrales Gebiet und ging auf der Grenzlinie spazieren. Tom wollte die Launenhafte mit dem Griffel auf sein Gebiet herüberbugsieren, wogegen Joe Harper energisch protestierte. Die Baumwanze kümmerte sich nicht um den Streit und begann den Griffel Joes zu erklettern. Vielleicht gedachte sie nur von dessen Spitze aus die Umgebung zu erkunden, oder sie liebte eben überhaupt Klettertouren — jedenfalls versuchte Tom die Wanze, gegen alles Völkerrecht, zum Absturz zu bringen, was Joe mächtig erboste. »Pfui, das gibt es nicht«, stieß er hervor. »Die Wanze ist freiwillig zu mir gekommen.«

»Du lügst! Sie wollte grad über die Grenze zu mir kommen, aber du hast sie abgehalten. Laß sie los!«

»Nein, sie gehört mir!«

»Gib sie her, sag ich . . .«

Der Streit um die Baumwanze wurde immer heftiger, während es rundherum immer stiller wurde. Es war eine unheildrohende Stille, aber Joe und Tom waren viel zu sehr mit der Wanze beschäftigt, um zu merken, daß der Lehrer auf den Zehenspitzen heranschlich, hinter ihnen stehenblieb, bis ihm endlich der Geduldsfaden riß. Er hob den Rohrstock, und dann sausten die Hiebe so dicht auf die Rücken der beiden jugendlichen Wanzenbändiger, daß es staubte.

Der Vormittagsunterricht war zu Ende. Buben und Mädel stürmten aus dem Schulhaus, nur zwei ließen sich Zeit: Betsy Tatcher und Tom Sawyer. Betsy blieb zurück, weil ihr Tom wegen der fürchterlichen Hiebe leid tat und sie ihn trösten wollte, und Tom blieb, weil er die Sitzplätze von dreien seiner schlimmsten Feinde in der Klasse mit Fliegenleim beschmieren wollte — das sollte die Rache sein für ihre Spottreden über seine Prügelstrafe. Ganz langsam packte Tom die Schulsachen ein — Betsy Tatcher brauchte von seinem Vorhaben nichts zu erfahren. Sie war zwar nicht unter jenen gewesen, die ihn auslachten, aber ganz sicher wollte sie jetzt nichts mehr von ihm wissen.

Worauf wartete sie noch? Sie tat ja, als hätte sie vor, die

Mittagspause in der Schule zu verbringen. Wenn sie noch länger blieb, konnte er seinen Racheplan nicht ausführen.

Betsy beschäftigte sich eifrig mit ihren Schulsachen. Hin und wieder warf sie Tom einen Blick zu, aber er starrte so abwesend ins Leere, daß sie es nicht wagte, ihm etwas Tröstliches zu sagen.

Schließlich hatte Tom das Warten satt. Unfreundlich sagte er: »Hallo, du, was suchst du noch hier? Geh nach Hause! Pack dich.«

Betsy errötete heftig und stotterte: »Oh, ich — ich wollte ... du tust mir leid, hat es sehr weh getan? Ich meine, die Schläge mit der Rute ...« Betsy stockte, denn Tom hatte sich schulterzuckend abgewandt. Es tat ihm zwar wohl, zu hören, daß Betsy ihn bemitleidete, aber man hatte ihn zu tief gedemütigt, und deshalb haßte er augenblicklich die ganze Menschheit. Er wollte weh tun, wollte böse sein, weil man zu ihm böse gewesen war. Und darum knurrte er: »Laß mich gefälligst in Ruhe und verschwinde! Ich mag dich nicht mehr.«

»Oh«, hauchte das Mädchen nur. Es war ihm, als hätte ein brennender Pfeil sein kleines Herz durchbohrt. Tränen überschwemmten Betsys Augen, obwohl sie sich bemühte, sie zurückzuhalten. Wie weh es tat, daß Tom so mit ihr sprach! Womit hatte sie das verdient? Sie mochte ihn gut leiden, er war ein lieber, spaßhafter Kerl — keiner der Buben, die sie kannte, hatte so hübsch gelocktes Haar wie er. Und der Pfirsich, den er ihr heute geschenkt hatte — jeder andere hätte den Pfirsich selbst gegessen oder sie bestenfalls einmal abbeißen lassen. Tom hatte sie soeben sehr, sehr gekränkt. Betsy ließ ihren Tränen freien Lauf, raffte aufschluchzend die Schulsachen an sich und stürzte aus dem Zimmer, vergaß aber trotz ihres Kummers nicht, die Tür mit einem Krach hinter sich ins Schloß zu schmettern — das hatte sie den Erwachsenen abgeguckt.

Mit finsterer Miene starrte Tom die Tür an. Allmählich wurde er sich dessen bewußt, was er getan hatte. Betsy war die einzige in der Klasse gewesen, die nicht gelacht hatte, als er Hiebe bezog. Sie war zurückgeblieben, um ihm zu sagen, wie leid er ihr tat. Sie hatte ihn gern. Und er — oh, was hatte er getan!

»Betsy!« schrie Tom und lief der Gekränkten nach. »Betsy!«

Im Vorraum war sie nicht mehr.

»Betsy!«

Vor dem Haus war sie auch nicht. Aber dort, weit unten, fast schon bei dem Garten von Harpers Haus, lief sie und hörte nicht auf das verzweifelte Rufen Tom Sawyers: »Betsy! Komm zurück! Betsy, bitte lauf nicht weg! Betsy!«

Märchenhaft still war es im Wald und so schattig kühl. Dichte Blätterkronen schirmten die Sonnenhitze ab. Kein Zweiglein bewegte sich, kein Tierlaut ließ sich vernehmen. Alles schien verzaubert: Die knorrigen Eichen hatten — schaute man lange hin — Augen, Nasen, Münder, Ohren und Moosbärte. Lianen, die am Buschwerk rankten, ähnelten Schlangen. Farnbüschel glichen feierlichen Blumenvasen, und ein verirrtes Strahlenbündel hätte eine lichtschimmernde Alabastersäule sein können, die die grünbemalte Kuppelwölbung des Waldpalastes trug.

Und das Moos, auf dem Tom Sawyer ruhte — war es nicht das weichste, herrlichste Bett?

Ach, wie glücklich hätte Tom sein können, wären die Schmach der Prügel, das Hohngelächter der Mitschüler und Betsys Gekränktsein nicht gewesen! Leider konnte Tom nichts aus seinem Gedächtnis löschen. Auf ewige Zeiten würde es dort wie in Marmor gehauen stehen: Heute hat Mister Zigfield Tom Sawyer mit einer Rute verdroschen, weil er wegen einer Baumwanze mit Joe Harper stritt — die ganze Klasse hatte dazu gelacht. Rache!

Jawohl, dieser Schimpf forderte blutige Rache!

Vorläufig aber lag Tom auf dem Moosbett und war zu faul, Rachepläne zu ersinnen.

Voll Zorn und Reue war er in den Wald gelaufen, immer weiter — bis es zu spät zur Umkehr war, denn der Nachmittagsunterricht hatte schon längst begonnen. Ohne Tom Sawyer! Eigentlich war sein Fernbleiben auch schon ein Teil der Rache — die anderen mußten schwitzen, er lag im kühlen Wald. Aber wahrhaft rächen würde er sich erst — — —

Tom dachte angestrengt nach.

Wie wäre es zum Beispiel, wenn er zum Zirkus ginge, um ein Feuerschlucker zu werden oder ein Clown? Tom Sawyer, der berühmte — halt! Beides taugte nichts. Feuerschlucken verbrannte den Magen, dann schmeckten sicher die Fleischknödel nicht mehr — und Clown spielen? Pah, damit alle über ihn lachten? Nein, zittern sollten die Beleidiger vor Tom, dem Rächer. Ha, er würde es ihnen schon zeigen! Zu den Indianern wollte er gehen, Büffel jagen, auf einem Mustang reiten,

Skalpe sammeln und dann, wenn er ein berühmter Häuptling geworden, im Kriegsschmuck, mit grellsten Farben bemalt, die Sonntagsschule stürmen und durch sein Kriegsgeheul alle diese schändlichen Bleichgesichter in die Flucht jagen . . .

Oder noch besser: Ein Pirat wollte er werden. Ein gefürchteter Seeräuber! Tom Sawyer, der schwarze Rächer — nein, der schwarze Fürst des Ozeans! Ha! Wie würde dieser Name von aller Welt mit Angst und Schaudern ausgesprochen werden, wenn er mit seinem Schiff die schäumende See durchfurchte, am Mast die wehende schwarze Flagge mit dem Totenkopf. Wie würden die Leute in St. Petersburg sich vor Entsetzen bekreuzigen, wenn er durch die Straßen jagte — er, Tom Sawyer, der weltberühmte Seeräuberkapitän in schwarzer Samtjacke, roter Schärpe, einem Hut mit wallenden Straußenfedern auf dem Kopf, einen langen Stoßdegen an der Seite, zwei Pistolen im Gürtel und in jeder Faust eine, finstere Blicke nach links und rechts werfend und grimmige Flüche murmelnd.

Jawohl — das würde er tun. Die ganze Welt sollte ihn fürchten lernen. Am besten wäre es, gleich loszuziehen. Auf — und zurück ins Städtchen! Am Flußufer lagen Boote vertäut. Mit dem schnittigsten konnte man in anderthalb oder zwei Tagen das Meer erreichen und dort das nächste Schiff kapern — bei Nacht, wenn alle schliefen, versteht sich. Also los!

Tom rekelte sich, gähnte und krümmte die Zehen. Es lag sich so hübsch weich auf dem Moos. Eigentlich war es auch

im Wald ganz schön. Auf dem Meer stürmte es mitunter so schlimm. Monatelang gab es nur Salzfleisch und wurmzerfressenen Zwieback zur Mahlzeit. Wenn man es sich genau überlegte, war ein Seeräuberleben doch nicht das richtige. Und wenn so ein Schiff im Sturm unterging? Mit Mann und Maus — womöglich im Winter — — — brr, lieber nicht. Da hatte es ein Jäger auf dem Festland weitaus besser. Hier im Wald ließe es sich gar nicht schlecht leben. Man konnte eine Hütte bauen, Fallen stellen oder mit Pfeil und Bogen auf die Jagd gehen, Beeren und Pilze sammeln. Vielleicht glückte es, einen Bären zu erlegen oder einen Hirsch? Ein geräucherter Bärenschinken wäre nicht übel —

Bei dem Gedanken an saftigen Bärenschinken wässerte Tom der Mund. Mit einemmal verspürte er wahren Bärenhunger, und deshalb hielt er nach Eßbarem Ausschau. In der näheren Umgebung gab es nur Moos, Gräser, Bäume, Buschwerk, aber nichts, was einen leeren Magen füllen konnte. Und nun begann dieser auch noch zu knurren — es war fast nicht auszuhalten.

Tom sprang auf und suchte, gleich einem Jagdhund, nach Beute. Er fand einige Beeren, die seine Eßlust nur noch erhöhten, entdeckte eine Kolonie Giftpilze, eine Schnecke, zwei Käfer und einen Tausendfüßler — aber nichts Genießbares. Später scheuchte er ein Eichhörnchen auf, das bei seinem Anblick auf eine Baumkrone flüchtete. Ein Specht beklopfte ziemlich lange einen morschen Baum, bis er endlich einen Holzwurm aufstöberte. Und das gab Tom zu denken: Es war gar nicht so einfach, ein freies Waldläuferleben zu führen. Bärenschinken und Hirschkeulen fielen nicht von den Bäumen, und auf Holzwürmer, Käfer und Schnecken hatte Tom keinen Appetit.

Nach einer weiteren Stunde Suchens hatte er nur eine Handvoll Blaubeeren gefunden und eine Wurzel gekaut, von deren scharfbitterem Saft ihm speiübel wurde. Vom langen Umherlaufen schwitzte er, überdies war er zum Umfallen müde, und sein Magen stand in Aufruhr. Zu allem Pech hatte er auch noch ein Loch in die Hose gerissen, die Fußsohlen schmerzten — er hatte endgültig genug vom ungebundenen

Waldläuferleben. Nach Hause, nach Hause — war nun sein einziges Sinnen und Streben.

Und als Tante Polly ihm einen Teller voll Bohnen mit Speck unter die Nase schob, hätte er mit Freuden seine schlimmsten Feinde umarmt und ihnen von Herzen gern verziehen, daß sie ihn ausgelacht hatten, weil er Hiebe bekam.

War das eine schaurige Nacht!

Schon beim Zubettgehen fing es an: Um halb neun Uhr hatte die Tante wie immer Sid die brennende Kerze übergeben und ihn mit Tom das übliche Nachtgebet hersagen lassen. Dabei sah Tom durchs Fenster den schwarzen Nachthimmel sekundenlang vom Wetterleuchten erhellt. Gleich darauf stapfte Sid, die Kerze hochhaltend, die Stufen zu dem Dachbodenkämmerchen hinauf, das er mit Tom teilte. Aber kaum drückte er die Klinke nieder, da riß ein Windstoß heulend die Tür auf und verlöschte die Kerze. Noch deutlicher konnte man nun grelles Wetterleuchten sehen und fernes Grollen hören. Wenn es aufblitzte, glich Sid im weiten Nachthemd noch mehr einem Gespenst als zuvor, da ihn die Kerze beleuchtete. Es folgten aber weitere Anzeichen kommenden Unheils, die Sid seltsamerweise nicht beachtete. Er schlief fest, als der Kleiderkasten knackte, er hörte nicht das leise Ticken eines Holzwurmes im Gebälk und nicht das gespenstische Windsäuseln um den Dachgiebel.

Wie kam es nur, daß alle diese bedeutungsvollen Geräusche Sid nicht störten? Sonst war er doch weitaus ängstlicher als Tom, der sehnsüchtig wünschte, Sid möge munter werden und sich furchtsam an ihn klammern, damit er nicht in diese Schreckensnacht hinaus müßte. Es wäre ja leicht gewesen, Sid anzustoßen und so laut zu husten, bis er aufwachte — aber das durfte nicht sein.

Tom hatte Huckleberry Finn fest versprechen müssen, ihn heute nacht auf den Friedhof zu begleiten, und dabei blieb es. Nur eine höhere Macht konnte die Dinge ändern — der Mensch vermochte es nicht, so hatte Mister Washer, der Hilfsgeistliche, in einer Sonntagsschulpredigt gesagt. Folglich glaubte Tom stilliegen und abwarten zu müssen, was noch geschehen würde. Er tröstete sich mit dem Gedanken, daß auch Sid gegen eine höhere Macht nichts ausrichten könnte, und schlief ein.

Das ferne Gewitter verzog sich allmählich, auch das Wetterleuchten hörte auf, und das Windsäuseln verstummte. Bald leuchteten Sterne friedlich am Firmament. Aber gegen Mitternacht wurde Tom durch ein ungewöhnlich lautes Miauen aus dem Schlummer gerissen. Verstört lauschte er eine Weile, als in der Nachbarschaft ein Fenster aufgerissen wurde und jemand fluchend einen Gegenstand nach dem vermeintlichen Katzentier schleuderte. Das Miauen hörte auf, aber bald begann es wieder. Diesmal schien die »Katze« ungeduldig, denn sie zischte plötzlich: »Miau! Tom! Miau!«

Seufzend stieg Tom aus dem Bett und schlüpfte widerwillig in die Kleider. Freudig würde er die Hälfte seiner Schätze hingegeben haben, hätte Huckleberry auf seine Teilnahme an der geplanten Friedhofsexpedition verzichtet. Leider mahnte Huckleberry von der Straße herauf durch neuerliches Miauen zur Eile.

Mißmutig brummend kletterte Tom auf das Fensterbrett, rutschte über das Dach zur Regentraufe hinab und stieg endlich an der Leiter hinunter, die er am Abend vorher bereitgestellt hatte.

Etwa eine Viertelstunde mochte vergangen sein, da näherten sich dem Friedhof, der auf einem Hügel hinter dem Städtchen lag, zwei Gestalten. Bald schlichen sie tief geduckt vorwärts, bald hielten sie an und spähten in alle Richtungen, obwohl man in dieser Finsternis kaum etwas ausnehmen konnte. Den Mond verdeckten zuweilen treibende Wolkenhaufen, und nur selten blinkte ein Stern. Wenn auf dem Friedhof der Wind das Gebüsch bewegte, konnte ein Abergläubischer meinen, es tanzten dort Geister einen grausigen Reigen. Noch dazu winselte und pfiff es schaurig um die spärlichen, zumeist windschiefen Holzkreuze, die von den Grabhügeln aufragten. Fegte der Wind stärker, dann ließ sich ein Klappern vernehmen, als schlüge Gebein auf Gebein. Das Geräusch wurde zwar von einer lockeren Schindel verursacht, die als Regenschutz an einem Grabkreuz angebracht war, aber wie sollten das die beiden nächtlichen Besucher wissen? Ihnen klang es gespenstisch genug, und es hätte nicht noch eines verdorrten Astes bedurft, der bei jedem Windstoß über die halbverfallene Friedhofsmauer kratzte — sie zitterten ohnehin schon mit den taufeuchten Grashalmen um die Wette.

Der Mond tauchte aus einer Wolkenbank, aber sein Licht wurde durch milchige Dunstschwaden geschwächt. Alles rund-

um erschien seltsam blaß, jedes Ding konnte in der Phantasie Ängstlicher zu einem geisterhaften Wesen werden, das auf Spinnenbeinen kroch oder Skelettarme ausstreckte.

All dies sahen auch Huckleberry Finn und Tom, als sie sich auf die Zehenspitzen stellten und die Nasen über den Rand der Mauer hoben. Tom wäre am liebsten gleich davongerannt, hätte Huckleberry ihn nicht festgehalten.

»Wir müssen beisammenbleiben«, flüsterte Huck. »Vor uns zweien fürchtet sich der Teufel, wenn du aber allein bist, hat er dich gleich beim Kragen.«

Tom hörte nicht zu. Er verwechselte soeben einen weit abstehenden, vom Wind bewegten Zweig mit einer Geisterhand. »Huck! Schau! Dort ...«

Huck hielt aber selber ein windschiefes Grabkreuz für ein Gerippe und glaubte in dem Grabhügel daneben eine liegende Gestalt zu erkennen. Heiser vor Entsetzen stammelte er: »Uhh, dort liegt er ... bück dich, Tom, sonst sieht er uns!«

Niedergekauert wispelten sie einander zu, was sie zu sehen vermeint hatten: »— es waren drei lange Arme und ganz dürr, und wie ich hingucke, da winkt mir so ein Arm ... ich sag dir, Huck, du wärst in Ohnmacht gefallen.«

»Pah, was ich gesehen hab, war noch viel, viel schlimmer — dort drüben bei dem Baum — haben drei Totengerippe getanzt — hu, mein Lieber, das hättest du sehen müssen ... tot umgefallen wärst du, ich schwör dir ...«

Huck verstummte. Tom hob plötzlich lauschend den Kopf. Ein Gemurmel ließ sich vernehmen, dumpf und undeutlich, als käme es aus einem Grab.

Tom starrte Huck an, Huck starrte Tom an.

Das Gemurmel wurde lauter, etwas klirrte, dann scharrte es, als erkletterte jemand die Mauer.

Das konnte nur der Teufel selbst sein! Sicher war er mit ein paar Unterteufeln gekommen, um den Geizhals William Hot zu holen.

Schaudernd hörte Tom Huckleberrys Zähne aufeinander klappern, und dieser konnte das gleiche bei Tom feststellen.

»Ko-ko-komm, lau-laufen wir!« stotterte endlich Tom dicht am Ohr des Freundes.

»Nein, da-das dü-dürfen wir nicht«, kam die Antwort, »sonst holt uns der-der Teu- der Teufel.«

Eine Zeitlang preßten sie sich aus Angst vor dem Satan an die Mauer. Dann merkten sie, daß zweimal nacheinander schwere Körper zu Boden plumpsten. Plötzlich ertönte unweit ein grimmiger Fluch, und jemand sagte: »Wirst du endlich die Laterne richtig halten, verdammter Schnapsbruder!«

Sogleich hoben die beiden Geisterseher die Köpfe. Der Teufel redete wie ein Mensch mit seinen Helfern?

Huckleberry richtete sich langsam auf. Zentimeter um Zentimeter schob sich seine Nasenspitze an der Mauer hoch. Und jetzt sah er — zwei Männer, beleuchtet vom Schein einer Laterne, die ein schwankender dritter hochhielt. Und dieser dritte war —

Huckleberry bückte sich schnell. »Tom, es sind keine Teufel! Der alte Saufbold Muff Potter ist es und noch zwei andere ... steh auf, schau sie dir an ...«

Tom folgte zaghaft der Aufforderung. Weder Muff Potter noch der Teufel oder dessen Großmutter interessierten ihn. Er wollte nur eines: nach Hause! Nie würde er zur Nachtzeit auf einen Friedhof gehen, um zu sehen, wie man Warzen heilte. Als er aber doch über die Mauer hinwegspähte, staunte er nicht wenig. Einer der Männer, von denen Huck gesprochen hatte, nahm dem betrunken taumelnden Potter die Laterne ab und beleuchtete ein Grab nach dem andern. Wenn er sich vorbeugte, wurde ein scharfgeschnittenes, narbiges Gesicht erkennbar, das strähniges schwarzes Haar umrahmte. Tom kannte dieses Narbengesicht.

»Huck, das ist ja Indianer-Joe! Wie kommt der hierher?«

Darauf wußte Huckleberry keine Antwort.

Indianer-Joe war ein übel beleumdeter Herumtreiber, dem man eine Menge Missetaten zur Last legte, ohne ihm auch nur eine beweisen zu können. Im vergangenen Jahr verschwand er plötzlich, und man munkelte, er sei mit Bing Hot, dem Sohn des verstorbenen William Hot, irgendwo im Süden bei einem Pferdediebstahl ertappt und gehenkt worden. Und nun stand er hier im Friedhof, und der Mann neben ihm war Bing Hot. Jetzt torkelte Muff Potter auf die beiden zu.

»Gebt die Laterne her, Dummköpfe, ihr werdet ja — hupp — doch nichts — finden. Ihr wißt gar nicht — hupp — wo er liegt — aber — ich — hupp — ich weiß es!«

Die Männer stießen Potter beiseite. Indianer-Joe nahm einen Sack vom Boden auf und ging zu einem frischen Grab.

»Da ist es«, sagte er, »— also, Bing, fangen wir an, nimm du die Schaufel, ich werde graben.«

Schon bückte er sich nach dem Sack und schüttelte das Werkzeug heraus. Mit einemmal hielt er an und sah nachdenklich auf das Grab nieder.

»Bing, weißt du bestimmt, daß dein Vater die Aufzeichnungen über das versteckte Geld bei sich trug?«

Der junge Mensch nickte. »Ganz bestimmt hatte sie der Alte bei sich. Er trug das Papier im Rockfutter eingenäht, er war ja zu geizig, sich einen neuen Rock zu kaufen, und so haben sie ihn auch mit diesem Rock begraben. Potter sagte doch, er hätte es gesehen. Also los, Joe —«

Potter ließ sich neben den beiden auf einen Grabhügel nieder. Teilnahmslos stierte er ins Leere, rülpste ab und zu und hob erst den Kopf, als seine Begleiter das Grab William Hots öffneten. Mit glasigen Augen schaute er ein Weile dem Tun der beiden zu, und da sie nun auf den Sarg stießen, hob er unsicher die Hand und lallte:

»Vergeßt ja nicht, daß ich euch verständigt hab ... ohne mich wüßtet ihr nicht, daß der Alte — abgekratzt ist ... ein — ein Drittel vom Geld krieg ich — so war's ausgemacht ...«

Unverständliches Gemurmel folgte, dann sank der Betrunkene um.

Huckleberry zog Tom zu Boden. »Du, jetzt weiß ich, was sie machen wollen ... der alte Hot hat viel Geld gespart und es irgendwo versteckt — das sagen alle Leute —, und wo das Geld liegt, hat er auf ein Papier gezeichnet, und dieses Papier wollen sie haben.«

»Warum hat aber Bing Hot die anderen zwei mitgenom-

men? Das Geld gehört ihm, er ist doch der Sohn vom alten Hot!?«

»Das schon, aber Muff Potter benachrichtigte Bing, daß der alte Hot gestorben ist, und nun will er was dafür haben.«

»Schön, das verstehe ich, Huck. Aber warum ist Indianer-Joe dabei?«

»Hm, das weiß ich nicht — vielleicht schuldet ihm Bing Geld, oder Joe weiß etwas Schlimmes von Bing. Er soll ein mächtig gefährlicher Bursche sein. Unser Bürgermeister schwört darauf, daß Bing Hot einer von den maskierten Räubern gewesen ist, die voriges Jahr die Postkutsche überfallen haben. Ich sag dir, Tom, wenn Bing und Joe wüßten, daß wir sie belauern, sie würden uns glatt die Köpfe abreißen.«

Tom schaute ängstlich zur Mauer auf und befühlte den Hals, als wollte er sich überzeugen, ob sein Kopf noch fest säße. »Huck, ich denke, wir sollten verschwinden, sonst erwischen sie uns.«

Huckleberry nickte gedankenvoll, schien aber nicht zugehört zu haben. Mit einemmal faßte er Toms Arm und zischelte aufgeregt: »Du, wenn wir ihnen das Papier wegnehmen könnten, auf dem der alte Hot geschrieben hat, wo sein Geld versteckt ist ... wir würden es zum Bürgermeister tragen — oder nein — wir holen selber das Geld und ziehen uns tausend Dollar Belohnung ab, bevor wir es Mister Tatcher geben. Tausend Dollar, Tom! Wär' das eine feine Sache? Ich würde mir gleich ein Segelboot ...« Huckleberry sah Tom aufgeregt Zeichen machen und schwieg sofort.

Vom Friedhof her tönte wüstes Geschimpfe. Deutlich ließ sich Indianer-Joes Baßstimme von der kreischenden Bing Hots unterscheiden.

»Gib das Papier her, Bing! Ich hab's gefunden — bei mir ist es sicher. Ich teile ehrlicher als du. Gib her, sag ich ...«

»Laß los, du Stinktier! Mir gehört es — ich bin William Hots Sohn ... laß mich aus! Potter, zu Hilfe! Er will uns betrügen. Pack ihn, Potter, schnell, zieh ihn weg!«

»Aber, Gentlemen!« hörte man Potter lallen. »Rauft euch doch nicht ... he, ihr zwei, hört doch auf — holla, Joe! Was soll das? Gib mir sofort das Messer zurück! Joe, ich will mein

Messer haben! Gib's zurück, Joe ... he, du! Es geschieht ein Unglück ... Laß Bing los — he, laß — ihn los! Joe! Gib das Messer her ... na wart, du Schuft, ich werd dir geben ... ich schlag dir die Schaufel auf den Schädel ... o Gott, Joe, was tust du — — —?«

Ein Aufschrei unterbrach Potters Gestammel, dann fiel etwas Schweres ins Gesträuch. Jemand stöhnte. Hatte Muff Potter mit der Schaufel zugeschlagen? Oder hatte ihn selber ein Hieb getroffen?

Jemand ächzte: »O Gott, o Gott.« War das Indianer-Joe? Oder Bing Hot?

Lauter als zuvor rauschten die Blätter im Wind — man konnte die Stimmen nicht mehr unterscheiden. Am Ende hatten die drei Grabräuber gleichzeitig einander niedergeboxt? Schließlich verstummte das Ächzen.

Toms Neugier überwog die Bedenken, entdeckt zu werden. Vorsichtig richtete er sich auf, zog aber Huck für alle Fälle mit sich hoch, denn der Anblick von etwas Grausigem ließ sich zu zweit leichter ertragen.

Es gab aber gar nichts Grausiges zu sehen. Eher war es zum Lachen, wie Muff Potter mit unsäglich dummem Gesicht auf dem Boden saß und sich vergeblich bemühte, auf einen Schaufelstiel gestützt, wieder auf die Beine zu kommen. Seitwärts von ihm hing an einer Astgabel die Laterne. Sie beleuchtete auch Indianer-Joe, der über einen zur Hälfte im Gebüsch liegenden Körper gebeugt stand. Jetzt richtete sich Joe auf und strich mit dem Handrücken über die Stirn. Bei dieser Bewegung blinkte etwas in seiner Faust — ein Messer. Nun wandte er sich Potter zu, betrachtete ihn einige Sekunden lang und bückte sich jäh. Es sah aus, als wollte er dem Sitzenden helfen aufzustehen, denn er umschlang ihn mit dem linken Arm. Er stieß aber mit der Rechten das Messer zwischen Potters Beine in die Erde und versetzte dem Taumelnden einen leichten Tritt.

»He, Muff, alter Saufaus, mach, daß du fortkommst! Wenn dich der Sheriff erwischt, hängst du sicher.«

Muff hob den stieren Blick. »Du hast mich niedergeschlagen, du gemeiner Kerl — aber warte, gleich werde ich auf den Beinen sein. Ich werde dich lehren... mich schlagen!«

»Sei vernünftig, Potter, ich hab dich niedergeschlagen, weil du Bing Hot gestochen hast, ich wollte dich abhalten, bin leider zu spät gekommen... tut mir mächtig leid, daß ich's nicht konnte.«

Potter saß plötzlich wie erstarrt. Er glotzte zu Indianer-Joe auf, als sähe er ein Gespenst. Die Trunkenheit schien völlig von ihm gewichen. Mit einer Hand bedeckte er die Augen, wie um sich des Geschehens zu entsinnen, wackelte dabei stöhnend mit dem Kopf, dann schrie er auf: »Nein, nein! Das ist gelogen! Du hast ihn umgebracht! — Mit meinem Messer!«

Indianer-Joe stand breitbeinig da und blickte verachtungsvoll auf den Kumpan nieder.

»Potter, du bist ein dummer Hund. Schau doch, was vor dir im Boden steckt: dein Messer! Du hast es fallen lassen, nachdem du Bing erledigt hast... streit das ab, wenn du's kannst. Aber meinetwegen erzähl dem Sheriff, was du willst, ich verrat dich nicht, kannst dich darauf verlassen. Und jetzt mach ich mich dünn, will mit der Sache nichts zu tun haben.«

Kaum hatte er Potter den Rücken zugekehrt, sprang er, von einem Zorneslaut gewarnt, blitzschnell zur Seite, und die Schaufel, die Potter geschleudert hatte, sauste an ihm vorbei. Wütend warf sich Potter seitwärts, suchte Joes Füße zu pakken, aber dieser rannte zur Mauer und schwang sich hinüber, ehe Potter auf den Beinen stand.

»Mach's gut, altes Schnapsfaß! Und bleib nicht zu lange in der Gegend, sonst baumelst du bald!« rief Joe noch zurück, dann verschwand er in der Dunkelheit.

»Joe! Lauf doch nicht fort«, jammerte Potter.

Er lauschte dem Flüchtigen nach, stieg über die Mauer und rief: »Joe, um Himmels willen — sag doch, daß ich's nicht getan hab... Ich schwör es, ich bin unschuldig...«

Dreimal heulte er dieses: »Ich bin unschuldig!« in die Nacht, dann verschlang auch ihn die Finsternis.

Ein Windstoß fegte durchs Gebüsch. Die Laterne schaukelte, und nach heftigem Flackern erlosch die Flamme.

Von Angst und Entsetzen getrieben, liefen die beiden Lauscher, bis ihnen die Luft knapp wurde. Ohne es besprochen zu haben, schlugen sie unwillkürlich die Richtung zum Haus des Sheriffs ein. Als sie aber hinter der Scheune anhielten, schauten sie ratlos um sich. Im Vorgarten schlug ein Hund an, vom Walde her tönte das klägliche Geschrei eines Käuzchens. Im Mondlicht schimmerte das taufeuchte Gras der Wiesen wie bereift. Irgendwo krähte ein Hahn. Alles schien so friedlich, daß Huckleberry sagte: »Tom, ich glaube fast, ich hab geträumt.«

Die unerwartete Anrede schreckte Tom aus seinen Gedanken. Soeben war ihm bewußt geworden, wo er sich befand. »Wäre mir lieber, ich hätte nur geträumt! Aber jetzt müssen wir doch etwas tun. Was meinst du, Huck — sollten wir nicht den Sheriff herausklopfen und ihm alles sagen?«

»Mir scheint, du hast dein bißchen Hirn beim Laufen verloren, was? Wenn der Sheriff erfährt, daß wir bei Nacht auf dem Friedhof waren, wird er wissen wollen, warum, und wenn wir sagen, daß wir mit einer toten Ratte Warzen heilen wollten, wird er meinen, wir wollen ihn zum besten halten, und uns einsperren!«

»Dann geh ich nach Hause und erzähl alles meiner Tante, sie wird's dann schon dem Sheriff weitersagen.«

»Hast ganz recht, tu's nur, du Narr — sag deiner Tante genau, was du alles gesehen hast, und morgen könnt ihr auf der Wiese schlafen, weil Indianer-Joe aus Rache euer Haus angezündet hat.«

»Indianer-Joe wird uns gar nichts tun können, den fangen sie noch heute nacht, wenn ich's sag, daß er Bing Hot umgebracht hat.«

»Tom, du bist dümmer, als ich geglaubt hab. Die Tante wird dich zuerst windelweich prügeln, weil du bei Nacht fortgelaufen bist. Ich sag dir, du kannst mit den Großen noch immer nicht richtig umgehen, sie sind sehr komisch und wollen nicht begreifen, daß ein richtiger Bub auf Abenteuer ausziehen muß. Ich rate dir, Tom, sag niemandem etwas, du hast nichts davon, kriegst nur Hiebe.«

Tom überlegte. Huck hatte recht. Tante Polly würde mächtig böse sein und ihn mindestens vierzehn Tage nicht mehr auf die Straße lassen — ausgenommen den Weg zur Schule.

Was ging es ihn an, was sich heute nacht auf dem Friedhof zugetragen hatte? Wäre er nicht dort gewesen, hätte er nichts gesehen.

Tom streckte Huckleberry die Hand entgegen: »Huck, ich verspreche dir: Ich sage nichts. Meinetwegen soll Muff Potter zum Sheriff gehen und sagen, was er weiß — wir wissen nichts. Ich will nicht wegen anderen Hiebe bekommen.«

»Na also«, erwiderte Huckleberry und atmete befreit auf. »Ich hab schon Angst gehabt, von heute ab wär's aus mit meinem freien Leben. Wenn der Sheriff erfährt, daß ich bei Nacht herumstrolch, steckt er mich ganz sicher ins Loch. Mit meinem Vater macht er's genauso, wenn der betrunken ist! Schwöre mir, Tom, daß du niemandem in deinem ganzen Leben erzählen wirst, was wir gesehen haben. Sag: Der Blitz soll mich treffen, eine Klapperschlange soll mich beißen, eine Woche lang soll ich nichts essen, wenn ich etwas verrate.«

Feierlich wiederholte Tom die schreckliche Schwurformel, dann schlichen sie in entgegengesetzten Richtungen davon. Es gelang Tom, ohne Geräusch über Leiter und Dach ins Zimmer zu klettern, und nach wenigen Sekunden lag er im Bett und beglückwünschte sich, daß ihm niemand den Kopf abgerissen hatte. Nur dies machte ihm Sorgen: Heute morgen würde der Lehrer ihn vortreten lassen und fragen, warum er gestern nachmittag die Schule geschwänzt habe. Fiel ihm bis dahin keine gute Ausrede ein, dann ...

Tom juckte der Rücken. Er seufzte tief und schlief ein. Hätte er gewußt, daß sein Bruder Sid seit einer Stunde wach lag, würde er weniger gut geschlafen haben.

Gegen neun Uhr morgens wurden die Bewohner von Sankt Petersburg durch eine Neuigkeit beunruhigt, die so schrecklich war, daß Mister Zigfield seinen Schülern gleich den ganzen Tag freigab. Er wollte unbedingt dabeisein, wenn die Reiter zurückkehrten, die der Sheriff nach allen Windrichtungen ausgeschickt hatte, den Mörder Bing Hots zu fangen. Zeitig früh hatte man neben dem aufgebrochenen Grab des alten William Hot dessen Sohn erstochen aufgefunden. Die Mordwaffe, ein Messer, stak neben dem Grab in der Erde. In den Griff des Messers waren die Buchstaben »M. P.« geschnitten. Ein Bürger des Städtchens hatte bei Tagesanbruch den Vagabunden Muff Potter beobachtet, als er sich eben in einem Wassergraben Flecke aus den Kleidern wusch. Potter lief aber rasch davon.

Waren diese beiden Umstände und die Buchstaben »M. P.« auf dem Griff des Messers nicht Beweis genug, daß nur Muff Potter der Mörder Bing Hots sein konnte?

Gegen halb zehn Uhr waren sämtliche Häuser St. Petersburgs von den Bewohnern verlassen. Alles, was laufen, gehen, humpeln konnte, war zum Friedhof gepilgert. Man bedauerte laut William Hot, daß er nicht einmal im Grab Ruhe gefunden hatte, und man bemitleidete ebenso laut seinen Sohn Bing, weil dieser so jung hatte sterben müssen. Leise erzählte man aber dem Nachbarn, welch ein geiziger Geldraffer der alte Hot und welch ein Lump sein Sohn gewesen, der früher oder später gehenkt worden wäre, hätte ihn nicht heute nacht der Mordstahl getroffen. Mister Washer, der Hilfsgeistliche, sprach von einem Blitzstrahl der Vergeltung, der ganz sicher den verruchten Mörder und Grabschänder zerschmettern würde, und Tom, der natürlich »auch dabei« war, schloß ängstlich die Augen, denn soeben hatte er Indianer-Joe unter der Menge erblickt. Es vergingen aber mehrere Minuten, und kein Blitzstrahl fuhr auf Joe nieder. Tom nahm sich vor, Mister Washer nur mehr die Hälfte dessen zu glauben, was er sagen würde. Dagegen glaubte Huckleberry, der sich Tom zugesellt hatte, um so fester, daß Indianer-Joe einen Pakt mit dem Teufel geschlossen habe. Es wurden nämlich Drohrufe laut, und die Menge teilte sich. Der Sheriff stieß

Muff Potter vor sich her und zwang ihn, an das Grab des alten Hot zu treten, wo noch immer der tote Bing lag. Indianer-Joe sah zu, ohne mit einer Wimper zu zucken. Er verriet auch keine Spur von Reue oder Ergriffenheit, als Potter beim Anblick des Ermordeten das Gesicht in den Händen verbarg und schluchzend ausrief: »Ich hab's nicht getan, Leute! Auf Ehr und Seligkeit, ich tat's nicht!«

»Wer hat dich denn angeklagt?« schrie jemand.

Potter begriff, daß seine Erklärung fast einem Geständnis gleichkam, und schaute hilflos um sich. Als er in der Menge seinen Kumpan entdeckte, wollte er etwas sagen, aber der Sheriff hielt ihm ein Messer vors Gesicht.

»Muff Potter, kennst du dieses Messer?«

Der Befragte taumelte wie von einem Faustschlag getroffen zurück. Die Augen in Todesangst aufgerissen, schaute er abermals nach Indianer-Joe und schrie ihm zu: »Sag's ihm, Joe — um Himmels willen, sag es ihm!«

Joe stand gelassen da und musterte den Kumpan mit so erstaunten Blicken, als wäre ihm dieser völlig fremd. Erst als

ihn der Sheriff befragte, was Potter von ihm wolle, erzählte Joe kaltblütig — er sei wohl bei Nacht auf dem Friedhof gewesen, aber nur, um ein stilles Plätzchen zum Schlafen zu suchen. Dabei habe er Potter und Bing streiten gehört, er sei jedoch gleich wieder weggegangen. Man werde verstehen — sagte er mit artigem Lächeln —, daß er ziemlich verärgert gewesen sei, sogar am Friedhof zwei Gottlose anzutreffen, die nicht einmal den Toten Ruhe gönnten. Diese Erklärung wurde von den frommen Bürgern, besonders aber von Mister Washer, mit zustimmendem Kopfnicken aufgenommen, worauf Joe sich nach allen Seiten, mit der Sicherheit eines echten Gentlemans, verbeugte und fortging. Niemandem fiel es ein, ihn zurückzuhalten, und niemand, auch nicht der dickliche, ewig an Schnupfen leidende Sheriff bezweifelte die Wahrhaftigkeit von Joes Erklärung. Potter wurde trotz aller Unschuldsbeteuerungen abgeführt.

Nur Tom Sawyer und Huckleberry Finn wußten, daß Potter die Wahrheit gesagt hatte, als er sich gegen die schweren Beschuldigungen wehrte. Die beiden begnügten sich aber, bedeutsame Blicke auszutauschen, und schlichen davon.

In den folgenden Tagen lastete das schreckliche Geheimnis auf Tom wie ein Zentnergewicht. Gedrückt ging er umher, seufzte mitunter erbärmlich und gab in der Schule auf die Frage, wer Amerika entdeckt hatte, zur Antwort: »König Salomo« — worauf Mister Zigfield vermutete, Tom habe einen Hitzschlag erlitten, und ihn nach Hause schickte.

Bei Nacht wurde Tom von schlimmen Träumen gequält, und wenn er des Morgens aufwachte, schaute Sid ihn merkwürdig an.

»Tom läßt mich nicht schlafen«, klagte Sid der Tante. »Ständig schlägt er um sich und redet dummes Zeug, das kein Mensch versteht.«

Die Tante nahm sich Tom beim Frühstück vor. »Was fehlt dir, Tom? Du bist so bedrückt in letzter Zeit — schleichst herum wie das leibhaftige schlechte Gewissen. Sag ehrlich: Was hast du wieder angestellt?«

Tom versenkte die Nase in die Kaffeeschale und brummte: »Gar nichts habe ich, wirklich nichts.«

»Glaub ihm nicht, Tante!« rief Sid. »Frag ihn doch einmal, warum er vorige Woche bei Nacht auf dem Dach herumgeklettert ist.«

Tom errötete wie nie zuvor und wollte eiligst den Raum verlassen. Aber Tante Polly erwischte ihn noch rechtzeitig. Sie benahm sich seltsam aufgeregt, rückte die Brille auf die Nasenspitze, schob sie von dort auf die Stirn und wieder zurück, streichelte zwischendurch einen getrockneten Kürbis, den sie mit Toms Kopf verwechselte, und jammerte unaufhörlich: »Mein gutes Kind, mein armer Tom, aufs Dach bist du geklettert? O du lieber Gott, bei Nacht aufs Dach! Mondsüchtig ist das arme Kindchen ... welch ein Unglück! Mondsüchtig ist er, und ich wußte es nicht ... Oh, jetzt verstehe ich manches ...«

Verstohlen drohte Tom dem Bruder mit der Faust, aber dieser grinste schadenfroh und drehte ihm eine lange Nase, während Tante Polly in Eile ein uraltes »Handbuch für allerley Krankheiten, innerliche und äußerliche« durchblätterte, um ein Mittel gegen die »Mondsucht« ihres Neffen zu finden.

Es waren sehr schwerwiegende Gründe, die wenige Tage später Tom Sawyer bestimmten, sein Leben zu ändern und sowohl angenehme Gewohnheiten als auch unangenehme Pflichten aufzugeben. Nicht nur auf gutes Essen und weiches Bett wollte er künftig verzichten, sondern auch auf Schulbesuch und Holzschneiden. Denn Tom war fest entschlossen, Einsiedler zu werden. Erstens, weil Betsy Tatcher nichts mehr von ihm wissen wollte und Stan Hardy, diesen eingebildeten Strohkopf, von ihrem Kuchen hatte abbeißen lassen. Zweitens, weil Mister Zigfield ihn abermals gewaltig verdroschen hatte, obwohl er diesmal ganz unschuldig gewesen war. Das heißt, nicht ganz, aber mindestens zu drei Viertel oder allermindestens zur Hälfte unschuldig. Walt Tennison hatte nämlich die Maus in die Klasse mitgebracht, er, Tom, hatte sie bloß an einen Faden gebunden und zu den Bänken der Mädchen laufen lassen. Der dritte und entscheidende Grund aber war, daß Tante Polly in ihrem Arzneibuch endlich doch ein Mittel gegen Mondsucht gefunden hatte: Wasserbehandlung!

Jeden Morgen holte sie Tom frühzeitig aus dem Bett, zog ihn, sein Geschrei nicht beachtend, in den Holzschuppen und überschüttete ihn mit einem Eimer voll eiskalten Wassers. Und abends tat sie das gleiche. Dann rollte sie ihn in nasse und trockene Tücher und stopfte ihn unter die Bettdecke, so daß er nach fünf Minuten vermeinte, seine sündenbeladene Seele schwitze bei allen Poren heraus.

Es war einfach nicht mehr auszuhalten. Zuerst verschmähte Liebe, dann Hiebe und jetzt auch noch diese Wasserkur — nein, dann schon lieber keine Fleischknödel mehr zu Mittag und Einsiedler werden.

Traurig umkreiste Tom das liebe alte Städtchen, sah Schornsteine rauchen, hörte Pferde in den Ställen schnauben, Kühe muhen, Hühner gackern und die Schulglocke läuten. Vor Gram brach ihm fast das Herz. Wie lieblich die Glocke mahnte: Plomm — plamm — plomm — plamm. Es konnte heißen: Komm, Tom, lauf nicht davon — komm schon — —

Ja, Schnecken! Mochte die Glocke rufen, so lange sie wollte, er würde sich nicht verlocken lassen. Nie mehr! Das heißt, eigentlich schon, aber erst dann, wenn ihm ein mächtiger

Vollbart gewachsen war und er zwischen den Fäusten einen Kieselstein zerdrücken konnte. Ein Riese wollte er sein, wenn er zurückkam, in Bärenfelle gekleidet, mit einem Baumstamm als Keule in der Faust. Ha, dann würde er den Kopf durchs Fenster des Schulhauses stecken und brüllen, daß die Wände zitterten: Mister Zigfield, kennst du mich noch? Ich bin Tom Sawyer, der Einsiedler — komm heraus und kämpfe mit mir!

In Gedanken versunken holte Tom mit der eingebildeten Keule aus und hätte bald Joe Harper getroffen, der ihm gerade entgegenkam. Er hielt die Hände auf die Sitzfläche gepreßt und heulte.

Joe Harper war schlimmes Unrecht geschehen. Man hatte ihn verprügelt, weil er aus der Speisekammer einen frisch gebackenen Pflaumenkuchen entführt und aufgegessen hatte. Er hatte aber doch nur die Hälfte des Kuchens verspeist, den Rest hatte er mit Schwarzbeerensaft übergossen, weil diesen niemand im Hause mochte — außer ihm. Einer solchen Kleinigkeit wegen hatte ihm der Vater bare fünfundzwanzig mit dem Rohrstab auf das Hinterteil gezählt.

So tief gekränkt war Joe Harper, daß er ohne Zögern Toms Vorschlag annahm, »Zweisiedler« zu werden, weil »Einsiedler« zu zweien ja nicht gut ging.

Feierlich wurde der neue Zweisiedlerbund durch Eide bekräftigt, von denen der mindeste dem Eidbrüchigen Tod durch Liegen in Brennesseln verhieß. Sie schworen weiter, einander beizustehen in allen Gefahren, und selbst vor dem Rachen eines Löwen, Krokodils oder einer Riesenschlange nicht zurückzuschrecken, sollte der Freund und Blutsbruder sich zufällig dorthin verirren.

Dann kam aber fröhlich pfeifend Huckleberry Finn des Weges und hatte kaum von dem traurigen Zweisiedlerbund vernommen, als er vorschlug, diesen aufzulösen und zu dritt eine Piratenbrüderschaft zu gründen. Nach zwei Minuten waren Tom und Joe überzeugt, daß ein Piratenleben weitaus lustiger und aufregender sei, als in einer Einsiedlerhöhle zu zweien bald vor Hunger, bald vor Kälte zu sterben.

Das Seeräubernest sollte auf einer bewaldeten Insel errichtet werden, die stromabwärts, drei Meilen von St. Petersburg entfernt, lag. Diese Insel war unbewohnt, und die dichten Wälder an beiden Stromufern ließen Entdeckung nicht befürchten. Zum Piratenschiff, mit dem die Seeräuberei ausgeübt werden sollte, wurde ein kleines Floß mit einem Segel darauf bestimmt, das im Strom verankert lag und selbstverständlich erst gekapert werden mußte. Eine Weile beratschlagten die drei, was sie späterhin eigentlich kapern wollten, da doch die Schiffer und Holzflößer, die den Strom befuhren, sich nicht so ohne weiteres ergeben würden. Es fiel ihnen aber nichts ein, und so gingen sie daran, einen Kapitän zu ernennen. Da jedoch keiner ein gewöhnlicher Seeräuber sein wollte, ernannte sich jeder zum Kapitän. Tom Sawyer wurde zum »Schwarzen Rächer des Ozeans«, Joe Harper gefiel sich als »Roter Schrecken aller Meere«, während Huckleberry sich mit dem schlichten Titel »Bluthand« begnügte. Nun wäre alles in bester Ordnung gewesen, und die Seeräuberei hätte sofort beginnen können. Aber Tom erinnerte sich, daß auch der berühmteste Piratenkapitän nicht von der Luft leben könne, sondern Proviant brauche. Also wurde die Abreise auf Mitternacht verschoben. Denn erstens begann jedes gefährliche Abenteuer zu diesem Zeitpunkt, und zweitens konnte man Speisekammern unmöglich bei hellichtem Tag plündern. Außerdem wurde noch beschlossen, im Städtchen das Gerücht zu verbreiten, man werde bald »was erleben«. Die Bewohner von St. Petersburg sollten nämlich nicht lange raten müssen, wer jene drei berühmten Korsaren wären, von denen binnen kurzem alle Welt reden würde. Hierauf gingen die »Piraten« auseinander, um die notwendigen Vorbereitungen zu treffen.

Gegen Mitternacht schleppte Tom einen mächtigen Schinken und andere Kleinigkeiten zum Strom und erwartete, in einem Gebüsch versteckt, die Freunde. Ein sternenklarer Himmel dehnte sich über ihm. Das Wasser floß still vorbei und glich in seiner dunklen Weite dem Ozean. Ein Fisch sprang auf und platschte zurück, Mücken summten. Irgendwo im Ufergebüsch knackte ein Zweig. Tom horchte gespannt und pfiff leise. Das Signal wurde erwidert, Blätter raschelten. Dann fragte jemand: »Schiff ahoi — wer ist da?«

»Tom Sawyer, der Schwarze Rächer.«

»Aha, er ist's!« tönte es zurück. »Vorwärts, Bluthand! Der Schwarze Korsar und seine Blutsbrüder!«

Ungestüm brachen jetzt die Spießgesellen des Schwarzen Rächers durch den Busch. Bluthand trug einen alten Kochkessel, in dem ein voller Tabaksbeutel und einige Maiskolben lagen, aus denen er Pfeifen zu schnitzen gedachte, auch Feuerstein und Zunder hatte er nicht vergessen. Der Rote Schrecken aller Meere keuchte unter der Last einer gewaltigen Speckseite. An seinem Gürtel hingen ein langes Messer, das ihn bei jedem Schritt in die Wade stach, und ein Brotbeutel, der an die Fersen stieß.

Obwohl ein bequemer Weg zum Anlegeplatz am Strom führte, zogen es die drei Piraten vor, einen geröllbedeckten Steilhang hinabzuklettern, weil Joe Harper behauptete, das wäre bei Seeräubern so üblich. Das Floß, das sie entern wollten, lag für jeden leicht zugänglich ein Stück oberhalb des Anlegeplatzes und war mit Stricken an eine Baumwurzel festgebunden. Ein Sechsjähriger hätte das Floß mühelos entführen können. Aber Huck Finn, die Bluthand, befahl durch Gebärden, das Gepäck abzulegen und auf dem Bauch bis ans Wasser zu kriechen. Todesmutig folgten Schwarzer Rächer und Roter Schrecken, sie rutschten im Uferschlamm auf das einsame Floß zu und umzingelten es. Einige aufgescheuchte Frösche flüchteten ins Wasser. Ein in der Luft tanzender Mückenschwarm wurde vertrieben. Nach diesen glorreichen Siegen wurde das Floß geentert und seeklar gemacht.

Tom, der ein Buch über Schiffahrt gelesen hatte, gab die Kommandos: »Setzt das Hauptsegel, Leute — bringt das Schiff vor den Wind — hinauf auf die Rahen! — Anker hoch ... stoßt ab!«

Das Floß trieb gegen die Strommitte. Im Sternenlicht konnte man die Silhouette des Städtchens ausmachen. So still und friedlich lag es da. Einige Häuser waren deutlich zu erkennen — jenes mit dem hohen Giebel gehörte Mister Tatcher, dem Bürgermeister, daneben wohnten die Harpers, der helle Fleck weiter hinten konnte nur Tante Pollys Häuschen sein — in einem Dachstübchen brannte die Lampe.

Tom seufzte. Tief ergriffen nahm er Abschied von der

trauten Heimat. Dort drüben schlief alles — Betsy Tatcher, die Treulose, Mister Zigfield, der Strenge, Tante Polly, die eigentlich immer gut zu ihm gewesen war. Sie allein würde heiße Tränen vergießen, wenn sie erfuhr, daß Tom sie verlassen hatte, um in rauher Fremde auf fernen, sturmgepeitschten Meeren ein gefürchteter Seeräuber zu werden. Es hätte nicht so kommen müssen, wäre die Tante nicht auf diese unglückliche Idee mit der Kaltwasserkur verfallen. Aber täglich zweimal mit kaltem Wasser übergossen und in nasse Tücher gewickelt zu werden — nein! Wenn schon Wasser, dann Meerwasser. Lieber auf dem wilden Ozean mit wehender Flagge untergehen, als in nassen Tüchern ersticken zu müssen.

Auch Joe Harper seufzte, da er erstmals überlegte, wie dieses Abenteuer ausgehen würde. Nur Huck Finn spürte keinen Abschiedsschmerz. Er hatte nichts zu verlieren. Was er in St. Petersburg zurückließ, fand er überall: eine Regentonne zum Schlafen, Abfälle als Nahrung und Lumpen zur Kleidung. Er brauchte sich nicht zu sorgen. Um ihn würde niemand trauern. Der Vater war und blieb ein Säufer, der sich ständig umhertrieb und sich niemals um seinen Sohn kümmerte. Und andere Verwandte hatte Huckleberry nicht. Also pfiff er ein fröhliches Liedchen, denn er fühlte sich bedeutend wohler als seine Gefährten, denen nun, da von dem Städtchen nichts mehr zu sehen war, so manches bedenklich vorkam. Um seine schlimmen Befürchtungen zu vergessen, kreuzte Tom die Arme über der Brust und schaute grimmig drein wie ein echter Pirat. Dabei dachte er an Betsy Tatcher und wie sie ihn bewundern würde, könnte sie ihn jetzt sehen. In seiner Phantasie war er jetzt der Kapitän eines Kaperschiffes auf Beutefahrt. »He, Leute!« rief er den Freunden zu. »Backbord segelt eine spanische Brigg! Sie ist mit Schätzen beladen. Wir wollen sie entern — vorwärts, an die Kanonen! Feuert eine Breitseite ab!«

Huckleberry folgte begeistert dem Befehl. Er sprang zu dem Schinken und richtete diesen wie ein Kanonenrohr gegen das »feindliche Schiff«. Joe Harper dagegen blieb teilnahmslos stehen. Seine Abenteuerlust hatte stark nachgelassen. Er wurde aber durch die Drohung, wegen Meuterei ins Wasser geworfen zu werden, zum Gehorsam gezwungen. Bald vergaß auch er seine Kümmernisse und spielte mit Feuereifer einen Piraten, der ein feindliches Schiff in Brand schießt, entert und mit Matrosen erbittert kämpft. In der Hitze des Gefechtes schlug er die Speckseite Bluthand auf den Kopf, und dieser rächte sich, indem er dem Roten Schrecken den Kochkessel aufsetzte. Der Schwarze Rächer wollte beide Kämpfer gefangennehmen und warf eine Seilschlinge wie ein Lasso. Leider fing er sich in der Dunkelheit selber in der Schlinge und wäre fast in den Strom gestürzt. Mit Gebrüll wurde der neue Sieg gefeiert und die »Beute« aus dem »gekaperten Schiff« verteilt: Kisten voll Gold, Diamanten und Perlen — aus Luft. Mit einem zum Fernrohr ernannten Stock wurde nun die Umgebung gemustert und festgestellt, daß es höchste Zeit war, Vorbereitungen zur Landung zu treffen.

Das Floß trieb schon an der »Pirateninsel« vorbei!

Vorerst entbrannte aber ein Streit um die Ruderstange. Jeder der drei Seefahrer behauptete, der bessere Steuermann zu sein. Joe und Tom zerrten an einem Ende der Stange — Huckleberry am andern. Zum Glück stolperte Tom, der in seinem Leben noch kein Floß gesteuert hatte, über den Schinken und riß Joe Harper mit. Dieser glaubte sich angegriffen, und während die beiden miteinander balgten, gelang es Huck, das Floß auf eine Sandbank zu setzen.

Die Insel war dicht bewaldet. Schon eine Steinwurfweite vom Ufer entfernt konnte ein loderndes Lagerfeuer von der Stromseite her nicht mehr gesehen werden. Als der Flammenschein die Gesichter rötlich beleuchtete und Laubwerk, Baumstämme, Schlingpflanzen erglühen ließ, wähnten die drei, auf einer Insel im Ozean zu sein. Sie brieten ein mächtiges Stück Schinken über dem Feuer und gruben, wie es richtige Piraten tun, die Zähne gierig in das berußte Fleisch, daß Huckleberry dem gleichzeitig zuschnappenden Joe Harper fast die Nase abgebissen hätte. Bald glänzten ihre Gesichter und Hände fettig schwarz, aber dadurch fühlten sie sich erst recht als echte Korsaren nach einem Beutezug.

Dieses wilde, ungebundene Leben schien ihnen das schönste

Abenteuer ihres Daseins, und sie schworen, die Augen rollend, unter wilden Gebärden, in dieses langweilige Nest Sankt Petersburg nur zurückzukehren, um es zu überfallen und die Bewohner als Sklaven zu verkaufen. Nur mit Tante Polly wollte Tom eine Ausnahme machen, wenn sie feierlich beeidete, ihm nie wieder eine Kaltwasserkur gegen Mondsucht zu verschreiben.

Als er eben ausführlich schilderte, wie Mister Zigfield und Mister Washer, an den Marterpfahl gefesselt, um Gnade betteln würden, unterbrach ihn Joe Harper: »Marterpfähle gibt es nur bei den Indianern. Korsaren binden Gefangene an Schiffsmaste oder hängen sie an den Rahen auf.«

»Müssen wir denn immer Piraten sein?« rief Tom ärger-

lich. »Manchmal sind wir eben auch Indianer, dann wird uns niemand in der Verkleidung erkennen.«

Huckleberry, der unterdessen einen Maiskolben zum Pfeifenkopf höhlte, sah auf. »Ich bleibe lieber Seeräuber, auf dem Meer kann mir kein Sheriff in die Tasche gucken, ob ich gestohlene Äpfel bei mir hab.«

»Wenn du aber als Indianer verkleidet auf einem Seeräuberschiff fährst, durchsucht dich der Sheriff bestimmt nicht«, behauptete Tom.

»Damit hat er recht«, stimmte Joe zu. »Wir müssen immer jemand anderer sein, dann kennen sich unsere Verfolger nicht aus. Ich zum Beispiel werde sagen, ich bin ein Einsiedler.«

»Einsiedler möcht ich keiner sein«, brummte Huckleberry. »So einer muß immer Lumpen tragen und den ganzen Tag fasten und beten. Hab lange genug Lumpen getragen und gefastet — ich will nur Seeräuber sein, da mach ich so viel Beute, daß ich mir bald ein Schloß kaufen kann. Dann bin ich ein feiner Herr, und meine Diener werden fragen: Was belieben Eure Lordschaft heute zu essen? Was belieben zu trinken? Haben Eure Lordschaft wohl geschlafen?«

Träumerisch starrte Huckleberry ins Feuer und sagte dann, in Gedanken versunken: »Ha, das wird ein feines Leben ...«

»Hier ist es aber auch sehr schön«, erwiderte Tom. »Morgen brauch ich nicht zur Schule zu gehen, muß mich nicht waschen, wenn ich nicht will, hab nichts zu lernen ...« Er verstummte und sah Joe an, der gedankenvoll vor sich hin stierte. »Na, Joe, was meinst du? Ist doch prima, wenn man machen kann, was man will, he?«

»O ja«, gab Joe zögernd zu. »Aber ich hab eben nachgedacht, was morgen mein Vater sagen wird, wenn er sieht, daß eine ganze Speckseite fehlt.«

»Pah, gar nichts wird er sagen«, tröstete Huckleberry. »Froh wird er sein, könnte er dich finden. Ich hör ihn schon jammern: Wo ist unser süßer kleiner Joe, unser Schnuckelchen, unser Häschen — vielleicht ist er gar ersoffen, der Strolch. Liebe Nachbarn, helft mir ihn suchen, ich geb hundert Dollar Belohnung für Joes Leiche.«

Huckleberry bog sich vor Lachen, aber Joe machte ein finsteres Gesicht. »Ich bin kein Schnuckelchen — merk dir das. Ich bin der Rote Schrecken aller Meere, und wenn du nochmals Häschen oder süßer kleiner Joe zu mir sagst, dann kannst du was erleben.«

Tom hatte gleichfalls überlegt, welche Folgen der Diebstahl eines ganzen Schinkens nach sich ziehen könnte. Jetzt war er aufgemuntert: »Bravo, Joe! Gib's ihm nur — wir sind keine Bübchen mehr, die sich vor Erwachsenen fürchten, wir sind freie Korsaren!«

»So ist's recht, das hör ich gern«, grinste Huckleberry. »Echte Piraten dürfen nicht darüber nachdenken, ob ihnen vielleicht morgen der Hintern versalzen wird — Pest und Spucke über unsere Feinde! Sollen sie nur kommen und unsere Insel angreifen, dann bohren wir ihre Schiffe in den Grund und machen alle zu unseren Sklaven. Da, nimm die Pfeife, Joe, und tu ein paar Züge, damit du ein richtiger Pirat wirst!«

Huckleberry war gewohnt, aus einer Maiskolbenpfeife mit einem Rohr als Mundstück rohen Blättertabak zu rauchen, aber Joe und Tom war dieses Laster fremd. Sie taten zwar, was Huck verlangte, um als richtige Piraten zu gelten, aber es schmeckte ihnen durchaus nicht. Trotz feierlichen Gesichtern und Beteuerungen, wie stark und erwachsen sie sich jetzt fühlten, wurden sie immer einsilbiger und bald auch blaß und blässer. Nach wenigen Minuten erhob sich Roter Schrecken und begab sich unter dem Vorwand, Holz fürs Feuer zu holen, ins Gebüsch. Gleich darauf mußte auch der Schwarze Rächer »Holz fürs Feuer« holen. Schauerlich tönte das Würgen und Ächzen der beiden durch die nächtliche Stille.

Bei Morgengrauen erwachte Tom aus unruhigem Schlummer. Er vernahm Zähneklappern und stellte fest, daß er selber dieses Geräusch verursachte. Kälteschauer rüttelten ihn, und sein Haar war taufeucht. Flußnebel wogten träge, der Boden war kalt und das Laubwerk triefnaß.

Tom sprang auf und blickte um sich. Die Gefährten lagen zusammengekauert an der Feuerstelle. Anscheinend hatten sich die beiden im Schlaf herumgewälzt, da sie derart mit

Holzasche bestaubt waren, daß sie eher reuigen Büßern glichen als kühnen Seeräubern. Sie sahen so jämmerlich aus, daß Tom sich nicht vorstellen konnte, wie er mit diesen beiden zum Schrecken der Ozeane werden sollte. Nicht einmal die Fischer am Strom würden sich vor solchen Jammergestalten fürchten. Bei Nacht, ja, da hatte die Sache ganz anders ausgesehen — aber bei nüchternem Tageslicht erschien alles hoffnungslos grau, was gestern noch in den leuchtendsten Farben lockte.

Mißmutig musterte Tom die Reste des geklauten Schinkens. Mit Freuden würde er alle seine Schätze oder wenigstens die Hälfte gegeben haben, hätte er diesen Schinken in Tante Pollys Speisekammer zurückzaubern können.

Von bösen Ahnungen geplagt, rieb sich Tom die Stelle, auf der er zu sitzen pflegte, dann schlich er zum Ufer. Schreckdurchzuckt hielt er dort an. Die Sandbank, auf der sie bei Nacht das Floß verankert hatten, war leer. Das Floß war verschwunden, von der Flut weggeschwemmt oder von Räubern entführt!

Nun konnten sie nicht mehr zurück. Auf dieser einsamen Insel würden sie verhungern müssen. Oh, wäre er doch daheim geblieben!

Im Geiste sah Tom sich und die Gefährten, zu Skeletten abgemagert, Baumrinde kauen und Gräser rupfen. Seine Phantasie gaukelte ihm drei Grabhügel vor, mit Holzkreuzen, auf denen zu lesen stand: Tom Sawyer, Joe Harper, Huckleberry Finn.

Oh, wie furchtbar traurig war das! Viel zu spät flossen die Reuetränen.

Ein Pfiff holte Toms Geist aus Gräbern zurück. Huckleberry und Joe kamen, vergnügt mit Angelruten winkend, aus dem Dickicht gelaufen. Beim Anblick von Toms tränenüberströmtem Gesicht blieben sie verdutzt stehen.

»Was ist los, alter Seebär?« fragte Huckleberry.

Tom zeigte nach der Sandbank und schluchzte: »Unser — Floß — ist weg.«

Huckleberry schaute nach rechts, nach links, zog die Augenbrauen hoch, und seine Miene wurde immer froher.

»He, Burschen, das ist eine feine Sache!« rief er begeistert. »Ich finde es großartig, daß unser Floß zum Teufel ist. Nun können wir wie Indianer leben und müssen nicht aufs Meer hinaus! Hab mir ohnehin schon Sorgen gemacht, wie wir ohne Säbel, ohne Pistolen und Enterhaken ein großes Schiff kapern sollen. Ich mein, wir wären bald als Wasserleichen auf dem Ozean geschwommen . . .«

Auch Joe Harper schrie: »Jetzt wird's erst richtig lustig! Fische gibt's massenhaft im Strom — wir brauchen nicht zu hungern. Drei Hurras auf unsere schöne Insel!«

Tom begann die Zukunft weniger düster zu sehen.

Huck und Joe hatten nicht unrecht, vom Verhungern war keine Rede, solange Fische im Wasser schwammen. Und Huckleberry verstand sich wie kein anderer aufs Fischen. Wozu hatten sie einen Kochkessel? Eine ganze Speckseite war noch da und Schinken und Brot genug. Das freie Leben fing erst an! Wozu brauchten sie ein Floß! Eine Entdeckungsreise durch die Wildnis konnte vielleicht noch aufregender werden als Seeräuberei ohne Pistolen, Säbel und Kanonen.

Etwas später hatte Tom alle Sorgen vergessen. Er saß mit den Gefährten am Lagerfeuer, aß Fische, mit Speck geröstet, und das Fett rann von seinen Mundwinkeln herab. Zu diesem Überfluß gab es Wasser aus einer Quelle, die Joe entdeckt hatte. Klares Quellwasser, aus Blätterbechern getrunken, schmeckte viel besser als Tante Pollys Kaffee.

Was kümmerte Tom noch ein abgetriebenes Floß? Wenigstens gab es keine Brücke, die ihn verleiten würde, jemals nach St. Petersburg zurückzukehren.

Bis Mittag durchstreiften sie die Insel, fanden kleine Lichtungen, mit Gras und Blumen bewachsen, kletterten auf Bäume und schaukelten, an armdicken Lianen hängend, durch die Luft. Sie fanden einen schillernden Käfer, jagten Schmetterlinge oder beschlichen nach Indianerart modernde Baumstämme, die für sie stark befestigte Blockhäuser waren.

Sie erreichten das stromaufwärts gelegene Inselende und stellten fest, daß hier ein Wasserarm von etwa hundert Meter Breite sie vom jenseitigen Ufer trennte. Versuchsweise wateten die drei ins Wasser und kamen fast bis zur Hälfte des

Kanals, ohne die Strömung merklich zu spüren. Mühelos hätten sie von hier aus hinüberschwimmen können. Aber Tom und Huckleberry kehrten um, als das Wasser ihre Achselhöhlen netzte. Nur Joe stand und schaute unablässig zum Festland hinüber. Die Freunde riefen ihn an — er drehte sich nach ihnen kurz um und wandte sich wieder ab. Erst als sie drohten, ihn allein zurückzulassen, folgte er zögernd, warf aber sehnsüchtige Blicke nach dem andern Ufer.

»Was war los mit dir? Warum bist du zurückgeblieben?« fragte Tom, als Joe wieder an seiner Seite ging.

»Ach, gar nichts war los«, antwortete Joe zerstreut. »Ich habe bloß einen großen Fisch beobachtet — er schwamm knapp unter dem Wasserspiegel.«

In Wahrheit war Joe nahe daran gewesen, den Wasserarm zu durchschwimmen. Plötzlich hatte ihn Heimweh gepackt, und nur die Furcht, von den Gefährten »Muttersöhnchen« gehöhnt zu werden, hatte ihn zurückgehalten. Auf dem Rückweg sprach er kein Wort, und allmählich übertrug sich seine bedrückte Stimmung auch auf Tom und Huckleberry.

Schweigend verzehrten die drei ihr Mahl und streckten sich dann im Baumschatten aus, mit der Absicht, die versäumte Nachtruhe nachzuholen. Kaum aber hatten sie es sich bequem gemacht, als die Luft von dumpfem Gedröhn erschüttert wurde.

Joe und Tom sprangen sofort auf. Huckleberry blieb liegen, als wäre nichts geschehen, und sagte, schläfrig blinzelnd: »Das war bloß die Dampfpfeife des Schiffes, das nach Sankt Petersburg fährt. Sie signalisieren so, wenn jemand ins Wasser gefallen ist.«

»Auf! Das müssen wir sehen!« schrie Tom und sprang zum Ufer. Joe folgte eilig. Huck dagegen erhob sich träge.

»Lauft doch nicht so«, rief er den beiden Spähern nach. »Was werdet ihr schon sehen? Einen ersoffenen Tom Sawyer oder Joe Harper gewiß nicht, die suchen sie nämlich.«

Es schien, als hätte Huckleberry richtig geraten. Der Flußdampfer fuhr langsam stromaufwärts. Einige Ruderboote umkreisten das Schiff, in denen Männer standen, die mit Stangen das Strombett abtasteten. Die Insassen anderer Boote suchten den Uferrand ab. Mitunter hallten ihre Zurufe bis zu den Spähern herüber, die, im Gebüsch verborgen, die Suche nach ihren »Leichen« mit größter Anteilnahme verfolgten. Huckleberry heuchelte tiefste Trauer und sagte mit einer Stimme, die täuschend echt nach verhaltenem Schluchzen klang:

»Es ist wirklich ein Jammer, daß zwei sooo brave Jungen, wie Tom Sawyer und Joe Harper, einen sooo schrecklichen Tod gefunden haben. Das ist nicht recht vom Himmel, solche Musterknaben einfach ersaufen zu lassen wie junge Katzen — das haben sie wahrhaftig nicht verdient. Nie haben sie was Böses getan, in der Sonntagsschule waren sie die Besten ... Oh, welch ein schreckliches Unglück für die armen Tanten, Mütter und Väter ...« Und plötzlich in Lachen ausbrechend, rief er mit unverstellter Stimme: »He, ist das nicht groß-

artig? Ganz Sankt Petersburg sucht nach unseren Wasserleichen, und wir stehen hier und schauen zu! Burschen, wir können mächtig stolz sein auf uns — man wird eine Woche lang von nichts anderem reden als von uns. Ha, wenn ich an Ben Rogers denke, an Billy Fisher, Jonny Miller und die andern... sie werden platzen vor Neid, weil wir so berühmt geworden sind.«

Tom lächelte mit schiefem Mund, und Joe lachte laut — aber es klang nicht echt. Gewiß, es war nicht übel, wenn Ben Rogers und die übrigen grün und gelb vor Neid wurden, aber die Freude darüber wog wenig, wenn Tom an Tante Pollys Kummer dachte und Joe an das Leid, das seine Eltern jetzt empfinden mußten. Huckleberry konnte leicht spotten, um ihn trauerte niemand.

Doch seine wahre Meinung zu sagen, wagte weder Tom noch Joe. Jeder der beiden wollte beweisen, welch kaltblütiger Bursche er war, und daß es ihm nichts ausmachte, wenn eine alte, empfindsame Tante oder gar zu besorgte Eltern seinetwegen Tränen vergossen. Schließlich waren sie ausgezogen, Abenteuer zu erleben. Sie wollten der Welt zeigen, daß sie unerschrockene Helden waren, die nicht wie brave Musterknaben beim leisesten »Wehweh« nach Hause liefen.

Darum schaute Tom mit finster-trotziger Miene dem Treiben der besorgten Sankt-Petersburger zu, und obwohl er sich gut die Verzweiflung Tante Pollys vorstellen konnte, war er fest entschlossen, dieses herrliche, freie Leben in der Wildnis um keinen Preis aufzugeben.

Ähnlich dachte auch Joe Harper, und da soeben mehrere Boote den Strom in Richtung zur Inselspitze überquerten, sagte er grimmig: »Ja, ja, ihr hättet uns früher suchen müssen, als wir noch dort waren, jetzt seht ihr nichts mehr.«

Tom packte Huckleberrys Arm. »Wenn sie aber unsere Fußspuren im Sand sehen?«

»Keine Angst, sie finden nichts, wenn sie nicht mit den Nasen daraufstoßen«, beruhigte Huckleberry.

Und Joe prahlte: »Meinst du, sie sind so gute Fährtensucher wie wir? Sie können nicht einmal die Spur einer Kuh von der eines Waschbären unterscheiden.«

»Wir sind die besten Fährtensucher auf hundert Meilen im Umkreis«, behauptete Huckleberry, dann zog er die Freunde mit sich. »Kommt, ist doch mächtig langweilig zuzuschauen, wie ein paar halbblinde Bleichgesichter die berühmtesten roten Kundschafter des Wilden Westens suchen ... spielen wir lieber wieder Anschleichen. Tom ist der Trapper ›Schwarzer Bill‹, und wir ...«

»Ich will kein Trapper sein, ich bin der berühmte Sioux-Häuptling ›Weißer Büffel‹, und ihr seid ...«

»Nein, ich bin ein Sioux-Häuptling!« schrie Joe. »Huck, sag ihm, er muß der Trapper sein.«

»Ach was, mir macht's nichts aus«, meinte Huck. »Bin eben ich der ›Schwarze Bill‹, der ist sowieso der berühmteste Anschleicher und Indianertöter des ganzen Westens ... ich skalpier euch zwei, ohne daß ihr es merkt.«

Jetzt reute Tom wieder seine Absage, denn daß »Schwarzer Bill« so berühmt war, hatte er nicht geahnt, aber Huckleberry blieb unerbittlich. Flink wie ein Eichhörnchen verschwand er im Gebüsch, und die Indianer konnten ihre berühmten Spürnasen unter Beweis stellen. Tom lief in der Haltung eines jungen Bären umher, der alles beschnüffelt und eigentlich nichts erkennt, während Joe, trotz Waldesdunkel, die Augen beschattete und so lange zu den Baumkronen aufspähte, bis er über eine Baumwurzel stolperte und der Länge nach in eine Brennesselkolonie fiel. Es war eine äußerst aufregende Verfolgung, die nur darum so rasch zu Ende ging, weil »Schwarzer Bill«, der sich hinter einem morschen Stamm versteckt hielt, plötzlich spürte, daß er auf einem Ameisenhaufen lag. Sein Schimpfen verriet ihn, und da er im Kampf gleichzeitig die kleinen Peiniger abzuschütteln versuchte, unterlag er nach tapferer Gegenwehr den zwei Indianerhäuptlingen, die ihn aufs beste skalpierten und massakrierten. Sie ließen erst ab von ihm, als sie am eigenen Leibe spüren mußten, wie erboste Waldameisen sich an ihren Gegnern rächen.

Der Abend kam, und die drei kehrten zu ihrem Standort zurück. Diesmal entzündeten sie das Lagerfeuer in noch größerer Entfernung vom Ufer, um nur ja nicht entdeckt zu werden. Sie stopften sich mit gebratenen Fischen, Schinken,

Speck und Brot so voll, daß sie kaum noch schnaufen konnten. Gelegentlich rülpsten sie, wie es sich für richtige Wildwestmänner gehört, die auf guten Ton bedacht sind und sich keinesfalls benehmen wie zimperliche alte Tanten. Leider mußten Tom und Joe, der Sitte wegen, auch einige Züge aus Huckleberrys Maiskolbenpfeife tun, obwohl sie von Herzen gern verzichtet hätten. Trotz des darauffolgenden Unbehagens wurde es ein schöner Abend voll Lagerfeuerromantik. Hätte nicht Huck abermals von den Tränenströmen gewisser weichherziger Menschen gesprochen, wäre es noch schöner gewesen. So aber wurden Tom und Joe immer einsilbiger und verstummten schließlich ganz. Tom dachte wiederum an Tante Polly und hörte sie im Geist um ihren lieben kleinen Tommy klagen, der ihr altes Herz gebrochen hatte. Joe wieder sah Vater und Mutter händeringend in der Speisekammer stehen. Er war sich nur nicht darüber klar, ob sie mehr über den Verlust einer ganzen Speckseite trauerten oder über sein unerklärliches Verschwinden.

Der folgende Tag verging ohne besondere Ereignisse. Gegen Mittag fuhr wieder das Dampfboot vorbei, diesmal aber stromabwärts, mit Fracht und Passagieren beladen. Anscheinend hatte man sich in St. Petersburg damit abgefunden, daß drei hoffnungsvolle junge Mitbürger den Tod in den Wellen gefunden hatten.

Dieses schnelle Vergessen betrübte Tom. So wenig bemühte man sich, seine Leiche zu finden? War er denn irgendein beliebiger Junge wie Ben Rogers oder Billy Fisher? Tom Sawyer war General, befehligte eine Bubenarmee! Und als seinerzeit der Kreisrichter zu Besuch kam, hätte Tom Sawyer beinahe den höchsten Preis errungen, den die Sonntagsschule zu vergeben hatte — eine Bibel! Schmach und Schande über die Sankt-Petersburger, die einen so bedeutungsvollen Jungen nicht gebührend zu schätzen wußten. Ein Denkmal aus Gips hätte er sicher verdient. Aber denen wollte er es noch zeigen — jawohl, aber wie? Ach was — sie würden sich schon noch wundern, wenn er — wenn er — ja, was konnte er eigentlich noch tun?

Tom stützte den Kopf in die Hände und dachte scharf

nach: Joe und Huck waren zur Sandbank gegangen, um Schildkröten zu suchen — wie wäre es, wenn er heimlich nach St. Petersburg zurückkehrte und durch die Straßen marschierte, als wäre nichts geschehen? Würden nicht alle, die Tom Sawyer schon längst von Fischen gefressen glaubten, ihn für einen Geist halten und dann, wenn sie sich überzeugt hatten, daß er lebendig war, ihn wie einen Helden feiern?

Der Einfall war nicht übel — aber leider, leider undurchführbar. Erstens, weil das schlimmer Verrat an den Freunden gewesen wäre, und zweitens, weil zu befürchten stand, Tante Polly würde bei seinem unvermuteten Anblick der Schlag treffen.

So ging es also nicht. Eine bessere Lösung mußte gefunden werden. Vielleicht gelang es, die Freunde zur Rückkehr zu bewegen? Gemeinsam mit ihnen durch St. Petersburg spazieren — das würde ein Aufsehen geben, wie es das Städtchen noch nicht erlebt hatte. Man durfte natürlich nicht an einem Wochentag zurückkommen, wenn jedermann seinen Geschäften nachging. An einem Sonntag mußte der Einzug stattfinden, da hatte jeder Zeit, drei Totgeglaubte gebührend zu feiern. Oder noch besser: Bei Morgengrauen die Insel verlassen und sich in der Kirche des Städtchens verstecken, bis alle Bewohner versammelt waren. Ja, das war das allerbeste! Morgen war Sonntag — — —

Tom verließ das Lagerfeuer, das er behüten sollte, und lief zur Sandbank. Von weitem rief er den Gefährten zu, was ihm Großartiges eingefallen sei. Weder Joe noch Huckleberry ließen sich aber in ihrer Tätigkeit stören. Sie stocherten mit Stäbchen im Sand, bis sie eine jener hohlen Stellen spürten, an denen Schildkröten ihre Eier zu hinterlassen pflegten, damit die Sonnenwärme sie ausbrüte. Einige solcher Nester hatten die beiden schon bloßgelegt. Soeben schaufelten sie mit den Händen Sand weg und legten abermals ein Nest frei, in dem sich gut zwei Dutzend walnußgroße, runde, weichschalige Eier befanden, die wunderbar schmeckten, wenn sie gekocht wurden.

Die beiden Eierjäger waren von ihrem neuen Fund so begeistert, daß sie Purzelbäume schlugen und kaum auf Toms

Reden hörten. Sie planten, die Eier, die sie nicht essen konnten, auf ein Floß zu laden und in der nächsten Stadt stromabwärts zu verkaufen.

»Schildkröteneier werden gut bezahlt!« rief Joe.

»Zehn Dollar kriegen wir dafür«, meinte Huckleberry.

»Wir verlangen aber zwanzig Dollar, weil sie ganz frisch sind«, entschied Joe.

»Fein, fein!« jubelte Huckleberry. »Für das Geld kaufen wir dann ein Dampfschiff und fahren damit Schildkröteneier suchen. In ein paar Wochen sind wir schon reich!«

»Pah, reich, sagst du? Millionäre sind wir ...«

Tom wurde ungeduldig. »Hört auf mit dem Unsinn! Ich weiß etwas viel Besseres. Morgen ist Sonntag ...«

»Für uns ist alle Tage Sonntag«, unterbrach ihn Joe. Als aber Tom sich endlich Gehör verschaffte und seinen Plan enthüllte, wurde Joe nachdenklich. Seine Begeisterung über den Eierfund war nicht echt, sondern nur eine Möglichkeit gewesen, sich abzulenken. Nicht eine Sekunde lang hatte er ernstlich geglaubt, Heimweh durch Handel mit Schildkröteneiern heilen zu können. Toms Plan war gut — jawohl, am Sonntagvormittag mußte man in der Kirche aus einem Versteck auftauchen. An einem Sonntag waren alle Leute wohlgelaunt, und die Strafe wegen der entwendeten Speckseite würde sicherlich weniger hart ausfallen. Die Frage war nur, was Huckleberry dazu sagte.

Aber Huckleberry schaute mürrisch drein und sagte vorläufig gar nichts. Nun hatte er endlich so viel Essen gefunden, daß er mehrere Tage sich nicht zu sorgen brauchte, und da sollte er den Überfluß wieder aufgeben, nur weil zwei Muttersöhnchen nicht länger in diesen herrlichen Jagdgründen bleiben wollten? Das war doch zu dumm. Und ohne die Freunde würde es zum Einschlafen langweilig sein. Wodurch konnte man die beiden umstimmen? Vielleicht gelang es ihm, sie durch die Erzählung von einem Rachegeist einzuschüchtern?

Huckleberry zog mit einem energischen Ruck die Hose zurecht, spuckte kunstgerecht an Tom vorbei und sagte, ein Auge zukneifend: »Ihr wollt also wieder nach Hause gehen.

Schön, ich hab nichts dagegen, aber der Inselgeist wird was dagegen haben. Von dem habt ihr noch nie gehört, was? Und den gibt es — was glaubt ihr, warum gestern die Leute vom Dampfboot nicht auf dieser Insel nach uns gesucht haben, he? Ich sag's euch: weil die Insel unsichtbar gemacht ist für die Großen.«

Huckleberry konnte zufrieden sein. Tom und Joe glotzten dumm und hielten vor Staunen die Münder offen, als wollten sie nach Fliegen schnappen. Noch ein bißchen flunkern, und die beiden würden ihm nicht mehr entwischen.

Also dichtete Huckleberry weiter: »Wir sind nämlich auf einer Schlaraffeninsel — alles gibt es hier für so tapfere Burschen, wie wir es sind. Schildkröteneier und Fische in Massen, und wer einen Schinken oder eine Speckseite mitbringt, dem zaubert der Geist eine neue her, wenn die alte aufgegessen ist.«

»Warum hast du uns das nicht schon früher gesagt?« erkundigte sich Tom.

»Früher? Ja, das — das ging einfach nicht, weil — weil ... ich durfte nicht reden darüber.«

»Ich glaub's nicht«, sagte Tom. »Nein, ich glaub's nicht. Du schwindelst, Huck.«

Huckleberry tat entrüstet. »Was, ich schwindle? Ha, und das Floß, das der Inselgeist entführt hat — ist das auch Schwindel? Er hat's nur getan, damit wir nicht früher von hier fortgehen, als er es erlaubt.«

»Ooo«, machte Joe. »Und wann erlaubt er es?«

Im Augenblick fiel Huckleberry nichts Passendes ein, darum scharrte er mit der großen Zehe im Sand und zog die Schultern hoch.

»Und wenn wir trotzdem fortgehen? Was ist dann?« fragte Tom.

Huck schaute nach dem gegenüberliegenden Ufer. Seine Miene verdüsterte sich, als sähe er drohendes Unheil. »Wenn ihr ohne Erlaubnis geht, dann macht der Geist das ganze Land auf der anderen Seite unsichtbar, und ihr werdet schwimmen und schwimmen, bis ihr ersauft. Wenn ihr aber bleibt . . .«, Huckleberrys Miene wandelte sich zauberschnell zu sonnigstem Lächeln, »— dann läßt der Geist die schönsten Fische an unsere Angel beißen, jeden Tag finden wir massenhaft Schildkröteneier . . . das Feuer wird nie wieder ausgehen, und regnen wird es überhaupt nie.«

Tom blickte zum Himmel auf, wo sich eben eine graue Wolkenbank vor die Sonne schob. »Ist ja alles gelogen, was du uns erzählst«, sagte er. »Ich glaub dir kein Wort.« Dennoch sprach er bis zum Abend nicht mehr von seinem Plan, vereint ins Städtchen zurückzukehren. Auch beim Lagerfeuer redete er von gleichgültigen Dingen und verriet nur durch oftmaliges forsches Umsichblicken, daß der »Inselgeist« in seinem Gehirn spukte.

Mitten in der Nacht wurde Tom durch ein Rauschen geweckt. Heftige Windstöße zausten die Baumkronen. Manchmal stürzte ein morscher Ast, ein fernes Grollen ließ sich vernehmen, das bald näher tönte. Ein Gewitter zog heran.

Tom richtete sich auf. Huckleberry schnarchte, Joe regte sich schlaftrunken, und Tom stupste ihn sachte. »Joe, glaubst du an den Inselgeist?«

Mit einem Ruck saß Joe aufrecht und starrte den Frager entsetzt an. »Eh? Ein Geist? Wo — wo ist er?«

»Ist ja keiner da, Joe. Ich hab dich bloß gefragt, ob du das glaubst, was Huck erzählt hat.«

Joe kratzte sich am Rücken, unterm Hemd, unter der Hose, im Gesicht — die Mücken hatten ihm arg zugesetzt. Endlich gab er zur Antwort: »Ich weiß nicht — das mit dem Floß . . . hm — und die Leute vom Dampfschiff — kam es dir nicht auch so vor, Tom, als hätten sie unsere Insel gar nicht gesehen?«

Tom starrte eine Weile auf die Feuerstelle. Plötzlich packte er den Freund. »Das Feuer, Joe! Guck, es ist fast erloschen. Weißt du noch, was Huck gesagt hat? Der Inselgeist wird unser Feuer niemals ausgehen lassen. Und schau ... es blitzt — hörst du, wie es donnert? Ein Gewitter kommt ... wenn es hier regnet, hat Huck gelogen.«

Im nächsten Moment flammte es grell am Firmament, und ein betäubendes Krachen folgte. Heulend raste ein Sturmwind über den Wald, jaulte und pfiff im Geäst, bog die Bäume nieder, und dann rauschte es nieder, als wäre ein himmlisches Schleusentor geborsten.

Bei dem Krachen war Huckleberry, wie mit einer glühenden Nadel gestochen, aufgefahren. Er hatte geträumt, vor einer Kanonenmündung zu stehen, aus der ein Feuerstrahl auf ihn losschoß. Mit beiden Händen griff er sich jetzt an den Kopf. Der Kopf saß noch fest, aber über sein Gesicht rann es nieder. Das konnte nur Blut sein! Entsetzt sprang er auf und schrie: »Helft mir, ich bin tot! Joe! Tom! Zu Hilfe, ich verblute!« Aber erst als das niederströmende Regenwasser bei seinen Hosenbeinen herauslief, erkannte er den Irrtum und gab zähneklappernd zu, daß bei solchem Hundewetter die älteste Regentonne in St. Petersburg ein besserer Aufenthaltsort wäre als diese »Schlaraffeninsel«.

So feierlich still, wie die Sonne an diesem Sonntagmorgen aufgegangen war, gingen die Bewohner des Städtchens Sankt Petersburg zur Kirche. Heute sollte der Trauergottesdienst für drei, ach so jung verstorbene Mitbürger abgehalten werden. Mister Washer, der Hilfsgeistliche, hatte zu diesem Zweck ein richtiges Programm festgelegt. Zu Beginn der Trauerfeier gedachte Mister Washer eine ergreifende Ansprache zu halten, die auf die besonderen Verdienste und Tugenden der drei Verblichenen hinwies, hierauf würden die Sonntagsschüler einen Trauerchoral zum besten geben, und danach sollte gemeinsam für das Seelenheil der drei gebetet werden. Aus Anlaß dieser ungewöhnlichen Ereignisse hatte man auf dem Kirchendach eine Trauerfahne gehißt, das Tor mit schwarzem Stoff behängt und die Straße zur Kirche auf hundert Meter Länge gekehrt. Einige besonders mitfühlende Bürger hatten sogar brennende Kerzen in die Fenster ihrer Häuser gestellt. Alt und jung trug Trauerkleidung, und wer von den Jungen über eine solche nicht verfügte, hatte zumindest eine schwarze Schleife angesteckt oder den Hals nicht gewaschen, damit doch etwas Trauriges an ihm sei.

Betsy Tatcher ging ganz in Schwarz gekleidet zur Kirche und drückte sogar ein schwarzes Taschentuch an die verweinten Augen, denn ihre Trauer um Tom Sawyer war ebenso groß wie die Reue über ihre Hartherzigkeit ihm gegenüber.

Billy Fisher, der über kein schwarzes Taschentuch verfügte, ließ beachtliche Trauerränder unter den Fingernägeln sehen, wogegen Ben Rogers mit schwarzen Handschuhen prunkte, um die seine Freunde ihn heftig beneideten. Er spielte sich auch entsprechend auf, zeigte bald nach dieser, bald nach jener Stelle, wo er angeblich mit Tom Sawyer zum letztenmal gesprochen hatte, und tat überhaupt, als wäre er dessen bester Vertrauter gewesen. Dies wurde aber von einigen Buben bestritten, die zu Toms Streitmacht gehört hatten, und bald entbrannte vor dem Kirchentor ein Kampf, in dessen Verlauf Ben Rogers' Hose eine klaffende Wunde davontrug. Der Sieger in diesem Streit blieb Mister Washer, der mit einem Gebetbuch auf die Köpfe seiner Sonntagsschüler losschlug, wobei er sie »ruchlose Heiden« und »Teufelssöhne«

nannte, die sich an den beiden Engeln Tom Sawyer und Joe Harper ein Beispiel nehmen sollten. Mister Washers Antlitz flammte vor Empörung, aber gleich darauf begrüßte er, honigsüß lächelnd, Mister Tatcher, den Bürgermeister. Unaufhörlich buckelnd, geleitete er den Ersten Mann der Gemeinde zum Ehrenplatz in der vordersten Kirchenbank, wo auch die Leidtragenden sitzen sollten.

Es war ein großer Tag für Mister Washer, denn immer mehr Trauergäste fanden sich ein, und bald war die kleine Kirche zum Bersten überfüllt. Weit und breit hatte es sich herumgesprochen, welch schrecklicher Schicksalsschlag die Harpersche Familie und Tante Polly getroffen hatte. Jeder wollte Einzelheiten aus dem Leben der drei Bürschchen hören, und wer zuwenig darüber zu reden wußte, erfand etwas, um sich interessant zu machen und dem Nachbarn einen Gefallen zu erweisen. Wäre alles wahr gewesen, was Tom Sawyer erlebt, gesagt und getan haben sollte, hätte er mindestens hundert Jahre alt und Tag und Nacht auf den Beinen sein müssen.

Das Wispern und Murmeln hörte erst auf, als plötzlich ein Gedränge vor dem Eingang entstand. Tante Polly, Sid und die Harpers betraten die Kirche. Hälse reckten sich, und ein behäbiger Bürger gab einen Schmerzenslaut von sich, weil der Nachbar ihm auf die Hühneraugen getreten war.

Tante Polly hatte ihr Gesicht mit einem dicken Schleier verhüllt, da ihre Nase vom vielen Weinen geschwollen war. Auf dem Weg zur Kirche hatten ihr so viele Menschen Beileid bezeigt, daß sie ganz verwirrt davon war. So geschah es denn auch, daß sie den Bürgermeister, der, den Zylinderhut schwenkend, ihr gleichfalls sein tiefempfundenes Beileid aussprach, für den Kirchendiener hielt und eine Münze in den Hut warf. Hierauf wurde es still, da Mister Washer zu reden begann. Er schilderte in ergreifenden Worten, wie sanftmütig, wohlerzogen und fleißig die treuen Dahingegangenen gewesen wären, und wie sehr sie sich stets bemüht hätten, nur Gutes zu tun, was von den Großen nicht immer richtig verstanden worden sei. »Und nun sind die Lebenslichter unserer lieben kleinen Freunde erloschen«, sagte Mister Washer mit tränenerstickter Stimme. »Ausgelöscht für immer. Der Herr hat sie zu sich genommen, sie waren zu gut für diese Welt — zu gut waren ihre kleinen Herzen . . .« Mister Washer vermochte vor Ergriffenheit nicht weiterzusprechen. Er begann zu schluchzen, und die Anwesenden schluchzten mit. Das bewog den Prediger, noch einige Begebenheiten aus dem Leben Tom Sawyers und Joe Harpers zu erzählen. Er schilderte, daß er einmal beobachtete, wie die beiden ihre Armeen zum Kampf führten und wie sie die braven Buben anfeuerten, die schlimmen Buben zu verjagen. Schon damals wollte Mister Washer erkannt haben, daß Tom und Joe zwei wahre Glaubensstreiter seien, die stets das Böse bekämpften.

Diese Erzählung bewirkte, daß so mancher Zuhörer, der Tom und Joe für hoffnungslose Lausbuben gehalten hatte, die Spitzbübereien der beiden in anderem Lichte zu sehen anfing als früher. Und wer einmal die zwei bei einem Lausbubenstreich ertappt und verdroschen hatte, meinte nun erst zu verstehen, wie bitter unrecht er diesen »Glaubensrittern« getan hatte. Es durfte aber jeder Sünder auf Verzeihung hoffen, denn — Mister Washer wies gegen den Himmel — von dort oben schauten nun zwei neue Engel, Tom Sawyer und Joe Harper, verzeihend auf alle jene herab, die bereuten.

Huckleberry Finn wurde von Mister Washer nicht erwähnt, da dieser kein Sonntagsschüler gewesen und auch nie zur Kirche gegangen war, so daß man annehmen mußte, er befände sich im Fegefeuer.

Aber das war ein Irrtum. Auch Huckleberry befand sich im Himmel. Er hockte sogar zwischen Tom und Joe.

Die drei hatten hinter der Altardecke geschlafen, bis Mister Washers lautes Reden sie aus dem Schlummer riß. Noch bei Nacht waren sie am gegenüberliegenden Ufer stromaufwärts gewandert, im Morgengrauen herübergeschwommen und hatten sich dann ermüdet hier zur Ruhe begeben. Nun glotzten sie einander an.

Keiner von ihnen hatte Flügel oder lange Locken. Und sie befanden sich doch an derselben Stelle, wo sie sich schlafen gelegt hatten. Etwas stimmte an der Sache nicht.

Die drei lüfteten die Altardecke und streckten die Köpfe vor.

Just als Mister Washer seinen Zuhörern versprach, sie würden dereinst die Engel Tom und Joe im Himmel wiedersehen, geschah das Wunder: Die »Engel« erschienen leibhaftig!

Die Kirchenbesucher trauten ihren Augen nicht.

Frau Harper breitete die Arme aus und fiel in Ohnmacht. Einige Frauen sanken in die Knie und begannen zu beten, andere bekreuzigten sich.

Mister Washer, der zuerst nur an dem Mienenspiel der vor

ihm Sitzenden gemerkt hatte, daß sich in seinem Rücken etwas Außerordentliches begab, drehte sich um. Vor Verblüffung traten ihm die Augen aus den Höhlen — »Lieber Gott, steh mir bei«, murmelte er, dann setzte er sich nieder.

Tante Polly war eine der wenigen, die angesichts des himmlischen Wunders die Fassung nicht verloren. Sie sah Tom blinzeln. Das tat er immer, wenn er ein schlechtes Gewissen hatte. Und da ein Engel nicht blinzelt, ging sie, zitternd vor Freude, auf ihn zu und riß ihn an sich. »Tom! Mein Tommy! Mein liebes, böses, garstiges Kind ... weiß Gott, du kostest mich zehn Jahre meines Lebens.«

»Lobet Gott, den Herrn!« schrie plötzlich Mister Washer aufspringend. »Ein Wunder ist geschehen! Halleluja!«

Dann stürmten sie heran. Jeder wollte die Wiederauferstandenen umarmen, ihre Hände drücken, sie wenigstens berühren.

Es war der stolzeste Augenblick im Leben Tom Sawyers.

Die gesamte Jugend St. Petersburgs blickte neidisch oder bewundernd auf Tom, den Engel in Menschengestalt. Und er war sich dessen bewußt, sprang und lief nicht mehr umher wie früher, sondern ging, den Kopf erhoben, mit wundervollem Ernst durch die Straßen. Die Bewunderer umdrängten ihn, wo immer er sich zeigte, bemüht, von ihm angesprochen zu werden. Wem er gestattete, den Arm um seine Schultern zu legen, der fühlte sich hochgeehrt und erzählte allen Freunden, welche Auszeichnung ihm zuteil geworden. Die Kleineren folgten Tom in ehrerbietigem Abstand und waren glücklich, wenn sie ein Stäubchen von seinem Rock fegen durften. Die Größeren sprachen von Toms Abenteuer als etwas Alltäglichem. Ging er aber vorbei, winkten sie ihm zu wie einem, auf dessen Bekanntschaft man stolz ist.

Auch Joe erging es nicht anders, aber ihm genügte es nicht, nur ein Engel zu sein. Er ging zur Kirche und studierte eingehend ein Bild, auf dem der Erzengel Michael zu sehen war. Fortab spazierte er mit strenger Miene durch die Straßen und bedauerte nur, kein flammendes Schwert zu besitzen.

Sogar Betsy Tatcher bemühte sich, Toms Aufmerksamkeit zu erregen. Arm in Arm mit Freundinnen, versuchte sie, wann immer es möglich war, den Weg des Vielbewunderten zu queren. Sie lachte dann schallend, redete viel und laut — aber ohne Erfolg. Tom kümmerte sich nicht um ihr Getue. Ihm genügte der Ruhm, obwohl es ihm natürlich schmeichelte, daß auch die stolze Betsy zur Schar seiner Verehrer gehörte. Sie hatte ihn einmal gekränkt, und nun konnte er sich rächen. Je mehr sie zeigte, wie sehr sie ihn bewunderte, desto unnahbarer wurde seine Miene. Ja er ging so weit, im Schulhof mit Anny Lawrence, Betsys schlimmster Feindin, zu reden.

Betsy erblaßte vor Ärger. Statt aber sich abzuwenden und fortzugehen, blieb sie aus Trotz in der Nähe der beiden. Sie wollte Tom beweisen, daß Betsy Tatcher kein beliebiges kleines Mädchen war, das man ohne weiteres übersehen durfte. Alle ihre Freundinnen rief sie der Reihe nach zu sich und sagte so laut, daß Tom und Anny es hören mußten:

»Meine Mutter hat mir erlaubt, eine Kinderjause zu geben. Ich lade euch alle ein. Es gibt Schokolade und Kuchen.«

»Fein! Fein! Herrlich! Wie schön, Betsy! Ich freue mich schon!« — jubelten die Mädchen, während Betsy verstohlen nach Tom blickte, der jetzt gar Annys Hand gefaßt hatte.

Betsy meinte, vor Zorn und Eifersucht zerspringen zu müssen. »Auch einige Buben aus unserer Klasse dürfen kommen«, rief sie noch lauter. »Natürlich nur die Bravsten, die das beste Zeugnis bekommen werden.«

»Sam Butler?« — »Ja, der schon.« — »Franky Miller?« — »Natürlich, der auch, und Hal Austin, James Rover, Freddy Garson ...« Noch einige nannte Betsy und vergaß selbst Ben Rogers nicht, der bestimmt kein Vorzugsschüler war — nur Tom Sawyer ließ sie aus.

Und was tat dieser schlechte Bursche? Er sagte laut zu Anny Lawrence: »So eine Babyjause ist mir zuwider wie ein unreifer Apfel. Da kommen immer nur solche Schokoladepüppchen zusammen, die Kuchen knabbern und dummes Zeug quatschen. Ein richtiger Kerl, der was erlebt und gesehen hat, geht gar nicht erst hin — meinst du nicht auch, Anny?«

Selbstverständlich meinte Anny das auch. Denn die Freude, vor allen andern Mädchen mit dem berühmten Tom Sawyer plaudern zu dürfen, überwog bei weitem den Ärger, von Betsy Tatcher nicht eingeladen worden zu sein.

Die neue Niederlage erfüllte Betsy mit wilder Rachsucht. Am darauffolgenden Tag gestattete sie Ben Rogers, den Tom am wenigsten leiden mochte, ihr ein Bilderbuch zu zeigen. Mit scheinbar größtem Interesse lauschte sie Bens Erklärungen, in Wahrheit spähte sie zwischen den Fingern hindurch zu Tom hinüber, der sie bald bemerkt hatte und sich nun unauffällig näher schlich. Er litt, wie von Brandpfeilen getroffen, da er sehen mußte, daß Betsys Blicke an Bens Lippen hingen, als wäre dieser der gelehrteste Professor. Am liebsten hätte er sich auf Ben gestürzt und ihn windelweich geschlagen. Leider war dies nicht möglich, und vor Wut brüllen und strampeln durfte er auch nicht, denn schließlich war er ja Tom Sawyer, der größte Seeräuberkapitän aller Zeiten und ein Engel obendrein. Also kehrte er den beiden den Rücken und pfiff sich eins.

Betsy war selig. Endlich hatte sie den Stolzen kleingekriegt. Sie hatte recht gut die wütenden Blicke gesehen, die er Ben Rogers zuwarf. Aber schon eine halbe Minute später stampfte sie mit dem Fuß auf. Tom unterhielt sich mit Gracie Miller! Wie freundlich er mit ihr tat. Und sie hatte diese dumme Gans zur Kinderjause geladen! Oh, nun rief Tom auch noch Sally Rogers zu sich und Susy Harper — ihre besten Freundinnen! Das war doch wirklich gemein!

Wie diese Gänse ihm schmeichelten, es war nicht auszuhalten.

»Schluß! Ich hab genug!« schrie Betsy ihren Vorleser an. »Ich will keine Bilder sehen, geh, ich mag dich nicht. So geh schon! Weg mit dir!«

Ben Rogers gaffte. Betsy lief davon? Was sollte das wieder bedeuten? Hatte sie nur zum Zeitvertreib mit ihm gesprochen, oder? — ha, Tom Sawyer grinste schadenfroh. Er war schuld! Betsy wollte ihn eifersüchtig machen, und er, Ben Rogers, war nur das Mittel zum Zweck gewesen. Das sollte Tom büßen! Ben schlich ins Klassenzimmer, zog Toms Lesebuch aus dessen Tasche und goß Tinte darüber. Er merkte nicht, daß Betsy Tatcher ihn durchs Fenster beobachtete.

Eine Weile überlegte Betsy, ob sie nicht Toms Freundschaft gewinnen könnte, wenn sie jetzt zu ihm liefe und erzählte, was sie gesehen hatte. Auf halbem Wege kehrte sie aber wieder um, weil sie sich erinnerte, was Tom über ihre Kinderjause gesagt hatte. Das war doch zu beleidigend gewesen! Immer und ewig würde sie ihn hassen. Und doch — wie lieb war er und welch ein berühmter Held!

Oh, ich wollte, ich wäre tot — dachte Betsy. Dann fiel ihr ein, daß sie noch ein Stück Schokolade bei sich trug, und sie verschob das Sterben auf später. Um die Süßigkeit ungestört genießen zu können, schlich sie ins Klassenzimmer und setzte sich in Mister Zigfields Lehnstuhl. Sie stellte sich vor, der Lehrer zu sein, nahm aus dessen Lade ein Lehrbuch für Anatomie, in dem Mister Zigfield gern zu lesen pflegte, und rief nun im Geist Tom Sawyer auf. Der Bengel hatte natürlich schon wieder seine Aufgabe nicht gelernt!

Komm her zu mir, Tom — befahl Betsy ihrem Phantom —, knie nieder und bitte mich um Verzeihung! Und wehe dir, wenn du noch ein Wort mit Anny Lawrence sprichst — nur mit Betsy Tatcher darfst du reden, sie ist das schönste von allen Mädchen ... gibst du das zu? In ihrer Einbildung versprach Tom alles, was sie verlangte, wie ein Hündchen würde er fortan hinter ihr herlaufen und nie wieder mit Anny reden.

In diesem Augenblick rannte der wirkliche Tom ins Zimmer. Betsy erschrak heftig, wollte das Anatomiebuch in die Lade werfen und — ratsch — zerriß eine Seite.

»Pfui, wie gemein! Du hast mich beobachtet!« schrie sie und stampfte wütend mit dem Fuß auf. Tom stand verdutzt und wußte nicht, was er sagen sollte.

»Oh, jetzt werd ich Hiebe kriegen«, klagte Betsy. »Mister Zigfield wird mich prügeln ... ich bin noch nie verprügelt worden — noch nie! Aber warte nur, Tom, du kriegst auch Hiebe, ich weiß, warum — du wirst schon sehen!«

»Was hab ich denn getan?« fragte Tom. »Kann ich was dafür, daß du fremde Laden aufmachst?«

»Ich wollte das Buch nur zurückgeben, es ist hier auf dem Tisch gelegen . . .«, schluchzte Betsy, dann stürzte sie aus dem Zimmer.

»Tränenliese! Heultrine! Ätsch, ätsch, ätsch!« rief Tom der Fliehenden nach, dann überlegte er: Wenn der Lehrer die zerrissene Seite sieht, wird er fragen, wer das getan hat — ich werd nichts tratschen, aber Betsy wird sich selber verraten. So ein Mädel hält ja nicht den Mund wie unsereiner — na ja, kriegt sie eben auch einmal Hiebe, es wird ihr gar nicht schaden —, sie ist eine aufgeblasene dumme Gans.

Als aber die Pause zu Ende war und der Unterricht begann, schielte Tom andauernd nach Betsy. Sie hielt den Kopf gesenkt, schnupfte manchmal auf und betupfte ihr Näschen. Auch ein Kurzsichtigerer als Mister Zigfield hätte merken müssen, daß die Kleine vom schlechten Gewissen gedrückt wurde. Und jetzt öffnete Mister Zigfield die Lade, in der das Anatomiebuch lag! Gleich mußte er die zerrissene Seite sehen — nein, er überlegte es sich wieder und wandte sich der Klasse zu. »Heute wird geprüft — Lesebücher auf die Bänke!«

Mister Zigfields Zeigefinger wanderte durch die Luft. Schnell duckten sich alle Köpfe. Der Finger machte halt, seine Spitze wies auf Tom. »Du beginnst mit der Geschichte vom Jäger. Los, fang an!«

Tom schlug das Buch auf und sah die Bescherung. Die ganze Seite war mit Tinte bekleckst. Keine Zeile ließ sich erkennen.

»Nun? Wird's bald?« sagte Mister Zigfield.

»Der Jäger . . .«, begann Tom, um seinen guten Willen zu zeigen, dabei versuchte er das Buch des Nachbarn heranzuziehen.

Da stand aber der Lehrer bereits neben ihm. »Aha«, sagte er nur und zog Tom am Ohr aus der Bank. Betsy wollte aufspringen und den wahren Schuldigen nennen, zögerte aber, bis es zu spät war.

Grimassenschneidend rieb Tom den Rücken. Doch tat er es nur, um Mister Zigfield zu täuschen, denn er hatte zur Vorsicht die Schulmappe unter den Rock gesteckt, als er aufgerufen wurde. Trotzdem hätte er gerne gewußt, auf welche Weise der Tintenklecks in sein Lesebuch geraten war.

Eine halbe Stunde verging, und nichts Besonderes geschah. Der Lehrer rekelte sich im Lehnstuhl, die Schüler lasen vor. Aus Langeweile fing Tom Fliegen, gähnte zwischendurch und vergaß bei einer solchen Gelegenheit plötzlich den Mund zu schließen.

Mister Zigfield zog das Anatomiebuch hervor. Wenn er die zerrissene Seite entdeckte — — —

Tom schielte nach Betsy Tatcher. Sie warf ihm einen furchtsamen und zugleich bittenden Blick zu, der ihn sofort alles vergessen ließ, was sie ihm angetan hatte. Sie brauchte nichts zu fürchten, er würde sie nicht verraten, eher ließ er sich den Kopf abreißen.

Der Lehrer hob das Buch, zeigte die zerfetzte Seite: »Wer hat das getan?«

Die Schüler gafften. Keiner wußte etwas. Nur Betsy Tatcher senkte auffallend tief den Kopf. Mister Zigfield hätte blind sein müssen, um es nicht zu bemerken. »Betsy Tatcher — hast du diese Seite zerrissen?«

Betsys Kinn berührte schon die Brust. Ihr Gesichtchen war weiß vor Angst.

»Sieh mich an, wenn ich mit dir spreche«, tönte des Lehrers Stimme. »Hast du es getan oder nicht?«

Das Mädchen verzog den Mund, ihre Lippen zitterten zum Erbarmen.

Tom faßte einen heldenmütigen Entschluß. Er sprang auf. »Ich hab's getan!«

Er erhielt die saftigsten Prügel, die Mister Zigfield jemals ausgeteilt hatte, und zuckte mit keiner Wimper. Erstens, weil ihm Betsy, als er an ihr vorbeiging, einen Blick voll Dankbarkeit und Anbetung zuwarf, und zweitens, weil er, dank der Schulmappe, von fünfundzwanzig Streichen nur drei spürte, die danebentrafen.

Noch am Abend, vor dem Einschlafen, wiederholte er flüsternd, was Betsy nach Schulschluß zu ihm gesagt hatte: »Tom, du bist wirklich ein Engel.«

Es klang wie Musik in seinen Ohren.

Die heißersehnten Schulferien hatten begonnen. Zwei Tage lang vergaß Tom vor Freude, sich wie ein berühmter Seepirat zu benehmen. Von früh bis spät trieb er sich mit Gleichgesinnten in der Umgebung herum, raufte, spielte, fing Kaninchen mit Fallen und Schlingen, stahl Obst aus Gärten und wurde dafür verdroschen, daß ihm die Haut rauchte. Am dritten Tag war seine Lebenslust zu Ende. Die Sonne schien trübe für ihn, seine Freunde riefen vergeblich, und selbst die wunderbar duftenden Fleischknödel Tante Pollys entlockten ihm kein Zungenschnalzen. Tom lag nämlich mit Masern zu Bett — zwei Wochen lang. Als er sich vom Krankenlager wieder erhob, war Betsy Tatcher zu ihren Eltern gefahren, hatte Joe Harper sich ein Bein gebrochen, zwei der besten Freunde langweilten sich in einer benachbarten Stadt bei Verwandten, und Huckleberry war verschwunden. Tom suchte den Blutsbruder in allen Verstecken, guckte in die ältesten Regentonnen, durchstöberte sämtliche Heuschober der Umgebung — Huck schien sich in Luft aufgelöst zu haben. Endlich hörte Tom einen Fischer erzählen, er habe von einer stromabwärts gelegenen unbewohnten Insel Rauch aufsteigen gesehen. Und dafür wußte Tom nur eine Erklärung: Huck war zur Seeräuberinsel zurückgekehrt.

Sofort beschloß Tom, den Freund aufzusuchen und — traf ihn am Ufer sitzend. Soeben hatte Huck den Strom durchschwommen. Er war zerlumpter denn je und so abgemagert wie nach einer mehrwöchigen Hungerkur. Er berichtete, daß er vorgehabt hätte, sich wieder einmal ein paar Tage hindurch satt zu essen, auf dem Rücken zu liegen und sich von niemandem bei der Betrachtung der Dinge stören zu lassen. Leider fand er auf der Insel manches verändert vor — aus den Schildkröteneiern waren bereits Junge geschlüpft, die Fische, die er fing, schmeckten schlecht, da er sie ohne Speck braten mußte, und an Schinken durfte er gar nicht denken, ohne daß ihm der Mund wässerte. Um nicht zu verhungern, mußte er Fallen stellen und fing während einer Woche eine halbblinde Wasserratte und seine große Zehe — infolge unvorsichtigen Hantierens. Aber nicht wegen dieses Mißgeschicks sei er zurückgekommen, sondern einzig und allein deshalb, weil bald der Prozeß gegen Muff Potter stattfinden sollte.

Bei Erwähnung des Namens Potter erschauerte Tom wie immer, wenn er jener Schreckensnacht auf dem Friedhof gedachte. In mancher schlaflosen Stunde hatte er gegrübelt, ob es recht sei, wenn er und Huckleberry weiterhin schwiegen, statt den Namen des wahren Mörders Bing Hots zu nennen. Aber die Furcht vor der Rache Indianer-Joes überwog immer wieder seine Bedenken. Solange Muff Potter nur im Gefängnis saß, konnte diesem ja nichts geschehen. Übrigens hatten Tom und Huckleberry, um ihr Gewissen zu beruhigen, oft genug dem alten Vagabunden kleine Geschenke, wie Tabak, Brotstücke und ähnliches, durch das Gitter oberhalb der Gefängnistür zugeworfen und sogar mit ihm gesprochen, wenn kein Lauscher in der Nähe war. Auch getröstet hatten sie ihn, wenn er über sein Schicksal jammerte. Aber was nützten Trostworte? Nur an ihnen lag es, von Muff Potter das Schlimmste abzuwenden, und nun war es soweit.

»Was meinst du, Huck, was sie mit Potter tun werden?«

Huckleberry verzog das Gesicht in einer Art, die erkennen ließ, er wisse wohl, was Muff Potter geschehen würde, aber er möchte lieber nicht davon sprechen.

»Glaubst du, daß sie ihn freilassen, wenn wir sagen, was wir wissen?« drängte Tom.

Huckleberry senkte den Blick, grub die Zehen in den Sand. »Ich weiß es nicht«, sagte er endlich. »Vielleicht glauben sie uns gar nicht, oder sie werden fragen, warum wir nicht schon früher gekommen sind.«

»Dann sagen wir, daß wir vor Indianer-Joe Angst gehabt haben, das ist ja wahr.«

»Aber er wird bestimmt Rache an uns nehmen, wenn wir ihn verraten.«

»Das meine ich auch — sagen wir lieber nichts.«

Wütend stampfte Huckleberry auf. »Zum Teufel, warum haben wir nicht schon damals den Mund aufgetan, als sie Muff Potter zum Grab des alten Hot brachten? Weißt du, Tom ...«, Huckleberry spähte furchtsam um sich, »die Leute reden schon davon, daß Muff Potter keine Aussicht hat, dem Galgen zu entkommen. Sogar sein Verteidiger soll gesagt haben: Potter kann froh sein, wenn er mit zwanzig Jahren Kerker davonkommt.«

»Puuh — zwanzig Jahre im Kerker sein! Furchtbar . . .«

»Ja, aber gehenkt werden ist noch viel ärger«, sagte Huckleberry mit düsterer Miene.

Tom machte eine Gebärde des Erschreckens. »Sei still, Huck, ich mag nicht daran denken . . .«

Huckleberry hob die Schultern. »Was hilft das Muff Potter, wenn du nicht daran denken willst.« Unerwartet packte er Tom und blickte ihm fest in die Augen. »Du, ich meine, wir wären verdammte Schufte, wenn wir Potter zappeln ließen, ohne etwas für ihn zu tun. Er ist unschuldig — wir zwei wissen es —, sein Geist würde uns in jeder Nacht erscheinen und uns nicht schlafen lassen. Stell dir vor: Um Mitternacht kriecht unter deinem Bett so ein Gespenst mit Feueraugen hervor und macht: Wuuuh! Ich bin der Geist Muff Potters, der deinetwegen gehenkt wurde — wuuuh, jetzt hol ich dich.« Dabei verzerrte er das Gesicht und bog die Finger krallenartig, daß Tom entsetzt zurückwich.

»Was — was meinst du denn, daß — daß wir tun sollen, Huck?« stotterte er.

Sogleich wurde aus dem »Gespenst« wieder Huckleberry Finn. »Wir dürfen nicht feig sein, Tom, wir gehen zum Sheriff und erzählen ihm alles. Er wird uns bestimmt vor Indianer-Joe beschützen, er hat ja eine Pistole.«

Tom dachte an das uralte verrostete Schießeisen, das mitunter vom Speckbauch des Sheriffs baumelte und vielleicht nur dann gefährlich wurde, wenn man es mit drei Pfund Pulver in die Luft sprengte. »Zum Sheriff geh ich nicht«, entschied Tom. »Lieber sag ich alles, was ich weiß, meiner Tante, die soll es dann dem Bürgermeister erzählen.«

»Und in der nächsten Nacht steigt Indianer-Joe bei euch durchs Fenster und macht dich selber zum Geist.«

»Gut, dann — dann gehen wir zu Mister Hopkins und sagen dem alles, he?«

Huckleberry schaute zuerst verblüfft, dann schlug er sich gegen die Stirn. »Das ist eine gute Idee«, gestand er freimütig. »Mister Hopkins wird ja der Verteidiger Potters bei der Verhandlung sein, aber — wenn ich mit dir gehe, glaubt er keinem von uns beiden. Er wird sagen, dieser zerlumpte Huckleberry ist kein guter Zeuge ... geh du allein, Tom, und zieh vorher deinen Sonntagsanzug an, dann schaust du ein bißchen ehrlicher aus als ich, he?«

Seit Morgengrauen währte der Zustrom Neugieriger zum Schulhaus St. Petersburgs, in dem der Prozeß gegen den Mörder und Grabschänder Potter stattfinden sollte. Farmersleute aus der Umgebung kamen zu Pferde, andere hatten ihre Familien auf Wagen verladen. Fußgänger marschierten heran, und gegen neun Uhr vormittags war das Blockhaus so umlagert, daß selbst eine Maus nur unter Lebensgefahr ins Innere hätte gelangen können.

Punkt halb zehn Uhr sollte die Verhandlung unter dem Vorsitz Mister Tatchers beginnen. Gegen zehn Uhr hatte er sich bis zum Eingang durchgeboxt. Mister Zigfield, der als Beisitzer fungierte, brüllte vergeblich von seinem Fenster aus den Leuten zu, dem ehrenwerten Mister Tatcher Platz zu schaffen, da ein zerquetschter Vorsitzender keinen Prozeß leiten könne. Unterdessen kletterten drei Geschworene über die Köpfe der Zuschauer hinweg. Zwei erreichten die Fenster, der dritte stürzte ab. Er büßte seine Kühnheit mit einer Beule und dem Verlust seiner Frackschöße.

Als viel schlauer erwies sich der Verteidiger Mister Hopkins — er kam angeritten, sah, daß es unmöglich war, ohne Rippenbrüche ins Haus zu gelangen, erhob sich in den Bügeln und schrie: »In fünf Minuten wird bei der alten Eiche die Verhandlung eröffnet.«

Die »alte Eiche« stand fünfzig Meter entfernt hinter dem Schulgebäude. Und während alles dorthin stürmte, versorgte Mister Hopkins in Ruhe sein Pferd, zwinkerte einem Buben zu, der, abseits stehend, aufmerksam jede Bewegung des Anwalts beobachtet hatte und sich nun, von niemandem gehindert, ins Schulgebäude schlich.

Gleich darauf kam der Sheriff angeritten, der den mit Ketten gefesselten Muff Potter brachte. Der Ärmste sah erbarmungswürdig aus — sein Gesicht, früher vom Trinken aufgedunsen, war schmal geworden, die Haut schlaff und voll Runzeln. Er glich einem gefangenen Schimpansen, der ängstlich geduckt um sich späht, einen Fluchtweg suchend, den es nicht gab, denn nun kehrte die Masse genarrter Neugieriger zurück. Jene, die zuvor gute Plätze eingenommen hatten, fluchten und suchten jene zu verdrängen, die nun

vorne standen. Es wurde gestritten und gerauft, und wenn Muff Potter den Blick hob, sah er nur zornige Gesichter vor sich und keines, das Gnade oder ein Fünkchen Mitleid verhieß. Sein Schicksal schien besiegelt, der Richterspruch bereits gefällt — Tod durch den Strick.

Die Richter nahmen Platz, die Geschworenen setzten sich, und nur der Öffentliche Ankläger Mister Stone, ein würdiger Bürger des Städtchens, räusperte sich stehend, um jedem seine Wichtigkeit in diesem Prozeß darzutun. Mister Stone hatte seit Tagen eine Anklagerede einstudiert, von der er sich eine großartige Wirkung versprach. Unter der Wucht dieser Rede — so hoffte er — würde der Mörder Muff Potter zusammenbrechen und seine Untat gestehen. Und er, der Öffentliche Ankläger, würde dann wie der Erzengel Gabriel den Arm ausstrecken und den Verbrecher zur Hölle verdammen. Mister Stone freute sich im voraus auf den Beifall und räusperte sich noch lauter. Leider kümmerte sich niemand um das Geräusch, und Mister Stone setzte sich ein wenig verstimmt. Noch mehr ärgerte ihn, daß dieser Potter nicht wie ein richtiger Mörder trotzig finster dreinschaute, sondern einem Häufchen Elend glich, das schon beim ersten Schnaufer auseinanderzufallen drohte.

Der Erste Richter erhob ruhefordernd seine Stimme, der Zweite Richter schrie sich heiser, und der Sheriff hätte gern ein Loch in die Decke geschossen, um den Lärm, den die Öffentlichkeit machte, zum Verstummen zu bringen — wenn sein Schießeisen funktioniert hätte. Es war aber verrostet.

Plötzlich wurde es still — Indianer-Joe betrat mit unbeweglichem Gesicht den Raum, schritt zum Richtertisch, verbeugte sich wie ein Gentleman und nahm nach einem Wink Mister Stones auf der Zeugenbank Platz. Nun war Mister Stone seiner Sache völlig sicher. Bis zu diesem Augenblick hatte er gezweifelt, ob Indianer-Joe, der wichtigste Zeuge, sein Versprechen halten und zur Verhandlung kommen würde. Nun aber saß dieser vor ihm, und er hielt den Strick bereit. Nichts konnte Potter mehr vor dem Galgen bewahren.

Lautlose Stille herrschte, als Richter und Geschworene flüsternd beratschlagten, was nun geschehen sollte, worauf Mister Tatcher sich entschloß, zuerst einmal die Verhandlung zu eröffnen. Sodann wurde die Anklageschrift verlesen, worauf man Potter fragte, ob er sich schuldig bekenne. Er schaute verstört auf und hob die Arme, als flehte er um Erbarmen. Seine Lippen zitterten, er wollte etwas sagen, vermochte aber nur zu stöhnen und ließ mit einer hoffnungslosen Gebärde die Arme wieder sinken. Wochenlang hatte er im Kerker versucht, die Geschehnisse der Mordnacht sich in Erinnerung zu bringen, verzweifelt hatte er gegrübelt und das Hirn zermartert, um jene Bilder wieder erstehen zu lassen, die es damals, vom Alkohol benebelt, nur undeutlich aufgenommen hatte. Hundertmal — und tausendmal seither hatte er seine verhängnisvolle Trunksucht verflucht, die ihn zuerst zum Bettler gemacht und nun gar an den Galgen bringen würde. In mancher Kerkernacht war er in ohnmächtiger Verzweiflung auf dem Boden gekniet, hatte bald den Himmel um Verzeihung angerufen, bald wieder den Schädel an die Mauer gestoßen und sein verpfuschtes Leben verwünscht.

Und jetzt fragte man ihn, ob er sich schuldig fühlte.

Was sollte er darauf sagen? Er fühlte sich nur schuldig, seinem Todfeind, dem Schnaps, keinen Widerstand geleistet zu haben. Immer wieder hatte er zur Flasche gegriffen und sich bis zur Bewußtlosigkeit besoffen. Darin war er bestimmt schuldig — mehr wußte er nicht.

Der Schnaps war an seinem Unglück schuld — nur der Schnaps! Aber den konnte man nicht hängen.

Mister Stone sprach von einem stummen Geständnis. »Der Angeklagte« — so sagte er — »hat allein schon durch sein Verhalten zugegeben, daß er den Mord an Bing Hot begangen hat.«

»Nein! Nein! Der Schnaps ist der Mörder!« schrie Potter auf, dann sank er wieder in sich zusammen. Man nahm übrigens von seinem Zwischenruf keine Notiz und ging an die Zeugenbefragung. Jener Bürger wurde aufgerufen, der Potter am Morgen nach der Mordnacht beobachtete, wie dieser Flecke aus seinen Kleidern wusch und davonlief, da er sich ertappt sah. Nach einigen weiteren Fragen erteilte der Vorsitzende dem Verteidiger das Wort, und Potter hob schnell den Blick.

Der Verteidiger sagte aber nur: »Ich verzichte«, und Potters letzte Hoffnung, wenigstens einer würde sich für ihn einsetzen, schwand dahin.

Der nächste Zeuge erzählte von der Auffindung des Messers am Tatort, und abermals wurde dem Verteidiger Gelegenheit gegeben, dazu Stellung zu nehmen. Aber auch diesmal verzichtete er darauf.

Ein dritter Zeuge beschwor, daß er das Messer wiederholt bei Potter gesehen habe. Der Verteidiger lehnte neuerlich ab, sich zu äußern. Und das erregte sogar den Unwillen jener, die von Potters Schuld überzeugt waren.

Wollte denn dieser Verteidiger das Leben seines Schutzbefohlenen ohne Widerspruch dem Henker preisgeben? So etwas war noch nicht dagewesen.

Noch einige Zeugen belasteten Potter, aber auch sie ließ

der Verteidiger gehen, ohne eine Frage an sie zu stellen. Die Empörung der Zuhörer wuchs, aufgeregte Zwischenrufe wurden hörbar. Jemand verlangte die sofortige Entfernung des Verteidigers. Der Vorsitzende gebot zwar sogleich Ruhe, streifte aber den säumigen Anwalt mit einem strengen Blick. Schon erhob sich der Öffentliche Ankläger, streckte den Zeigefinger gegen Potter und begann:

»Wir alle haben gehört, daß ehrenwerte Bürger, deren einfaches Wort allein schon über jeden Zweifel erhaben ist, unter Eid Zeugenschaft ablegten wider diesen Mann hier, der angeklagt ist, ein furchtbares Verbrechen begangen zu haben. Sehen Sie ihn an, wie er hier mit Schuld beladen dasitzt, sehen Sie ihn gut an und sagen Sie selbst, ob er nicht dem leibhaftigen bösen Gewissen gleicht, das blutbesudelt ...«

Bei diesen Worten stöhnte Potter qualvoll auf, bedeckte das Gesicht mit den Händen und krümmte sich, daß es aussah, als schrumpfte er in sich zusammen.

»Die Tat ist bewiesen«, fuhr der Ankläger fort, »dieser Mann hat Bing Hot, einen braven Bürger, aus unserer Mitte gerissen ...« Jemand kicherte, denn Bing Hot war ein berüchtigter Vagabund gewesen, aber der Ankläger ließ sich nicht beirren: »Die Tat ist so eindeutig bewiesen, daß ich auf die Einvernahme des Kronzeugen Joe Hogan, genannt Indianer-Joe, verzichte. Wenn er will, mag er gehen ...«

»Nein, er bleibt hier!« rief plötzlich der Verteidiger. »Ich habe noch einige Fragen an ihn zu stellen.«

Verblüffte Gesichter ringsum. Was sollte das wieder bedeuten? Hatte der Verteidiger keine Augen und Ohren? Muff Potter war ja schon so gut wie verurteilt — Hopkins hätte früher reden und wenigstens um Gnade für seinen Klienten bitten müssen, statt dauernd »ich verzichte« zu sagen.

»An den Galgen mit Potter!« riefen einige.

Der Verteidiger hob die Hand. »Ruhe, Gentlemen!« brüllte er mit so machtvoller Stimme, daß die Schreier augenblicklich verstummten. Dann zeigte er nach einem Winkel. »Zeuge Tom Sawyer — tritt vor!«

Staunendes Gemurmel.

Hälse reckten sich, Füße scharrten, jeder wollte den seltsamen Zeugen sehen, der errötend vor dem Richtertisch Aufstellung nahm, mit dem Handrücken über die Nase wischte und dann nicht wußte, ob er die Hände in die Taschen stekken oder sie auf das Rückenende legen sollte. Da nun Mister Hopkins ihn auszufragen begann, pendelten seine Blicke zwischen diesem und dem Staatsanwalt, der sich so weit vorbeugte, daß der Tisch umzukippen drohte, hin und her. Mister Tatcher hob und senkte unablässig die Augenbrauen und zupfte an seiner Nase, als beabsichtigte er, sie auszureißen. Zu seinem Schrecken bemerkte Tom, daß auch Indianer-Joe ihn anstarrte wie ein hungriger Wolf ein Kaninchen. Er bemühte sich, diesem schrecklichen Blick auszuweichen, und schaute zu einer Fliege an der Decke auf, während er Mister Hopkins erzählte, was dieser wissen wollte.

»Tom Sawyer, wo warst du in der Nacht vom sechsten zum siebenten Juni?«

»Auf dem Friedhof, Sir.«

»Allein?«

»Nein, eine tote Ratte war mit und — und ...« Schallendes Gelächter störte Tom. Er drehte sich um und sah die Lacher strafend an. »— und Huckleberry Finn auch.«

»Was hattet ihr denn auf dem Friedhof bei Nacht zu suchen?«

»Wir wollten ... wir wollten —« Verdammter Schluckauf! Gerade jetzt mußte einem das Wort in der Kehle steckenbleiben. »Wir wollten Warzen heilen — mit — mit der Ratte.«

Warum lachten bloß die Leute so kindisch — das war doch zu dumm!

»Und jetzt, mein Junge, sag uns, was dann geschah, als ihr über die Friedhofsmauer steigen wolltet.«

»Wir haben den Teufel gesehen.«

Mister Hopkins hob erstaunt den Kopf. Von einem Teufel hatte der Lausbub, als er sich bei ihm gemeldet hatte, nichts erzählt. Sollte ihn etwa der verflixte Tom Sawyer zum besten gehalten haben? Seine Aussagen hatten nicht nach Erfindung geklungen.

»Wie sah denn dieser Teufel aus, mein Junge?« erkundigte sich Mister Hopkins etwas beunruhigt.

Tom blickte zu Boden. Es fiel ihm schwer, den Teufel, den er gesehen hatte, jedem zu zeigen. Wer weiß, was dieser tun würde? Vielleicht trug er ein Messer bei sich?

Von unten her blinzelte Tom nach Muff Potter, der ihn aus weitgeöffneten Augen so flehentlich anstarrte, als wollte er sagen: Bitte, sprich doch, Junge — es geht um mein Leben — hilf mir, sag alles, alles!

Tom hob die Hand, streckte zögernd den Zeigefinger vor. Jetzt war dessen Spitze gegen Indianer-Joe gerichtet. »Da

sitzt er, der Teufel — er hat Muff Potters Messer genommen und Bing Hot niedergestochen, weil der ihm einen Plan nicht geben wollte . . .«

Krach! Der Sessel, auf dem Indianer-Joe gesessen war, zersplitterte vor Toms Füßen. Und Joe sprang zum Fenster hinaus, ehe irgend jemand zupacken konnte.

Der Name Tom Sawyer strahlte in neuem Ruhmesglanz. In St. Petersburg sprach man tagelang nur von Toms Heldentat. Er war das Vorbild der Jugend und der Liebling der Alten. Eine Zeitung berichtete auf einer ganzen Seite nur von ihm und pries ihn als den unerschrockensten, edelmütigsten Jungen Amerikas. Begeisterte schrieben ihm Briefe, ein Veteranenverein ernannte ihn zum Ehrenmitglied, und alte Tanten wollten dringend wissen, wie man Warzen mit toten Ratten heilen könnte. Ja es gab sogar Leute, die in ihm den künftigen Präsidenten der Vereinigten Staaten sahen. Und nur jener Bürger, der in dem Potter-Prozeß als Öffentlicher Ankläger fungierte, prophezeite, daß Tom noch am Galgen enden werde. Der Mann war nämlich verärgert, weil Tom ihm die Möglichkeit genommen hatte, eine großartige Anklagerede zu halten — außerdem hatte er Tom vor kurzem in seinem Obstgarten überrascht.

Trotz allen Ehren fühlte sich Tom nicht wohl in seiner Haut. Fast jede Nacht erschien ihm Indianer-Joe im Traum und stierte ihn haßerfüllt an. Bald wagte sich Tom bei Nacht nicht mehr vors Haus, und gerade jetzt ließ ihm Tante Polly mehr Freiheit als je zuvor. Wie schön wäre es gewesen, wieder mit Huckleberry bei Mondschein am Flußufer Seeräuber zu spielen oder als Geist verkleidet Furchtsame zu schrecken. Tagsüber war es ja erfreulich, von alt und jung bewundert und von Muff Potter mit Dankesbezeigungen überhäuft zu werden. Aber bei Nacht — huu, da konnte hinter jedem Gebüsch Indianer-Joe lauern.

So führte Tom also ein Doppelleben. Bei Tag war er der berühmte Held, bei Nacht verkroch er sich unter der Bettdecke und fürchtete beim leisesten Geräusch, eine kalte Hand zu spüren, die ihn zu fassen suchte. Manchmal wünschte er eine Ameise zu sein, um von dem furchtbaren Feind übersehen zu werden, dann wieder wollte er als Riese den gefürchteten Indianer-Joe in einer Faust zerquetschen können. Er murmelte sämtliche Zaubersprüche, die er kannte, aber keiner half ihm, sich zu verwandeln.

Tage vergingen, die Suche nach dem Mörder blieb ergebnislos. Schließlich kam sogar ein Detektiv von Saint Louis nach St. Petersburg. Der Mann tat überaus geheimnisvoll, schnüffelte überall umher, durchsuchte Keller und Misthaufen, betrachtete mit einer Lupe jede Spur, die er fand, und blickte jeden Bürger, der ihm begegnete, durchdringend an. Endlich verdächtigte er gar den braven Mister Washer, der verkleidete Indianer-Joe zu sein, und hätte ihn auch verhaftet, wäre nicht die Bürgerschaft dagegen gewesen.

Als der Meisterdetektiv wieder abzog, war Tom der einzige, der nicht befreit aufatmete, denn der Mann hatte ihm gewaltig imponiert, und diesem unbemerkt nachzuschleichen, war das aufregendste Erlebnis überhaupt gewesen.

Die Zeit macht aber alles vergessen, und so verkleinerte jeder neue Tag ein wenig Toms Sorgen. Da schließlich ein Held nicht tatenlos dahinleben darf, beschloß er, seinen Ruhm zu vermehren und einen Schatz zu finden. Wo er einen solchen suchen sollte, wußte er freilich noch nicht, aber vielleicht konnte ihm Huckleberry Finn helfen?

Huck kannte zwar auch kein Schatzversteck, doch erklärte er sich sofort bereit, bei einem solchen Abenteuer mitzutun.

»Wo fangen wir an zu graben?« fragte er eifrig.

Tom rieb sich gedankenvoll das Kinn und spähte mit zusammengezogenen Brauen umher, wie er es dem bewunderten Meisterdetektiv abgeguckt hatte. »Überall ist ein Schatz vergraben, wo es recht unheimlich aussieht«, murmelte er. »Die meisten Schätze liegen unter den Wurzeln alter Eichen, oder im Keller einer Ruine, oder in einer eisenbeschlagenen Kiste, die schon ein paar hundert Jahre vergraben sein muß.«

»Und du weißt einen solchen Platz?« erkundigte sich Huck.

Tom kratzte sich hinterm Ohr. »Nein, aber wir finden ihn ganz leicht, wenn wir ein bißchen suchen. Am besten wäre halt ein Plan mit solchen Zeichen darauf, wie ihn die Seeräuber machen, wenn sie einen Schatz versteckt oder vergraben haben.«

»Und sie holen ihn nicht wieder?«

»Ja, sie möchten ihn schon holen, aber meistens erschlägt einer den andern, weil jeder den Schatz allein haben möchte, und der letzte kann dann nicht mehr zu dem Versteck, weil er schon so alt ist, daß er bald sterben muß.«

»Und was geschieht dann mit dem Plan, Tom?«

»Der Plan? Ja, der bleibt meistens hundert Jahre lang verschwunden, und auf einmal hat ihn ein geheimnisvoller einäugiger Seemann mit einem Holzfuß und rotem Haar — so steht's in jeder Schatzgräbergeschichte.«

»Hast du vielleicht so einen Plan, Tom?«

»Nein, ich hab ja auch keinen Holzfuß, und wozu brauch ich einen Plan, wenn ich ohnehin weiß, daß unter jedem verfallenen Haus, unter jedem morschen Baum und auf jeder einsamen Insel ein Schatz vergraben liegt?«

»Gold und Diamanten auch, Tom?«

»Natürlich, bei jedem Schatz müssen Gold und Diamanten dabeisein, sonst ist's doch kein richtiger Schatz.«

»Mir sind aber Silberdollars lieber — was mach ich mit einem Sack voll Diamanten?«

»He, sag das nicht, so ein Diamant ist viel wert — für den kleinsten kriegst du schon eine Kiste Schokolade, und für einen, der so groß ist wie meine Faust, ein ganzes Schloß samt Königin und Dienern.«

»Und den König nicht?«

»Pah, Könige sind nicht teuer, in Europa drüben laufen eine ganze Menge umher. Aber komm jetzt, Huck, wir gehen zum Stanley-Haus, auf dem Hügel dort steht eine abgestorbene alte Eiche, da graben wir nach.«

Die beiden holten aus Tante Pollys Schuppen Spitzhacke und Schaufel und schlichen auf Umwegen aus dem Städtchen. Bei der morschen Eiche angelangt, legten sie sich in den Schatten, um vorerst ein wenig zu verschnaufen. Huckleberry rekelte sich wohlig. »Ha, die Leute in Sankt Petersburg werden Augen machen, wenn wir mit den vollen Schatzkisten zurückkommen. Was wirst du mit deinem Anteil Gold und Diamanten machen, Tom?«

»Ich? Vielleicht kaufe ich mir einen Dreimaster und fahre aufs Meer — möchte ganz gern ein wenig Haifische fangen und Wale, und wenn's mich nicht mehr freut, such ich mir eine Insel, auf der es Kokosnüsse, Krokodile und Affen gibt. Das wird ein Spaß, mein Lieber. Und was machst du mit deinem Gold?«

Huckleberry leckte die Lippen. »Hundert Räucherschinken kauf ich mir und dann zehn Kisten Schokolade und — und ... ah, ich weiß nicht, irgendwas Feines zum Essen. Vielleicht einen ganzen Berg Pudding?«

»Und sparen tust du nichts, Huck?«

»Sparen? Für wen denn? Wenn einmal mein Vater nach Sankt Petersburg zurückfindet und erfährt, was ich geerbt hab, nimmt er mir sowieso alles weg und versauft's — nein, sparen werd ich nichts. Aber vielleicht kauf ich mir noch ein seidenes Halstuch und einen Hund ... ich möchte auch jemanden haben, der mich gern hat.«

»Hm, das mach ich auch — oder ich heirate Betsy Tatcher, die mag mich, sie hat's einmal gesagt.«

»Ha, du bist dumm, heiraten dürfen ja nur Erwachsene, aber nicht Kinder ... ich heirate nie, weil mich keine mag in den Lumpen.«

»Kannst dir ja eine neue Jacke und eine Hose kaufen, wenn du reich bist.«

»Wenn mich erst eine nimmt, weil ich reich bin, mag ich sie nicht. Und du darfst auch nicht heiraten, Tom, sonst bin ich ganz allein. Betsy wird dich auch nicht mehr mit mir Seeräuber spielen oder Schatz graben lassen.«

Tom sprang auf und zeigte die Fäuste. »Huck, ich laß mir von keinem Mädchen dreinreden, mit wem ich spielen darf — du bist mein bester Freund, ich halte zu dir ...«

»Das ist schön von dir«, sagte Huck gerührt, »ich halte auch zu dir, Tom, und wenn dir jemand was tun würde — ich verhau ihn! Glaubst du mir?«

Tom glaubte es, und weil auch ihn soviel Treue rührte, schwor er Huck, eher Betsy Tatcher nicht mehr anzusehen, als ihn zu verlassen. Hierauf begannen sie frohen Mutes den Boden zwischen den Eichenwurzeln aufzugraben. Die Erde war trocken und steinig, die Wurzeln zähe. Viel Schweiß floß.

Nach etwa einer halben Stunde standen die beiden knietief in einem Loch, dessen Boden aus Fels bestand. Bei jedem Hieb mit der Spitzhacke spritzten Funken.

Keuchend stützte sich Tom auf die Schaufel, blies einen

Schweißtropfen von der Nasenspitze und sagte mit der Miene eines erfahrenen Schatzsuchers: »Siehst du, Huck, da ist schon die Steinplatte, die über dem Schatz liegt. Denk nur, es muß viel Gold darunter sein, weil sie so groß ist. Los — graben wir weiter, wir sind gleich soweit.«

Noch eine halbe Stunde mühten sie sich, dann waren sie »soweit« — sie konnten nicht mehr weiter, lagen wie an Land geworfene Karpfen auf dem Rücken und schnappten nach Luft. Entsprach die Größe des Schatzes jener der »Steinplatte«, dann konnte man halb Amerika dafür kaufen.

»Auf diesem verdammten Schatz muß ein Zauber liegen«, meinte endlich Tom.

»Ich glaub auch, graben wir lieber anderswo nach, sonst saust auf einmal ein Geist aus der Erde.«

Eine Weile versuchten sie ihr Glück auf der gegenüberliegenden Seite und stießen abermals auf Fels.

»Weißt du, Huck, es könnte auch sein, daß sich die Räuber geirrt haben, und der Schatz liegt jetzt auf einem falschen Platz — vielleicht in einer Wiese, statt unter einer alten Eiche.«

»Nein, Tom — wir sollten lieber bei Mondschein graben, dort, wo der Baumschatten um Mitternacht hinfällt, liegt der Schatz.«

»Ja, das kann sein — einverstanden. Huck, gehen wir halt bei Mondschein einen Schatz suchen. Aber hier graben wir nicht mehr, da sind zu viele Steine. Ich denk, wir probieren's drüben, hinter Cardiff Hill. Beim Haus der Witwe kenn ich einen alten Apfelbaum. Ich sag dir, Huck, unter alten Apfelbäumen vergraben Seeräuber gern ihre Schätze.«

Sie versteckten die Grabwerkzeuge im Gebüsch, und auf dem Rückweg bestimmten sie einen Ort, wo sie sich zur Nachtzeit treffen wollten.

Zur verabredeten Stunde kamen sie aus verschiedenen Richtungen angeschlichen und blieben kaum dreißig Meter voneinander entfernt im Gras liegen. Keiner wagte sich zu rühren, weil jeder den andern für einen Geist hielt. Allmählich wurde es Huck in dem taufrischen Gras ungemütlich, und er ahmte das Miauen einer Katze nach, worauf auch Tom sich zu erkennen gab.

Der Platz beim Haus der Witwe, den sie gewählt hatten, war ein düsterer Ort, wohin sich selbst bei Tag wenig Menschen verirrten. Auf dem sumpfigen Boden hinter dem Haus wuchsen außer Dorngesträuch und Schilf nur einige spärlich belaubte Erlen, deren Zweige gespenstisch zum Nachthimmel aufragten. Auf einer Bodenwelle stand einsam ein verkrüppelter alter Apfelbaum, dessen Blätterwerk im Wind raschelte. Als die beiden Schatzsucher an dem Haus vorüberkamen, begann ein Hund zu heulen. Es klang unwirklich fern, als käme der Laut aus der Erde, denn daß der Hund alt war und zu faul, aus seiner Hütte zu kriechen, konnten die zwei natürlich nicht wissen. Sie hielten das heisere Geheul für das eines Gespensterhundes, der in der Erde den Schatz bewachte, und das Klagen eines Käuzchens erschien ihnen als die Antwort eines gespenstischen Wächters.

Schaudernd umgingen sie das Geisterhaus und krochen auf allen vieren zu dem Apfelbaum. Flüsternd beratschlagten sie, ob der Schatz bei der Baumwurzel oder im Schatten zu suchen sei, den die Krone im Mondlicht warf. Sie einigten sich auf die Mitte und gruben ein Loch. Die Erde war locker, die Arbeit leicht, das Loch wurde schnell tiefer. Schon standen sie bis zum Bauch in der Grube, und jedesmal, wenn Hacken- oder Schaufelspitze auf einen Holzstrunk stieß, klopften ihre Herzen freudiger. Sie vergaßen Zauberspuk und Geister und wühlten wie Maulwürfe immer tiefer, bis nur noch ihre Köpfe sichtbar waren. Es sah unheimlich aus, noch dazu schnauften sie so schrecklich, daß jedes Gespenst sofort das Weite gesucht hätte.

Sie hatten fast zwei Meter tief gegraben, da legte Huckleberry das Grabzeug weg.

»Tom, wir haben uns wieder geirrt, da ist nichts zu holen.«

»Ich glaub's nicht, Huck. Wir haben genau im Schatten gegra ... he, was ist denn das?« Tom schaute aus dem Loch. »Schau, Huck, der Schatten ist weg. Jetzt ist er weiter links.«

Huck spuckte Erdklümpchen aus, kletterte aus der Grube und begriff sofort: Der Mond war höher gestiegen und der Baumschatten natürlich weitergewandert.

»Ich geb's auf, wir finden keinen Schatz, weil wir immer an der falschen Stelle graben«, brummte Huckleberry.

Mutlos ließ nun auch Tom sein Werkzeug sinken. »Ich möcht nicht aufgeben, aber ich glaub immer, es ist einer hinter mir. Hab ein paarmal was im Genick gespürt, du nicht auch?«

»Ja, ich hab's auch gespürt«, sagte Huckleberry und betastete seinen Nacken. »Der Dreck hat nicht schlecht gespritzt, da guck ... eine ganze Handvoll hab ich abgekratzt. Ich denke, wir gehen lieber — bei Nacht freut's mich nicht. Morgen graben wir woanders.«

»Wo denn? Ich weiß nichts mehr.«

Huckleberry dachte eine Weile nach, dann rief er freudig aus: »Beim Beinhaus suchen wir! Dort liegt bestimmt ein Schatz versteckt.«

Tom schüttelte sich voll Grauen. »Das Beinhaus beim Friedhof? Huuu, dort geistert eine Menge Totengerippe herum. Die kommen ganz leise angeschlichen, wenn wir graben, und auf einmal gucken sie dir über die Schulter und knirschen mit den Zähnen ... nein, Huck, so etwas ertrag ich nicht — niemand könnte das aushalten.«

»Ach was, Tote geistern nur bei Nacht, wir graben aber, wenn die Sonne scheint. Da geschieht uns bestimmt nichts.«

»Bei Tag hab ich aber auch noch niemanden in der Nähe vom Beinhaus gesehen.«

»Klar, weil sie doch jetzt das neue Totenhaus gebaut haben. Das alte ist ja schon halb zusammengestürzt, wer sollte dort was suchen?«

»Also gut, wenn du keine Angst hast, hab ich auch keine.«

Damit war die Schatzsuche beim Beinhaus beschlossen. Um ihren Mut zu erproben, schlichen die zwei auf dem Rückweg ganz nahe an dem unheimlichen Gebäude vorbei, stets bereit, beim Auftauchen umherirrender Totengerippe Reißaus zu nehmen.

Mitten im Mondlicht stand das Beinhaus, einsam am Südende der Friedhofsmauer. Längst war die Umzäunung zerbrochen, die Mauern von Schlinggewächsen umrankt, das Dach zur Hälfte eingestürzt. Leere Fensterhöhlen gähnten schwarz, der Schornstein stand krumm. Die Buben gafften so lange das Haus an, bis sie in dem unsicheren Mondlicht zu sehen glaubten, wie dort drüben mancherlei sich zu regen begann, Schatten sich streckten und blaues Licht aufblitzte. Sie hielten nämlich für Geisterschein, was nur mattes Gefunkel einer zerbrochenen Fensterscheibe war, und liefen davon.

Sie hatten beschlossen, einander am folgenden Tag, wenn die Sonne über der Kirchturmspitze stand, bei der alten Eiche zu treffen. Tom war auch pünktlich zur Stelle. Huckleberry ließ auf sich warten. Endlich kam er pfeifend und so gemächlich des Weges, als gelte es nicht einen Schatz zu graben, sondern Grillen aus ihren Löchern zu kitzeln. »He, Tom, was

ist heute für ein Tag? Weißt du's?« rief er schon von weitem dem ungeduldig Wartenden zu.

»Was soll heute sein? Mittag ist vorüber, und du läßt dir Zeit — meinst wohl, der Schatz wartet ewig auf uns?«

»Ich schätze, er wird bis morgen warten müssen ... sag, was ist heute?«

»Was weiß ich — Mittwoch vielleicht? Nein, Samstag — halt! Freitag ist's!«

»Richtig! Und Freitag ist ein Unglückstag! He? Was sagst du jetzt? Wir wären schön in der Patsche gewesen, hätten wir heute zu graben angefangen.«

»Teufel, daran hab ich gar nicht gedacht«, sagte Tom ganz verblüfft. »Und weißt du, Huck — noch dazu hab ich in der Nacht verflucht schlecht geträumt — von Ratten.«

»Oh, das bedeutet was Böses. Haben sie miteinander gekämpft?«

»Nein.«

»Na, dann ist's nicht so schlimm. Aber was machen wir jetzt, wenn wir erst morgen den Schatz heben können?«

»Spielen wir Robin Hood, he?«

»Wer ist das?«

»Huck, du kennst Robin Hood nicht? Das war der beste Mensch, der je in England gelebt hat — er war ein Räuber!«

»Teufel, das gefällt mir — ich möcht auch so einer sein. Sicher war er groß und stark und hat schöne Kleider getragen, he?«

»Das glaub ich — er war der größte Held Englands und lebte im Wald von Sherwood.«

Huckleberry sah enttäuscht drein. »Ich dachte, er wohnte in einem Schloß, wo er doch eine Menge mit der Räuberei verdient haben muß.«

»Verdient hat er genug, weil er nur Kaufleute oder Bischöfe, Grafen und Falschmünzer ausraubte, aber ein Schloß hatte er nicht. Er verschenkte nämlich sein ganzes Geld an die Armen, die hatte er gern und teilte alles mit ihnen, bis auf den letzten Penny — drum singen sie heut noch von ihm.«

»Das muß ein verdammt feiner Kerl gewesen sein, he?«

»Das war er, Huck, er war so edel wie alle edlen Menschen von ganz England zusammengenommen.«

»Teufel auch — wie hat er das ausgehalten?«

»Ach, er konnte noch viel mehr! Zum Beispiel besiegte er alle Feinde, auch mit gefesselten Händen. Und mit geschlossenen Augen konnte er mit dem Pfeil ein Zehncentstück treffen, wenn es anderthalb Meilen von ihm entfernt war.«

»Das ist allerhand — ein Zehncentstück auf anderthalb ... du, Tom, das spielen wir auch: ich bin Robin Hood, mach die Augen zu und schieß auf dich, einverstanden?«

Das schien aber Tom zu gefährlich, und so einigten sie sich auf Holzschwerter und Anschleichen. Im Wald von Cardiff Hill spielten sie den ganzen Nachmittag »Robin Hood überfällt einen Grafen«. Abwechselnd waren sie Robin Hood oder Graf und trugen insgesamt zweiundzwanzig Schwertkämpfe nach ebenso vielen Überfällen aus.

Bedauerlicherweise benahm sich Huckleberry als Robin Hood zuwenig edel, so daß er gegen Abend einen Kopfverband tragen mußte, während Tom ein bißchen hinkte — Robin Hood hatte bei geschlossenen Augen mit dem Schwert Toms große Zehe getroffen.

Am Samstag nachmittag trafen sie einander unter der alten Eiche. Sie redeten von dem und jenem, erzählten alle Neuigkeiten, die sie unterdessen erfahren konnten, erzählten sie zum zweiten- und zum drittenmal, und als ihnen gar nichts mehr einfiel, stocherten sie in dem Loch, das sie Donnerstag gegraben hatten — nicht, weil sie hofften, es wäre da etwas zu finden, sondern nur aus Verlegenheit. Keiner wollte nämlich als erster von der Schatzsuche im Beinhaus zu reden anfangen, das man von hier aus sehr gut sehen konnte. In der brütenden Sonnenhitze stand es verfallen an der Friedhofsmauer in einer menschenleeren Landschaft — und wirkte trostlos einsam durch die Reihen schiefer Grabkreuze dahinter. Dieses Haus des Todes sah mit den leeren Fensterhöhlen, der Tür, die gerade noch in den Angeln hing, und dem harten Kontrast von Licht und Schatten noch unheimlicher aus als bei Nacht, da die Konturen im Dunkel sich lösten und nicht so unerbittlich an Totes und Vermoderndes erinnerten.

Der Gesprächsfaden war endgültig gerissen. Das Loch, in dem sie herumstocherten, enthielt nichts Besonderes, und die Stille wurde allmählich unerträglich. Fast gleichzeitig hoben die beiden Schatzgräber die Köpfe.

»Ich meine, es — es ist Zeit, daß — daß wir gehen, he?« sagte Tom und — blieb sitzen.

Huckleberry nickte gedankenschwer und warf einen scheuen Blick nach dem Beinhaus.

Plötzlich packte er den Freund am Arm. »Sag, Tom, weißt du ganz sicher, daß es bei Tag keine Gespenster gibt?«

Tom verzog unwillig den Mund. »Wie soll ich das wissen? Du hast ja gesagt, daß du es weißt, nicht ich.«

»Was — ich? Du warst es!«

»Nein, du!«

»Sag das noch einmal ...«

Tom sagte es, und Huckleberry stieß ihn an. Hierauf stieß Tom zurück, gleich darauf klatschte es, dann noch einmal, und schon entbrannte ein heftiger Krieg, bei dem auf beiden

Seiten mit Händen und Füßen gefochten wurde. Der Kampf endete unentschieden, weil schließlich beide Krieger eng umschlungen in das Loch fielen und dieses zu schmal war, um darin den Streit fortzusetzen. Nachdem alle erlittenen Hautabschürfungen, Kratzwunden und einige Bißspuren begutachtet waren, wurde Friede geschlossen. Sodann hielten sie Ausschau, denn das Gefecht hatte ihren Mut beträchtlich erhöht. Nach kurzer Beratung entschlossen sie sich, das Beinhaus im Sturm zu nehmen und Gespenster, falls sich solche zeigen sollten, durch ein gewaltiges Gebrüll in die Flucht zu schlagen.

Die Grabwerkzeuge drohend erhoben, stürmten die beiden Helden den Hügel hinab. Aber je näher sie dem Ziel kamen, desto langsamer wurde das Tempo. Einer beobachtete den andern, keiner wollte der erste sein. Merkte Huckleberry, daß er eine Nasenlänge voraus war, trachtete er, um zwei zurückzubleiben, und Tom war viel zu höflich, um nicht dem Freund den Vortritt zu lassen. So kam es, daß sie, statt die Ruine im Sturm zu nehmen, das letzte Wegdrittel auf den Zehenspitzen zurücklegten, immer bereit, beim leisesten Geräusch augenblicklich in entgegengesetzter Richtung davonzustürmen. Einige Meter vom Eingang entfernt hielten sie an und lauschten. Einer nickte dem andern aufmunternd zu, weiterzugehen, aber keiner fand den Mut, zuerst den schaurigen Ort zu betreten. Also reichten sie einander die Hände und bewegten sich, zaghaft auftretend, Schritt um Schritt vorwärts, als fürchteten sie, es könnte unversehens die Erde sich auftun und sie verschlingen.

Nun standen sie an der Tür und spähten vorsichtig ins Hausinnere. Mauerwerk und niedergetretenes Gebälk bedeckten den größten Teil eines morschen Bretterbodens. Auf den Trümmern und zwischen Ritzen wucherte Unkraut. In einer Ecke stand ein alter Herd. Aus der Mitte des Raumes führte eine halbzerbrochene Holztreppe zum Dachgeschoß. Die Holzläden der Fenster waren aus den Angeln gerissen, Spinngewebe spannten sich in jedem Winkel.

Die unheimliche Stille an dieser von allem Lebendigen verlassenen Totenstätte lähmte die Entschlußkraft der beiden

Besucher. Sie wagten kaum zu atmen, machten einander nur durch Blicke und Gebärden auf Dinge aufmerksam, die den Eindruck schauriger Öde noch verstärkten. Wenn sie sich bewegten, ächzte und knirschte es unter ihren Füßen. Traten sie auf ein Bodenbrett, klang es hohl. Stiegen sie auf Trümmer, rieselte und knackte es verdächtig, so daß sie bangten, plötzlich in eine Gruft zu stürzen. Da aber weiter nichts geschah, erkühnten sie sich, einiges Gerümpel näher zu untersuchen. Sie hoben Balken auf, schoben Trümmer beiseite und prüften sogar die Treppe auf ihre Tragfähigkeit.

Die erste Stufe hielt ihrem Gewicht stand, die zweite ebenso. Die dritte krachte bedenklich, und erst die vierte brach durch, als Huck sie bestieg. Da aber die fünfte gut erhalten schien und die sechste nur ein wenig quietschte, stellten sie ihre Grabwerkzeuge ab und kletterten auf allen vieren hinauf.

Der heil gebliebene Dachbodenrest war gleichfalls mit Schutt bedeckt. In einem Winkel befand sich ein Wandschrank, dem eine Tür fehlte, die andere war aus den Scharnieren gerissen. Der Schrank wurde sofort durchsucht, er enthielt — nichts. Weitaus mehr versprach ein mit Segelleinen überzogener Koffer, den Tom unter Dachbodentrümmern entdeckte. Es kostete viel Mühe, ihn bloßzulegen, und dann erwies es sich, daß er zwar keinen Deckel hatte, aber bis zum Rand mit Schutt gefüllt war.

Natürlich durchschauten Tom und Huck diesen Trick ohne langes Rätselraten: »Du, Huck, unter dem Mist liegt ganz bestimmt ein Schatz versteckt, he?« flüsterte Tom.

»Klar, wir leeren den Koffer aus, der Schatz liegt auf dem Boden — pack an!«

Unter Schnaufen und Ächzen gelang es ihnen, den Schatzkoffer umzudrehen. Das Ergebnis war ein Haufen Ziegeltrümmer, Mauerwerk und viel Staub.

»Jemand muß den Schatz weggezaubert haben«, vermutete Tom, und Huck dachte ähnlich, machte sich aber sofort daran, den Schatz dort zu suchen, wo seiner Meinung nach immer ein solcher zu finden war: im Rauchfang. Dieser war noch ganz, man brauchte nur ein paar lose Ziegel aus der Mauer zu brechen. Übrigens galten diese lockeren Ziegel als sicheres Zeichen eines dahinter verborgenen Schatzes — warum sonst hätten sie so gewackelt?

»Jemand hat schon früher einmal ein Loch in den Kaminschacht gestemmt und den Schatz hinunterfallen lassen«, erklärte Huck. Denn das konnte selbst ein Blinder sehen, daß die Mauer bearbeitet worden war.

»Warum gehen wir nicht hinunter, wenn der Schatz unten liegt?« fragte Tom.

Huckleberry winkte mit überlegener Miene ab. »Das verstehst du nicht — einen Schatz darf man nicht dort suchen, wo jeder ihn suchen würde, sondern auf der entgegengesetzten Seite.«

»Aber unten brauchten wir nur die Herdtüre aufzumachen und könnten den Schatz herausziehen.«

»So? Und der Zauber, der auf jedem Schatz liegt, an den denkst du nicht? Wie war es denn zuvor bei dem Koffer, he? Gleich, als wir ihn umgedreht haben, war der Schatz verzaubert. Den Boden hätten wir aufschneiden ...« Huckleberry sprach nicht weiter, denn Tom legte plötzlich den Finger an die Lippen und lauschte einem Geräusch, das wie von Tritten klang.

»Es kommt wer!« zischelte Tom noch, dann wurde er von dem Freund niedergezogen. Nun ließ sich deutlich das Tappen von Füßen auf harter Erde vernehmen. Die Buben glotzten einander an, als spürten sie bereits Geisterhände im Genick. Huckleberry legte sich flach nieder und bedeutete Tom, das gleiche zu tun. Durch eine Ritze im Fußboden erspähten sie zwei Männer, die vor dem Hauseingang standen und nach allen Seiten Ausschau hielten, bevor sie eintraten. Der eine hatte eine alte Decke nach Indianerart um die Schultern geschlungen. Unter seinem Trapperhut quoll struppiges Haar hervor, und ein verwilderter Bart bedeckte Kinn und Wangen. Der zweite war wie ein Cowboy gekleidet. Hemd, Hose und Stiefel waren so abgerissen, als hätte der Mann seit Wochen nur im Gestrüpp geschlafen.

Die zwei Männer setzten sich, leise die Hitze verfluchend, auf einen Ziegelhaufen und lehnten sich mit dem Rücken an die Wand, so daß der Eingang in ihrem Blickfeld blieb. Der Mann mit der Decke wischte mit einem Halstuchzipfel den Schweiß von der Stirn. Als er sich dann auch über den Nacken fuhr, wandte er den Kopf. Nun konnten die beiden Lauscher das Gesicht des Mannes erkennen. Fast gleichzeitig durchzuckte sie Todesschrecken. Dieses Narbengesicht kannten sie nur zu gut. Wehe ihnen, wenn es Indianer-Joe einfiel, die Treppe emporzusteigen! Das mindeste, was er aus ihnen machen würde, war Hackfleisch. Vor allem aus Tom, der ihn bei Gericht verraten hatte.

Wie gerne würde Tom alle Schätze der Welt gegeben haben für ein Mittel, das ihn unsichtbar gemacht hätte.

Die Männer unten schienen sich nun sicherer zu fühlen,

ihre Unterhaltung wurde lauter. Soeben sagte der Begleiter Indianer-Joes: »Nein, ich will nicht — hab schon drüber nachgedacht, es geht nicht, die Sache ist zu gefährlich.«

»Gefährlich«, höhnte Indianer-Joe. »Sag lieber gleich, daß du ein Waschlappen bist. Was kann gefährlicher sein als unser letzter Überfall? Hat uns jemand erwischt, he?«

»Das nicht, aber das Haus lag am Fluß, und kein anderes war in der Nähe. Und wie soll jemand wissen, daß wir etwas versucht haben, wenn es uns gar nicht gelungen ist?«

»Ach was, dafür trägt uns der nächste Coup das Doppelte ein. Und schließlich ist's genauso gefährlich, bei Tag hierherzukommen. Wenn uns wer sieht, sind wir geliefert.«

»Es gibt aber keinen besseren Treffpunkt in der Nähe, und so leicht traut sich niemand her, der Platz ist verrufen, die Leute fürchten ihn. Übrigens wär ich selber gestern schon fort, hätten sich nicht diese zwei verdammten Lausbuben dauernd in der Nähe herumgetrieben. Am liebsten hätt ich ihnen den Hals umgedreht.«

Die »verdammten Lausbuben« erblaßten. Sie waren also, ohne daß sie es ahnten, gestern nahe daran gewesen, nach hinten schauen zu müssen. Welch ein Glück, daß sie sich rechtzeitig an den Freitag erinnert und beschlossen hatten, die Schatzgräberei auf Samstag zu verschieben! Allerdings wünschten sie jetzt, ein ganzes Jahr gewartet zu haben.

Die Banditen packten nun Brot und Speck aus den Taschen und kauten bald so heftig, daß ihre Backen sich blähten. Nach einer Weile sagte Indianer-Joe: »Ich schätze, es ist besser, wenn ich die Sache allein ausschnüffle — du kannst ja einstweilen auf Nummer zwei auf mich warten. Ist die Sache leicht zu machen, hole ich dich ab, dann drehen wir das Ding gemeinsam und verschwinden nachher sofort nach Texas.«

Der andere nickte stumm und stopfte sich neuerdings den Mund voll. Indianer-Joe gähnte und breitete seine Decke aus. »Bin verflucht müde — werde ein wenig schlafen. Wache hast heute du.«

Sein Kumpan grunzte etwas und aß weiter. Als er fertig war, stocherte er mit der Messerspitze zwischen den Zähnen, klappte dann die Klinge zu und riß gähnend den Mund auf.

Das wiederholte er und setzte sich schließlich bequem zurecht, wobei er den Kopf auf die Hand stützte. Es dauerte nicht lange, und er sank zurück. Ein Schnarchlaut wurde hörbar, noch einer, und bald sägte er mit dem Gefährten um die Wette.

Von schrecklicher Furcht erlöst, seufzten die Buben auf. Tom stieß Huckleberry an. »Jetzt gilt's — komm, wir klettern hinunter, und dann rennen wir ...«

Huckleberry zögerte. »Wart noch — der Kerl schläft nicht fest genug. Wenn er aufwacht und uns sieht, spießt er uns mit dem Brotmesser auf.«

Tom bestand weiterhin auf schnellster Flucht, und da Huckleberry neuerlich abriet, erhob sich Tom. Er wollte allein davonschleichen, aber gleich beim ersten Schritt knarrte ein Bodenbrett so laut, daß er sich sofort wieder niederkauerte. Darauf versuchte er, auf dem Bauch rutschend, die Treppe zu erreichen. Das Ergebnis war, daß durch die Bodenritzen kleine Steinchen und Mörtelstaub auf die Schläfer niederrieselten. Indianer-Joe erwachte und richtete sich mit einem Ruck auf. Gedankenschnell zog er ein Messer, bereit, sich auf den zu stürzen, der ihn aus dem Schlaf geschreckt hatte. Da er aber nichts Verdächtiges bemerkte, kitzelte er mit der Klingenspitze den Kumpan.

»Du bist ein feiner Wächter, das muß man dir lassen.«

Der andere fuhr auf und rieb sich verschlafen die Augen. »Was ist — kommt wer?«

»Geschlafen hast du, statt aufzupassen — der erstbeste Kerl hätte uns erschlagen können. Steh auf, mach dich fertig, wir verschwinden von hier!«

»Und was machen wir mit dem Geld, das wir noch haben?«

»Was weiß ich — am besten wird's sein, wir lassen es hier, wie sonst immer. Sechshundertfünfzig Silberdollar sind zu schwer zum Mitschleppen.«

»Willst du das Geld diesmal nicht lieber vergraben, Joe? Ich mein, es wär besser, da wir doch nicht so schnell zurückkommen.«

»Auch gut«, brummte Joe und erhob sich. Er ging zum Kamin, zog einen Ziegel aus dem Fundament und holte aus dem Loch einen prall gefüllten Sack hervor, dessen Inhalt metallisch klimperte. Etwa dreißig Dollar zählte er in seine Tasche, und ungefähr dieselbe Summe schob er seinem Spießgesellen zu, der den Sack verschnürte und dann in einem Winkel mit dem Messer ein Loch in die Erde grub.

Den Spähern auf dem Dachboden blieb die Luft weg. Alle Angst, entdeckt zu werden, war mit einemmal vergessen.

Vor ihren Augen wurde ein Schatz vergraben! Mehr als sechshundert Silberdollar!

Das war sicher so viel Geld, daß man eine ganze Kiste voll Gold und Diamanten dafür kaufen konnte. Wenn es ihnen gelang, diesen Schatz auszugraben, würden sie die reichsten Jungen Amerikas sein — oder der ganzen Welt? Und warum sollte es nicht gelingen? Die Banditen waren gleich fertig mit ihrer Arbeit.

Toms Entzücken war jetzt schon so groß, daß er die Faust an den Mund preßte, um nicht laut aufzujubeln.

Huckleberry dagegen stieß Tom an, schnitt freudige Grimassen und zeigte durch Handbewegungen, wie er den Schatz in seine Taschen schaufeln wollte. In diesem Augenblick stieß unter ihnen der Bandit mit seinem Messer auf etwas Hartes.

»Holla! Was ist denn das?« rief er aus.

»Was gibt's?« fragte Indianer-Joe.

»Weiß noch nicht — bin auf einen morschen Balken gestoßen oder was Ähnliches ... nein, es ist ein Kästchen! Hör nur — es klingt hohl, wenn ich draufklopf!«

Er griff in das Loch, befühlte etwas und stieß erneut und mit Wucht hinein. Holz splitterte, dann holte der Mann aus der Höhlung eine Handvoll klirrendes Zeug. Es waren Münzen, die er vor sich hin streute.

Goldmünzen!

Tom war nahe daran, »hurra!« zu schreien, bezwang sich aber mit aller Macht und verkrallte sich statt dessen in Huckleberrys Haar, was diesem half, die Nase aus einem Spalt im Boden zu ziehen, denn er hatte besser sehen wollen und sich dabei verklemmt. Zum Glück waren die beiden Banditen selber so aufgeregt, daß sie die Geräusche in der Höhe überhörten. Sie wollten den Schatz sofort heben und suchten nach geeignetem Werkzeug. Dabei stießen sie auf die Geräte, die Huck und Tom vorhin abgestellt hatten.

Mißtrauisch betrachtete Indianer-Joe die Hacke, murmelte etwas, begann aber dann zu graben. Schon nach wenigen Minuten wurde die Schatzkiste ans Tageslicht gezogen. Sie sah genauso aus, wie Huck und Tom sich eine solche vorgestellt hatten: mit Eisenbändern beschlagen und fast schwarz vor Alter. Das morsche Holz zerfiel beim ersten Tritt und gab funkelndes Gold frei.

»Himmel und Hölle, das ist eine Menge — wer hätte das gedacht?« sagte Indianer-Joe, während sein Gefährte in freudiger Erregung die Münzen durchwühlte, sie mit vollen Händen hochhob und niederregnen ließ.

»Joe, jetzt haben wir genug!« schrie er. »Das sind einige tausend Dollar! Mann, ich glaub, ich werd verrückt. Wer hat das viele Geld hier versteckt? Was meinst du?«

Indianer-Joe hob die Schultern. »Ich schätze, es stammt von Pattersons Bande, die sollen vor Jahrzehnten in der Gegend gehaust haben — die Burschen trieben es ziemlich arg, haben Postkutschen überfallen und Banken ausgeraubt. Sie wurden alle gehenkt — man sagt sogar, zur selben Stunde.«

»Teufel, das möcht ich nicht erleben. Na, jetzt können wir ja schon morgen nach Texas verduften und uns den Überfall ersparen, he?«

Indianer-Joe furchte die Stirn. »Da kennst du mich aber schlecht, mein Lieber. Mir geht's bei der Sache nicht um Geld — ich will meine Rache haben!« Er streckte die Fäuste vor, und seine Augen funkelten. »Nach Texas geh ich erst, bis das erledigt ist, das hab ich mir geschworen — ich führ es durch, auch wenn's mich an den Galgen bringt.«

Der andere wich erschrocken zurück. »Aber, Joe, so etwas darf man auf keinen Fall aussprechen — der Teufel hat lange Ohren.«

»Mir recht, zur Hölle muß ich sowieso, da hilft kein Gebet mehr — aber wenn du Angst hast, hau ab, ich brauch dich nicht . . .«

»Nein, nein, ich laß dich nicht im Stich, ich bleib schon bei dir . . . aber was machen wir jetzt mit dem Gold, Joe? Wollen wir's wieder vergraben?«

»Hm, ich glaub, ja . . .«

Die beiden Lauscher hielten den Atem an, ihre Augen glänzten in Erwartung. Und dann wurden sie bitter enttäuscht, denn Indianer-Joe sagte: »Nein — lieber doch nicht vergraben. Ich hab so eine Ahnung, als wär schon jemand dahintergekommen, daß hier etwas vergraben ist. Wie kämen sonst Hacke und Schaufel hierher? Jemand muß doch die Dinger hergebracht haben, während wir weg waren. Oder hast du sie vorher hier gesehen?«

Der Befragte verneinte, gab aber zu bedenken: »Mit den Taschen voll Gold können wir aber nichts ausspionieren, das Geklimper würde man eine Meile weit hören, und schwer ist das Zeug auch. Verstecken wir's auf Nummer zwei und dann unter dem Kreuz, einverstanden?«

»Ja — dort sucht es so leicht niemand. Pack alles ein.«

Der andere gehorchte, und Joe half, die Goldmünzen einzusammeln. Jetzt richtete er sich auf, starrte eine Weile ins Leere. Dann ging er von einem Fenster zum andern, hielt bei jedem sorgsam Ausschau. Als er beim letzten Fenster ankam, stampfte er mit dem Fuß auf.

»Zum Teufel auch, es läßt mir keine Ruh ... wer könnt das Grabzeug hergebracht haben?« Plötzlich blickte er zur Decke empor. »Am Ende sind die Burschen noch oben?«

Den beiden Versteckten war zumute, als sollten sie im nächsten Moment gevierteilt werden. Indianer-Joe hielt sein Messer in der Faust!

Nach kurzem Überlegen bestieg er die Treppe — stand schon auf der ersten Stufe — hob den Fuß, setzte ihn auf die nächste — — —

Verzweifelt deutete Huckleberry nach dem Schrank, obwohl er selber nicht die Kraft gehabt hätte, aufzustehen und sich dort zu verstecken. Es war auch schon zu spät dazu. Die dritte Stufe knarrte unter dem Gewicht des Banditen!

In Toms Schädel sah es aus wie in einem brennenden Bienenkorb. Seine Gedanken suchten einen Ausweg und fanden ihn nicht. Alles wollte er gleichzeitig tun: aufspringen, um Hilfe rufen, sich verkriechen, sich totstellen — — —

Krach! Bumm! Ein fürchterliches Gepolter ertönte.

Was war geschehen? Hatte Indianer-Joe geschossen?

Tom war unfähig, auch nur einen Finger krumm zu machen. Brettsteif lag er da und hielt die Augen geschlossen. Gleich würde er tot sein. Oder war er es schon?

Jemand fluchte mörderisch.

Mit aller Willenskraft gelang es Tom, seinen Schreck zu überwinden und durch einen Spalt in die Tiefe zu blinzeln. Er sah Indianer-Joe auf dem Bauch liegen und hörte ihn schimpfen: »Verdammt, ich glaub, ich hab alle Rippen gebrochen. Diese verfluchte Treppe war verfault, und ich Narr steig hinauf. Au, mein Kopf ...«

»Na, steh auf, Joe, es ist dir ja nichts geschehen, bist weich gefallen«, tröstete der andere. »Hab mir gleich gedacht, daß da oben niemand sein kann, weil die Treppe kaputt ist, aber hätt ich dich gewarnt, wärst du erst recht hinaufgestiegen.«

»Ach, halt 's Maul, du Idiot, immer weißt du alles besser. Glaubst, ich hab nicht gewußt, daß niemand da ist? Die Burschen haben uns kommen gesehen und sind davongelaufen, haben uns vielleicht für Geister gehalten. Ich wette, sie laufen noch immer. Aber lang wird es nicht dauern, dann kommen sie mit Helfern zurück. Es ist bestimmt besser, wir verschwinden, solang es noch geht.«

Er brummte noch eine Weile, half aber unterdessen dem Gefährten, den Schatz einzupacken. Zum Abschied versetzte er der leeren Kiste einen Tritt und verließ, gefolgt von dem Kumpan, das Haus.

Tom und Huckleberry sahen die beiden verschwinden und warteten, bis die Tritte verhallten. Keiner sprach ein Wort, als sie die Treppe hinabturnten. Das Erlebte lag ihnen schwer genug im Magen. Nur durch Zufall waren sie einem grausigen Tod entgangen. Hätte Indianer-Joe sie entdeckt, sie wären von ihm wie gebratene Hähnchen aufgespießt worden — daran war nicht zu zweifeln.

Dauernd umherspähend, wagten sie endlich, die Ruine zu verlassen. Allen Gebüschen und Bäumen wichen sie aus, und sogar einen Hohlweg umgingen sie in weitem Bogen, aus Furcht, die Banditen könnten dort auf sie lauern. Sie fanden aber von diesen keine Spur und bewegten sich bald sicherer. Angesichts der ersten Häuser St. Petersburgs überwog bereits der Ärger über die begangenen Fehler ihre Angst vor den Feinden. Tom machte Huckleberry Vorwürfe wegen der liegengelassenen Grabwerkzeuge, und Huckleberry beschuldigte Tom, Hacke und Schaufel so auffällig an die Treppe im Beinhaus gelehnt zu haben, daß der dümmste aller Räuber hätte Verdacht schöpfen müssen.

»Das viele schöne Geld«, jammerte Tom. »Heut noch hätt ich mir ein Schloß kaufen können oder ein Seeräuberschiff, wären nicht der Spaten und die Hacke so auffallend dort herumgelegen.«

»Und ich hätt mir zehn Betten auf einmal kaufen können. Jede Stunde wär ich auf einem andern gelegen, und auf der Insel hätt ich mir das schönste Blockhaus bauen lassen, rundum mit Kanonen, damit mich keine Räuber überfallen können — aber du bist an allem schuld. Indianer-Joe hätte niemals Verdacht geschöpft, wenn die Hacke und ...«

»Ach, hör schon auf damit, Huck, es ist ja zu dumm — wir waren beide schuld, und wenn uns Indianer-Joe erwischt, wird er nicht fragen, wer von uns das Werkzeug stehengelassen hat, sondern dir und mir das Genick abdrehen, weil — an uns will er Rache nehmen, das sag ich dir.«

»An uns? Wieso? Ich hab ihm ja nichts getan — du hast ihn bei Gericht verraten, nicht ich. Und wer weiß, ob er nicht mit der Rache jemand anderen gemeint hat?«

Das war aber nur ein schwacher Trost für Tom.

Unruhig wälzte sich Tom im Bett. Er träumte von Indianer-Joe, der ihm einen Sack voll Gold entgegenhielt und ihm jedesmal, wenn er danach greifen wollte, mit einer silbernen Schaufel auf den Kopf schlug. Tom stöhnte im Schlaf und drehte sich auf die andere Seite, um den Schlägen zu entgehen. Wieder griff er nach dem Goldsack und krallte sich daran fest — bum! bekam er eine auf die Birne. Aber den Sack hielt er fest. Bum! Bum — die Hiebe fielen dichter.

Jemand schrie.

Tom erwachte — bum! Schon wieder ein Schlag!

Ha, was war denn das? Wer schlug da so auf ihn los? Etwa Indianer-Joe?

»Zu Hilfe!« brüllte Tom. Dann war er völlig munter. Statt eines Sackes voll Gold hielt er seinen Bruder Sid an den Haaren.

Der Ärmste hatte verzweifelt versucht, sich freizumachen, und auf Tom losgedroschen.

Am Morgen konnte sich Tom anfänglich nur sehr undeutlich erinnern, was geschehen war. Die Erlebnisse des vergangenen Tages schienen ihm wie ein Traum. Er glaubte einfach nicht daran, daß eine solche Menge Geld, wie er sie gesehen hatte, wirklich existieren könnte. Wenn er die Erwachsenen von hunderten und tausenden Dollars reden hörte, hatte er seit jeher gedacht, das seien nur Redensarten. Und nun sollte er selber tausende in Gold und Silber gesehen haben?

All seine im Stall und in der Scheune vergrabenen Schätze waren zusammen kaum einen halben Dollar wert, und er galt doch bei den Buben des Städtchens als der Meistbesitzende. Je mehr Einzelheiten ihm aber einfielen, desto sicherer wußte er, doch nicht alles geträumt zu haben. Schnell sprang er aus dem Bett. Er wollte Huckleberry aufsuchen und ihn fragen, was an dem Goldschatz wahr sei.

Am Fluß fand er den Freund auf einem Bootsrand sitzend, die Füße ins Wasser getaucht.

»Hallo, Huck!«

»Hallo, Tom!« Mehr sagte Huckleberry vorläufig nicht. Er schien übel gelaunt. Ärgerte er sich vielleicht wegen des verlorengegangenen Goldes?

»He, Huck, wenn wir jetzt die Goldkiste hier hätten — ha? — das wär was, gelt?«

Huck spuckte ins Wasser. »Ach, hol's der Teufel. Mir tut schon der Kopf weh — hab die ganze Nacht nicht schlafen können ... Reich könnten wir sein, hätten wir den Spaten nicht liegenlassen.«

»He, Huck, das ist fein, daß du das sagst. Heute früh dachte ich schon, ich hätt alles nur geträumt. Aber jetzt gehen wir los — den Schatz müssen wir finden.«

»Ja, ja, such ihn nur — wünsch dir viel Glück dazu. Ich bleib da, mir ist mein Leben lieber. Und wo willst du denn suchen? Oder meinst du vielleicht, Indianer-Joe hat im nächsten Gasthof Sankt Petersburgs Quartier genommen?«

Tom starrte den Freund an, als hätte dieser ihm soeben das Schatzversteck verraten. »Du, das ist eine Idee!« jubelte er. »In einem Gasthof ist Nummer zwei! Erinnerst du dich, was der andere Räuber gesagt hat? Auf Nummer zwei wollte er das Gold verstecken — unter einem Kreuz!«

Huckleberry begriff nicht gleich. Ein Auge zugekniffen, schaute er Tom argwöhnisch an. »Mir scheint, du bist übergeschnappt. Was heißt Nummer zwei? Was meinst du damit? Seit wann haben Gasthöfe Nummern?«

»Aber die Zimmer haben Nummern, Huck — in jedem Gasthof ist das so ... ich war einmal bei Sam Spencer — seinem Vater gehört der größere Gasthof hinter dem Haus des Bürgermeisters ...«

Vor Eifer, dem Freund zu erklären, was er meinte, verschluckte sich Tom. Als er wieder reden konnte, hatte Huck schon verstanden.

»Du, Tom, wenn das mit Nummer zwei so ist, wie du sagst, dann ...«

»Dann gehört das ganze Gold uns!«

Huckleberry verzog schon wieder das Gesicht. »Nein, Tom, ich glaub nicht daran — so dumm ist Indianer-Joe nicht, sich in einem Gasthof ein Zimmer zu mieten, wo er doch gesucht wird.«

»Ja, ihn suchen sie, aber nicht den andern. Den kennt niemand — ich hab ihn noch nie gesehen. Der ist ganz bestimmt nur der Kundschafter von Indianer-Joe. Er hat ja gesagt, mit dem vielen Geld im Sack kann er nichts ausspionieren. Hör zu — ich geh und frag herum. Vielleicht seh ich Sam Spencer — der sagt mir sicher, wer bei ihnen wohnt.«

»Warte, Tom, ich geh mit dir!«

»Nein, du bleib da, dich lassen sie in den Gasthof nicht hinein.«

Gleich darauf sah Huckleberry den Freund um eine Ecke huschen, dann schaute er an sich herunter — »dich lassen sie in den Gasthof nicht hinein«, tönte es noch immer in seinen Ohren. Nun ja, das war er gewohnt, daß die Bürger Sankt Petersburgs die Hunde auf ihn hetzten, wenn er zu lange über einen Gartenzaun blickte. Sein Hemd war in Fetzen, die Hose hatte er in einem Mülleimer entdeckt, den Hut hatte ein betrunkener Landstreicher verloren — aber war er deswegen ein Lump, weil er Lumpen trug? Noch nie hatte er jemandem etwas gestohlen — höchstens Äpfel, und das taten die andern Buben auch. Was hatten also seine schlechten Kleider mit seiner Ehrlichkeit zu tun? Nun, den Leuten würde er es noch zeigen — hatte er erst die Taschen voll Gold, dann sollten sie im Gasthof Spencer springen, wenn er befahl: einen gebratenen Ochsen, eine Gans mit Äpfeln und Kastanien gefüllt, einen Hecht blau gesotten — ha, und ein Zimmer mit einem, nein, mit drei Federbetten. Die weichsten Betten von ganz St. Petersburg müßten es sein — damit er endlich einmal spüren könnte, wie es sich in einem richtigen Federbett schläft. Ach, wie schön das sein würde: eine Menge Gold im Sack — aber nicht in diesem da, der hatte ein Loch.

Huckleberry steckte die Hand durch das Loch in der Hosentasche und ließ sie bei einem andern vorn auf dem Knie herauswinken. Seine Hose bestand aus mehr Löchern als Stoff — aber das würde ja bald anders werden.

Ein Pfiff ließ Huckleberry aufschauen. Tom kam zurück. Seine Miene verriet, daß er einem ganz großen Geheimnis auf die Spur gekommen war.

Um Atem ringend, erzählte er: »Zuerst war ich im Gasthof bei der Kirche — hab den Hausknecht ausgefragt, ich kenn ihn gut, er hebt mir immer die alten Zigarrenkisten auf,

die ich für meine Schmetterlingssammlung brauch! ... Du, vorgestern hab ich einen Nachtfalter gefangen, der hat eine schwarze Zeichnung auf dem Rücken — er ist so groß wie eine Taube, nein — wie eine Amsel, nein, nicht ganz so groß, aber so wie meine Hand ...«

»Was hat der Hausknecht gesagt?« unterbrach Huckleberry ihn ungeduldig.

»Der? Ach, auf Nummer zwei wohnt ein junger Advokat — schon seit einer Woche oder einem Jahr, ich weiß nicht mehr genau, wie lange. Aber dann hab ich Sam Spencer getroffen, er hat gerade einen neuen Hund dressiert, ganz neu war der und ganz jung. Huck, so einen Hund hast du noch nie gesehen — der kann auf zwei Beinen stehen, und ein blaues Fell hat er, oder war es schwarz? Ein schöner Hund, sag ich dir — ich würde sofort für ihn zehn Dollar geben, wenn ich sie hätt...«

»Hör auf mit dem Hund — ich will wissen, was Sam gesagt hat!«

»Ach ja — also Sam hat mich auf eine Spur gebracht — du, die Spur ist richtig, ganz bestimmt! Weißt du, wer in Spencers Gasthof auf Nummer zwei wohnt?«

»Nein, wer?«

»Das weiß ich noch nicht — aber ein Geheimnis ist dahinter, Huck. Stell dir vor: Auf Zimmer Nummer zwei wohnt niemand — das heißt, es wohnt schon ein Kerl drinnen, aber Sam hat ihn noch nie bei Tag gesehen. Immer schleicht er sich nur bei Nacht ins Zimmer, und am Morgen ist das Zimmer wieder leer. Und dem Hausknecht soll er jedesmal, wenn er geht, einen Silberdollar Trinkgeld geben — einen ganzen Dollar aus Silber, Huck. Na, was sagst du jetzt? Das kann doch nur der zweite Räuber sein, meinst du nicht?«

»Warum? Weil er Silberdollars verschenkt? Die hat ein anderer auch.«

»Schön, aber heute nacht hat kein Licht auf Nummer zwei gebrannt — der Kerl ist gar nicht nach Hause gekommen! Ich sage dir, er hat für Indianer-Joe herumspioniert.«

»Vielleicht hat er dich gesucht.«

Toms Augen weiteten sich vor Schreck. »Teufel auch — du kannst recht haben, Huck. Heute nacht war mir wirklich so, als hätt ich was am Fenster kratzen gehört. Vielleicht hab ich das nur geträumt — wenn's aber der Räuber war?«

»Dann hätt er dir gleich den Hals umgedreht — ist ja Quatsch, was du da redest. Weißt du, was wir tun müssen? Dem Burschen zuvorkommen! Glaub mir, es ist das beste. Liegt Nummer zwei gegen die Straße zu oder...«

»Nein, das Zimmer hat zwei Türen. Die eine führt in den schmalen Gang hinter dem Gasthof und der alten Mauer, die andere...«

»Gut, gut — hör zu, Tom: Du mußt alle Schlüssel bringen,

die ihr zu Hause habt, und eine Kerze oder eine Laterne, dann schleichen wir uns bei Nacht zu der hinteren Tür, sperren sie auf und durchsuchen das Zimmer Nummer zwei.«

»Und wenn der Kerl zu Hause ist?«

»Er wird nicht zu Hause sein, weil er mit Indianer-Joe spionieren muß.«

»Und was macht er jetzt? Er muß doch auch schlafen!«

»Was geht das uns an, ob er schläft oder nicht. Außerdem schlafen Räuber immer nur mit einem Auge, mit dem andern belauern sie alles.«

»Also dann bis heute nacht, Huck«, sagte Tom, furchtsam um sich blickend, denn wer konnte wissen, ob nicht gerade jetzt Indianer-Joe mit dem wachen Auge ihn erspäht hatte?

Gleich nach dem Schlafengehen begann Tom zu stöhnen, hielt sich den Bauch und erklärte seinem Bruder Sid, dringendst einen bestimmten Ort aufsuchen zu müssen. Der Trick gelang. Sid drehte sich nichtsahnend auf die andere Seite und schlief ein, während Tom an dem »bestimmten Ort« vorbeihuschte und im Schuppen verschwand. Er hatte dort eine Laterne bereitgestellt, die er nun anzündete und unter einem Tuch verbarg. Hierauf stieg er über den Gartenzaun und schlich zu Spencers Gasthof. In der Wirtsstube brannte noch eine Lampe, deren Licht den Platz vor dem Haus erhellte. Es war übrigens der einzige Lichtschein weitum, denn die Bewohner St. Petersburgs pflegten zeitig zu Bett zu gehen, und die brennende Stallaterne, die Tom bei sich trug, hatte er so geschickt unter dem Tuch verborgen, daß nur ein schwacher Schimmer auf den Boden fiel. Der konnte ihn wohl nicht verraten.

Als Huckleberry, hinter der alten Mauer verborgen, diesen Schimmer näher kommen sah, glaubte er zuerst, ein Geist käme heran. Er bemerkte, daß in dem dünnen Lichtstreifen sich etwas bewegte — es waren Toms Füße —, und seine Haare sträubten sich. Zum Glück vernahm er rechtzeitig ein leises Miauen und erkannte seinen Irrtum. Der Mauer entlang schlich er Tom entgegen. Dieser, vom Licht aus dem Schankraum geblendet, sah unvermittelt eine dunkle Gestalt scheinbar aus der Mauer treten und erschrak so heftig, daß er leise aufschrie.

»Pscht! Sei still, du Krautkopf! Ich bin's!« schimpfte Huckleberry flüsternd. »Wenn dich Indianer-Joe hört, sind wir geliefert.«

»Ist er denn da?« wispelte Tom.

»Nein, aber er kann ja noch kommen. Wir werden das Zimmer nicht durchsuchen — es ist zu gefährlich. Und jetzt lösch die verdammte Laterne aus — warum hast du sie überhaupt angezündet?«

»Was hätt ich denn tun sollen? Kannst du vielleicht deine Nase leuchten lassen?«

Sie einigten sich, die Laterne jenseits der Mauer zu verstecken, brachen aber beim Überklettern Ziegel los, die mit

Gepolter zu Boden fielen. Gleich fing ein Hund zu bellen an, eine Tür wurde geöffnet, und jemand rief in die Dunkelheit: »He, wer ist da?«

Die beiden hielten den Atem an, hörten Schritte schlürfen und eine Tür ins Schloß fallen. Kurz danach erlosch das Licht im Schankraum.

Minutenlang rührten sich Tom und Huck nicht, dann stiegen sie wieder über die Mauer und tasteten sich zu einem Winkel, in dem Holz aufgeschichtet lag. Die Beine an den Leib gezogen, hockten sie nun unbeweglich und starrten in den finsteren Gang. Allmählich vermochten sie Mauerumrisse zu erkennen und sogar die hellen Stufen, die zu jener Tür führten, die sie beobachteten.

Unmerklich verstrich die Zeit. Einmal hallten Schritte durch die Nacht, und die zwei horchten auf. Es waren aber keine schleichenden Schritte, sondern die eines Bürgers, der unbekümmert in schweren Stiefeln seinen Weg suchte. Von da ab blieben nur mehr die leisen Geräusche der Nacht: Mückensummen, fernes Grillenzirpen, das feine Säuseln von umherflatternden Fledermäusen, das Scharren einer Ratte oder das Krabbeln eines Käfers.

Wie durch Zauber schwebten mit einemmal zwei glühende Punkte über dem Boden. Sie kamen näher, wurden pflaumenkerngroß, leuchteten schwefelgelb — Teufelsaugen?!

Tom klammerte sich an Huck, aber dieser nahm ein Steinchen auf und warf es gegen — eine Katze! Danach geschah lange Zeit nichts, und Tom fielen die Augen zu. Ein heftiger Stoß schreckte ihn aus dem Schlummer. Er spürte seinen Arm umklammert und wollte aufspringen. Huckleberry riß ihn nieder.

»Er kommt!« hörte Tom zischeln, dann vermochte er selber eine Gestalt auszunehmen, die sich in dem Gang vorwärts bewegte und bei Nummer zwei anhielt. Eine Zeitlang blieb der Unbekannte reglos auf der ersten Stufe stehen, dann wurde ein Schlüssel umgedreht und die Tür vorsichtig geöffnet. Ein leises Pfeifen ertönte — es klang wie das einer Ratte. Eine zweite Gestalt löste sich aus der Finsternis und huschte heran. Nun schnappte die Tür ins Schloß.

»Sie sind drin! Jetzt haben wir sie!« flüsterte Huckleberry.

»Wer ist drin?« fragte Tom noch ganz benommen von dem Erlebten.

»Na, Indianer-Joe natürlich und der andere, der das Zimmer gemietet hat.«

»Wieso weißt du, daß es Indianer-Joe ist? Es könnt ja auch ein gewöhnlicher Reisender sein.«

»Quatsch nicht, der zweite, der sich eingeschlichen hat, ist Indianer-Joe. Ich hab ihn am Hut erkannt. Ich seh besser im Finstern als du — ich schlaf jede Nacht im Freien, und wenn ich nicht schlafen kann, guck ich herum.«

»Pscht — hörst du das?«

Ein Geklirr wie von Flaschen und Gläsern wurde laut und ein Gepolter, als würde ein Stuhl umgeworfen. Undeutliches Reden folgte, das aber gleich wieder verstummte.

Wortlos lauschten die Freunde neuen Geräuschen — bald klang es nach dumpfem Pochen, bald nach Füßescharren. Und jetzt lachte jemand grölend und wie betrunken.

»Du, ich weiß, was sie tun«, flüsterte Huck. »Sie saufen Schnaps — hörst du? Jetzt brechen sie schon wieder einer Flasche den Hals.«

»Ich hol den Sheriff«, schlug Tom vor.

»Hast recht, lauf nur zum Sheriff, er wird dann den Schatz finden, und wir können durch die Finger sehen. Ich sag, wir warten, bis die zwei besoffen sind, dann schleich ich mich ins Zimmer und . . .«

Neues Gepolter unterbrach Huckleberry. Etwas schlug gegen die Tür, dann wurde es still.

Lange Zeit hörten die beiden Lauscher nur das gleichmäßige Schlagen ihrer eigenen Herzen, bis ein unbekannter Laut sie aufhorchen ließ. Es war wie Windessäuseln, obwohl nicht der leiseste Lufthauch zu spüren war. Nun klang es gar, als würde jemand Holz sägen. Eine Weile rieten Huck und Tom, was das wohl sein könnte, dann fand Huckleberry die Erklärung für die rätselhaften Töne: »Dort drinnen schnarcht einer! Auf, Tom, hol die Laterne, die zwei sind stockbesoffen — ich geh hinein!«

Tom gehorchte, dachte aber mit Schaudern an die Folgen,

die der tollkühne Versuch des Freundes haben könnte. Er brachte die Laterne heil über die Mauer und wurde beim Absteigen von Huckleberry sorgsam gestützt. Er sollte nun dessen Rückkehr am Ende des Ganges abwarten und zugleich Warner oder Helfer sein, falls etwas Unvorhergesehenes geschehen würde.

Huckleberry stellte die verhüllte Laterne auf die oberste Stufe vor der Tür und drückte behutsam die Klinke nieder. Sein Herz klopfte unter Hochdruck, und seine Waghalsigkeit reute ihn mächtig. Gerne wäre er davongelaufen, aber sollte er jetzt aufgeben, da die Tür spaltbreit offenstand?

Aber was war das? Die Türe ging von selber auf!

Von innen her drückte jemand dagegen!

Von Entsetzen gepackt, ließ Huckleberry die Klinke los. Im nächsten Moment sprang die Tür auf. Ein schwerer Körper fiel ihm entgegen. Er sah Indianer-Joes Kopf auf die Stufen fallen, hörte ihn stöhnen und hetzte eiligst davon.

Erst viel später — als er keuchend neben Tom auf einer taufeuchten Wiese saß — begriff er, daß der Bandit im Rausch bei der Tür zusammengesunken sein mußte und mit dem Rücken an sie gelehnt schlief, als sie geöffnet wurde.

Am folgenden Morgen wurde Tom von Tante Polly mit einer freudigen Nachricht überrascht — die Tatchers waren zurückgekommen. Betsy befand sich also wieder in St. Petersburg!

Indianer-Joe und der Schatz waren im Augenblick vergessen. Wie selig war aber Tom erst, da er von Betsy erfuhr, ihre Mutter hätte erlaubt, die langvorbereitete Kinderjause abzuhalten. Es sollte ein richtiges Fest werden und schon am nächsten Tag stattfinden. Nun gab es eine Menge zu tun, denn es durften alle Besucher der Sonntagsschule teilnehmen.

Bald widerhallte der ganze Ort vom Glücksgeschrei der Eingeladenen. Und als die Tatchers bekanntgaben, daß sie eigens das Dampfboot für die Fahrt zum Schauplatz der Zusammenkunft gemietet hatten, wollte das Jauchzen kein Ende nehmen.

Tom schlich mit geheimnisvoller Miene umher. Die größte Überraschung würde ja er bereitet haben — dachte er doch, in dieser Nacht mit Huckleberry den Goldschatz aus dem Zimmer Nummer zwei zu entführen. Wenn alles klappte und Indianer-Joe mit seinem Kumpan abwesend war, wollte Tom kaltblütig und ohne Zaudern das Zimmer aufschließen und am nächsten Tag Goldstücke unter eine verblüffte Kinderschar streuen.

Der Tag verging, ohne daß Huckleberry etwas von sich hören ließ. Die Nacht kam, und Tom horchte vergebens auf ein Signal.

Gegen zehn Uhr morgens marschierte Tom inmitten seiner Freunde zum Dampfer, ständig nach Huckleberry ausspähend. Väter und Mütter hatten sich beim Landungssteg eingefunden und versorgten ihre Sprößlinge mit solchen Mengen guter Ratschläge, daß der Dampfer, hätten die Ermahnungen Gewicht gehabt, augenblicklich auf den Grund gesunken wäre.

Das letzte, was Mistreß Tatcher zu Betsy sagte, war: »Kind, wenn es zu spät wird, bleibst du über Nacht bei den Harpers unten am Fluß, das sind nette und anständige Leute, hörst du?«

Das gleiche wurde auch Tom von Tante Polly geraten, und außerdem ermahnte sie ihn: »— — und treib keinen Unsinn,

Tom, benimm dich anständig — iß nicht zuviel, Tom — fall nicht ins Wasser, Tom ... paß auf deinen neuen Anzug auf, und laß mich nicht wieder hören, daß du gerauft hast, Tom — ja, und klettere nicht wieder auf den Schornstein vom Dampfer wie voriges Jahr — hast du mich gehört, Tom?«

Tom nickte zerstreut. Seine Gedanken waren wieder bei dem Schatz, während seine Blicke den Schornstein hochkletterten und an der Dampfsirene hängenblieben. Er dachte: Ich sollte doch hinaufsteigen und das Ding ein wenig tuten lassen, damit es Huck hört.

Der Dampfer fuhr ab, und Tante Polly rief vom Steg herüber:

»Tom, ich fürchte, du wirst auch heute wieder Dummheiten machen.«

»Ja, ja, Tante!« rief Tom zerstreut, weil ihn noch immer die Dampfsirene beschäftigte.

Kaum hundert Meter war das Schiff vom Ufer entfernt, als Tom zu Betsy sagte: »Du, ich weiß, was wir tun — statt bei den Harpers bleiben wir heute nacht bei der Witwe Douglas auf Cardiff Hill. Auf dem Hügel oben ist's schön. Die Witwe hat ein paar Katzen, mit denen werden wir einen Mordsspaß haben. Unlängst hab ich sie allesamt in die Hundehütte gesperrt — das hättest du hören müssen! Machst du mit, Betsy? Die Witwe wird sich freuen, wenn wir kommen — sie kocht uns bestimmt gute Schokolade.«

Betsy überlegte. »Was wird aber meine Mama sagen? Wir sollen doch bei den Harpers übernachten?«

Aber Toms Überredungskunst siegte über Betsys Bedenken. Eine halbe Minute später war sie mit Freuden bereit, die bekannte Gastfreundschaft der Witwe Douglas in Anspruch zu nehmen, zumal Tom erklärte: »Ich wett, deine Mutter hätte selber gesagt, du sollst nach Cardiff Hill zur Witwe Douglas gehen, wenn ihr das rechtzeitig eingefallen wäre!«

Kurz darauf dachte er wieder an den Goldschatz und daß vielleicht gerade in dieser Nacht Huckleberry ihn abholen würde. Aber sollte er wegen einer Kiste Gold auf das lustige Beisammensein mit Betsy verzichten? Wenn Huckleberry in der vergangenen Nacht nicht gekommen war, würde er wohl diese Nacht auch nicht kommen. Und die Aussicht, den Schatz zu gewinnen, war doch zu unbestimmt. Also nahm sich Tom vor, an diesem Tag nicht mehr an das Gold zu denken und sich ganz dem Vergnügen zu widmen.

Drei Meilen stromabwärts legte der Dampfer am Fuß eines bewaldeten Hügels an. Betsy Tatchers Gäste gingen an Land, und bald war in der Umgebung das fröhliche Lachen spie-

lender und umhertollender Kinder zu hören. Nach dem Frühstück schlug jemand vor, die Douglas-Höhle aufzusuchen. Der Einfall wurde mit Begeisterung aufgenommen. Jeder wollte mit zur Höhle, deren Eingang etwa in halber Höhe des Hügels lag. Die schwere Eichenholztüre, die sonst verschlossen war, stand offen, als hätte die Eigentümerin des Hügels, die Witwe Douglas, gewußt, daß heute Besucher kommen würden.

Die Kinder hatten vom Dampfer Talgkerzen mitgenommen, und schon vor dem Höhleneingang begann ein lustiger Wettstreit, wer dem andern das Talglicht ausblasen könnte. Unter Gelächter und Gekreisch wurde das Spiel im Innern der Höhle fortgesetzt, bis der letzte Schimmer Tageslicht geheimnisvollem Grabesdunkel wich. Allmählich wurde es kühler, Tropfen klatschten von der Felsdecke nieder, die so hoch wie die Wölbung einer Domkuppel war. Der Widerhall der Stimmen klang geisterhaft unwirklich, und es schien, als käme das Rufen und Lachen der Besucher aus dem Berginnern. Unwillkürlich dämpften bald auch die Übermütigsten ihre Stimmen und ließen ab von dem Spiel, dem Nachbarn die Kerze auszublasen.

Je tiefer die Schar in die Höhle eindrang, desto mehr verengte sich der Haupteingang und verlief in zahllose kleinere Gänge, die gleich einem Labyrinth sich verzweigten. Man sagte, daß es möglich sei, tagelang durch die zahllosen Gänge zu wandern, ohne ein Ende zu finden, und eine Menge Schauergeschichten von Verirrten wurden erzählt, die tief im Berginnern verhungert waren. Aus diesem Grunde wagten sich die Kinder nur in den bekannten Teil der Höhle vor, und sogar die Mutigsten, die in Seitengänge vordrangen, kehrten bald wieder um, geängstigt durch die schauerliche Einsamkeit nachtfinsterer Schlünde.

Am Ende freute sich jeder, vom Eingang her das Dämmerlicht des Tages wiederzusehen, und alle hatten das Gefühl, ein großes Abenteuer bestanden zu haben.

Im Höhleninneren war die Zeit rascher vergangen, als mancher dachte. Schon zweimal hatte die Schiffssirene zum Aufbruch gemahnt, denn die Sonne war bereits hinter den Wäldern versunken. Die letzten Nachzügler kamen gelaufen, und kaum hatten sie die Schiffsplanken betreten, begannen sich die Schaufelräder zu drehen.

Wie anders aber war die Heimfahrt — kein ausgelassenes Lachen ließ sich mehr vernehmen, kein Geschrei und Gekreisch ertönten. Auch die Übermütigsten saßen oder hockten gerade dort, wo sich eben ein Platz gefunden hatte, und ließen ermüdet die Köpfe hängen. Es war ein anstrengender Tag gewesen, und selbst die ausdauerndsten Herumtreiber, die einander ihre Erlebnisse erzählten, verstummten bald, da ihnen das Reden immer schwerer fiel.

Huckleberry hatte bereits seinen Wachtposten hinter einem Holzhaufen am Ende des Ganges bei Spencers Gasthof bezogen, als der Flußdampfer sich der Landungsstelle näherte. Er sah die Schiffslichter und wunderte sich, weil er außer Kommandorufen nichts hörte. Daß die meisten der kleinen Passagiere vor Müdigkeit eingeschlafen waren, konnte er nicht wissen. Er hatte von der Fahrt gehört und auch, daß Tom daran teilnahm. Mit Sicherheit erwartete er, daß der Freund noch kommen werde, aber es verging eine Stunde und noch eine, und Huckleberry lauschte vergeblich auf ein Miauen oder ein ähnliches Signal. Die Lichter in dem Städtchen erloschen, und Huck saß bald im Finstern.

Der bewölkte Himmel machte die Nacht stockfinster, es war wie in einem Keller. Eine Uhr schlug die elfte Stunde. Der kleine Wächter starrte weiter in das undurchdringliche Dunkel. Es machte ihm wenig aus, so einsam zu warten. Er war es gewohnt, in Regentonnen seine Nächte zu verbringen, wenn andere in weißen Betten schliefen. Auch daß es jetzt zu regnen begann, störte ihn wenig. Er zog nur die Beine an den Leib wie sonst immer, wenn er im Freien schlafen mußte, weil irgendein Bürger ihn aus einem Schuppen vertrieben hatte.

Um nicht vom Schlaf überwältigt zu werden, zählte Huck die Regentropfen, die von seiner Nasenspitze niederfielen. Später ermunterte er sich durch die Aufzählung aller Leckerbissen, die er mit dem Goldschatz kaufen wollte. Als er aber im Geist eine gebratene Ente zerteilte, vernahm er das

Schlürfen näher kommender Schritte. Angestrengt spähte er in die Finsternis und vermochte zwei Schatten zu unterscheiden. Er hörte Flüstern und darauf ein Geräusch wie vom Umdrehen eines Schlüssels im Schloß. In der Hockstellung, in der er sich befand, schob er sich leise vorwärts, der Türe Nummer zwei entgegen. Und jetzt erkannte er die Umrisse zweier Männer, die aus dem Eingang ins Freie traten. Der breitkrempige Cowboyhut des einen verriet ihm Indianer-Joe. Der Bandit schien ein Paket unter dem Arm zu tragen. Deutlich hörte Huckleberry ihn zu dem Begleiter sagen: »Verdammt — beeil dich, wir haben noch einen weiten Weg.« Der andere sperrte ab und folgte Indianer-Joe, der ungeduldig wurde.

Alle möglichen Gedanken durchschossen Huckleberrys Gehirn. Zunächst wußte er nicht, was er tun sollte — Tom verständigen? Dazu war keine Zeit. Warten und das Zimmer durchsuchen? Er hatte keinen Nachschlüssel. Und wozu auch?

Das Paket, das Indianer-Joe trug, enthielt bestimmt den Schatz. Gewiß wollte er diesen heute nacht vergraben.

Huckleberry überlegte nicht länger. Leise wie eine Katze schlich er auf nackten Sohlen hinter den beiden her, gerade so weit von ihnen entfernt, um nicht bemerkt zu werden.

Die Banditen gingen zuerst am Flußufer stromabwärts, dann schwenkten sie nach links und marschierten auf dem Weg weiter, der nach Cardiff Hill führte. Als sie in halber Höhe des Hügels am Haus des alten Walisers vorbeikamen, war Huckleberry versucht, zurückzubleiben und den alten Farmer samt dessen bärenstarken Söhnen aufzuwecken. Dann fürchtete er aber wieder, die Banditen im Finstern zu verlieren, und folgte ihnen weiterhin.

Sie erreichten den alten Steinbruch, und Huckleberrys letzte Hoffnung, die Verfolgten würden dort den Schatz vergraben, erwies sich als trügerisch. Sie stiegen höher, verließen den Weg und tauchten im Wald unter. Wäre nicht das Regengeräusch gewesen, hätte Huckleberry jetzt die Verfolgung aufgeben müssen, denn das Rascheln trockenen Laubwerks würde ihn verraten haben. Er verringerte den Abstand und war den beiden bald so nahe, daß er ihr Fluchen hörte, wenn sie über Wurzeln stolperten. Leider stieß jetzt Huck selber gegen einen Baumstamm, und als er sich wieder aufgerappelt hatte, fand er sich allein. Er rannte weiter, die Hände schützend nach vorne ausgestreckt, hielt wieder an, lauschte, lief weiter, blieb abermals stehen. Nichts als Regenrauschen war zu vernehmen und das heftige Pochen seines Herzens. Aufgeregt stürzte er ins Dunkel, horchte wieder — — —

Himmel, hatte er die beiden wirklich verloren?

Schon wollte er sich aufs neue in Trab setzen, da räusperte sich jemand — keine zehn Schritt weit von seinem Standplatz entfernt. Fast wäre dem Lauscher ein Schreckensruf entschlüpft. Zitternd wie im Fieber stand er da und fühlte sich so hilflos, daß er am liebsten geheult hätte. Aber nun sah er etwas, was ihm zu denken gab — der Wald vor ihm war zu Ende. Deutlich zeichneten sich die Konturen der Bäume vom helleren Himmel ab. Und noch etwas anderes erkannte er — dieses Gezackte im Freien draußen war ein Zaun — jener Zaun, der den Besitz der Witwe Douglas umschloß.

Jetzt versteh ich — dachte Huckleberry —, hier wollen sie also den Schatz vergraben, darauf wär ich im Leben nicht gekommen.

Eine leise Stimme ertönte: »Der Teufel soll die Alte holen — grad heute schläft sie noch nicht —, siehst du das Licht?«

»Nein, wo ist es?«

»Dann mach die Augen auf, du blinder Maulwurf — dort fällt doch ein Lichtschein ins Gebüsch vor dem Haus, na?«

»Ah, jetzt seh ich's! Na ja, der Busch da war mir im Weg. Hm, da wird heute nichts zu machen sein — es ist besser, du verschiebst deine Rache auf morgen, he?«

»Nein, auf keinen Fall — hab lange genug gewartet. Jetzt kommt's mir auf eine Stunde oder zwei auch nicht mehr an. Aber ein ganzer Tag ist zuviel — ich will morgen nach Texas. Als der Mann der Alten noch Kreisrichter war, hat er mich auspeitschen lassen. Ich wollt, er lebte noch, dann brauchte ich nicht an seinem Weib Rache zu nehmen. Der Schuft war schuld, daß ich zwei Jahre im Kerker sitzen mußte — das vergeß ich nicht. Gepeitscht wurde ich — vor allen Leuten in der Stadt. Nun soll's die Alte büßen.«

»Joe, ich bitt dich, sei vernünftig, was kann die Frau dafür?«

»Sei still — ich will meine Rache haben, und du hilfst mir dabei, oder ich schlag dich nieder.«

»Na schön, wenn's sein muß, dann los. Aber ich hab so ein Gefühl, die Sache geht schief.«

Indianer-Joe brummte noch etwas, dann war außer dem Geräusch des Regens nichts mehr zu hören.

Huckleberry zog vorsichtig den linken Fuß zurück, dann den rechten. Mit den Zehenspitzen den Boden abtastend, entfernte er sich von den wartenden Banditen so weit, bis er annehmen konnte, außer Hörweite zu sein. Dann drehte er sich um und trabte davon, so schnell es die Finsternis erlaubte. Als er den Weg erreichte, der zum Haus des alten Walisers führte, lief er mit ganzer Kraft weiter. Endlich stand er vor der Türe, um Atem ringend, zum Umfallen erschöpft. Mit beiden Fäusten hämmerte er an die Tür. »Aufmachen! Aufmachen!« schrie er, bis er im Hausinnern rumoren hörte. Ein Fenster wurde geöffnet, ein zweites tat sich auf. Der Waliser und seine Söhne steckten die Köpfe heraus.

»Was ist los? Wer macht solchen Lärm? Wer ist der Verrückte? He, das ist ein Junge — was will denn der da?«

»Ich bin's — Huckleberry Finn . . . laßt mich schnell hinein. Ein Mord — ich bitt euch, macht auf.«

Die Tür wurde aufgerissen, ein Licht entzündet. Drei Männer, wahre Riesen, umringten Huckleberry. Staunend hörten sie seinem Gestammel zu, blickten einander verblüfft an, vermochten kaum zu glauben, was ihnen der Junge berichtete. Der Alte faßte sich als erster, stellte Fragen, rüttelte Huckleberry, der vor Erschöpfung kaum noch reden konnte. Und jetzt wußten sie alles, was nötig war. Von dem Schatz erzählte Huckleberry aber nichts.

»Schnell, Burschen!« schrie der Alte. »Packt eure Gewehre! Gafft nicht so lang . . .«

Eine knappe Minute später rannten die Männer dem Wald zu. Huckleberry stolperte hinter ihnen her, ließ sich aber am Waldrand erschöpft zu Boden fallen. Erwartungsvoll starrte er zu den Bäumen hinüber, die wie eine schwarze Mauer vor ihm aufragten. Plötzlich vernahm er aus der Ferne Geschrei — ein Schuß krachte, ein zweiter — — —

Stöhnend vor Angst sprang Huckleberry auf und lief zur Farm zurück, wo er sich in einer Scheune ins Heu wühlte.

Die Sonne war schon aufgegangen, als er durch lautes Rufen aus dem Schlaf gerissen wurde. Von den Vorfällen in der Nacht noch ganz verstört, fand er sich nicht gleich zurecht und meinte anfänglich, die Banditen wären in der Nähe. Dann aber erkannte er die Stimmen des Walisers und seiner Söhne: »— nein, Vater, auf dem Dachboden ist er auch nicht.«

»Unglaublich — der Junge kann doch nicht vom Erdboden verschwunden sein? Die Spuren führen geradewegs zum Haus.«

»Vielleicht ist er in den Brunnen gefallen?«

»Lachhaft, das Bürschchen ist doch nicht blind — wird doch eine Brunnenmauer von einem Gartenzaun unterscheiden können.«

»Aber es war doch stockdunkel.«

»Ach, Unsinn — als wir Mistreß Douglas verließen, schien der Mond, da hatte es längst zu regnen aufgehört. Der Bub muß noch hier sein! Sucht weiter — mir soll keiner nachsagen, ich hätt mich um den Jungen nicht gekümmert. Und wenn ihr ihn nicht findet, holt den Sheriff und die andern Männer, die noch den Wald absuchen — es könnt ja auch sein, daß dem Kleinen was geschehen ist. Ich . . .«

Mit dem Sheriff wollte es Huck auf keinen Fall zu tun bekommen. Wenn er schon geprügelt werden sollte, weil er die Leute im Städtchen nicht früher aufmerksam gemacht hatte, dann vom Waliser, aber vom Sheriff nicht, der würde ihn außerdem noch einsperren.

»Hier bin ich!« schrie Huckleberry und krabbelte aus dem Heu. Sekundenlang blieb es still, dann hob ein Geschrei an wie bei einer Treibjagd. Der Alte und seine Söhne stürmten zur Scheune, packten Huckleberry, schüttelten ihm die Hände, beklopften seinen Rücken, pufften und drückten ihn, daß er ganz wirr davon wurde und nicht wußte, was das bedeuten sollte.

»Junge! Teufelskerl! Warum verkriechst du dich wie eine Ameise?« schrie der Alte. »Die halbe Nacht suchten wir dich und konnten uns nicht erklären, wo du stecktest! So was hab ich noch nicht erlebt — rettet eine alte Dame vor dem Erschlagenwerden und legt sich dann ins Heu. Aber jetzt komm ins Haus, Junge, bist ja ganz blaß — hast wohl Hunger nach dem Schreck von heute nacht, wie?«

Wieder wurde Huckleberry von riesigen Händen gestreichelt und geknufft, daß ihm der Kopf wackelte. Also sollte er nicht bestraft werden für sein Schweigen? Man war ihm sogar dankbar — lud ihn zum Essen ins Haus? Das war ihm noch nie geschehen. Und jetzt durfte er an einem Tisch sitzen! Der Waliser und seine Söhne bedienten ihn, schoben ihm einen Berg Brotschnitten zu, einen Krug Milch und Schinken, Speck — nein, das träumte er nur, das war nicht Wirklichkeit.

»Iß, mein Kind, iß!« sagte der Alte und steckte dem Gast ein mächtiges Stück Schinken in den offenen Mund.

Huckleberry biß zaghaft zu, kaute, verwirrt um sich blikkend, griff zögernd nach dem Brot — niemand klopfte ihm auf die Finger. Er langte nach einem Stück Speck — keiner wehrte ihm. Man reichte ihm sogar die Schüssel!

Himmel, das war ja wie im Paradies — her mit der vollen Schüssel und in den Mund gesteckt, was darin Platz hatte!

Mit vollen Backen kauend, vernahm Huckleberry, was sich im Laufe der Nacht ereignet hatte: Der Waliser wollte mit seinen Söhnen die Banditen umzingeln und vor allem verhindern, daß sie in den Wald flüchteten. Es gelang ihnen trotz der Finsternis und obwohl sie das Versteck der Verbrecher nur vermuten konnten, ziemlich nahe an die beiden heranzukommen, dann aber verriet sie knackendes Unterholz, und die zwei ergriffen die Flucht. Zuerst rannten sie den Zaun entlang, kamen dabei dem jüngsten Waliser nahe, der ihnen zurief, sich zu ergeben. Da sie weiterliefen, schoß er ihnen nach, und dann feuerte auch sein Bruder. Einer der Verbrecher schien getroffen, aber nun änderten sie unvermutet die Fluchtrichtung und verschwanden im Wald. Der Sheriff und die Bürgerschaft St. Petersburgs wurden verständigt und suchten die ganze Nacht nach den Flüchtigen. Sie fanden nur Blutspuren und ein Paket.

Paket?!

Huckleberry blieb der Bissen im Schlund stecken. Er vermutete, man hätte den Schatz gefunden, und würgte mit Mühe den Bissen hinunter. Unter starkem Herzklopfen wagte er schüchtern zu fragen: »Und — und was — was war in dem Paket?«

»Ach, nichts Besonderes — ein paar Einbruchswerkzeuge«, lautete die Antwort, worauf Huck erleichtert aufatmete.

Die nächtliche Verbrecherjagd verursachte gewaltige Aufregung im Städtchen. Jeder suchte die letzten Neuigkeiten zu erfahren, und die von der Suche zurückkehrenden Bürger wurden von Fragern umringt. Die zuletzt Angekommenen berichteten, daß Huckleberry Finn vom Waliser und dessen Söhnen so mit Schinken, Brot und Speck vollgestopft wurde, daß er jetzt mit schlimmen Magenschmerzen zu Bett liege. Die Witwe Douglas hatte sich übrigens in rührender Weise des Bedauernswerten angenommen und ließ ihn Abführtee schlucken. Diese Neuigkeit erregte allgemeines Bedauern, denn man war schon auf Huckleberry Finns Bericht sehr gespannt gewesen. Außerdem waren so manche, die früher Huckleberry als ein Muster der Verkommenheit bezeichnet hatten, jetzt nicht abgeneigt, ihn als Helden zu feiern, denn schließlich war die Witwe Douglas nicht irgendeine beliebige Person, sondern eine der angesehensten und reichsten Frauen der Umgebung. Und daß aus Huckleberry Finn einmal etwas Besonderes würde, das hatte man doch schon früher oft genug gesagt. Wer zu bescheiden war, um es öffentlich zu sagen, erzählte es jetzt dem guten Nachbarn, daß er den kleinen Strolch heimlich ins Haus geladen und ihm Gutes erwiesen habe.

Huckleberry wäre nicht wenig verwundert gewesen zu erfahren, wie viele heimliche Wohltäter es in St. Petersburg plötzlich gab. Erschrocken wäre er aber, hätte er das Gespräch gehört, das zwischen Mistreß Harper und Mistreß Tatcher geführt wurde. Die beiden trafen einander auf dem Hauptplatz, und Mistreß Tatcher fragte sofort: »Ach, meine Liebste, wie gut, daß ich Sie treffe! Ist Ihnen meine Betsy nicht allzusehr zur Last gefallen? Das Kind will wohl gar nicht aufstehen, sie war gestern sicher sehr müde und der kleine Tom Sawyer wohl auch, nicht wahr?«

Mistreß Harper schaute verwundert. »Ihre Betsy? Bei mir? Und Tom Sawyer? Ich weiß nichts von den Kindern. Sie haben nicht bei uns geschlafen.«

Mistreß Tatcher erblaßte und sank auf eine Bank, eben als Tante Polly vorbeikam. »Guten Morgen, Mistreß Harper«, grüßte sie. »Guten Morgen, Mistreß Tatcher. Was sagen Sie

zu meinem Tom? Der Junge macht mir immer neuen Kummer. Heute nacht ist dieser Lausejunge nicht nach Hause gekommen ...«

Frau Tatcher wurde womöglich noch blasser. Tante Polly bemerkte es und wandte sich, Böses ahnend, an Joe Harper, der seine Mutter begleitete. »Joe, hast du Tom heute schon gesehen?«

»Nein, ich weiß nicht, wo er ist.«

»Wann hast du ihn zuletzt gesehen, ich bitte dich, Kind, denke gut nach!«

Joe erinnerte sich schwach, Tom und Betsy in der Douglas-Höhle begegnet zu sein, später aber nicht mehr.

Nachbarn blieben stehen, riefen ihre Kinder herbei, die bald mit so vielen Fragen bestürmt wurden, daß sie mehr erzählten, als sie wußten. Eines wurde nun zur Gewißheit: Bei der Heimfahrt hatte keines der Kinder mit Tom oder Betsy auf dem Dampfer gesprochen. Als schließlich jemand vermutete, die beiden könnten sich in der Höhle verirrt haben, fiel Mistreß Tatcher in Ohnmacht. Tante Polly weinte, und Mistreß Harper lief zur Kirche, um die Alarmglocke läuten zu lassen. Wenige Minuten später war die Verbrecherjagd von Cardiff Hill zu einer gleichgültigen Episode geworden. Das ganze Städtchen geriet in Aufruhr. Pferde wurden bestellt, Boote bemannt, das Dampfschiff zur Fahrt hergerichtet, Fackeln bereitgestellt und Seile, Leitern und Stricke auf Wagen verladen. Nach einer halben Stunde befanden sich fast zweihundert Männer auf dem Weg zur Douglas-Höhle, und nach weiteren drei Stunden kam die erste Botschaft: Schickt mehr Fackeln!

Der Nachmittag verging und die Nacht kam. Nicht viele fanden Schlaf. Die Frauen suchten die Leidtragenden zu trösten, so gut sie es vermochten, aber Mistreß Tatcher gebärdete sich, als wäre ihre Betsy schon tot.

Vormittags kehrten einige Angehörige der Rettungsmannschaft zurück. Sie berichteten, daß man so weit wie nie zuvor in die Höhle vorgedrungen sei und jeden Winkel, jede Spalte durchsucht habe. Es wurden auch Pistolenschüsse abgefeuert — leider ohne Erfolg. Dagegen fand man tief im Berginnern, in einem bisher unbegangenen Teil der Höhle, an den Felsen mit Kerzenruß geschrieben die Namen »Betsy« und »Tom«. In der Nähe lag ein beschmutztes Band. Mistreß Tatcher erkannte es als Eigentum ihrer Tochter und bedeckte es unter Wehklagen mit Küssen.

Die einzige Person in der ganzen Umgebung, die von dem Verschwinden Betsy Tatchers und Tom Sawyers nichts erfuhr, war Huckleberry Finn. Die dankbare Mistreß Douglas hatte ihren Lebensretter in ihr Haus bringen lassen. Sie wollte ihn gesund pflegen und hielt jede Nachricht von ihm fern, die seine Gesundung hätte verzögern können, obwohl der Patient sich bereits so wohl fühlte wie nie in seinem Leben. Er lag in einem Bett, so weich, wie es selbst in seinen Träumen von Königsschlössern keines gegeben hatte, und zeigte keine Lust, aus diesem allerschönsten Traum aufzuwachen. Morgens wurde ihm Schokolade in Porzellanschalen aufgetischt, zum Frühstück Butter, Eier, Würste, Früchte, und zu Mittag neue Herrlichkeiten — es war ein Schlaraffenleben.

Wenn Huckleberry etwas wünschte, brauchte er nur eine Glocke zu schwingen, die neben dem Bett auf einem Tischchen stand, und sofort erschien eine Negerin mit weißem Häubchen und weißer Schürze. Dabei war er nicht etwa verzaubert oder im Himmel — er lebte wirklich, hatte sich mehrmals an der Nase gezupft oder in den Daumen gebissen, und trotzdem blieb alles, wie es war. Also rekelte er sich wohlig und wartete darauf, bis man ihn wieder davonjagen würde. Denn das eine glaubte er nach allen schlimmen Erfahrungen zu wissen: Lange konnte dieses Wunderleben nicht mehr dauern.

Zwei Tage und zwei Nächte wurde unaufhörlich nach den Verschollenen gesucht. Während dieser Zeit erlebte Tom die schlimmsten Stunden seines Daseins. Von Abenteuerlust getrieben, hatte er Betsy überredet, die spielenden Gefährten zu verlassen und eine Entdeckungsreise im Höhleninneren zu unternehmen. Sie folgten einem Seitengang, schlüpften durch eine Felsenge und kamen in eine Grotte. Da auch hier frühere Besucher ihre Namen an die Felswand gekritzelt hatten, gingen sie weiter, bis sie an dem Fehlen der Inschriften merkten, daß vor ihnen noch niemand dagewesen war. Mit Kerzenruß malten sie ihre Namen an die Wand, dann entdeckten sie eine Quelle, die in ihrem Verlauf einen kleinen Wasserfall bildete. Stolz auf ihre Entdeckung folgten sie dem Gewässer in eine größere Höhle, von deren Decke Tropfsteingebilde niederhingen. Das Bächlein mündete hier in einen kleinen See. Ein neuer Felsgang wurde durchforscht und eine neue, noch größere Grotte entdeckt.

Immer weiter zog Tom das Mädchen mit sich. Sie kamen an Abgründen vorbei, aus denen es schauerlich hallte, wenn man Steine hinunterwarf. Sie sahen finster gähnende Löcher, denen Betsy ängstlich auswich, weil Tom darin Drachen vermutete. Drückte sich aber die Kleine furchtsam an ihn und sprach von Umkehr, so fühlte er sich als großer Held und zog sie erst recht weiter. Ein neuer See wurde entdeckt, dessen düstere Wasser hinter tief niederhängenden Felszacken sich verloren.

Tom wollte die Ufer erforschen, gab es aber bald auf, da er beim Überklettern gewaltiger Gesteinsbrocken zweimal in Gefahr kam, abzustürzen. Ermüdet setzten sich die beiden Entdecker nieder. Unheimliche Stille umgab sie. Die Kerzenlichter beleuchteten nur matt die nächste Umgebung. Unergründlich tief schien der See, und grausig war er in seiner schwarzen Unbeweglichkeit. Betsys Zähne klapperten laut gegeneinander, und selbst Tom schauderte es. Zum erstenmal dachte er daran, ob er aus dieser Unterwelt wieder den Weg zurückfinden würde. Später fragte ihn Betsy, wie lange sie schon unterwegs seien — er wußte keine Antwort darauf. Dann fiel ihm ein, daß er seit langem vergessen hatte, Rauchzeichen zu machen, und er mußte die Lippen aufeinanderpressen, um einen Schreckensruf unterdrücken zu können. Ohne auf Betsys angstvolles Reden zu hören, sprang er auf, faßte sie bei der Hand und zog sie mit sich. Den erstbesten Gang, den er sah, durcheilte er im Laufschritt, bog in den nächsten ein, schrak vor einer Schlucht zurück, aus der tosende Wasser aufzischten, und flüchtete furchtgerüttelt.

Verzweifelt suchte er nach Fußspuren oder sonst einem Zeichen, das ihm verraten hätte, daß Menschen hier gewesen waren. Er fand nicht die leiseste Andeutung eines solchen Merkmals, und seine Bewegungen wurden immer unsicherer. Sosehr er sich bemühte, seine Angst vor Betsy zu verbergen, erriet sie doch an seinem Gehaben, daß er sich verirrt hatte. Sie weinte und klagte, und das verwirrte ihn noch mehr. Die rastlose Suche ermüdete die Kleine bald. Sie stolperte immer öfter und blieb schließlich erschöpft auf einem Felsblock sitzen. Die brennende Kerze, die sie trug, entfiel ihren Händen, und von Müdigkeit überwältigt, schlief sie ein. Tom war froh darüber und beschloß, die Suche nach dem Eingang allein fortzusetzen. Er befestigte ein Stück Schnur, das er bei sich trug, an einem Stein und entfernte sich. Auf allen vieren kriechend, zwängte er sich unter einem überhängenden Fels durch und gelangte in einen röhrenähnlichen Gang, der jählings abbog. Tom wollte weiter vordringen, aber die Schnur war zu Ende. Schon zur Umkehr bereit, hörte er ein leises Knacken, kroch noch ein Stückchen vorwärts und erspähte ein Lichtpünktchen, das ferne von ihm in der Luft zu schweben schien. Er wollte schreiend sich bemerkbar machen, die Aufregung schnürte ihm aber die Kehle zu — er versuchte sich aufzurichten, seine Beine versagten.

Und eben verschwand das Licht. Oder war es erloschen? Tom riß sich zusammen, torkelte den Gang entlang und erreichte eine neue Abzweigung. Blindlings stürzte er in den Seitengang. Da sah er unweit einen Mann, der niedergebeugt etwas auf dem Boden suchte. Der Fremde drehte sich um und hob die brennende Kerze. Im selben Augenblick glaubte Tom ersticken zu müssen.

Der Fremde war — Indianer-Joe!

Sekundenlang starrte er Tom so entsetzt an, als sähe er ein Gespenst, dann wich er Schritt um Schritt zurück, machte plötzlich kehrt und rannte wie gehetzt davon.

Von Grauen gepackt, lehnte sich Tom an das feuchte Gestein. Alles drehte sich um ihn, und lange war er unfähig, etwas zu denken. Endlich gelang es ihm, mit einem Fuß zurückzutreten. Mühsam zog er den zweiten nach, erreichte die Felskrümmung und mußte sich wieder festhalten, sonst wäre er der Länge nach hingefallen.

Etwas später fand er sich neben Betsy auf dem Boden hockend und wußte nicht, wie er hierhergekommen war. Die Furcht, aufs neue dem Banditen zu begegnen, bewog ihn, Betsy aufzuwecken und mit ihr in entgegengesetzter Richtung weiterzugehen. Jammernd widersetzte sich das Mädchen dem Marsch. Sie wollte bleiben und warten, bis Rettung kam. Und da ihr Widerstand nichts nützte, begann sie zu schreien. Aber Tom preßte ihr sofort die Hand auf den Mund und schüttelte sie so energisch, daß sie eingeschüchtert verstummte.

»Du mußt jetzt still sein, Betsy, sonst hören wir die Rettungsmänner nicht, wenn sie uns rufen«, erklärte er der Kleinen, da er meinte, wenn er ihr den wahren Grund sagte, werde sie vor Schreck tot umfallen. Also schlichen sie Hand in Hand weiter, bis Tom eine Felsnische fand, die ihm ein geeignetes Versteck für Betsy schien, denn das Mädchen konnte sich kaum noch auf den Beinen halten. Tatsächlich sank sie auch gleich zu Boden und schlief ein.

Eine Weile kämpfte Tom gegen Schlaf und Müdigkeit. Er hatte bereits das letzte Kerzenstückchen entzündet, und wenn auch dieses abgebrannt war, würde er im Finstern weitertasten müssen. Nun machte ihm auch noch der Hunger zu schaffen, und er wehrte sich sehr gegen die Versuchung, das Endchen Talgkerze aufzuessen, das ihm noch kurze Zeit helfen sollte, weiter nach einem Ausgang zu suchen. Dann fiel ihm ein, daß er allein nichts mehr unternehmen konnte, weil er bei der Flucht vor Indianer-Joe vergessen hatte, die Schnur mitzunehmen. Während er grübelte, was er tun sollte, sank sein Kopf tiefer und tiefer. Die Kerze entfiel seiner Hand und erlosch.

Nach vielen Stunden todesähnlichen Schlafes erwachte Tom. Finsternis umgab ihn. Er spürte eine Hand übers Gesicht tasten, vernahm klägliches Wimmern und erkannte Betsys Stimme. Kälteschauer rüttelten ihren Körper, sie klagte über Kopfschmerzen und sprach gleich darauf in zärtlichem Ton mit einer Puppe, die sie im Arm zu halten glaubte.

Verstört lauschte Tom dem irren Reden der Kleinen. Er drückte sie an sich, versuchte sie zu beruhigen, bettete ihren Kopf auf seinen Schoß, zog seine Jacke aus und hüllte die Zitternde ein. Die Wärme schien ihr gutzutun. Ihre Zähne klapperten weniger heftig aufeinander, sie verstummte allmählich und sank wieder in Schlaf.

Sachte ließ Tom das Mädchen zu Boden gleiten und zog es dann tiefer in die Felsnische. Er wollte ein Lager bereiten und schaufelte mit den Händen lockere Erde zu einem Hügel. Schwindel überkam ihn, und mehrmals mußte er die Arbeit unterbrechen. Als er eben einen Stein wegschob, ertastete er darunter eine Höhlung. Ohne etwas Besonderes zu vermuten, griff er in das Loch, merkte, daß es sich erweiterte, und spürte, als er sich niederbeugte, einen Luftzug. Aufgeregt grub er tiefer. Mit beiden Händen wühlte und schaufelte er nun wie ein Maulwurf.

Plötzlich gab das Erdreich nach. Tom versank, stieß einen Schrei aus und schloß geblendet die Augen. Grelles Tageslicht überflutete ihn. Eine Weile vermochte er sich vor Schreck nicht zu rühren. Noch konnte er das Lichtwunder nicht fassen. Beinahe hatte er sich schon mit seinem Schicksal abgefunden — und noch jetzt wagte er nicht zu glauben, daß er nur wenige Schritte zu gehen brauchte, um wieder im Freien zu sein. Vorsichtig blinzelnd überzeugte er sich, daß die Helle kein Trug war. Jetzt öffnete er die Augen ein wenig mehr. Er befand sich auf dem Grund einer mannshohen, kaum meterbreiten Felsspalte, die dort, wo sie ins Freie mündete, von Gestrüpp umwuchert war. Taumelnd bewegte er sich vorwärts, und mit jedem neuen Schritt wuchs seine Zuversicht, wirklich frei zu sein. Mit letzter Kraft kroch er durchs Gestrüpp, dann mußte er sich niedersetzen.

Tief unter ihm floß der Strom, und über ihm — stand auf

einem Felsvorsprung ein Holzkreuz. Vor Jahren war an dieser Stelle ein Farmer vom Blitz getötet worden. Ein elektrischer Schlag durchzuckte auch ihn beim Anblick des Holzkreuzes. Deutlich erinnerte er sich, was Indianer-Joe und dessen Gefährte im Beinhaus von einem Kreuz geredet hatten. Schon war Tom trotz seiner Erschöpfung bereit, zu der Gedenkstätte aufzusteigen, da hörte er von rechts her Geschrei, sah Männer aufgeregt winken, und das Kreuz und dessen Bedeutung waren im Nu vergessen.

In St. Petersburg hatte man bereits alle Hoffnungen aufgegeben, die verirrten Kinder lebend wiederzusehen. Die meisten der Männer, die sich an der Suche beteiligten, waren zurückgekehrt. Sie hatten sogar die Umgebung der Höhle abgesucht, weil sie annahmen, daß die Kinder vielleicht von einem der Felsen auf dem Hügel abgestürzt sein könnten. Bei dieser Gelegenheit entdeckten sie am Stromufer die Leiche eines Mannes, der eine Schußverletzung aufwies. Zweifellos war dies jener Verbrecher, den einer von den Söhnen des alten Walisers bei Nacht angeschossen hatte. Der Tote wurde in aller Stille begraben, und niemand sprach mehr davon, denn jeden beschäftigte das Unglück, das die Familie Tatcher und Tante Polly heimgesucht hatte.

Mistreß Tatcher lag völlig gebrochen zu Bett. Die Nachbarinnen erzählten schluchzend, daß sie stundenlang nach ihrem Kind gerufen habe. Tante Polly dagegen war in Schwermut versunken, und ihr graues Haar war in zwei Tagen und Nächten fast weiß geworden.

Da ertönte plötzlich gegen Mittag stürmisches Glockengeläute. Man befürchtete schon ein neues Unglück. Jedermann stürzte zum Hauptplatz, um zu sehen, was es gäbe, da hallten mit einemmal die ersten Freudenschreie: »Sie sind gefunden! Die Kinder leben!«

Jubelnd lief man den Totgeglaubten entgegen. Trompeten schmetterten, Blechpfannen wurden geschlagen, Kinder brüllten begeistert. Erwachsene umarmten einander. Mister Washer riß vor Aufregung so heftig an dem Glockenseil, daß seine Hose platzte, worauf er sich in seinen Predigerrock hüllte und so lange »Halleluja« schrie, bis ihm jemand im Gedränge auf die Hühneraugen stieg.

Jeder wollte die Geretteten umarmen und küssen. Tante Pollys Haus und jenes der Tatchers wurden mit Blumen geschmückt.

Eine Musikkapelle fand sich schnell zusammen und spielte, was ihr an Noten in die Hände kam.

Endlich lag Tom nach Luft schnappend auf seinem Bett. Die unzähligen Küsse, Händedrücke und Umarmungen hatten ihn mehr mitgenommen als die erlebten Schrecken. Zwei

Tage lang mußte er liegenbleiben, und noch am dritten taten ihm alle Rippen weh.

Unvorsichtigerweise klagte er Tante Polly sein Leid, worauf sie ihn eiligst in nasse Tücher wickelte und heftig schwitzen ließ, was ihn so entkräftete, daß er, als er wieder aufstehen durfte, wie eine aus dem Wasser gefischte Fliege umherkroch.

Erst eine Woche später erlaubte ihm Tante Polly, sich nach Betsy Tatchers Befinden zu erkundigen.

Richter Tatcher zog Tom ins Gespräch und fragte ihn im Scherz, ob er Lust habe, nochmals die Höhle zu erforschen. Um seinen Mut zu beweisen, bejahte Tom, obwohl er nicht einmal für ein Königsschloß auch nur einen Fuß in diese Höhle gesetzt hätte.

Der Richter lachte: »Was? Du gingst noch einmal in diese Höhle? Nun, zum Glück ist das unmöglich, ich habe nämlich die Eichentür mit eisernen Bändern beschlagen lassen und drei Schlösser angebracht. Außerdem ist der Ausgang, den du entdeckt hast, vermauert worden.«

Tom erschrak. »Die Tür ist versperrt, und der Ausgang ist . . .?«

»Vermauert, jawohl, mein Junge«, sagte der Richter lächelnd.

»Oh, dann ist ja . . . Indianer-Joe — er ist . . .«

»Was ist? So rede doch — —«

»Mister Tatcher, in der Höhle war Indianer-Joe . . . ich hab ihn selber gesehen!«

Eine dichtgedrängte Menge Neugieriger umlagerte die schwere Eichentür, die nun seit sieben Tagen die Douglas-Höhle verschloß. Als Richter Tatcher eigenhändig die Schlösser aufsperrte und die Tür öffnete, bot sich der Menge ein schauriger Anblick.

Zum Skelett abgemagert, in gekrümmter Haltung lag der tote Verbrecher nahe dem Eingang im Staub. Neben ihm fand sich ein zerbrochenes Messer. Anscheinend hatte Indianer-Joe versucht, das massive Türholz aufzusplittern, und da ihm dies nicht gelang, hatte er einen Gang unter dem Türstock graben wollen und war dabei auf den harten Fels gestoßen.

Nahe dem Eingang wurde der Tote beerdigt, und jedermann war überzeugt, daß der Verbrecher eine gerechte Strafe gefunden habe.

Am folgenden Morgen besuchte Tom seinen Freund Huckleberry. Er fand ihn, in einer Hängematte schaukelnd, im Garten der Witwe Douglas. Fast hätte er Huck nicht wiedererkannt, denn dieser war so dick geworden, daß es ihm Mühe machte, aus der Hängematte zu klettern.

»Ich weiß schon, warum du kommst«, sagte Huckleberry mit finsterer Miene. »Willst mir erzählen, der Schatz wäre nicht im Zimmer Nummer zwei gewesen, und dabei hast du ihn längst fortgeschafft, gelt?«

»Sei nicht dumm, Huck, ich war immer dein Freund, hab dich nicht bemogelt, oder weißt du was, he?«

»Warum kommst du dann erst heute zu mir? Bist ja schon ein paar Tage gesund. Die Witwe hat es mir gesagt, mich kannst du nicht anlügen, ich weiß alles.«

»So, alles weißt du, du Siebengescheiter — dann sag mir doch, wo jetzt der Goldschatz liegt.«

»Wie soll ich das wissen, ich durfte ja nicht vom Haus weg. Die Witwe erlaubt mir nur in den Garten zu gehen. Sie sagt, sie will einen anständigen Menschen aus mir machen — aber ich sage dir, Tom ...« Huckleberry spähte scheu nach dem Haus hinüber, bevor er weitersprach: »— ich hab's satt, mich füttern zu lassen wie ein Schweinchen. Schau mich an, wie ich ausseh — kann kaum noch schnaufen vor lauter Essen.

Hab früher oft genug Hunger gehabt, daß mein Magen krachte, aber ich konnte gehen, wohin ich wollte. Und jetzt komm ich mir vor wie ein Kettenhund. Ist ja schön von der alten Frau, daß sie so lieb zu mir ist, aber sie kocht zu gut, und ich kann nicht nein sagen, wenn ich was Gutes riech.«

»Dann geh doch zu ihr und sag: Mistreß Douglas, ich dank Ihnen schön für alles, aber jetzt möcht ich wieder gehen . . .«

»Und Hunger leiden, was? Nein, Tom, das mag ich eigentlich auch nicht — ich weiß selber nicht mehr, was ich will.«

»Brauchst aber nicht mehr Hunger zu leiden, Huck. Ich weiß jetzt, wo der Schatz vergraben ist.«

Huckleberry starrte den Freund ungläubig an. »Du weißt — wirklich — sag, nein, schwör's, Tom! Schwör, daß du mir die schönste Glaskugel gibst, die du hast, wenn's nicht wahr ist.«

»Huck, ich schwör's, du bekommst einen ganzen Sack voll Glaskugeln, oder ich soll auf der Stelle mit einem Fuß Wurzeln schlagen — der Schatz ist . . . komm her zu mir — nein, noch näher, ich sag dir's ins Ohr, damit es nicht vielleicht Indianer-Joes Geist hört . . . der Schatz liegt unterm Kreuz.«

Huckleberry riß die Augen auf. »Unterm Kreuz? In der Kirche?«

»Nein, vorne auf dem Hügel, wo einmal der Blitz einen Farmer erschlagen hat.«

»Nein, das ist nicht wahr, du lügst mich an. Oder hast du den Schatz schon gesehen?«

Tom blickte den Freund mitleidig an. »Gesehen? Was brauch ich ihn zu sehen, wenn ich's doch ganz sicher weiß. Komm, schleich dich fort von da — wir gehen gleich hin und heben den Schatz — ich hab ein langes Messer bei mir, mit dem graben wir.«

Huckleberry zog die Nase kraus, schaute nach dem Haus hinüber, kratzte sich und schien sich überaus unbehaglich zu fühlen. »Hm, ich möchte schon mitgehen, aber . . . sag mir, Tom, wozu brauchen wir eigentlich das viele Gold? Ich kann hier alles haben, was ich will, und dir geht's auch nicht schlecht.«

»He, mir scheint, du bist übergeschnappt, was?« rief Tom entrüstet. »Jetzt auf einmal willst du das Gold nicht haben? Oder ...«, Tom blickte Huckleberry forschend an, »— oder hast du es vielleicht selber schon ausgegraben?«

»Red keinen Unsinn, Tom, ich weiß ja nicht, wo es liegt, aber — aber weißt du, ich denk, der Geist Indianer-Joes bewacht den Schatz, und — und wenn wir nachgraben, wirft er uns vom Felsen.«

»Pah! Vor dem Geist hast du Angst? Der kann dir gar nichts tun! Bei einem Kreuz hat kein Gespenst eine Macht.«

Das klang so überzeugend, daß Huckleberry seinen Widerstand aufgab. Tief geduckt wie ein Indianer auf dem Kriegspfad schlich er hinter Tom durch den Garten und stieß, weil er dauernd nach Verfolgern zurückblickte, mit dem Kopf gegen den Zaun. Danach wurde das dahinterliegende Waldstück ohne Zwischenfall durchquert, und als sie wieder im Freien standen, sahen sie bergabwärts das Holzkreuz von einem Felsblock aufragen. Sie wanden sich durch Gestrüpp, rutschten auf dem Hosenboden über Geröll und überkletterten in wilder Hast mächtige Felsblöcke, statt sie zu umgehen. Je näher sie dem Schatzversteck kamen, desto größer wurde ihre Ungeduld, und schließlich hetzten sie den Hang so eilig hinab, daß sie mehrmals in Gefahr gerieten, sich zu überschlagen.

Heftig keuchend hielten sie endlich vor dem Kreuz. Es war seinerzeit ohne besondere Sorgfalt in eine Felsspalte verklemmt worden und wurde durch rundum aufgeschichtete Steine am Umfallen gehindert. Ein wenig schief stand es und schwankte, wenn man dagegen drückte. Außer dem handbreiten Spalt gab es aber auf dem sonst nackten Felsen keine Vertiefung oder Höhlung, in der ein Schatz hätte versteckt sein können. Nicht einmal Gras wuchs im Umkreis von mehreren Metern. Vor dem Kreuz fiel der Felsen steil ab — stocktief und so glatt, daß nur Ameisen daran Halt fanden.

Hier gab es keinen Schatz, das wurde den beiden schon nach wenigen Sekunden Umherschauens klar, und dementsprechend wandelte sich auch Toms Miene von höchster Erwartung in tiefste Betrübnis.

»Ich hab sicher geglaubt, daß das Gold hier liegt«, entschuldigte er sich.

»Ach, was du geglaubt hast — du bist ein Krautkopf und bleibst einer«, erwiderte Huck zornig. »Statt Indianer-Joe nachzuschleichen, so wie ich's getan hab, bist du mit Betsy Tatcher umhergelaufen.«

»Ach, sei schon endlich still, du Fettfleck, laß mich lieber nachdenken, wo der Schatz liegt.«

»Ja, denk nur nach, du Blindschleiche, vielleicht kommst du darauf, daß der Schatz in den Felsen hineingezaubert ist.«

»In den Felsen?« murmelte Tom sinnend. »Nein, da ist er nicht, aber wart, ich weiß was anderes ...«

Verwundert sah Huckleberry den Freund auf dem Bauch kriechend sich dem Felssturz nähern, sah ihn in die Tiefe spähen, wieder aufspringen und seitwärts den Felsen hinabklettern. Neugierig geworden, folgte er Tom und fand ihn am Fuße der Felswand lockeres Erdreich aufwühlen.

Jetzt stieß Tom einen Schrei aus: »Huck, ich hab's! Ich hab's! — Da liegt die Goldkiste — komm! Schnell! Hilf mir, sie herausziehen!«

Huckleberry starrte entgeistert den Aufgeregten an, der mit aller Kraft etwas aus dem Boden zog. Eine Kiste kam zum Vorschein, armlang und halb so hoch. Nun stürzte auch Huckleberry darauf zu, schob und zerrte, bis das Ding im Sonnenlicht lag. Als sie gemeinsam den Deckel aufrissen, blendete sie fast der Glanz von Gold- und Silbermünzen, die offen und in Rollen vor ihnen lagen. Sie wühlten mit den Händen in dem Schatz, ließen Münzen niederregnen, zählten und gaben es gleich wieder auf, da sie zu keinem Ende kommen konnten.

Als sie sich etwas beruhigt hatten, beratschlagten sie, wohin sie den Schatz bringen sollten. Huckleberry war dafür, ihn wieder zu vergraben und niemandem von dem Fund zu erzählen, bis sie endgültig wußten, wieviel Geld sich in der Kiste befand. Tom war dagegen, da er den Schatz in Sicherheit wissen wollte.

»Wir tragen das Geld zum Weg hinauf«, schlug er vor, »dann lauf ich zu Ben Rogers und leih mir von ihm den

kleinen Karren aus. Auf den laden wir die Kiste und fahren sie auf dem Feldweg hinter der Stadt zum Schuppen meiner Tante, einverstanden?«

Huckleberry machte Einwände, erklärte sich aber endlich doch bereit, die Kiste im Schuppen hinter Tante Pollys Haus zu verstecken.

Die Freude, einen richtigen Schatz zu besitzen, verdoppelte ihre Kräfte. Ohne Rast schoben sie die Kiste über Geröll, schleppten sie unter anfeuernden Rufen bergauf und bergab und erreichten keuchend und schweißgebadet den Weg, der ins Städtchen führte. Soeben waren sie dabei, den Schatz in ein Gebüsch zu zerren, da hörten sie Räderknarren und sahen den alten Waliser mit seinem Wägelchen um eine Wegbiegung kommen. Zum Verstecken war es zu spät, der Alte hatte sie bereits erblickt.

»He, ihr kommt mir gerade recht!« rief er ihnen zu. »Hätt euch zum Bürgermeister bringen sollen. Eine Menge Leute warten dort auf euch, wollen, wie mir scheint, den zwei größten Lausejungen der ganzen Umgebung tüchtig die Hosen ausklopfen.« Und da er die erschrockenen Gesichter der beiden bemerkte, fügte er lustig zwinkernd hinzu: »Na, ist nicht so schlimm, habt keine Angst, sie wollen euch bloß ein wenig die Köpfe mit Lobreden verdrehen — und ein hübsches Geschenk der Bürgerschaft liegt auch für euch bereit —, schließlich habt ihr die Gegend von zwei schlimmen Verbrechern befreit. Aber haltet gefälligst den Mund und verratet nicht, daß ich es euch gesagt habe ... Was habt ihr denn da in der Kiste? Sicher eine neue Mineraliensammlung, was? Ja, als Junge hab ich auch immer schöne Steine gesammelt, und mein Vater hat sie dann auf den Misthaufen geworfen. Na, ich bin nicht so — hebt das Zeugs auf den Wagen und steigt auf — los, los, Buben, gafft nicht so lange.«

Die Freunde schauten einander an, als wollten sie sagen: Jetzt sitzen wir schön in der Tinte.

Es blieb ihnen aber nichts anderes übrig, als das »Zeugs« auf das Wägelchen zu laden und den Dingen ihren Lauf zu lassen. Zum Glück vergaß aber der Alte beim Aussteigen auf die Schatzkiste. Mit so stolzer Miene, als sollte er selber belobt werden, führte er seine Schützlinge ins Haus Mister Tatchers.

Rund um die festlich gedeckte Tafel saßen die bedeutendsten Persönlichkeiten St. Petersburgs. Die Witwe Douglas war zugegen, der Notar des Ortes las leise murmelnd in einer Gedenkschrift, einige Gäste sprachen flüsternd miteinander, und eine feierlich aussehende alte Dame zückte sofort das Lorgnon, als Huckleberry und Tom eintraten. »Ist er nicht ein süßer Junge?« fragte die alte Dame, auf Tom zeigend, ihren Nachbar Mister Stone, der Tom am wenigsten von allen leiden konnte.

Im Kreuzfeuer der Blicke stehend, zog Tom den Kopf ein, so gut es ging. Es mußte nicht gleich jeder bemerken, daß er sich heute morgen den Hals nicht gewaschen hatte. Größeren Verdruß bereitete ihm ein Tröpfchen an der Nase, das er vergeblich aufzuschnupfen versuchte. Aber da begann auch schon der Bürgermeister eine Rede zu halten, in der wiederholt davon gesprochen wurde, mit welchem Mut zwei Jungen, namens Tom Sawyer und Huckleberry Finn, den berüchtigsten Banditen der Umgebung aufgelauert, sie verfolgt und ihnen schließlich den Untergang bereitet hatten. Nach dieser Rede hielt Mister Harper eine Rede, danach redete der Nachbar und dann Mister Tatcher, der so lange redete, bis er nicht mehr wußte, wovon er reden sollte. Also erhob er sein Glas und prostete allen Anwesenden zu, worauf diese sich an die Tafel setzten und zu speisen begannen. Die mutigen Verbrecherjäger vergaß man, was diese nicht wenig freute. Die ganze Zeit hatten sie um ihren Schatz gebangt. Jetzt endlich durften sie ihn beiseite schaffen — wenn er nicht unterdessen verschwunden war.

Tom stieß Huckleberry mit dem Ellenbogen an und schaute bedeutungsvoll zur Tür — Huckleberry nickte und schlich voran. Schon hatte er den Ausgang erreicht, da hob der Notar sein Glas hoch und rief: »Gesundheit und Glück den tüchtigsten Jungen unserer Stadt! Es lebe Tom Sawyer! Es lebe Huck Finn!«

Alles wandte sich nach den beiden um, die wie ertappte Einschleicher vor der Tür standen. Am liebsten wären sie davongelaufen, aber nun sagte Mister Tatcher, daß er leider vergessen habe, dem braven Huckleberry die zwanzig Dollar zu überreichen, welche die Bürgerschaft von St. Petersburg ihm als Ehrengeschenk zugebilligt hatte. Gleichzeitig zog Mister Tatcher umständlich die Brieftasche, aber Toms Ungeduld war zu groß. Er rief: »Huck braucht das Geld nicht! Er hat so viel Gold und Silber, daß er's allein gar nicht tragen kann.« Und da er nur verblüffte oder grinsende Gesichter sah, fühlte er sich herausgefordert und schrie: »Bitte, ich kann's beweisen. Warten Sie ein bißchen, wir sind gleich wieder da ... Komm, Huck, wir tragen die Kiste herein.«

Ausrufe höchster Verwunderung wurden laut, als kurze Zeit später der Deckel aufklappte. Man stieß und drängte sich, um das Gold befühlen zu können. Der Notar griff eine Handvoll auf und japste vor Entzücken nach Luft, als der

Goldregen niederklapperte. Mister Hopkins machte Augen wie ein Karpfen und wischte sich Schweißperlen von der Stirn, wobei er murmelte: »Das sind blanke Hunderttausend! Blanke Hunderttausend in Gold! O Gott, o Gott ...«

Mister Tatcher sagte gar nichts, sondern rieb sich bloß die fleischige Nase, während der Notar ausrief: »Zählen wir das Geld, Herrschaften! Zählen wir es!«

Mehr als zwölftausend Dollar befanden sich in der Kiste.

Eine Summe, groß genug, daß mehrere Anwesende Huckleberry Finn den Vorschlag machten, ihn auf der Stelle an Kindes Statt anzunehmen. Zu diesen Hochherzigen gehörten auch einige Bürger, die ihn in mancher bitterkalten Winternacht aus ihren Scheunen vertrieben hatten. Huckleberry lehnte dankend ab. Er zog es vor, bis auf weiteres die Gastfreundschaft der ehrlichen und dankbaren Witwe Douglas in Anspruch zu nehmen.

Feierlich ward beschlossen, aus Tom einen großen Mann zu machen. Mister Tatcher hatte öffentlich erklärt, Tom Sawyer wäre wie kein anderer Junge geeignet, ein berühmter Staatsmann oder Millionär zu werden — oder beides.

Vorläufig dachte aber Tom nur daran, eine Seeräubergesellschaft zu gründen. Er war der Meinung, daß er jetzt, wo er doch so reich war, sich das schönste Seeräuberschiff kaufen konnte, das es gab. Leider hatte in St. Petersburg niemand ein solches Schiff vorrätig, und allein nach Saint Louis zu fahren, getraute sich Tom nicht. Also suchte er Huckleberry auf, um zu hören, was dieser zu dem Plan sagen würde.

Nach langem Suchen fand er den Freund im Garten der Witwe unter einem Waschtrog versteckt. Er hatte sich dorthin geflüchtet, weil er es nicht mehr ertragen konnte, jeden Morgen gewaschen, gestriegelt und gebürstet, angetan mit einem feinen Anzug, in einem Zimmer bei Tisch zu sitzen und gesittet Kaffee zu trinken, wenn draußen Vögel trillerten, Eichkätzchen auf Bäumen herumkletterten und Kaninchen über Wiesen hoppelten. Er sollte fortan mit Messer und Gabel essen, aus Büchern lernen, die Sonntagsschule besuchen und so manierlich sich ausdrücken, daß die eigene Sprache ihm fremd erschien.

»Ich kann's nicht«, klagte er Tom. »Das feine Leben ist nichts für mich. Die Witwe ist ja sehr lieb zu mir, aber sie besteht darauf, daß ich feine Kleider trage, in denen ich fast ersticke. Den Kopf muß ich beim Sitzen steif halten, die Hände muß ich immer sauber haben, die Fingernägel sollen rein sein. Wenn gegessen wird, läutet's, wenn ich zu Bett gehen soll, läutet's auch, und wenn ich aufstehen muß, läutet's wieder. Alles, was ich tun muß, geschieht nach der Uhr.«

»Huck, das alles muß ich auch tun. Du wirst dich schon daran gewöhnen. Dafür werden wir einmal berühmte Männer — wirst sehen, sie machen uns dazu. Oder wir gehen durch und werden Seeräuber, ha? Willst du mittun?«

»Hm, Seeräuber? Nein, das gefällt mir auch nicht, da muß ich kämpfen und Schiffe entern. Vielleicht fall ich gar ins Meer, und ein Haifisch frißt mich.«

»Ha, du glaubst, ich will ein gewöhnlicher Seeräuber werden? Du, da irrst du dich aber. Ich will ein Seeräubergeneral sein, und du wirst mein Vizegeneral — dann sitzen wir die ganze Zeit im Mastkorb und fischen, oder wir sitzen in einer feinen Kajüte und spielen Karten oder zählen Goldstücke. Glaub mir, Huck, einem solchen General geht's gut, den trifft fast nie eine Kugel, der braucht nur anzuschaffen, und die gewöhnlichen Seeräuber müssen seine Befehle ausführen. Wenn er will, müssen sie sich sogar waschen ...«

»Ja, ja, aber ich will auch niemandem anschaffen.«

»Schön, dann kaufen wir uns halt einen Dampfer und ...«

»Hör auf, zum Teufel«, schrie Huck erbost. »Ich will nicht aufs Meer, ich will im Wald spazierengehen, wann ich will, und Kaninchen fangen oder im Fluß baden.«

»Ist mir auch recht, Huck, dann werden wir eben Trapper oder Büffeljäger, oder willst du lieber Schlingen legen? Ich such mir ein paar Burschen, und dann gründen wir einen Trapperbund. Wir werden uns um Mitternacht treffen und einen feierlichen Schwur schwören, daß wir die Beute immer ehrlich teilen und Blutsbrüder sein wollen. Gefällt dir das?«

»Mhm, sehr gut. Daß wir uns um Mitternacht treffen, gefällt mir besonders. Am besten, wir suchen uns ein Gespensterhaus zum Schwören, was meinst du, Tom?«

»Mir ist's recht, Huck. Ist auch viel schöner, wenn's einem so richtig kalt über den Rücken rieselt. Was wäre mit dem Beinhaus? Dort gruselt uns bestimmt, meinst du nicht auch?«

»Gut, ich bin dabei: heute um Mitternacht im Beinhaus.«

HUCKLEBERRY FINN

Hurra! ich bin ein reicher Mann! Sechstausend Dollar beträgt mein Anteil an dem Räuberschatz, und mein Blutsbruder Tom Sawyer verfügt über ebensoviel. Richter Tatcher verwaltet das Geld für uns. Jeden Tag trägt es einen Dollar Zinsen.

Wenn ich's aber richtig bedenke, hab ich gar keinen Grund, hurra zu schreien. Denn eigentlich ist's gar nicht so schön, reich zu sein. In den neuen Kleidern, die ich nun statt der gewohnten Lumpen tragen muß, schwitz ich mächtig, bei Tisch muß ich geradesitzen, soll manierlich mit Löffel, Gabel und Messer essen, darf mir nicht mehr den Mund vollstopfen, wenn's mir richtig schmeckt, darf keinen Fettfleck auf der Hose haben, darf nicht rülpsen, wenn's mir beliebt, und soll mit dünnen Hölzchen in den Zähnen stochern, statt mit den Fingernägeln.

Der Teufel hol das viele Geld, wenn ich nicht mehr tun kann, was ich möcht! Beten sollt ich vor Tisch und nachher auch, geradesitzen muß ich, wenn ich mir den Buckel kratzen will, und greif ich mit bloßer Hand in eine volle Schüssel, gibt mir die Witwe Douglas einen Klaps auf die Finger und sagt vorwurfsvoll:

»Aber, Huckleberry! Das tut man doch nicht, das ist eine Unart, die sich für einen jungen Herrn nicht schickt.«

Und ich werd dann wahrhaftig rot dabei und wünsch mir, ich wär wieder der Huck Finn von früher, der in einem ausgedienten Regenfaß wohnte und solch schmutzige Lumpen trug, daß der größte Fettfleck darauf nicht zu sehen war.

Doch was soll ich tun? Die Witwe will durchaus einen feinen Burschen aus mir machen, der sich die Hand vor den Mund hält, wenn er gähnt — das tu ich nämlich immer, wenn mir die gute Alte aus der Biblischen Geschichte von Moses und den Propheten vorliest, damit ich Bildung krieg. Und ich mag nicht gebildet sein — ich hab sechstausend Dollar, die sind viel mehr wert, als zu wissen, was der Moses, der mächtig lang tot ist, gesagt und getan haben soll.

Dabei ist die Geschichte von dem alten Wahrsager nicht das Schlimmste, was ich lernen soll. Die Schwester der Witwe, Fräulein Watson — die aussieht wie eine Mumie mit einer Brille —, will mir das Rechtschreiben beibringen. Und ich find, das ist die verdammteste Plackerei, die es gibt. Der Oberteufel Luzifer scheint sich die Rechtschreibkunst eigens ausgedacht zu haben, um einen ehrlichen Burschen, wie ich einer bin, für den Galgen reif zu machen. Denn wenn draußen die Sonne scheint, muß ich Buchstaben kritzeln und Wörter schreiben, von denen ich niemals gehört hab. Stillsitzen muß ich, darf nicht zum Fenster schauen, wenn dort ein Käfer brummt. Die Feder muß ich mit drei Fingern halten, statt in der Faust, die Nasenspitze soll nicht auf dem Papier liegen, sondern einen halben Meter drüber sein. Juckt's mich irgendwo, darf ich mich nicht mit dem Federstiel kratzen, will ich einen Tintenfleck mit der Zunge auflecken, zetert die Watson und ruft den Himmel zum Zeugen an, daß ich der unverbesserlichste Schmutzfink bin, den die Welt je gesehen hat.

Ist's da ein Wunder, wenn ich mir wünsche, die Watson wär mitsamt der Witwe und dem Erfinder der Rechtschreibkunst auf dem Nordpol und ich auf der andern Seite, damit ich endlich in Ruhe überlegen kann, was ich und Tom Sawyer heute nacht tun werden?

Gegen Mitternacht wird mich nämlich mein Blutsbruder Tom abholen. Wir ziehen auf Abenteuer aus — so war's verabredet. Hoffentlich erwischt ihn nicht Tante Polly, wenn er sich vom Haus wegschleicht!

Verflixt — wo ist denn Tom Sawyer geblieben? Gleich wird's zwölf schlagen! Schon um acht Uhr abends konnt ich nach dem Essen nicht mehr ruhig sitzenbleiben. Die Witwe und ihre Schwester haben mir wieder einmal eine verdammt lange Predigt gehalten, weil ich die Zunge an der heißen Suppe verbrannt und danach geflucht hab. Sie sagten, ich werde bestimmt in die Hölle kommen und dort ewig braten. Bis knapp vor zehn haben sie mir ausgemalt, welche Qualen die Seele vom bösen Huck Finn durchmachen müßt, wenn er nicht bereuen und sich bessern würde. Und ich wetzte auf dem Sessel, schielte nach der Wanduhr und erlitt wirklich Höllenqualen, weil die beiden alten Tanten nicht und nicht mit dem Geplapper aufhörten. Schließlich kam der Negersklave Jim ins Zimmer und erzählte unter Kopfwackeln und Zittern, er habe draußen auf der Wiese eine dunkle Gestalt dahinschleichen gesehen. Ich schrie im Geist hurra, da ich gleich wußte: mein Blutsbruder ist schon da! Ich glaubte nämlich, er sei früher gekommen als verabredet. Die Tanten dagegen schauten furchtsam, befahlen Jim, sofort alle Fenster und Türen zu schließen und im Kücheneingang Wache zu halten. Darauf schickten sie mich zu Bett. Aber nun steh ich bald zwei Stunden am Fenster, hab wie ein Fuchs auf der Lauer jeden Strauch im Garten und die Wiese bis zum Waldrand beobachtet und dauernd gelauscht, ob nicht von irgendwoher ein Miauen zu hören wär — denn das ist unser Signal. Doch Tom ließ sich nicht blicken.

Ist er etwa in einem Gebüsch eingeschlafen?

Ein Eulenschrei ertönt — unheimlich klingt's.

Die Augen tun mir schon weh vom pausenlosen Hinausstarren. Der Mondschein auf der taufeuchten Wiese und die feinen Nebelschleier drüber verändern alles. Einmal glaub ich, da bewegt sich etwas, ein andermal dort.

Geisterhaft ist das.

Schon wieder schreit die Eule.

Am Ende ist das keine Eule, sondern Tom. Vielleicht hat er das Signal vergessen und ahmt einen Eulenschrei nach.

Oder ist Tom verzaubert worden?

Puh, mir rieselt's kalt über den Rücken! Wie schrecklich, wenn mein Blutsbruder einer Waldhexe begegnet wär und jetzt, in eine Eule verwandelt, auf einem Baumast hockt. Ich hätt ihn gleich suchen sollen, als Jim ins Zimmer kam. Hätt ich der Waldhexe einen Besen entgegengehalten und Salz vor sie hingestreut, wär sie gleich tot umgefallen. Doch jetzt ist's zu spät.

Der arme Tom — eine Eule ist er nun — zum Heulen ist das!

Ich werd ihn einfangen und morgen zu Mister Washer, dem Hilfsgeistlichen, tragen. Vielleicht kann er Tom in der

Kirche mit Weihwasser und ein paar frommen Sprüchlein entzaubern.

Huu — zwölfe schlägt die Kirchenglocke im Städtchen unten. Die Geisterstunde beginnt. Ich kriech lieber schnell ins Bett. Den verhexten Tom kann ich später auch noch fangen.

He, was ist denn das? Hör ich recht? Im Garten miaut eine Katze! Verdammt will ich sein, wenn das nicht mein Blutsbruder ist!

Natürlich! Dort hinter dem Rosenstrauch duckt er sich grad!

Hurra, Tom ist nicht verzaubert worden! Schnell hinab zu ihm!

Wo ist meine Hose? — Hoppla! Fast wär ich hingeplumpst, weil ich mit zwei Füßen in ein Hosenbein schlüpfen wollt.

So, nun bin ich bereit, durchs Fenster zu steigen, dann aufs Dach vom Schuppen, und von dort — — leise, leise, alter Junge, du machst viel zuviel Lärm. Und das Schindeldach knarrt auch zu laut. Hoffentlich bricht's nicht durch!

Ein Sprung jetzt — bravo! Schon steh ich im Garten — in etwas Weichem. Ah, es ist nur ein Korb voll Tomaten, die ich nicht mag.

Tom kommt gekrochen, deutet nach dem Kücheneingang. Die Tür ist offen. Jim, der Negersklave, schläft, eine Mistgabel als Waffe im Arm, auf der Schwelle. Eine solche Gelegenheit darf man sich nicht entgehen lassen. Vorsichtig schleichen wir zu dem Schwarzen und stecken seinen Hut auf die Mistgabelzinken.

Kaum zehn Meter sind wir von ihm fort, da stolpert Tom über einen Spatenstiel und fällt kopfüber in ein Wasserschaff. Es klatscht mächtig, das Wasser spritzt, und Tom schnaubt so laut wie ein Nilpferd. Ich halt ihm den Mund zu, aber der Schwarze hört auf zu schnarchen, reckt den Hals und ruft in den Garten: »Wer ist da?«

Ich besinn mich nicht lang und ächze mit verstellter tiefer Stimme: »Ich bin der Geist des Indianer-Joe.«

Jim reißt den Mund auf, gurgelt vor Schreck, schlägt blitzschnell die Tür hinter sich zu und verriegelt sie von innen.

Den Schwarzen hat's gehörig erwischt! So schnell wird der

nicht wieder um Mitternacht die Nasenspitze vor die Türe stecken.

Nun aber fort, bevor die alten Tanten aufwachen!

»Lauf, Tom! Lauf schon!«

Am Waldrand halten wir an, und ich frag meinen Blutsbruder: »Du, sag, was hast du von zehn Uhr ab bis Mitternacht gemacht? Wo warst du versteckt?«

Tom schaut dumm drein, drückt Wasser aus seinem Rock und sagt: »Ich hab mich nicht versteckt — ich hab zu Haus gewartet — bis halb zwölf — dann bin ich fortgeschlichen.«

»Lüg nicht, Tom, du warst doch schon gegen zehn in unserem Garten, Jim hat dich gesehen!«

»Pah, wie kann der Schwarze mich gesehen haben, wenn ich zu Hause in meinem Zimmer an einem Dolch aus Holz geschnitzt hab? Da schau her, das ist er — auf diesen Dolch werden wir unten im Beinhaus einen Schwur leisten. Ich hab einen Totenschädel gefunden, auf den legen wir den Dolch, zünden eine Kerze an und ...«

Ich fasse Tom am Ärmel. »He, du warst also wirklich nicht im Garten? Kannst du das beschwören?«

Tom tut beleidigt. »Pfff! Wenn du mir nicht glaubst, frag Joe Harper oder Ben Rogers — sie haben mich von daheim abgeholt und warten jetzt im Beinhaus am Friedhof. Sie wollen Mitglieder von unserem Trapperbund werden.«

Jetzt gruselt's mich wahrhaftig, und Tom, dem ich erzähl, was der Neger Jim gegen zehn Uhr abends gesehen haben will, späht gleich um sich, als lauere im finstern Wald tatsächlich der Geist des Indianer-Joe. Ich sag's ehrlich: Da wir weiterschleichen, halt ich jedes Gebüsch und jeden Ast, an den ich streif, für ein Gespenst, und wenn's irgendwo hinter mir im Laub raschelt, glaub ich, das Unding will mir ans Genick springen. Drum zieh ich den Kopf ein und stell den Rockkragen hoch, damit ich die kalten Geisterfinger nicht spür.

Na, endlich sind wir aus dem Wald draußen, und vor uns liegt im bleichen Mondlicht der Wiesenhang. Ein bißchen Dunst streicht drüber, und es ist noch immer geisterhaft genug. Falls aber hier ein Gespenst auftauchen sollt, könnten wir schnell davonlaufen, ohne uns die Schädel anzuschlagen wie im Wald. Jetzt spür ich auch, daß ich mächtig schwitze, aber ich denk, das kommt vom Dahinschleichen mit gebuckeltem Rücken und nicht etwa, weil ich Angst hätt. Ich bin immer ein richtiger Draufgänger gewesen, bloß Tom will mir dauernd einreden, es gebe Geisterspuk. Der Angsthase klappert jetzt noch mit den Zähnen.

»He, Tom! Klappre nicht so laut, sonst hört man's im Städtchen, und jeder wird morgen sagen: Der berühmte Trapper Tom Sawyer fürchtet sich wie ein Weib vor Geistern.«

»Wer fürchtet sich? He?« brummt Tom. »Ich klappre nur, weil mir kalt ist — meine Kleider sind ganz naß ... möcht gern die Hose und den Rock ausziehen. Kann schließlich auch im Hemd gehen. Was meinst du, Huck?«

»Hab nichts dagegen, es ist bloß wegen Ben Rogers' und Joe Harpers ... Sie werden dich auslachen, wenn du im Hemd daherkommst.«

»Pah, ich werde einfach sagen, ich bin über den Fluß geschwommen, weil mich eine Schar Räuber verfolgt hat.«

»Und was soll ich sagen? Ich bin ganz trocken.«

»Na, du hast eben das Ufer gegen die Räuber verteidigt, damit sie nicht landen können.«

»Hm, nicht schlecht — dann könnt ich sagen: Es war ein Dutzend Räuber hinter mir her, lauter Riesenkerle mit schwarzen Bärten, und Flinten trugen sie, so lang wie — wie Kanonenrohre. Aber sag, Tom, warum haben sie uns gejagt?«

»Ganz einfach, Huck. Wir haben ihr Lager entdeckt und sie belauscht, wie sie grad von einem Überfall auf eine Karawane von Kaufleuten geredet haben. Fein, was?«

»Hm, prima. Aber was ist das, eine Karawane?«

»Das ist — das ist ein Zug, weißt du? So ein langer Zug von Leuten, die auf Kamelen durch die Wüste reiten. Und alle tragen eine Menge Diamanten und — Bohnenkaffee bei sich. Und Ziegenhäute voll Wasser haben sie auch aufgeladen — damit sie nicht zu verhungern brauchen.«

»Was? Die Ziegenhäute essen sie?«

»Aber nein, die sind wie ein Sack zugenäht, und drinnen ist das Wasser, in dem sie Löwenfleisch kochen. Weil — hinter jeder Karawane schleichen eine Menge Löwen, die fressen alles auf, was zurückbleibt. Drum heißen auch die Löwen ›Könige der Wüste‹, weil sie alles schlucken.«

»Hm, woher weißt du das alles, Tom?«

»Na, das les ich in Büchern, in denen steht alles drin, was am Nordpol oder im Urwald geschehen ist.«

»So? Du, dann muß ich auch bald lesen lernen. Wenn nur das Buchstabieren nicht so fad wär... Die Witwe hat es mir schon beigebracht, aber wenn ich zum F komm, schlaf ich meistens ein...«

Ich will noch etwas sagen, da seh ich zwei Lichter beim Friedhof drüben. Das eine bewegt sich hin und her wie ein Irrlicht, das andere bleibt still. Ich halt an, denn die Lichter scheinen mir verdächtig — Tom geht unbekümmert weiter.

Schön, denk ich, wenn Tom sich nicht vor Geisterspuk fürchtet, dann darf ich es auch nicht. Also schleich ich nach durchs hohe Gras, obwohl ich lieber umdrehen möcht. Als wir näher kommen, merke ich, daß im alten Beinhaus, wo Indianer-Joes Schatz versteckt war, zwei Kerzen brennen. Die eine schwenkt Joe Harper, die andere hält Ben Rogers. Jetzt haben sie uns erspäht, da sie die Köpfe durch die leeren Fensterhöhlen stecken und sich vorbeugen. Beide drehen die Kerzen im Kreis. »Schau, Huck, sie geben uns Zeichen, daß kein Verräter in der Nähe ist«, erklärt mir Tom, und ich wundere mich mächtig über Joe und Ben, die so mutig in dem unheimlichen Gemäuer ausgeharrt haben. Gleich darauf richtet sich Tom vor mir auf und winkt den Tapferen mit der nassen Hose. Sein weißes Hemd flattert im Mondlicht.

Im Beinhaus schreit einer auf: »Joe! Renn — es ist nicht Tom — es ist ein Geist!«

Schon verlöschen drüben die Kerzen, die beiden Köpfe verschwinden, Mauerwerk prasselt — unsere Verbündeten laufen wie aufgescheuchte Hasen ums Haus, einer stürzt, rappelt sich wieder auf.

»Bleibt stehen! Ich bin's... Tom Sawyer!« brüllt mein Blutsbruder und hetzt im Hemd den Fliehenden nach. Als er sie zurückbringt, zittern die beiden Wichte so sehr, daß ich mir wie ein richtiger Held vorkomme. Kann mir's leisten, patzig zu sagen:

»Tom, ich meine, Joe und Ben hätten in die Hosen gemacht, wenn sie die Räuber bloß von weitem gesehen hätten, mit denen wir vor einer Stunde am Fluß gekämpft haben, he?«

Und Tom bläht sich auf: »Mein Lieber, das war aber auch ein Gefecht ... Mir summt's jetzt noch in den Ohren, so haben die Kugeln gezischt. Da, riech einmal an meinem Rock, Joe — spürst du den Pulverrauch?«

Tom reibt Joe Harper den nassen Rock um die Nase — Joe schnuppert, Ben tut das gleiche, und jeder nickt ehrfürchtig. Sie glauben wahrhaftig, Pulverrauch gerochen zu haben, obwohl Toms Rock höchstens nach Kuhmist stinken kann, weil er vor kurzem mit mir Präriereiter gespielt hat und dabei im Stall von einem Ochsenrücken in den Dreck gefallen ist.

Na, meinetwegen sollen die Bürschchen glauben, was sie wollen, aber in unseren Trapperbund können wir solche Grünschnäbel nicht aufnehmen. Und das sag ich auch:

»Gebt acht, ihr zwei. Ihr habt Tom Sawyer für einen Geist gehalten. Das beweist, daß ihr noch viel, viel lernen müßt, um richtige Trapper zu werden. Ich und Tom fürchten nichts auf der Welt, das haben wir schon gezeigt, als wir Indianer-Joe und seinen Kumpan belauert haben.«

»Jawohl, wir sind echte Trapper«, bestätigt Tom. »Wir sind immer auf der Spur von Banditen, Seeräubern und Flußpiraten. In unseren Geheimbund dürfen sich nur die Tapfersten der Tapferen einschwören. Hab ich recht oder nicht, Huck?«

»Es ist, wie du sagst, mein Blutsbruder«, entgegne ich mit hochgereckter Nase. »Joe Harper und Ben Rogers sollen wissen, welche Ehre es für sie ist, in unserer Gesellschaft sein zu dürfen. Darum beschließen ich und Tom, die Kapitäne der Trapperanfänger zu sein, und sie müssen auf einen Totenschädel und den hölzernen Dolch meines Blutsbruders den gräßlichen Schwur leisten, daß sie lieber ihr Leben lang Lebertran trinken wollen oder für ewig auf einem Misthaufen kopfstehen, als uns die Treue zu brechen. Dann bereden wir, was eine Trapperbande wie die unsere tun muß, um gefürchtet oder berühmt zu werden.«

Tom Sawyer meint: »Das beste wär, wir befreien eine Postkutsche, die gerade von Banditen überfallen wird. Die Banditen fesseln wir und führen sie an einem Strick nach Sankt Petersburg. Dort werden die Leute uns hochleben lassen — fein, was?«

Ben Rogers sagt: »Ich bin dafür, daß wir Räuber in Spiritus stecken und in einem Zelt ausstellen. Wer sie sehen will, muß einen Dollar zahlen, und wir werden reich.«

Joe Harper meint: »Soviel Spiritus gibt's nicht — es wär besser, die Räuber auszustopfen, das kostet nicht soviel, und für ausgestopfte Räuber können wir mehr Eintrittsgeld verlangen — oder wir können sie auch verkaufen.«

»Alles Blödsinn«, sag ich. »Wie sollen wir erfahren, wo gerade eine Postkutsche überfallen wird? Zuerst müssen wir ein Räuberlager auskundschaften und uns anschleichen, dann belauschen wir die Räuber. Wenn wir wissen, was sie planen, lauern wir ihnen auf. So machen es alle berühmten Trapper.«

»Wo finden wir aber ein Räuberlager?« fragt Joe Harper.

»Pah«, macht Tom. »Ich und Huck kennen eine ganze Menge, aber die sind weit von hier. Wir müßten Pferde haben zum Reiten, und du kannst nicht reiten und Ben auch nicht. Ich schlag vor, wir spielen selber Räuber und Trapper. Ben Rogers und Joe Harper legen sich in einen Hinterhalt, und wenn eine Postkutsche kommt, stürzen sie vor und tun wie echte Räuber. Die Reisenden werden dann mächtig Angst um ihr Geld haben, aber auf einmal sind wir zwei da und vertreiben Ben und Joe. Zum Dank beschenken uns dann die Reisenden und erzählen überall, wie tapfer wir gewesen sind. — Prima Idee, he?«

»Ja, und ich und Ben werden eingesperrt, wenn ihr berühmt seid«, greint Joe.

»Aber nein, wir schlagen euch nur in die Flucht, wir nehmen euch nicht gefangen. Wir werden sagen, ihr seid die schrecklichen Räuber ›Bill Black, der Blutige‹, und ›Jess Hawk, der Killer‹, gewesen, und ihr wärt überall so gefürchtet wie — wie hungrige Tiger.«

»Nein, nein, ihr müßt auch Räuber sein, sonst tun wir nicht mit«, widerspricht Ben.

»Einverstanden«, sag ich, weil mir was Neues einfällt. »Wir vier sind von jetzt ab die gefürchtete Räuberbande ›Totenkopfbund‹ und rauben als erste Miß Watson, dann brauch ich nicht mehr zu lernen. Was meint ihr?«

»Feine Sache«, gibt Ben Rogers zu. »Aber wenn wir dir helfen, Miß Watson zu rauben, dann mußt du uns helfen, Mister Zigfield, unseren Dorfschullehrer, zu entführen. Gilt's, Huck?«

»Klar«, sag ich, weil mich der dürre Lehrer voriges Jahr beim Äpfelstehlen in seinem Garten erwischt und grausam verprügelt hat.

Tom will aber nicht mittun. »Für Miß Watson und den Lehrer zahlt uns niemand einen Nickel Lösegeld, versteht ihr? Und ohne Lösegeld raubt ein echter Räuber keine Menschen. Ich schätze, es ist besser, wir bleiben Trapper und bekämpfen alle, die unsere Feinde sind — Seeräuber, Indianer, Menschenfresser und — Viehdiebe — und meinetwegen alle Lehrer auch. Für morgen weiß ich schon, gegen wen wir kämpfen werden — hab gehört, daß eine Bande junger Seepiraten mit ihren Anführern im Wald drüben kampieren will. Wir werden uns anschleichen, sie umzingeln und verjagen. Bestimmt haben sie eine Menge Gold und geraubte Edelsteine bei sich, die sie vergraben wollen, wir nehmen ihnen die Schätze weg und teilen die Beute.

Morgen ist Sonntag, da schlafen die Witwe und Miß Watson nach dem Essen, und du kannst dich fortschleichen, Huck. Um zwei Uhr treffen wir uns dann hier im Beinhaus. Ist's recht?«

»Schön, ich bin dabei«, sag ich, obwohl's mich mächtig ärgert, daß mein Blutsbruder Tom mir bisher nichts von jungen Seepiraten erzählt hat. Aber so ist er: Die aufregendsten Geheimnisse verschweigt er, und über Kleinigkeiten, wie etwa eine gefundene Glasmurmel oder eine eingeschlagene Fensterscheibe schwatzt er stundenlang. Wenn er aber glaubt, daß ich ihn jetzt frag, von wem er das Seepiratengeheimnis erfahren hat, soll er sich geschnitten haben. Ich frag nicht, und wenn er zerplatzt.

Ben Rogers und Joe Harper schleichen schon dem Dorf zu.

Tom gähnt wie gelangweilt. »Feine Sache, der Überfall auf die Piraten, was?«

»Mhm«, geb ich zu und schlag mich dann gleichfalls durch die Büsche.

Als ich zum Hausgarten komm, glaub ich bei der Hecke vorn eine dunkle Gestalt zu sehen. Sofort duck ich mich, weil ich denk, der Neger Jim ist's, der dort auf mich lauert, um mich zur Witwe zu schleppen. Als ich mich aber vorsichtig aufrichte, ist an der Hecke nichts Auffälliges zu sehen, und ich weiß nicht — hab ich mich vom Mondlicht täuschen lassen, oder war's ein Geist?

Brrr, schnell aufs Schuppendach geklettert und noch schneller hinein ins Zimmer!

So, jetzt noch die Fenster verriegelt — husch, ins Bett und die Decke übern Kopf!

Als ich aufwach, scheint die Sonne ins Zimmer, von draußen hör ich Miß Watson nach Jim, unserem Negersklaven, rufen und wie sie ihm mit ihrer Fistelstimme befiehlt, dem schlechten Kerl, dem Huck, der durchaus wieder einmal die Sonntagsschule verschlafen will, einen Eimer Wasser über die faule Haut zu schütten.

Im Nu bin ich aus dem Bett, schlüpf in die Kleider, mach mir mit ein bißchen Spucke die Haare feucht, reib auch übers Gesicht und steig aus dem Fenster. Vom Schuppendach springe ich hinunter und komm vom Garten her pfeifend ins Haus.

»O du meine Güte«, staunt die Witwe, die mich weitaus besser leiden kann als Miß Watson, diese häßliche Klapperschlange. »Ich dachte, du wärst noch im Bett, Huckleberry, und dabei warst du schon im Freien.«

»Jawohl, ich hab die blühenden Rosen an den Stöcken gezählt und die bunten Tulpen im Garten«, lüg ich. »Ich hab Blumen so gern und lern dabei noch rechnen, wenn ich sie nachzähl.«

»Das ist schön von dir, du bist ein lieber Junge«, lobt mich die gute Witwe, aber die »Klapperschlange« wirft mir einen bösen Blick zu.

»Beschmiert man sich beim Blumenzählen mit Kalkstaub, du Schmutzfink, he? Oder wälzt man sich dabei auf der Erde? Schau deine Kleider an — wie siehst du aus? Wo warst du wirklich?«

Tatsächlich hab ich vergessen, heut nacht den Rock und die Hose abzubürsten. Hab mich im Beinhaus an die Mauer gelehnt und bin auf allen vieren durchs Buschwerk gekrochen. Also erfind ich gleich eine neue Geschichte, erzähl, daß ich im Garten und auf der Wiese verdächtige Spuren entdeckt hab, daß ich umhergekrochen bin, um alles genau zu sehen, und nur deshalb nichts gesagt hab, um die liebe Miß Watson nicht unnötig zu beunruhigen. So nebenbei erwähn ich noch, daß vielleicht eine Räuberbande bei Nacht hiergewesen ist, um eine günstige Gelegenheit auszukundschaften. Da mich aber die Räuber gesehen haben, werden sie wahrscheinlich gleich verduftet sein, weil ihnen sicher bekannt war,

wie ich seinerzeit den gefährlichen Indianer-Joe aufgespürt hab.

Zur Belohnung für mein tapferes Verhalten schiebt mir die Witwe gleich den Kuchenteller hin, und Miß Watson, die bei meiner Geschichte blaß geworden ist, klagt über schreckliche Kopfschmerzen, so daß sie mich unmöglich, wie sonst immer, zur Sonntagsschule begleiten könne.

Also bin ich die lästige Alte los und kann eine halbe Stunde später, statt die langweilige Sonntagsschulpredigt des Hilfsgeistlichen Mister Washer anhören zu müssen, mit Tom zum Fluß fischen gehen und dabei den Schlachtplan für nachmittag besprechen.

Auch jetzt frag ich nicht, woher er von dem Lager der Seepiraten im Wald Kundschaft erhalten hat, und das bereu ich am Nachmittag sehr. Denn als ich mit Tom, Ben und Joe gegen zwei Uhr hinter dem Friedhof zusammentreffe, befiehlt uns Tom, auf dem Bauch über die gemähte Wiese zu kriechen. Die scharfen Stoppeln zerschneiden mir Daumenballen und Finger, und mein neuer Sonntagsanzug wird von einem spitzen Stein am Knie aufgerissen.

Na, endlich sind wir im Wald, und Tom erlaubt uns, gebückt weiterzuschleichen. Etwa nach einer Viertelstunde hören wir Geschrei und Gejohle, so daß ich denk, es ist wahrhaftig eine Horde junger Seepiraten vor uns. Da führt uns aber Tom zu einer Lichtung, und als ich vorsichtig Strauchwerk zur Seite biege, sehe ich Sonntagsschüler aus dem Nachbarort auf einer Wiese mit einem Ball spielen.

»Das sind die Seepiraten!« raunt Tom uns zu und macht dabei ein so finsteres Gesicht, als wären diese weißgekleideten Buben und Mädel vor uns, die mit viel Lärm einem Ball nachjagen, wirkliche Piraten. So verblüfft bin ich, daß ich vergesse, Tom, der gebückt neben mir steht und nach den Kindern ausspäht, einen Tritt zu geben.

Statt dessen sag ich nur und mach wohl dabei ein recht dummes Gesicht: »He, du, das sind doch Sonntagsschüler! Wozu hast du uns hergeführt?«

»Sei still, du Kürbiskopf«, zischelt Tom. »Wenn ich sag, es sind Piraten, dann sind's auch solche. Sie haben sich nur verkleidet, damit man sie nicht erkennt. Aber wir werden sie jetzt überfallen und in die Flucht jagen. He, Ben! Joe! Seid ihr bereit? Wenn ich ›los!‹ rufe, preschen wir durchs Gebüsch. Und vergeßt nicht zu brüllen, so laut ihr könnt! Also: eins, zwei, drei — los! Hurra!«

Ben und Joe stürzen vor und brüllen wie gereizte Büffel. Tom zerrt mich am Ärmel vorwärts, und als ich merke, daß die Kinder erschrocken nach uns sehen und ein langer Lehrer überrascht die Augen aufreißt, packt mich Jagdfieber, ich renn freiwillig neben Tom her und mach ein Geschrei, als hätt ich mich soeben in Brennesseln gewälzt.

Der Überfall gelingt. Großartig ist's zu sehen, wie die Piratenbrut nach allen Richtungen davonstiebt.

Was da alles liegenbleibt! Es sind zwar keine Goldhaufen und Edelsteine, aber wir machen immerhin eine Menge Beute. Frühstückskörbe, Paketchen, Sommerhütchen, einige Schuhe, rechte und linke — Haarschleifen und noch etliche Kostbarkeiten raffen wir zusammen.

Da besinnt sich aber der lange Lehrer und fällt über uns her. Mit einem Stock, dick wie ein Ochsenschwanz, drischt er auf uns los. Auf so eine überraschende Gegenwehr waren wir alle nicht gefaßt.

»Ihr Teufelssöhne — ich werd euch geben ...«, schreit er und haut nach links und rechts.

Hui, das klatscht! Hui, das brennt!

»Rückzug! Rückzug!« brüllt Tom und kriegt im nächsten Moment eine über das Rückenende, daß es nur so schmettert.

Im Wald zählen wir dann einträchtig die Beulen und Striemen. Joe Harper hat drei walnußgroße Schwellungen auf dem Hinterkopf. Ben Rogers preßt die Hände aufs Hinterteil und tanzt jammernd auf einem Bein. Tom Sawyer betastet bald die geschwollene Nase, bald die Schulter, und ich scheine in zwei Teile geschlagen zu sein, weil ich nicht mehr weiß, wo oben und unten ist. Mein Schädel brummt, und ein Zahn wackelt. Weil wir aber richtige Helden sind, leisten wir einen feierlichen Schwur, niemandem von unserer Niederlage etwas zu erzählen. Wir wollen bloß zugeben: Tief im Wald haben wir ein Dutzend maskierte Räuber überrascht, die eben ihre Beute verteilten. Als wir ihnen die Schätze entreißen wollten, kam es zum Kampf, wir schlugen die Maskierten in die Flucht, aber es gelang ihnen, ihre Schätze mitzunehmen. So, und wenn jetzt noch die Watson wegen meiner zerrissenen Hose schimpft, dann sag ich ihr, daß ich beim nächstenmal die Räuber gefesselt ins Haus bring und sie dort loslassen werde.

Kann's kaum glauben, wie schnell die Zeit vergangen ist seit dem Abenteuer im Wald. Aber noch schwerer fällt's mir, zu glauben, daß der Huckleberry Finn damals sorgenlos in den Tag hineinlebte und ein junger Gentleman war. Denn bald nachher hab ich so viel Schlimmes erlebt, daß ich manchmal denk, die Zeit im Haus der Witwe Douglas sei nur ein Traum gewesen. Und doch — ich schwör's —, es ist alles wahr, was ich jetzt erzählen werde:

Es mag im Spätsommer gewesen sein. Ich hatte mich an das Schlafen in einem richtigen Bett gewöhnt und auch ans Essen mit Gabel und Messer. Immer besser gefiel mir das neue Leben. Sogar am Rechnen und Schreiben fand ich Gefallen und freute mich mächtig, als ich dahinterkam, daß dreizehn Cent weniger sieben nicht fünf sind, wie ich vorher glaubte, sondern sechs. Es konnte mich nun keiner mehr so leicht beschummeln wie früher, und ich brauchte nicht mehr statt meines Namens drei Kreuze zu malen. Ich ging zur

Schule und konnte bald an die Wand kritzeln: BEN ROGERS IS DUM oder unter einem gezeichneten Männchen mit Schielaugen und Eselsohren die Worte: DAS IS DER HER LERER — worauf ich von Mister Zigfield gewaltig verdroschen wurde, vielleicht, weil ich LERER schrieb.

Genau weiß ich's heute noch nicht, warum ich Hiebe kriegte, denn zum Rechtschreibenlernen blieb mir nicht mehr viel Zeit. Eines Tages stieß ich das Salzfaß um, was seit jeher Unheil bedeutet, und bald war es da.

Ahnungslos kam ich vom Wald nach Haus — ich hatte eine Blindschleiche gefangen, die ich Miß Watson ins Bett legen wollte — weil sie so tierliebend ist —, und als ich eintrat, kam mir die Witwe entgegen. Ich sah gleich an ihrer betrübten Miene, daß sie Kummer hatte, aber während ich nachdachte, was ich alles in der letzten Zeit angestellt hab, und ob sie etwa dahintergekommen ist, daß ich es war, der die Rußtupfen auf das Nachthemd ihrer Schwester gemalt hat, da deutete sie mit Tränen in den Augen zur Decke. Ich blickte schuldbewußt hinauf, aber der Faden über der Lampe war weg, an dem ich ein paar Tage vorher eine tote Eidechse zum Dörren aufgehängt hatte.

»Geh in dein Zimmer, Huck«, sagte endlich die Witwe unter Schluchzen. »Es wartet jemand auf dich.«

Na, ich ging hinauf, überlegte, ob sich vielleicht mein Blutsbruder Tom das Bein gebrochen hat und in meinem Bett liegt, oder ob Mister Washer, der Hilfsgeistliche, gekommen sei, um mich wegen der Sache mit Billy Fisher zu verklagen, dem ich vergangenen Sonntag in der Kirche einen Frosch in die Tasche gesteckt hab — aber als ich die Zimmertür aufmachte, fiel ich beinahe aus den Schuhen. Auf dem Sessel saß mein Vater, hatte die Beine auf den Tisch gelegt und glotzte mich an wie eine Katze eine gefangene Maus. In der Linken hielt er einen Zigarrenstummel, in der Rechten eine leere Schnapsflasche. An seinen blutunterlaufenen Augen sah ich, daß er eine Stinkwut im Bauch hatte, und wollte mich sachte zurückziehen. Er jedoch bewegte die große Zehe, die aus dem zerrissenen Schuh hervorguckte, dann hob er die leere Flasche, als wollte er sie mir an den Kopf werfen, und brüllte mich an:

»Na, du Bengel, kannst du deinen Vater nicht begrüßen, wie's sich gehört? Kommst dir wohl zu fein vor in deinem neuen Anzug, wie? Magst mich nicht mehr kennen, weil ich lumpiges Zeug trag. Komm her, du Rotznase, und sag, wo das viele Geld ist, das du jetzt hast.«

»Ich hab kein Geld zu Haus«, sagte ich drauf. »Richter Tatcher hat's für mich verwahrt.«

»Lüg nicht! Ich schlag dich braun und blau, wenn du nicht gleich sagst, wo das Geld versteckt ist. Hab lang genug das Haus beobachtet — bin bei Tag und Nacht im Wald gelegen, aber jetzt hab ich genug davon — her mit dem Geld!«

Nun begriff ich: *Das* also war der Geist, den ich im Mondschein gesehen hab!

Jetzt wußte ich alles. Mein Vater war hinter meinen sechstausend Dollar her. Monatelang hatte er nichts von sich hören lassen. Manche Leute sagten, er habe sich längst zu Tode gesoffen, andere wollten ihn gar als Wasserleiche auf dem Fluß treiben gesehen haben. Und nun saß er vor mir in Lumpen, für die der übelste Landstreicher sich geschämt hätte. Der Schnaps hatte ihn übel zugerichtet. Es stank gottsjämmerlich im Zimmer nach Fusel. Wie gerne wäre ich davongelaufen, weit fort, in die Wälder, denn ich schämte mich für diesen verwilderten Menschen, der sich jetzt, da er — weiß der Teufel, wo — gehört hatte, daß ich zu Geld gekommen war, mit einemmal erinnerte, einen Sohn in St. Petersburg zu haben.

Wieder hob er die Schnapsflasche. »Red schon endlich, oder ich geb dir eines auf den Schädel, du undankbare Kröte! Hast du vergessen, was du deinem Vater schuldig bist, he? Lernst du das in der verdammten Schule, dem eigenen Vater Geld zu unterschlagen? Na wart, ich werd dir geben, du Halunke, du miserabler . . .«

Er wollte sich erheben, schwankte und fiel wieder auf den Sessel zurück. So betrunken war er, daß ich gleich viel weniger Angst vor ihm hatte und mich zu fragen getraute:

»Warum bist du nicht schon früher gekommen, Vater? Ich hätt mit der Witwe Douglas geredet, sie hat ein gutes Herz. Bestimmt hätt sie dir eine Hose von ihrem Seligen und einen guten Rock geschenkt, und sicher auch was zum Essen.«

Mein Alter gaffte mich eine Weile an, als hätt er schlecht gehört, dann begann sein struppiger Bart zu zucken, und plötzlich schrie er:

»Geschenkt hätt sie mir was? He? Geschenkt, sagst du? Lump, verfluchter, ich brauch keine Geschenke! Die sechstausend Dollar will ich haben, verstehst du? Mir gehört das Geld, mir! mir! Ich bin dein Vater, hab ein Recht drauf. Niemand hat Geld für dich zu verwalten, solang ich leb. Und ich denk noch lang zu leben. Da, schau mich an, wie gesund und stramm ich noch bin.«

Diesmal gelang es ihm aufzustehen, und als er torkelte, hielt er sich am Schrank fest. Er streckte die Hand nach mir aus, da ich aber zurückwich und er sich nicht sicher genug fühlte, mich zu packen, verlegte er sich aufs Bitten und krächzte weinerlich:

»Komm doch her, du Bengel. Hab Mitleid mit deinem armen Vater. Ich mein es doch gut mit dir und will dich vor diesem verdammten Aasgeier, dem Tatcher, beschützen. Er und die Witwe haben's doch nur auf dein Geld abgesehen — glaub mir, ich kenn diese Brut. Komm an meine Brust und spür, wie das Vaterherz für dich schlägt.«

Abermals griff er nach mir, stolperte vorwärts und gleich darauf über den Sessel. Voll Zorn schrie er:

»He, du vermaledeites Stinktier, ich werd dir geben, mich abzuweisen wie einen lausigen Bettler! Sofort gehst du mit

mir zu Richter Tatcher und sagst ihm, daß er mir das Geld geben soll. Los, komm!«

Diesmal griff er unerwartet zu, ich wich zu spät zurück, und schon hatte er mich am Kragen. Ich wand mich wie eine Ringelnatter, aber er hielt mich fest und durchsuchte meine Taschen. Einen Dollar fand er, den steckte er ein, schlug nach meinem Kopf und ließ mich dann los.

»So, ein bißchen hab ich dir jetzt abgenommen, Söhnchen, und das andere hol ich mir noch, drauf kannst du dich verlassen!«

Ich sah ihm nach, wie er die Treppe hinuntertappte. Er verwünschte dabei jede Stufe, glitt auf der untersten aus und schlug der Länge nach hin. Die Witwe Douglas, die im Zimmer gewartet hatte, stieß einen Schrei aus, ihre Schwester rief gellend um Hilfe. Der Neger Jim kam gelaufen und half meinem Vater aufstehen. Statt sich zu bedanken, fluchte der Alte greulich, beschimpfte Jim und drohte den Schwestern mit Anzeige, Verhaftung und Kerker, wenn sie mich weiterhin zur Schule schickten.

»Der Lümmel benimmt sich nicht mehr wie mein Sohn«, schrie er, »glaubt wohl, er wär was Besseres als sein Vater ... Ihr habt ihm das eingeredet, aber Gott verdamm mich, wenn ich diese krumme Geschichte nicht wieder gradbieg! Der Bengel gehört zu mir, und sein Geld ist meins. Ich werd's mir holen, und wehe euch, wenn — wenn auch nur ein Cent fehlt. Ich komm noch zu meinem Recht, verlaßt euch drauf, ihr alten Hexen!« Dann wankte er zur Tür hinaus und schmetterte sie hinter sich zu.

Als ich am Morgen zur Schule ging, hörte ich, daß sich der Alte um meinen Dollar besoffen hatte, daß er die halbe Nacht in den Straßen St. Petersburgs randaliert hatte und eingesperrt worden war. Eine Woche lang saß er im Arrest. Als man ihn freiließ, lief er sofort zu Richter Tatcher und verlangte die Herausgabe meiner sechstausend Dollar. Mister Tatcher wies jedoch einen Gerichtsbeschluß vor, wonach das Geld bis zu meinem achtzehnten Lebensjahr von der Gemeinde verwaltet werden sollte und nur ein Teil der Zinsen für meine Lebenshaltungskosten ausbezahlt werden durfte.

Der Alte fluchte mörderisch, redete von Betrug und daß er zum Staatspräsidenten gehen und die ganze Stadt verklagen werde, worauf der Richter mit drei Dollar herausrückte, die er dem Radaumacher unter der Bedingung gab, aus der Gegend zu verschwinden. Verbieten hierzubleiben konnte er dem Alten natürlich nicht, denn Mister Finn war hier geboren. Mein Vater nahm das Geld, ging in die nächste Schnapsbude und soff dort so lange, bis er vom Sessel fiel.

Am nächsten Tag holte er mich von der Schule ab und verlangte, ich solle von Richter Tatcher die Zinsen von meinem Kapital fordern und sie ihm geben. Da ich mich weigerte, schlug er mich gottsjämmerlich und zog erst ab, als ich ihm zwanzig Cent gab, die mir die Witwe für den Ankauf eines Schulhefts zugesteckt hatte.

Von nun ab wartete er jeden Tag vor der Schule und prügelte mich, wenn er meine Taschen leer fand. Er wollte mich hindern, weiterhin dem Unterricht beizuwohnen.

Nun, ich sag's ehrlich — ich bin nicht gerade mit Begeisterung zur Schule gegangen, weil aber Mister Finn mir verbieten wollte, lesen und schreiben zu lernen, ging ich erst recht und schlich mich von hintenherum ins Gebäude. Bald kam jedoch der Alte dahinter und erwischte mich eines Tages. Er hielt mich am Kragen fest und brüllte:

»So, jetzt hab ich dich! Ab heute ist's Schluß mit dem Faulenzen. Ich bin dein Vater, und du bleibst bei mir. Möcht den sehen, der mich hindern könnt, mein Söhnchen selber zu erziehen.«

Darauf zog er mich fort, und obwohl ich mich mächtig wehrte und Mister Zigfield zu Hilfe rief, konnte dieser doch nicht mehr tun, als meinem Alten gütlich zuzureden, vernünftig zu sein und mich einen anständigen Menschen werden zu lassen, statt einen Stromer aus mir zu machen.

Mister Finn stieß den dürren Lehrer beiseite, als wäre der bloß ein lästiges Stück Holz, das im Wege steht, und schleppte mich zum Fluß. In einem Boot ruderten wir stromaufwärts und legten an einer Sandbank an. Ein schmaler Weg führte von hier aus durchs Gebüsch zu einem ziemlich gut erhaltenen Blockhaus, das von jungen Erlen umgeben war. Ich gesteh's offen: Das Häuschen gefiel mir gar nicht so schlecht. Weniger gefielen mir allerdings die Püffe und Tritte, die mir mein Alter versetzte, als ich meine neue Wohnung begaffte. Denn daß die Einrichtung — zwei einfache Holzlatten mit rauhen Decken drauf, ein Tisch, zwei Sessel und eine offene Feuerstelle — nicht von meinem bloß den Schnaps liebenden Vater hierhergebracht worden war, begriff ich, ohne nachzudenken. Irgendwer schien hier eine Art Jagdhütte eingerichtet zu haben. Ich sah eine alte Flinte an der Wand hängen, etwas Proviant in einer Ecke, ein Säckchen Mehl, Pfannen, Angelzeug, und ein eigentümliches Gefühl beschlich mich.

Wie lange war das her, daß ich nicht mehr ein richtiges Waldläuferleben geführt hatte und ohne Pflichten jagen und fischen gegangen war?

Ein Kopfstück riß mich aus meinem Nachdenken. Mein Alter schrie mich an: »Steh nicht herum, fauler Lümmel! Hast wohl verlernt zu arbeiten, du Nichtsnutz. Das hat dir gepaßt, feine Kleider zu tragen und die Hosen in der Schule zu zerwetzen — aber von heut an ist's Schluß mit dem Nichtstuerleben. Los! Pack 's Angelzeug, wir werden Grundleinen auslegen und dann Treibholz fischen.«

Ich gehorchte, so schnell ich konnte, bekam aber trotz meines Eifers noch ein paar saftige Flüche zu hören und wurde schließlich mit einem so kräftigen Fußtritt zur Tür hinausbefördert, daß ich durch die Luft flog.

Wär der Alte besoffen gewesen, hätt ich mich nicht lang besonnen und wär ihm davongelaufen. Leider war er völlig nüchtern, da ihm auf Borg niemand auch nur für einen Cent Schnaps ausschenkte. Überdies trug er die Flinte bei sich, und ich traute es ihm ohneweiters zu, daß er mir eine Schrotladung ins Hinterteil pfeffern würde, falls ich zu flüchten versuchte.

Ich hatte aber gar keine Absicht, es zu tun, dachte vielmehr: Kommt Zeit, kommt Rat — und dauernd würde mein mich so liebendes Väterchen nicht die Augen offenhalten können, denn einmal mußte er auch schlafen. Bei Nacht wollt ich verduften und stellte es mir so einfach vor, daß ich mit einemmal lustig zu pfeifen begann. — Gleich bekam ich eine auf den Mund, daß mir die Nase schief stand.

»Willst wohl mit deinem Gepfeife deine sauberen Freundchen anlocken, was? Da hast du dich aber geschnitten, Jungchen. Auch wenn sie kommen, hilft's dir nichts. Hab ein bißchen 'rumgefragt bei klugen Leuten, wie das wär mit meinem Vaterrecht. Denk nur, Kleiner — es gibt da so 'n Gesetz, daß mir keiner in puncto meines Herrn Sohnes was dreinzureden hätt, solang ich imstand bin, ihn zu ernähren. Und wenn einer glaubt, mit Gewalt kann er bei mir was erreichen, na, dann kracht's. Siehst du, das gehört auch zu meinem Recht, der Schießprügel da —«

Mein Alter wog die Flinte auf der Hand und wirbelte sie dann wie ein Bambusrohr ums Handgelenk.

Nun, ich sagte nichts dagegen und nichts dafür, legte die Angelleinen aus und dachte weiter angestrengt an eine Flucht bei Nacht.

Als die Arbeit getan war, mußte ich das Boot flottmachen und nach Treibholz fischen. Mein Alter saß, die Flinte über den Knien, im Bootsheck und rauchte gemütlich, während ich mit einem langen Haken nach herantreibenden Stämmen, Balken und allem möglichen Zeug angelte, das der vom langen Regen angeschwollene Fluß irgendwo weggeschwemmt hatte. Das leichte Boot schwankte gefährlich, wenn ich mich vorneigte, um einen schweren Stamm herauszuziehen. Bald war ich glitschnaß, während mein fauler Alter fluchte, wenn er einen leichten Spritzer abbekam. Na, endlich hatte ich genug ans Ufer geschafft. Ich war nun so müd, daß ich kaum noch die Arme heben konnte. Aber auch jetzt gönnte mir der alte Quälgeist keine Ruhe. Ich mußte zuerst das Gesammelte ans Ufer ziehen, mußte trotz meiner guten Hose bis über die Knie im Schlamm waten, dann die Leinen einholen, fünf große Hechte ausnehmen, abschuppen und zurechtmachen. Kaum war das Essen verschlungen, schickte mich der Alte Holz spalten und blieb wieder, mit der Flinte am Arm, hinter mir.

In dieser Nacht dachte ich nicht an Flucht. Ich schlief so fest wie eine Schildkröte, die Winterschlaf hält. Aber in der folgenden Nacht gab ich scharf acht: Mein Vater sperrte die Hüttentür zu und legte den Schlüssel unters Kopfpolster.

Schön, dacht ich mir, dann heißt es eben weiter zuwarten. Länger als drei Tage hält's Mister Finn ohne Schnaps nicht aus, und das Treibholz hat er auch nicht zum Spaß fischen lassen. Er wird es in der Stadt verkaufen, gegen Branntwein einhandeln, und dann komm ich zum Zug.

Leider hatte ich mich abermals geirrt. Mein Alter machte auch am folgenden Tag keine Miene abzudampfen, sondern lag faul in der Sonne, prügelte mich vor dem Mittagessen, weil ich zuwenig Holz zum Feuermachen gespalten hatte, und nachher prügelte er mich wieder, weil ich das Essen versalzen hatte. Dann legte er sich nochmals hin und tat, als ob er schliefe. Ich merkte jedoch gut, daß er ab und zu nach mir blinzelte. Er schien auf etwas zu warten, und ich grübelte nicht wenig, was das sein könnte, bis endlich am späten Nachmittag Rufe auf dem Fluß laut wurden.

Ein Boot kam stromaufwärts!

Richter Tatcher hatte auf Bitten der Witwe zwei Männer geschickt, die mich zurückbringen sollten.

Na, ich mach's kurz — nach zehn Minuten zogen sie ohne mich wieder ab. Mein Alter hatte zuerst von seinen Rechten geredet und dann die Flinte gezeigt.

Er sei ein freier Amerikaner, sagte er, und wer ihm das Recht auf seinen einzigen Sohn streitig machen wolle, der solle sich vorsehen, er habe für jeden Kindesentführer eine Schrotladung bereit, und es werde sich kein Richter im Land finden, der ihn verurteilen könnte, wenn er sein Söhnchen gegen Banditen verteidige.

Und das war es, was er dem Richter und der Witwe zu verstehen geben wollte. Deshalb hatte er gewartet und tagelang sogar auf den Schnaps verzichtet. Doch jetzt trieb es ihn mächtig, das Versäumte nachzuholen. Kaum waren die Männer fort, hieß mich der Alte, das gesammelte Treibholz und alles andere Zeug zu einem Floß zusammenzubinden, dann sperrte er mich ins Blockhaus und fuhr nach der Stadt.

Was half mein Toben? — Die Tür war aus festen Bohlen gezimmert und hielt meinem Rütteln stand. Ich war gefangen

und blieb es bis zum nächsten Morgen. Da kam nämlich mein Alter zurück und brachte eine Ladung Proviant mit und eine mächtige Flasche voll Schnaps.

Er soff, bis der Branntwein aus seinen Nasenlöchern rann, aber den Türschlüssel behielt er bei sich.

Auch diese Nacht blieb die Tür versperrt, und als ich am Morgen ins Freie trat, den in der Sonne glitzernden Fluß beschaute, die dichten Wälder an den Ufern und hie und da einen Fisch aufspringen sah, da war's mir, als könnt ich leichter auf feine Kleider, weiche Betten, gutes Essen und die harte Schulbank verzichten als auf das freie Leben, das der Huck Finn von früher geführt hatte.

Mit meinem Alten wollt ich natürlich nicht beisammenbleiben. Der soff und prügelte mich jetzt abwechselnd. An manchem Abend hockte er beim Feuer, in der Hand die Schnapsflasche, und stierte mich so tückisch an, daß mir richtig unheimlich wurde. Vielleicht dachte er an etwas ganz anderes, aber ich meinte, er sinne über meinen Tod nach und über die Folgen für ihn, falls mir einmal zufällig ein Baumstamm auf den Schädel krachen würde oder sonst ein Unglück zustoßen sollte. Sechstausend Dollar zu erben ist kein Unglück für einen armen alten Vater, wie der meine war. Und ein paar Krokodilstränen würden ihn auch nichts kosten.

Na, ich hatte jedenfalls genug von Väterchens Liebe und sann weiter auf Flucht.

An diesem Abend soff der Alte mehr als sonst und ließ eine gepfefferte Rede vom Stapel gegen die Regierung, die ihm das Geld vorenthielt, mit dem er einen Negersklaven kaufen könnte oder besser gleich mehrere, denn dann könnte er sie Holz fällen lassen, das doch hier in rauhen Mengen zu finden war und zweihundert Meilen flußabwärts gut bezahlt wurde. Und ein Dampfboot könnte er mieten und das Holz fortführen und eine Menge Geld verdienen — und dann wollte er Richter Tatcher verklagen, der ihn um sechstausend Dollar betrogen habe und überhaupt der größte Schwindler und Gauner des Staates sei, der längst aufgehängt werden sollte.

So wetterte er lange Zeit, saugte ab und zu an der Schnapsflasche, und langsam wurden seine Augen gläsern. Bald sank er vom Sessel und wäre vornüber ins Herdfeuer gefallen, hätt ich ihn nicht rechtzeitig aufgefangen und auf den Boden gelegt. Er war nun so betrunken, daß ich es wagen durfte, seine Taschen nach dem Türschlüssel zu durchsuchen. Denn bevor er zu trinken begann, hatte er, wie immer gegen Abend, die Tür verschlossen.

Den Schlüssel fand ich bald, aber als ich mich umsah und überlegte, was ich alles für die Flucht mitnehmen sollte, fiel mir ein, daß mein Alter wegen der sechstausend Dollar, die ich ihm wert war, mächtigen Lärm schlagen würde. Und die Witwe Douglas, die mich gerne mochte, würde ebenso wie Richter Tetcher alles aufbieten, um mich ausfindig zu machen. Also nahm ich mir vor, endgültig aus dieser Welt zu verschwinden. Huck Finn sollte für Freund und Feind ein toter Mann bleiben.

Was mein Väterchen in seinem Schnapsdusel vielleicht nur erträumte, wollte ich zur scheinbaren Tatsache machen. An diesem Morgen hatte Mister Finn ein verwildertes Schwein geschossen. Da es ihm zuviel Mühe machte, die Beute zur Hütte zu schleppen, hatte er mich beauftragt, es zu tun. Ich hatte aber darauf vergessen, und als ich mich daran erinnerte, kam mir ein guter Gedanke: Das Schweinsblut sollte man für meines halten. Ich wollt einen Überfall vortäuschen oder ein Unglück. Jedermann sollte glauben, der arme Huckleberry sei entweder von Flußpiraten ermordet worden, oder er habe sich zufälligerweise selber angeschossen. Zuerst nahm ich mir vor, an einer bestimmten Stelle am Flußufer umherzutrampeln, so daß es aussah wie nach einem Kampf. Rundherum gedachte ich einige falsche Spuren zu treten, die zum Fluß führten, damit man glauben sollte, von hier seien die Piraten gekommen. Weiter fiel mir ein, einen Sack mit Steinen zu füllen und ihn zum Ufer zu schleifen — das sollte dann die Spur meiner Leiche gewesen sein.

Aber während ich so saß und nachdachte, wie das alles täuschend genug zu machen wäre, sagte ich mir, daß möglicherweise meine Freunde in St. Petersburg Mister Finn für den Mörder seines Sohnes Huckleberry halten könnten und den alten Säufer kurzerhand aufknüpfen lassen würden. Und dann wär eigentlich ich der Mörder meines Vaters und könnt bei Lebzeiten nicht mehr ruhig schlafen, und kein Essen würde mir schmecken und auch sonst nichts mich freuen. Da war ich denn also recht froh, daß mir das noch rechtzeitig eingefallen war, und wünschte mir meinen Blutsbruder Tom Sawyer zur Stelle, der viel mehr Phantasie hat als ich und mir bestimmt geraten hätte, was ich nun eigentlich tun sollt.

Verschwinden mußte ich jedenfalls, das stand fest, denn wozu sollt ich bei einem alten Säufer bleiben, der mich wie einen Sklaven schuften ließ und obendrein prügelte, wenn ich doch nach Herzenslust und so wie in alten Tagen allein umherstrolchen konnte und dabei nicht zu verhungern brauchte?

Verflixt noch mal, da hätt ich endlich frei sein können und durfte es nicht, weil ich ein anständiger Kerl war!

Was war da bloß zu machen?

Den Huck Finn konnt ich also nicht ermorden lassen, ohne daß sein Alter verdächtigt wurde — aber halt! Wie wär's, wenn er sich selbst ins Jenseits beförderte? Auch nur zum Schein, versteht sich, aber doch so, daß jeder glauben müßt, er hätt's getan, weil ihm das Leben keinen Spaß mehr machte! Natürlich würde jeder meinem Alten die Schuld geben, aber das vergönnte ich diesem Schnapsbruder.

Als ich ungefähr wußte, was ich wollte, fiel mir alles andere von selber ein. Ich schlich in die Hütte, packte zusammen, was ich brauchte, aber nicht zuviel, damit mein Alter nicht dahinterkäme, es sei nur Schwindel mit meinem Selbstmord. Ein bißchen Mehl, Salz, ein Angelzeug und ein schartiges Messer nahm ich und trug es ins Boot. Dann holte ich einen Fetzen Papier und schrieb mit Holzkohle drauf: LIBE FREINDE! MICH FREITS NICH MER DAS LEBEN. ICH SPRING INS WASSER WOS GANS TIF IS MIT EIN STEIN UM HALS. DAN KOM ICH IN HIMEL. EIER HUKLEBERRY.

Als ich fertig war, las ich das Geschriebene und kam mir wirklich wie ein Toter vor. Der arme Huckleberry! dachte ich, er war doch ein so feiner Kerl, und so jung schon mußt er sterben! — Ach, Huck, warum hast du dich nicht weiterleben lassen? Jetzt wirst du bald eine Wasserleiche sein, siehst den schönen Wald nicht mehr, kannst die Fische nicht fangen, die um dich schwimmen, und nicht mehr Räuber und Trapper spielen. Was wird dein Blutsbruder Tom Sawyer machen, wenn er hört, daß du tot bist?

Huu, es war so schrecklich tot zu sein, daß mir die Tränen kamen. Ich dachte wieder an Tom und daran, wie auch er weinen würde, weil ich gar nicht an ihn gedacht hatte, bevor ich ins Wasser ging. Also schrieb ich noch auf die Rückseite des Papiers: GRISD AUCH TOM SAWYER. Hierauf schob ich das Boot ins Wasser und ruderte nach St. Petersburg.

Über mir leuchteten die Sterne, vom Ufer her hörte ich Frösche quaken, Mücken tanzten auf und ab, und der Fluß umrauschte mich leise, als wollte er mir sagen: Freu dich doch, Huck, jetzt bist du wieder frei, das Leben ist schön!

Und ich war wirklich froh, daß ich endlich wieder tun konnte, was mir beliebte.

Erst als ich durch die Gassen St. Petersburgs zum Haus Richter Tetchers schlich und dort meinen Abschiedsbrief an die Tür steckte, wurde ich traurig, weil ich fortab für alle Welt bis zum Jüngsten Gericht gestorben bleiben mußte.

Ein wenig später trieb ich auf dem Fluß. Kein Mensch hatte mich kommen oder fortschleichen gesehen. Morgen früh würde man meinen Abschiedsbrief lesen und mich beklagen. Aber morgen war ich schon ein Einsiedler auf der Jackson-Insel, einige Meilen stromabwärts. Diese Insel war nämlich mein Ziel. Niemandem würde es einfallen, die Leiche Huckleberry Finns bei dieser verwilderten Insel zu suchen, an deren Ufer die Strömung so stark war, daß selbst die mutigsten Flößer einen weiten Bogen um sie machten.

Bald schoß ich mit dem Boot dahin, ruderte hinter der Anlegestelle der Fähre in den Fluß hinaus und ließ mich zur Mitte abtreiben. Ich legte mich auf den Rücken und sah zum Himmel auf, der mir so nahe schien, daß ich den Finger ausstreckte, um hineinzustoßen. Auf der Fingerspitze ließ ich Sterne balancieren, griff nach diesem und jenem und gab dem aufsteigenden Mond einen Nasenstüber. Ich war über die vielen freundlichen Spielgenossen so vergnügt wie schon lange nicht mehr. Und da nun gar ein mächtiger Fisch neben meinem Boot aufsprang, rief ich ihm nach: »He, du, sei nicht so ungeduldig! Melde dich morgen früh bei mir, jetzt hab ich noch keinen Appetit auf dich.«

Treibholz rieb an der Bootswand, Astwerk glitt leise scheuernd daran vorüber, als sollte es ein Streicheln sein und dem Huck Fin bedeuten: Brauchst dich um die Zukunft nicht zu bangen, Kleiner, gehörst zu uns.

So schloß ich denn endlich die Augen und muß wohl eine Weile geschlafen haben, denn mit einemmal griff mir etwas Weiches ins Gesicht, ich vergaß, wo ich war, fuhr hoch und wär fast aus dem Boot gefallen. Blätter und Zweige strichen über meinen Kopf. Es rauschte, als würde ich durch Baumwipfel gezogen. Die Strömung hatte mich ans linke Ufer der Jackson-Insel getrieben. Überhängendes Blattwerk peitschte mich, so daß ich gleich merkte, wie schnell ich dahinschwamm. Augenblicklich packte ich die Ruder, tat ein paar Schläge und steuerte die Südspitze der Insel an. Bald lag ich in ruhigem Wasser und konnte mühelos ins Weidengebüsch einfahren, das sich hinter mir wie eine Mauer schloß. Im nahen Wald suchte ich mir ein feines Plätzchen und legte mich nieder. Ich war so müde, als hätte ich eine Weltreise hinter mir gehabt.

Ein mächtiges Donnern schreckte mich aus dem Schlaf. Zuerst glaubte ich, noch im Blockhaus zu sein, und sprang auf, wie von einer Schlange gebissen, da ich meinte, mein Alter hätte auf mich geschossen. Als ich jedoch verdattert um mich schaute, sah ich mich von Laubwerk umgeben, durch das schräg über mir die Sonne blinzelte. Es mußte gegen Mittag sein. Aber wie war das Donnern zu erklären? Am Himmel gab's kein Wölkchen, und geträumt hatte ich auch nicht.

Besorgt duckte ich mich, spähte nach allen Richtungen und schlich dem Ufer zu. Vorsichtig bog ich ein paar Äste zur Seite, und als ich freie Aussicht auf den Fluß hatte, bemerkte ich eine schmutzigbraune Wolke, die über das Wasser zog. Gleichzeitig hörte ich aus der Richtung flußaufwärts in Ufernähe ein Schnauben und Stampfen. Kaum streckte ich den Kopf vor, blitzte und krachte es links von mir, und so nahe, daß es in meinen Ohren klingelte und ich den Luftdruck spürte. Voll Entsetzen wollte ich davonlaufen, da sah ich durchs Ufergebüsch, wie etwas Langes, Dunkles auf dem Wasser herankam. Augenblicklich ließ ich mich zu Boden sinken. Ein paar Sekunden vergingen, dann hörte ich jemanden rufen: »Achtung! Feuert! Los!«

Bums! donnerte es über mich hinweg, daß ich meinte, das Trommelfell wär mir geplatzt. Der Luftdruck war so stark, daß es mir fast die Hose vom Leib riß. Laubwerk peitschte mich noch Sekunden nach dem Schuß. Nun hatte ich begriffen, was das Donnern bedeutete — das Dampfboot war ausgerückt, um nach meiner Leiche zu suchen. Sie feuerten Kanonen knapp über dem Wasser ab, damit durch die Erschütterung des Flußgrundes mein Körper an die Wasseroberfläche kommen sollte.

Mit äußerster Vorsicht hob ich den Kopf, sah das Fährboot langsam dahintreiben und wie sich das Schaufelrad am Heck verkehrt drehte, um die Strömungsgeschwindigkeit zu bremsen. Jetzt vernahm ich wieder die Kommandostimme:

»Dreht die Kanone nach dem Illinoisufer! Wir müssen nach beiden Seiten schießen!«

Bald darauf krachte es wieder, aber nicht mehr so schrecklich nahe wie zuvor. Das Fährboot entschwand meinen Blik-

ken, und ich kletterte schnell auf einen Baum. Ich wollte zuschauen, wie man den Leichnam des armen Huck Finn suchte, der sich mit einem Stein um den Hals ins Wasser gestürzt hatte, weil er des Lebens müde gewesen war. Es kam mir wirklich furchtbar traurig vor, daß ein so junger, lebensfroher Strolch jetzt auf dem Grunde des Flusses als Wasserleiche ruhte, während ich, sein Geist, in einer Baumkrone hockte und mich so wohl fühlte wie ein Negersklave im Paradies.

Als ich jedoch höher kletterte, sah ich auf Deck Richter Tatcher, Miß Watson, Tante Polly, die Witwe Douglas und noch etliche, die gut zu mir gewesen waren. Alle schauten betrübt aufs Wasser. Die Witwe wischte ab und zu mit einem Taschentuch über die Augen — sie trauerte um mich. Und ich biß an einem Daumen und fühlte mich mit einemmal bedeutend weniger wohl. Dann erblickte ich auch noch Tom

Sawyer. Er stand mit Ben Rogers und Joe Harper am Schiffsbug, die beiden beugten sich so weit über das Geländer, daß der kleinste Ruck genügt hätte, sie ins Wasser zu stürzen.

Wie gerne hätte ich meinem Freund, der so angestrengt nach meiner Leiche Ausschau hielt, zugerufen: Vorsicht, Tom! Wenn du hineinfällst, erwischt dich das Schaufelrad und zerfetzt dich!

Aber ich war ja tot und mußte es bleiben, wenn ich nicht wollte, daß mein Alter mich zwang, für ihn zu schuften.

Na, ich sah noch das Fährboot um die Südspitze meiner Insel steuern und dem Ufer des Missouri zuhalten. Mehrmals noch feuerten sie die Kanone ab, dann hörte ich einen Schuß weit weg von mir und dann nichts mehr. Ich war für immer allein — ein Toter für meine Freunde. Falls sie mich je erblicken sollten, würden sie mich für ein Gespenst halten.

Puuh, wie schrecklich war das.

Ich hatte mir mein Robinsonleben viel fröhlicher vorgestellt.

Ohne rechte Lust zu haben, baute ich aus einer alten Decke und aus Stöcken ein Zelt im Dickicht, fing dann einen Fisch und machte nach Indianerart Feuer, indem ich trockene Holzstückchen sternförmig auf den Boden legte und sie im Mittelpunkt anzündete.

Gegen Abend erforschte ich ein wenig die Umgebung und saß dann lange am Ufer. Das Wasser plätscherte, Treibholz schwamm vorüber, Mücken summten, Fische sprangen auf — es war genauso wie gestern abend. Alles in allem war's zum Gähnen langweilig, und als ich daran dachte, daß morgen, übermorgen und alle folgenden Tage das Wasser plätschern, Mücken summen und Fische hochschnellen würden, bekam ich Bauchgrimmen.

Drei Tage vergingen, ohne daß etwas Besonderes geschah. Morgens fischte ich, mittags wieder, und abends spielte ich mit meinen Zehen Domino. Da ich fürchtete, langsam, aber sicher zu verblöden, machte ich am vierten Tag eine Entdeckungsreise. Schließlich war es meine Insel, und auf der konnte mir das Reisen niemand verbieten.

Zuerst entdeckte ich, daß eine Menge Bäume auf ihr wuchsen, dann kam ich drauf, daß der eine krumm und der andere gerade war. Weil ich keinen entdeckte, der mit den Wurzeln nach oben wuchs, wurden mir alle Bäume zuwider, und daher suchte ich im Gras nach ungewöhnlichen Dingen. Ich fand Erdbeeren — die gab es anderswo auch, dann fand ich einen Mistkäfer — der war gleichfalls keine Seltenheit. Ein Ameisenhaufen interessierte mich ein paar Minuten lang, ein Wespennest würdigte ich keines Blickes. Hierauf begegnete ich einer Eidechse, stellte fest, daß sie wie alle anderen ihrer Art vier Beine und nur einen Schwanz hatte, und gähnte.

Aber mitten im Gähnen blieb mir der Mund offen. Keine zehn Schritt weit vor mir stieg feiner Rauch von einem Lagerfeuer hoch. Vor Schreck setzte mein Herzschlag aus. Ich hatte das Gefühl, entzweigeschnitten zu sein, und das machte mir das Atmen schwer. Die obere Hälfte von mir wollte davonschleichen, die untere stand wie angewurzelt.

Oben dachte mein Kopf: Das Feuer hat bestimmt Mister Finn, der Schnapsvertilger, gemacht! Er hat nicht an den Selbstmord seines Huck geglaubt und sucht ihn hier. Weiter dachte ich: Renn, lebendiger Leichnam! Versteck dich, sonst findet dich der Alte und prügelt dich, daß du Haarschmerzen kriegst. Aber meine Beine wollten noch immer nicht, obwohl mich bereits die Sohlen juckten.

Na, endlich besannen sich die Füße ihrer Pflicht und tappten los, jedoch nicht vorwärts, sondern zurück. Sie waren gar nicht so dumm, denn so war ich imstande, die Umgebung im Auge zu behalten und, falls Mister Finn sich anschlängeln sollte, ihm eine lange Nase zu drehen und abzuhauen.

Leider konnten meine Gehwerkzeuge nicht sehen, und ich stolperte über einen morschen Baumstamm.

Plumps, lag ich da.

Ich rappelte mich so schnell auf, als wär ich in einen Haufen roter Waldameisen gefallen, und rannte los. Zuerst in eine Kolonie saftiger Brennesseln und dann gegen ein Dorngebüsch. Die Dornen waren zäher als meine Kleider und rissen sich ein paar Fetzen heraus. Was tat's — ich lief weiter wie gehetzt, jagte den Weg zurück und schleppte, was ich greifen konnte, aus meinem Zelt ins Boot. Da aber kein Verfolger auftauchte, beruhigte ich mich bald wieder und kroch auf allen vieren durchs Dickicht.

Um ganz sicher zu sein, ob niemand mein Lager entdeckt hatte, beschrieb ich einen Bogen und legte mich im Boot nieder, das ich, so weit es ging, ins Wasser geschoben hatte.

Ich versuchte zu schlafen, aber es gelang mir nicht. Beim leisesten Geräusch sprang ich auf. Der Mond stand jetzt über den Bäumen, und sein bleiches Licht machte alles, was im Schatten lag, zu Lebewesen. Bald hielt ich einen Baumstamm für einen Anschleicher, bald täuschte mich Buschwerk.

So konnte das nicht weitergehen.

Ich mußte wissen, ob ich allein auf der Insel war oder nicht. Also packte ich mein Messer und wollte in jener Gegend spionieren, in der ich bei Tag die Feuerstelle gefunden hatte. Jedesmal blieb ich nach einigen Schritten stehen und lauschte. Nach etwa einer Viertelstunde bemerkte ich mit einemmal in den Baumwipfeln einen rötlichen Schein. Vorsichtig schlich ich weiter und konnte bald darauf den Schimmer eines Lagerfeuers erkennen. Nun war mir gewiß, daß jemand meine Spur gefunden hatte und mich am Morgen suchen würde.

Zuerst wollte ich sofort umkehren, ins Boot steigen und die Insel verlassen. Dann schien es mir jedoch klüger, auszukundschaften, wer meine Verfolger waren, und sie, wenn möglich, zu belauschen. Also kroch ich auf dem Bauch weiter, lautlos wie ein Indianer, und erblickte bald das Lagerfeuer. Es befand sich auf einer einzigen Lichtung. Ein Mann lag in eine Decke gewickelt so nahe bei der Glut, daß diese, hätte ein Windstoß sie angefacht, seine Kleider versengt haben würde. Dabei schnarchte der Kerl sorglos, als läge er zu Hause in seinem Bett. Er schien allein zu sein, denn rundum sah ich nichts liegen, was bewiesen hätte, daß Begleiter in der Nähe wären. Wer mochte es sein? Die Decke verhüllte sein Gesicht.

Ich lag von einem Gebüsch verdeckt im Dunkel und durfte es wagen, Holzstückchen nach dem Mann zu werfen. Das dritte traf ihn am Kopf. Sofort schnellte er hoch. Es war Jim — der Haussklave der Witwe Douglas!

»Hallo, Jim!« schrie ich und sprang vor, ohne zu überlegen, daß er vielleicht beauftragt war, mich zu suchen.

Jim stieß einen Schrei aus und streckte entsetzt die Hände vor. Dann fiel er auf die Knie und kreischte:

»Oh, hab Erbarmen mit Jim, lieber Geist von Huck Finn. Ich war immer dein Freund, tu mir nichts, bitte, tauch wieder in den Fluß und sei tot!«

Na, ich brauchte eine ziemliche Weile, bis ich dem Erschrockenen, der mich für ein Gespenst hielt, klarmachte, daß ich der lebendige Huck Finn war. Ich freute mich so, nicht mehr allein sein zu müssen, daß ich Jim alles über den Grund meines vorgetäuschten Selbstmords erzählte. Und er saß da mit aufgerissenen Augen und glotzte mich noch immer so furchtsam an, bis ich fragte:

»Was suchst du eigentlich hier, Jim? Hat dich die Witwe hergeschickt? Ahnt sie, daß ich lebe? Oder ist Tom Sawyer dahintergekommen?«

Jim schluckte und druckste, als hätte er ein schlechtes Gewissen, dann stieß er endlich hervor:

»Wirst du es nicht verraten, wenn ich dir etwas sag? Sie peitschen mich halbtot, wenn sie mich hier finden.«

Ich gaffte ihn an, weil ich nicht begriff, was er meinte.

Da rang er die Hände und heulte los: »Ich bin fortgelaufen, Huck — ja, davon bin ich, weil mich Miß Watson an einen Negerhändler verkaufen wollte. Sie hat mich nie leiden können, weil ich einmal gesehen hab, wie sie ein paar Dollars, die ihrer Schwester gehörten, in ihrer Bettmatratze versteckte. Sie hat dort Geld in einem Strumpf aufgehoben. Sie ist eine geizige alte Schachtel. Wie ein Rabe stiehlt sie, kein Cent ist vor ihr sicher. Mich hat sie seitdem wie einen Hund behandelt und hat der Witwe immer vorgeredet, daß ich der faulste Nigger bin im ganzen Staat. Und vorgestern hat sie den Händler kommen lassen und meinetwegen verhandelt. Da bin ich schnell gelaufen. Du wirst doch nichts sagen, Huck — nicht wahr, du tust es nicht? Du weißt, wie's einem entlaufenen Nigger ergeht. Sie peitschen ihn, bis er liegenbleibt. Und selbst wenn die Witwe es nicht wollte, würden sie es tun, das ist Gesetz.«

Über Jims Wangen flossen Tränen. Er hielt meinen Arm umklammert und sah so verzweifelt aus, daß er mir mächtig leid tat.

»Sei nicht so blöd, Jim, hör auf zu flennen! Wofür hältst du mich denn? Bin ich etwa ein Sklavenschinder? Bin selber vor einem solchen davongelaufen — kennst ja meinen Alten gut genug, nicht wahr? Komm jetzt mit mir, ich denk, du möchtest ganz gern etwas zum Futtern, oder hast du keinen Hunger?«

Jim sah mich an wie ein Hund, dem man seit Tagen zum erstenmal wieder einen fetten Happen zeigt. Er rieb sich den Bauch, und seine Augen traten vor Gier aus den Höhlen, als er fragte: »Hast du etwas zu essen für mich? Ich hab einen solchen Hunger, daß mir der Magen kracht. Nichts als Erdbeeren hab ich auf dieser verdammten Insel gefunden. Dachte schon, der Himmel bestraft mich, weil ich ausgerissen bin. O Huck, gib mir schnell was zum Beißen, sonst freß ich mich selber auf.«

Na, ich führte den armen Kerl zu meinem Boot, gab ihm den Rest von einem gebratenen Hecht und ging die Angelleinen einholen. Drei schwere Burschen hingen dran, und als

Jim sie sah, klatschte er wie ein Kind in die Hände. Schnell wie ein Blitz entzündete er ein Feuer, nahm die Fische aus, briet sie und verschlang den ersten so heißhungrig, daß ich wahrhaftig befürchtete, er würde die eigenen Finger schlucken. Als er tatsächlich anfing, seine Pfoten abzuschlecken, bekam ich Angst und warnte ihn:

»He, Jim, gib acht, deine Finger wachsen nicht nach, wenn du sie auffrißt.«

Er aber grinste: »Tu ich bestimmt nicht, Huck. Jeder Finger von mir ist mindestens zehn Dollar wert, dafür könnt ich eine ganze Kuh kaufen.«

»Das versteh ich nicht, Jim. Wer gibt denn zehn Dollar für einen von deinen Fingern, he? Hältst du mich wohl für blöd, was?«

»Aber ja, Huck. Ich lüg nicht — Miß Watson wollte doch fünfhundert Dollar für mich von dem Sklavenhändler. Also sind meine Hände mindestens hundert Dollar wert, weil ohne Hand kann ich nicht arbeiten und auch nicht essen, und wenn ich sie aufeß, muß ich verhungern. — Hast du noch ein Stückchen Fisch für mich?«

Er hatte einen Hecht und einen Barsch verschluckt, die zusammen gut vier Pfund schwer waren. Als ich ihm aber die Hälfte von meinem gab, der auch nicht viel kleiner war, biß er dreimal zu und leckte die Gräten bereits ab, bevor ich ein Viertel aufgegessen hatte. Aus Vorsicht rückte ich von ihm ein Stück weg, denn sein Mund war sehr groß, und ich befürchtete, er könnte aus Versehen meinen Kopf für eine Wassermelone halten.

Anderseits freute es mich, einen Gesellschafter auf dieser langweiligen Insel zu haben, und ich beschloß, bei Tagesanbruch für mich und Jim einen anständigen Wohnplatz zu suchen. Mit einem entlaufenen Neger beisammen zu sein und ihn nicht zurückzubringen, könnte nämlich schlimme Folgen haben. Man würde mich und Jim erbarmungslos auspeitschen, falls man uns erwischte. In solchen Dingen ließ selbst Richter Tatcher nicht mit sich reden.

Nun, ich hatte keine Sorge, so leicht würde uns hier keiner finden, und wenn man uns entdeckte, war's hier nicht wie auf dem Festland drüben, wo man nur davonlaufen konnte. Hier befand sich um uns Wasser, und auf dem war ich zu Hause wie nicht bald eine Landratte.

Bei Tagesanbruch schnarchten wir in meinem Zelt um die Wette, und dann machten wir uns auf die Suche nach einem besseren Versteck. Die Insel war etwa drei Meilen lang und eine Viertelmeile breit. Im südlichen Teil lag ein Hügel, mit dichtem Gebüsch bewachsen. Auf dem Wiesenhang fanden wir eine Höhle, in der man aufrecht stehen konnte. Auch ohne Jims begeistertes Reden war mir klar, daß uns hier nur Jagdhunde aufstöbern konnten. Und wenn es auch nicht angenehm war, durchs Gebüsch täglich herauf- und hinunterzuklettern, so war's doch ein so feines Versteck, wie man es sich nur wünschen konnte.

Am Ufer verbargen wir das Boot zwischen verfilztem Weidengebüsch, nahmen ein paar Fische mit, die sich an den Grundleinen gefangen hatten, und brachen das Zelt ab.

Vor dem Höhleneingang befand sich eine vorspringende Felsplatte, flach und gut geeignet für eine Feuerstelle. In der Höhle streuten wir Laub aus, legten Blattwerk darüber und darauf die Zeltdecke. So hatten wir eine Wohnung, für die ein Einsiedlermönch gern tausend Jahre von seinem künftigen Paradiesleben gegeben hätte.

Als wir endlich alles herangeschafft hatten, lehrte ich Jim ein Feuer nach Indianerart machen und wie man einen Fisch richtig durchbrät. Dann schickte ich ihn süße Kartoffeln ausgraben, die am Fuß des Hügels wild wuchsen, und Erdbeeren sollte er auch bringen, denn ich fühlte mich als sein Beschützer und mußte dafür sorgen, daß er lernte, wie man nicht verhungerte, wenn ich einmal krank sein sollte oder zu faul, um aufzustehen. Er ging auch ohne zu murren fort, kam schwerbeladen wieder und erzählte, daß im Wald die Vögel von einem Zweig zum andern hüpften und nur kurze Strecken flogen.

»Das ist ein Zeichen, daß viel Regen kommt«, sagte er und hatte recht. Nachmittags zog ein Gewitter auf, und bald donnerte und krachte es. Wassermassen stürzten vom schwarzen Himmel nieder, und wir fühlten uns so wohl in unserer

Höhle, daß wir einen »Schottischen« tanzten. Jim spielte auf seinem Bauch Dudelsack und quietschte wie ein Ferkel. Ich marschierte hinter ihm im Kreis und stampfte den Takt dazu. Es war sicher eine greuliche Musik, und die Fledermäuse an der Höhlendecke mögen Bauchgrimmen bekommen haben, aber uns gefiel sie wunderbar.

Am folgenden Morgen regnete es noch immer, und nachmittags stapften wir fußtief durchs Wasser. Der Fluß war über die Ufer getreten. Schlangen und wilde Kaninchen suchten gemeinsam auf morschen Baumstämmen Zuflucht, und wir beeilten uns, das Boot in Sicherheit zu bringen, bevor es fortgeschwemmt wurde.

Drei Tage lang rauschte es vom Himmel nieder. Wäre ich in meinem Zelt geblieben, hätte ich drin herumschwimmen müssen, so wie wir jetzt mit dem Boot über die Insel fuhren. Gut anderthalb Fuß hoch war sie nun überschwemmt. Wir taten ein gutes Werk, fingen ein paar Kaninchen, machten sie über dem Feuer zurecht und ließen uns die armen Viecher besonders gut schmecken, weil sie ja sonst ersoffen wären.

Tags darauf war die Flut bis an den Fuß unseres Hügels gestiegen. Wir fuhren eine Zeitlang durch den Wald. Weil aber nichts Brauchbares zu finden war, ruderten wir auf den Fluß hinaus. Auf dem Wasser lag Nebel, es rauschte unheimlich. Mitunter trieb die dunkle Masse einen entwurzelten Baum vorbei, und wir mußten höllisch achtgeben, das Boot nicht gegen Treibholz zu steuern.

Plötzlich schrie Jim auf und zeigte nach einem mächtig großen Ding, das auf uns zutrieb. Zuerst meinte ich, es sei das Fährboot, das sich losgerissen hatte, weil es sich drehte. Als es jedoch näher kam, merkten wir, daß es ein Blockhaus war. Es schwamm bis zur Hälfte im Fluß, und nur der obere Teil mit dem Dach ragte aus der Flut. Weil wir fanden, daß ein schwimmendes Haus keine alltägliche Sache ist, banden wir es mit einem Strick fest und ruderten mit Volldampf dem Ufer zu. Es war eine verdammt schwere Arbeit, das plumpe Ding ins ruhige Wasser zu bringen, aber es gelang uns endlich. Schwitzend und keuchend stiegen wir aufs Dach und guckten durch eine Lücke ins Innere.

Meiner Seel, drinnen sah es aus wie nach einem Raubüberfall. Da lag ein zertrümmertes Bett auf einem zerquetschten Kasten, verstreute Kleider bedeckten den Boden, ein Tisch stand verkehrt, und dahinter befand sich etwas, das ich nicht gleich erkennen konnte, weil's zu dunkel in der Dachkammer war. Mit einemmal ruft Jim in die Kammer: »Hallo! Ihr da! Lebt Ihr noch?«

Ich schau Jim an, denk, er hat einen leichten Schaden im Kopf, und will ihn schon bedauern, da sagt er zu mir:

»Der Mann ist tot, Huck. Er hat eine Wunde in der Brust. Er ist wohl ermördert worden.«

Ich guckte nochmals hinein, und richtig lag ein Toter drin. Jim zog mich zurück, schlug ein Kreuz und wispelte:

»Stoßen wir ab, Huck, lassen wir das Haus schwimmen! Der Geist des Toten hat schlimm gehaust da drin.«

»Unsinn«, sagte ich. »Ein Toter ist tot oder er ist nicht tot. Holst du die Sachen nicht heraus, holt sie ein anderer, falls das Haus nicht schon vorher untergeht.«

Jim schlug ein Kreuz ums andere, redete von Geistern, die uns bei Nacht heimsuchen würden, aber ich ließ ihn schwatzen und kletterte durch die Lücke. Draußen hörte ich Jim jammern und alle möglichen Propheten im Himmel anrufen, die mich vor dem Geist des Toten beschützen sollten. Mir wurde langsam selber unheimlich, und darum warf ich nach außen, was mir brauchbar schien: einen Zinnkrug, ein gutes Messer, Röcke, einen alten Federhut, zwei Sessel und anderes Zeug. Dann machte ich, daß ich hinauskam, weil Jim mir zurief, die Stricke würden bald reißen.

Na, wir schafften die Beute gemeinsam in die Höhle, und Jim freute sich über eine Schachtel, die mit Kerzen, Zwirn, Knöpfen, einem Hufeisen und ähnlichem Kram angefüllt war.

Am nächsten Morgen untersuchten wir die Kleider. Es war zumeist billiger Plunder und abgeschabtes Zeug. Auch Frauenröcke und Blusen befanden sich darunter. Jim faßte einen speckigen Rock, wog ihn in der Hand, betastete ihn und schaute mich dabei an, als wär in dem schäbigen Fetzen ein Räucherschinken verborgen.

»Ich spür etwas Hartes«, murmelte er endlich. »In dem Rock ist was drinnen! Fühl einmal, Huck. Es ist vielleicht Geld.«

Richtig fanden wir im Futter elf Silberdollars eingenäht!

»Na, was sagst du jetzt, Jim?« fragte ich meinen Gefährten, der vor Freude Purzelbäume schlug. »Hast erzählt, die Schlangenhaut, die ich gestern gefunden hab, wird uns Unglück bringen, weil ich sie angefaßt hab, und da liegen elf Silberdollars! Von dem andern Zeug können wir auch einiges gut brauchen. Gib zu, daß dein Aberglaube Blödsinn ist.«

»Nein, nein, nein«, zeterte Jim. »Sprich nicht drüber, sonst kommt das Unglück noch.«

»Na schön«, brummte ich. »Aber ich wollte, wir hätten öfter solches ›Unglück‹ wie heute.«

Tags darauf sollte Jim leider recht behalten. Es hatte zu regnen aufgehört. Wir lagen auf der Spitze unseres Hügels, sprachen über dies und jenes, dann bekam ich Lust zu rauchen und ging Tabak holen. Als ich aber die Höhle betrat, lag eine zusammengerollte Klapperschlange da. Ich nahm einen Prügel und schlug das Biest tot. Um ein bißchen Spaß zu haben, legte ich es auf Jims Decke, aber so, daß man glauben konnte, es lebe noch. Jim würde mächtig erschrecken — dachte ich, doch leider kam es anders, und an seinem Aberglauben war doch was dran.

Als wir gegen Abend zurückkehrten, hatte ich die Schlange vergessen. Jim ließ sich ahnungslos auf die Decke fallen und schrie gleich darnach auf.

»Mich hat etwas gebissen!« rief er, auf einem Fuß hüpfend. »Mach schnell Licht, Huck. Vielleicht war's eine Klapperschlange!«

Nun erinnerte ich mich und lachte mich krumm, weil doch eine tote Schlange nicht beißen kann. Als ich jedoch eine Kerze anzündete, ringelte sich eine zweite Klapperschlange auf dem Boden. Es war das Weibchen der toten. Schon richtete es sich zu einem zweiten Biß auf, aber zum Glück erwischte ich rechtzeitig eine Decke, warf sie dem Vieh über und zerdrosch es sodann.

Ich Esel hatte gar nicht daran gedacht, daß man niemals eine tote Schlange liegenlassen darf, weil ihr Gefährte sie sucht und sich zu ihr legt.

Nun, ich tat, was ich konnte, um Jim das Leben zu retten. Da ich wie ein Wilder aufgewachsen bin, war ich weder weichherzig, noch benahm ich mich wie ein verzogenes Muttersöhnchen. Ich nahm ein Messer, befahl Jim, sich hinzulegen, klemmte seinen Fuß zwischen meine Beine und machte zwei tiefe Schnitte in die Bißstelle an der Ferse.

Jim brüllte wie ein Indianer, dem einer den Skalp rauben will. Aber ich hielt fest und saugte die Wunde aus. Nachher goß ich Schnaps darüber, den ich meinem Alten geklaut hatte, und Jim brüllte noch ärger. Er hieß mich einen Schlächter, der ihm den Fuß abgeschnitten habe und bestimmt in die Hölle kommen werde wegen seiner Herzlosigkeit. Da ließ ich ihn ein paar Schluck Schnaps trinken, um ihn zu beruhigen. Darauf bat er mich, der Schlange den Kopf abzuschlagen, dreimal draufzuspucken und ihn dann über die linke Schulter zu werfen. Das würde Jim vom Tod erretten.

Na, ich tat ihm den Gefallen, und bald warf ihn der ungewohnte Branntwein um. Eine halbe Stunde später schnarchte er wie ein besoffener Seeräuber, und am Morgen war wohl sein Fuß geschwollen, aber er war am Leben und klagte bloß über Kopfschmerzen.

Drei Tage später humpelte er bereits umher und beschwor mich, nie wieder eine Schlangenhaut anzufassen, wenn ich nicht wollte, daß schreckliches Unglück über uns komme. Sogar den Neumond über die linke Schulter anzusehen sei nicht halb so schlimm. Am Ende glaubte ich es selbst, obwohl ich bisher der Meinung gewesen war, den Neumond solcherart zu begucken wäre das Allerdümmste, was einer tun konnte.

Einige Tage vergingen, der Fluß fiel, und wieder fischten und jagten wir nach Herzenslust. Einmal, es war gegen Mittag — wir saßen beim Essen —, hörten wir plötzlich Zurufe aus der Ferne. Dem Lärm nach schienen es einige Männer zu sein, die auf der Illinoisseite unserer Insel durchs Gebüsch drangen. Sofort löschten wir die Feuerglut und verschwanden in der Höhle. Die Stimmen klangen bald ferner und verstummten endlich.

Von da an wurde ich unruhig und machte tags darauf meinem Freund den Vorschlag, allein auf Kundschaft zu gehen. Ich wollte wissen, was es Neues gebe in St. Petersburg, aber Jim meinte, man würde mich entdecken, und hatte überhaupt mächtig Angst um mich. Ich ließ mich jedoch nicht abhalten und beschloß, mich zu verkleiden. Ich wollte Mädchenkleider anziehen, und das beruhigte Jim einigermaßen.

»Das ist eine gute Idee«, stimmte er zu. »Wir werden eines der Frauenkleider, die wir in dem Blockhaus gefunden haben, unten abschneiden, dann wird's passen.«

Und so geschah es, daß ich bald wie ein richtiges Mädchen herumtänzelte, verschämt das Röckchen schwenkte und ein Kapotthütchen aufsetzte, so daß Jim vor Lachen die Tränen kamen.

»Bist ein richtiges Mädchen jetzt«, schrie er, begeistert in die Hände klatschend. »Oh, was für ein hübsches Mädchen ist Hucky! Komm, gib Onkel Jim ein Küßchen!«

Ich zierte mich und kreischte, und wir hatten viel Spaß. Als wir aber dann zum Boot gingen, gab mir Jim einen Rat nach dem andern, wie ich mich verhalten sollte, was ich sagen, fragen und wohin ich gehen müßte, so daß ich, hätte ich alle Ratschläge befolgt, sicherlich gleich bei der ersten Begegnung erkannt worden wäre.

Na, ich ließ den guten Jim plappern und ruderte in der Dämmerung nach dem Festland hinüber. Das Boot versteckte ich etwa anderthalb Meilen südlich von St. Petersburg im Ufergebüsch und machte mich auf den Weg. Es war bereits dunkel, als ich ein Licht schimmern sah. Ich hielt darauf zu und kam zu einer Hütte. In dieser Gegend hatte ich mich selten herumgetrieben, also durfte ich hoffen, unerkannt zu bleiben.

Vorsichtshalber guckte ich durchs Fenster und sah eine Frau in einem ärmlich eingerichteten Raum am Feuerherd hantieren. Sie war mir fremd, und daher klopfte ich an die Tür und trat ein.

Die Frau musterte mich erstaunt, fragte nach dem Woher und Wohin, wollte wissen, wie ich heiße, und beguckte mich so merkwürdig, daß ich bald nach dem Ausgang schielte. End-

lich schien sie aber doch überzeugt, daß sie ein richtiges Mädchen vor sich hatte, und wollte meinen Namen wissen.

»Ich heiße Sarah Williams und möcht nach Goshen zu meiner Tante«, log ich, wobei ich mich bemühte, wie ein schüchternes Mädchen zu wirken. Den Daumen der Linken hielt ich in der Rechten und wiegte dabei den Oberkörper.

»Oh, du willst nach Goshen?« rief die Frau. »Da bist du auf dem falschen Weg! Goshen liegt weit hinter den Hügeln. Du mußt zuerst in Richtung Hookerville gehen und dann nach links. Es sind gut sieben Meilen bis dorthin. Von wo bist du?«

»Aus Hookerville, Madam«, sagte ich recht kläglich.

»Du meine Güte! Da mußt du den ganzen Weg zurückgehen. Ach, du Armes — am besten, du bleibst über Nacht hier. Komm, nimm den Hut ab und setz dich. Ich bring dir gleich etwas zu essen, Kleine.«

Sie wollte mir den Hut vom Kopf ziehen, aber ich wich schnell zurück.

»Ich hab schon gegessen, Madam ... bei einem Farmer, zwei Meilen von hier. Er hat mich in diese Richtung geschickt.«

»So ein blöder Kerl«, grollte die Frau. »Wenn du weitergehst, kommst du nicht nach Goshen, sondern nach Sankt Petersburg. Es ist kaum eine Stunde dorthin.«

»Wie? Sankt Petersburg ist so nah? Ach, dorthin wollt ich schon immer. Es sollen dort so viele feine Leute wohnen.«

Die Frau wandte sich dem Herd zu, um etwas Essen zu richten. »Pah, feine Leute gibt's dort wenig, Kind«, brummte sie. »Aber um so mehr Lumpen. Vor kurzem ist sogar ein Bub von so einem Strolch ins Wasser geworfen worden — mit einem Stein um den Hals. Es ist nur nicht ganz sicher, wer's getan hat. Die einen sagen, der alte Finn, das ist der Vater von dem Toten, sei der Mörder gewesen und habe den armen Buben vorher einen Zettel schreiben lassen, daß er sich selber umbringen wollt, die andern sagen, ein entlaufener Neger — Jim heißt er — hätt's getan. Na, jetzt sind sie schon ein paar Tage hinter den beiden her. Dreihundert Dollar Belohnung sind ausgesetzt — für den Finn zweihundert und für den Neger einhundert. Spuren sollen sie auch schon gefunden haben — drüben auf der Jackson-Insel. Morgen fährt wieder ein Trupp hinüber — mein Mann ist auch dabei. Aber ich denk, eher fangen sie den Neger, weil der ein bißchen beklopft ist. Den alten Finn fangen sie bestimmt nicht. Das ist ein gerissener Strolch und ein Säufer dazu. Hat gleich nach dem Tod von seinem eigenen Kind von Richter Tatcher die sechstausend haben wollen, die der Huckleberry gefunden hat. Mädchen, ich sag dir, der Huck Finn, das war ein liebes Bürschchen — und soo gescheit! Ein richtiger kleiner Gentleman war er, den hättest du reden hören sollen! Zu mir hat er einmal gesagt: ›Frau Davison, Sie werd ich heiraten, wenn ich groß bin, denn Sie wissen besser als die andern, was man mit sechstausend Dollar macht.‹ Ja, so hat er gesagt ... aber du hörst mir ja gar nicht zu, Kindchen! He, was ist denn los mit dir?«

Die Frau hatte recht, mit mir war allerhand los: Ich war völlig durcheinander. Die Geschichte von dem Trupp, der auf der Jackson-Insel nach Jim suchen wollte, war mir mächtig in die Knochen gefahren. Ich mußte machen, daß ich von hier fortkam, und wollte mich eben zur Tür schleichen, als die Frau sich nach mir umdrehte.

Sie zwang mich, wieder Platz zu nehmen, und schaute mich dabei so merkwürdig an, daß ich aus Verlegenheit nach einer Nähnadel griff und ein Stück Faden einzufädeln versuchte.

Und das war der Fehler Nummer zwei.

Denn die Frau bemerkte sogleich, wie ungeschickt ich mich anstellte, und wurde aufmerksam.

»Für ein Mädchen verstehst du wenig vom Einfädeln«, sagte sie zuerst, dann fragte sie plötzlich:

»Wie hast du gesagt, heißt du?«

»M—Mary ... Mary Williams«, stotterte ich, da ich nicht ganz sicher war, ob ich mich nicht vielleicht »Ann« oder »Deborah« genannt hatte.

»So—so«, brummte die Frau. »Mary heißt du — vorher hast du doch gesagt, du heißt Sarah? Ich glaub, du verschweigst mir etwas, he? Heraus mit der Sprache — wie heißt du also wirklich?«

»Sarah Mary Williams. Sarah ist mein erster Name, aber meine Taufpatin hieß Mary, deshalb rufen mich auch einige Leute Mary, weil ihnen Sarah nicht gefällt.«

Die gute Frau schien mir zu glauben. Sie schaute weniger mißtrauisch drein und sagte: »Ach, so ist das — na, mir gefällt Mary auch besser. Aber jetzt komm zu Tisch, ich geb dir was zu essen. Reich mir den Hut her, ich häng ihn einstweilen an den Haken.«

Wieder wollte sie nach meinem Hut greifen, aber ich zeigte, um sie abzulenken, schnell nach einer Ecke und rief: »Eine Ratte, Madam! Eine Ratte!«

»Hu!« schrie die Frau erschrocken und wandte sich um. Im nächsten Augenblick war ich bei der Tür draußen und sauste davon.

Hinter mir hörte ich rufen: »He, Mary! Komm zurück! Hörst du — ah, so eine Teufelin ... Komm zurück, du!«

Ich kümmerte mich wenig um das Gezeter hinter mir, lief zum Fluß und sprang ins Boot. So schnell ich konnte, ruderte ich quer über den Fluß und dann abwärts auf die Jackson-Insel zu. Ich nahm mir nicht viel Zeit, das Boot zu versorgen, entzündete dagegen ein mächtiges Feuer und hetzte durchs Gebüsch, daß mir die Zweige wie Peitschen ins Gesicht schlugen. Über Wurzeln stolperte ich, fiel hin und raffte mich wieder auf, um nur ja keine Minute zu versäumen. Atemlos erreichte ich den Hügel, kletterte auf allen vieren bergauf und stürzte in die Höhle.

Jim schnarchte wie einer, der tausend Jahre lang fromme Seelen auf dem Buckel in den Himmel geschleppt hat.

»Auf, auf, Jim!« schrie ich. »Sie sind hinter uns her!«

Jim fuhr hoch, fragte schlaftrunken: »Was ist denn los? Bist du's, Hucky?«

Ich sagte ihm nur, daß ein paar Leute darauf aus seien, ihm Riemen aus der Haut zu schneiden. Da sprang er auf, und es dauerte nicht einmal so lange, wie ein hungriger Wolf braucht, um ein Kaninchen zu verschlingen, als wir auch schon die Höhle ausgeräumt hatten und zum Ufer liefen. Wir ruderten, daß unsere Gelenke krachten, flußabwärts, ohne ein Wort zu sprechen.

Hinter uns loderte das Feuer wie eine Riesenfackel. Es war fast sicher, daß die Männer, die bei Morgengrauen auf die Insel kommen sollten, zumindest noch Rauch aufsteigen sahen und glauben mußten, Jim sei bestimmt in der Nähe versteckt. Das würde sie veranlassen, genau alles abzusuchen, was ihnen wenigstens einen ganzen Tag Zeitverlust eintragen mußte.

Auf jeden Fall hatten wir in den nächsten Stunden keine Verfolger zu fürchten, und wenn das Feuer die Männer nicht täuschte, war das nicht meine Schuld. Ich hatte es jedenfalls so schlau gemacht, wie ich nur konnte.

Wir fuhren die Nacht durch und noch bis in den Morgen hinein. Dann hielten wir aufs Missouriufer zu und zogen das Boot in ein Weidengebüsch, wo es so gut versteckt lag, daß es vom Wasser her nicht einmal mit einem Fernrohr zu sehen gewesen wäre.

Drei Nächte hindurch fuhren wir den Fluß hinab. Bei Tage schliefen wir im Ufergebüsch, fischten abends und ruderten weiter, wenn's finster geworden war. Hie und da sahen wir die Lichter von Farmhäusern und landeten manchmal, um uns mit Essen zu versorgen. Ich kaufte dann Brot und Fleisch um wenige Cents und erzählte den Farmern, ich sei auf dem Weg nach St. Louis, wo meine Brüder arbeiteten.

War man freundlich zu mir, nahm ich ebenso freundlich Abschied, versuchte aber jemand, mich zu betrügen, indem er doppelten Preis verlangte, schlich ich, statt fortzugehen, ums Gebäude und ließ ein Huhn mitgehen oder einen Truthahn. Denn schon mein Alter pflegte immer zu sagen: »Nimm, was du brauchen kannst, und was du nicht brauchen kannst, nimm auch, denn vielleicht kann's ein anderer brauchen, und eine gute Tat wird immer belohnt.«

So lebten wir recht vergnüglich und sorgten uns bloß, von keinem Dampfboot gerammt zu werden. Am vierten Tag unserer Flucht kamen wir nämlich in die Nähe von St. Louis, und es geschah bei Tage nur selten, daß eine Stunde lang kein Dampfer vorbeifuhr.

Wir passierten St. Louis gegen Mitternacht. Trotzdem war der Himmel über der Stadt so hell, als sei ein Brand ausgebrochen. Noch nie sah ich so viele Lichter auf einem Fleck beisammen. Sie leuchteten so stark, daß Jims Gesicht wie von einer Kerze beschienen war. Sein Mund stand offen vor Staunen über das Lichtermeer, über die lange Reihe von Petroleumlaternen an der Kaistraße und die unzähligen beleuchteten Uferkneipen.

»Es ist wie im Himmel«, murmelte der Neger ehrfurchtsvoll. »Oder was meinst du, Hucky? Gibt's im Himmel noch mehr Licht?«

»Hm, ich weiß nicht, ich war noch nicht droben. Vielleicht ist es heller, weil doch alle Engel einen Glorienschein auf dem Kopf haben.«

»Ja, das könnt sein. Aber weißt du, Hucky, ich denk, es gibt auch Engel, die Neger sind, und die haben bestimmt keinen Glorienschein, weil doch alle Neger Sklaven sein müssen.«

»Da hast du auch recht, Jim, dran hab ich nicht gedacht. Aber ich mein, im Himmel gibt's gar keine Negersklaven, dort sind alle Menschen gleich. Es könnt aber auch sein, daß man droben die Schwarzen zuerst weiß macht, damit sich keiner über den andern ärgert, he? Glaubst nicht, Jim?«

Er gab keine Antwort mehr, sondern kroch blitzschnell unter eine Decke, da soeben ein beleuchtetes Dampfboot so nahe an uns vorbeifuhr, daß zu befürchten war, man würde ihn von Deck aus sehen.

In der folgenden Nacht gab's ein Gewitter. Blitze zuckten nieder, und in dem grellen Licht bemerkten wir felsige Ufer, die den Fluß einengten.

Es mochte gegen Mitternacht sein, als mich Jim mit einem Aufschrei erschreckte.

»Hucky! Dort vorn liegt ein Geisterschiff! Wie's blitzte, hab ich's deutlich gesehen«, wimmerte er. »Es wird uns bestimmt rammen. Wir müssen zum Ufer — pack das Ruder! Schnell, schnell — sonst kommen die Geister über uns!«

Ich hatte nichts gesehen und starrte über den Bootsbug hinweg in die angedeutete Richtung. Jetzt flammte wieder ein Blitz auf, und da bemerkte ich das Wrack eines Dampfbootes in Flußmitte. Es schien auf einen Felsen aufgefahren zu sein, und ich griff nun wirklich nach dem Ruder — aber nicht, weil ich mich vor Geistern ans Ufer retten wollte, sondern weil ich vorhatte, das Wrack anzusteuern.

Soviel ich gesehen hatte, schien es verlassen. Im Schiffsinnern war sicherlich allerhand zu finden, was wir brauchen konnten.

Und das sagte ich auch Jim. Ich mußte aber erst drohen, ihn auszubooten, falls er nicht aufhörte, ein Wrack für ein Geisterschiff zu halten.

Na, endlich ruderte er doch in Richtung zu dem Schiff. Er war aber weder durch Bitten noch durch Flüche zu bewegen, mit mir das Wrack zu durchsuchen. Schließlich ließ er sich herbei, übers Geländer zu klettern, dort auf mich zu warten, und versprach, mich durch einen Pfiff zu warnen, sollte etwas Unvorhergesehenes geschehen. Denn das Schiffswrack zitterte und ächzte bedenklich unter dem Wasserdruck.

Das Heck wurde bereits von der Flut überschwemmt, das Deck war schief geneigt, und lange konnte es nicht mehr dauern, bis das Ganze nachgeben und versinken würde.

Beim Schein eines neuen Blitzes konnte ich die Kajütfenster sehen und die Schiffsglocke auf einem Gerüst. Es sah unheimlich genug aus, und ich hätte es mir vielleicht noch überlegt.

Jim beschwor mich in allen Tonarten, um Gottes willen doch nicht weiterzukriechen, sondern wegzufahren. Mich aber lockte das Abenteuer mehr als die Aussicht, etwas Brauchbares zu finden. Auch fragte ich mich, was Tom Sawyer an meiner Stelle tun würde, und mußte mir zur Antwort geben: Tom durchsucht das Schiff bis in den letzten Winkel.

Also kroch ich auf allen vieren weiter, fest entschlossen, durch den Kajütgang ins Innere zu steigen und dort zusammenzuraffen, soviel ich schleppen konnte.

Es war aber doch eine verteufelte Sache, über glitschige Holzplanken zu kriechen und ein Wrack durchsuchen zu wollen, in dem vielleicht ein paar Tote lagen. Na, ich schob mich trotzdem weiter vor, erreichte den Kajütgang, und als ich mich im Finstern vorwärts tastete, knarrte mit einemmal eine Tür. Ein Lichtschein fiel in den Gang, und ich hörte eine heiser klingende Männerstimme.

»Er ist ein verfluchter Hund, das weiß ich auch, aber ich tu's nicht, Parker, und du solltest ihn auch nicht abknallen.«

Eine andere Stimme ließ sich hören. »Mach keine Flausen, Adams. Hat uns Mike etwa nicht schon einmal verraten? Ich schwör dir, er hätt's wieder getan, wenn ich ihn nicht rechtzeitig erwischt hätt. Ich mach ihn kalt, wenn du es nicht tust.«

Gleich darauf vernahm ich angstvolles Wimmern. »Gnade, Gnade! Habt Mitleid — ich flehe euch an: Laßt mich leben! Ich werd euch nicht verraten — ihr könnt mich vierteilen, wenn ich ein Wort zu jemandem sag ... Bindet mich los, bitte, bitte!«

»Nein, sag ich, du bist der verfluchteste, meineidigste Hund, den's gibt. Ich tu nur ein gutes Werk, wenn ich dich kaltmach. Du hast uns schon einmal betrogen.«

»Adams, hilf du mir!« jammerte wieder der Gefesselte. »Ich geb dir meinen ganzen Anteil an der Beute, ich will nichts für mich — gar nichts. Alles gehört dir! Hilf mir, ich bitte dich, Parker bringt mich um!«

Adams trat in die Kajüte zurück, dann hörte ich ein Gezischel, darauf einen Fluch, und nun traten zwei Männer auf den Gang. Einer hielt die Laterne und stieß mit dem Fuß die Tür zu. Er redete flüsternd auf seinen Kumpan ein. Ich konnt aus dem wenigen, das ich verstand, nur entnehmen, daß er ihn zu überreden versuchte, den gefesselten Verräter laufenzulassen. Der andere wollte anscheinend davon nichts wissen. Er stampfte mit dem Fuß auf und schwenkte mitunter so heftig die Laterne, daß ich fürchtete, ihr Licht würde auf mich fallen. Ich hatte mich nämlich, so gut es ging, in eine Ecke gedrückt, doch ragte mehr als die Hälfte meines Körpers in den Gang vor.

Jetzt sprachen die Männer lauter als vorher. Ich war ihnen dankbar dafür, denn nun mußte Jim das Reden hören und wissen, daß er sich keinesfalls bemerkbar machen durfte. Tatsächlich hörte ich keinen Laut vom Heck her, obwohl ich zuvor fast sicher war, ein leises Pfeifen vernommen zu haben. Nun hatte ich aber keine Zeit mehr, mich um Jim zu kümmern. Die Männer waren einig geworden. Sie wollten ihren verräterischen Kumpan gebunden auf dem Dampfboot zurücklassen, vorher seine Taschen leeren und soviel an Schiffsgut mitnehmen, wie ihr Boot tragen konnte. Sie gingen in die Kabine zurück und schlugen die Tür hinter sich zu. Diese Gelegenheit benützte ich, um augenblicklich zu Jim zurückzukriechen. Ich fand ihn übers Geländer gebeugt ins Wasser starren. Als er mich erkannte, zischelte er mir zu:

»Unser Boot ist weg! Der Strick, an dem ich's festgehalten hab, ist mir aus der Hand gefallen. Springen wir ins Wasser, Hucky — komm, schnell, sonst finden uns die Schiffer, die da vorn geredet haben.«

Na, mir war ganz schlecht von dem Unglück mit dem Boot. Jetzt konnt es uns wirklich übel ergehen. Als ich aber Jim sagte, daß die Männer, die er reden gehört hatte, keine Schiffer, sondern Banditen waren, setzte er sich vor Schreck nieder. Zum Glück fiel mir ein, daß Parker und Adams von einem Boot gesprochen hatten. Es mußte irgendwo angebunden sein, denn die drei Banditen waren bestimmt nicht vom Ufer herübergeschwommen.

Ich befahl Jim, steuerbords nach dem Boot zu suchen, während ich an der Backbordseite nachschauen sollte. Der Angsthase war jedoch so durcheinander, daß er wohl zu allem nickte, was ich ihm auftrug, sich aber weiterhin am Geländer festhielt. Abermals mußte ich ihm drohen, ohne ihn mit dem Boot der Banditen wegzufahren, falls ich es fand. Da ließ er endlich los, tat zwei Schritte, rutschte aus und klammerte sich neuerdings an die Brüstung.

Voll Zorn über seine Feigheit trat ich ihm gegen das Hinterteil — er wimmerte bloß: »Laß mich ersaufen, Hucky, geh allein — ich trau mich nicht von da weg. Die Banditen schneiden mich in Stücke, wenn sie mich sehen.«

Schon wollt ich mich auf ihn stürzen und ihn mit Gewalt wegreißen, da wurde im Kajütgang die Tür aufgerissen, und ich sah im Licht einer Laterne Adams und Parker unter der Last schwerer Bündel nach dem Vorschiff wanken. Den glitschnassen Boden verfluchend, tasteten sie sich vorwärts, verschwanden steuerbords hinter einem Aufbau und kehrten bald darauf ohne Bündel zurück. Anscheinend wollten sie neue Beute holen, und ich schätzte richtig, daß wir jetzt oder nie die Chance hatten, das Banditenboot zu kapern.

Ich riß Jim vom Geländer fort, zog ihn mit mir, glitt aus, erhob mich wieder und fiel neuerdings.

Endlich begriff Jim, das jede versäumte Sekunde uns das Leben kosten konnte. Er half sich selber weiter und ermöglichte mir dadurch, voranzukriechen. Da ich jetzt genau wußte, wo ich das Räuberboot zu suchen hatte, dauerte es keine halbe Minute, bis ich es fand. Es schwamm unter dem Deckvorbau und war mit Beute angefüllt. Ich half Jim hinabsteigen, sprang nach und schnitt die Halteleine durch.

Augenblicklich trieb uns die Strömung ab.

Wir hatten kaum das Heck des Dampfers hinter uns gelassen, als die zwei Banditen wieder auftauchten. Ich sah am Schwanken der Laterne, wie sie ihr Boot suchten, und hörte noch ihre mörderischen Flüche, als wir längst in Sicherheit waren.

Einige Meilen trieben wir den Fluß hinab. Die Strömung war so stark, daß wir die Ruder nur als Steuer benützten. Das Gewitter hatte sich verzogen, Wolkenfetzen trieben über den Himmel, und dazwischen blinkten Sterne. In der Morgendämmerung legten wir an einem bewaldeten Ufer an, schliefen kurze Zeit auf dem Beutegut und machten uns dann darüber her. Die Packen enthielten Kleider, Decken, Stiefel, Büchsen mit Zwieback, geräuchertes Fleisch, und sogar ein Fernrohr war darunter. In einer Rocktasche fand Jim eine silberne Taschenuhr, und ich entdeckte ein neues Klappmesser. Wir fühlten uns so reich wie nie in unserem Leben, schwatzten vergnügt und aßen, bis wir nicht mehr schnaufen konnten. Ich schätze, das war der schönste Tag meines Vagabundendaseins. Wohl hatten wir unser Boot verloren, aber dafür hatten wir ein besseres, mit wertvoller Fracht beladenes gewonnen.

Eigentlich hatten wir uns vorgenommen, auf dem Fluß bis zu seiner Mündung in den Ohio zu fahren. In der Stadt Cairo gedachten wir, das Boot mitsamt unserer Beute zu verkaufen, und dann auf einem Dampfer in die Nordstaaten zu kommen. Dort gab es keine Sklaven, und ich brauchte Jims wegen keine Sorgen mehr zu haben.

Drei Nächte Fahrt würden genügen, um unser Ziel zu erreichen — dachten wir.

Der Teufel dachte anders.

Er schickte uns den dichtesten Nebel, den ich jemals erlebt hatte. Am Morgen des zweiten Tages nach unserem Abenteuer auf dem Wrack war es, als er einfiel. Wir beschlossen, ihn auszunützen und weiterzufahren. Und das schien der Teufel gewollt zu haben, denn er ließ in dieser Milchsuppe von Nebel ein Floß dahertreiben. Grad in unserer Bahn kam es geschwommen. Lauter gute Fichtenstämme waren es, unter Brüdern fünfzehn Dollar wert.

Ich sah das Floß zuerst, und obwohl uns in der Schule Mister Zigfield immer gepredigt hatte, man sollte nicht mehr haben wollen, als einem gegeben wird — enterte ich das Floß.

Es war gar nicht so leicht, die schweren Stämme mit unserem leichten Boot in der Fahrtrichtung zu halten. Die Strömung trieb sie bald nach dieser, bald nach jener Seite, und unser Boot wurde hin und her gerissen wie eine Nußschale.

Jim bekam Angst und wollte durchaus das Floß losbinden und fortschwimmen lassen. Mich dagegen reizte das Geld, und das war dem Teufel recht. Er lachte, aber mir verging bald das Lachen. Denn mit einemmal hörte ich aus dem Nebel vor uns ein Rauschen, das immer näher tönte. Unser Boot begann zu schwanken und zu tanzen, hinter uns zerrte das Floß an der Leine, und jetzt schäumte das Wasser auf.

Wir waren in eine Stromschnelle geraten.

Mit Leichtigkeit hätten wir unser Boot zum Ufer rudern können, aber das erlaubte das Floß im Schlepptau nicht.

Wieder wollte Jim die Leine kappen, aber ich kam ihm zuvor, entriß ihm das Messer und befahl: »Pack die Ruder, Jim! Halt zum Ufer und fahr daran entlang, bis wir aus dem Nebel heraus sind! Ich spring jetzt aufs Floß und laß mich treiben. Du gewinnst Vorsprung und wartest auf mich.«

»Spring nicht, Hucky, das Floß hat kein Steuer!« rief Jim entsetzt. »Bleib im Boot, es könnt sein, daß du ans andere Ufer getrieben wirst, und ich kann dann auf dich bis zum Jüngsten Tag warten.«

»Jim, du bist ein Hasenfuß. Willst das Floß fahrenlassen, damit dann ein anderer einen Haufen Geld einstreicht? Tu, was ich dir gesagt hab — halt dich fest! Ich spring!«

Hoppla — schon war ich auf dem Floß, zerhieb die Halteleine und hörte Jims Angstschrei noch ein paar Sekunden lang. Dann übertönte das stärker werdende Rauschen jedes andere Geräusch, Wellen überspülten das Floß, und nun fing es gar an, sich im Kreis zu drehen.

Verflixt, ich hätt doch lieber Jim folgen sollen! Aber die

Reue kam zu spät. Von Jim sah ich nicht einmal mehr einen Schatten. Es mußte ihn nach rechts gewirbelt haben — oder nach links?

Der Teufel wußte, wo jetzt rechts oder links war. Mein Floß benahm sich wie ein Kreisel. Ich hatte keine Ahnung, wo vorn oder hinten war, und wäre gern umgestiegen.

»Jim!« brüllte ich. Und wieder und wieder: »Jiim! Jiiim!«

Keine Antwort.

Das Wasser beruhigte sich, die Stromschnellen waren zu Ende. Ich trieb weiter hilflos im Nebel.

Ich schrie, bis ich heiser wurde, ruderte vergeblich mit den Händen. Es war, als würde eine Wasserlaus versuchen, einen Walfisch zu lenken. Mit einemmal spürte ich einen Ruck. Das Floß drehte sich langsam und schwamm weiter. Im Wasser trieben Rasenstücke und Blätter. Mein Fahrzeug mußte mit einem Ende gegen das Ufer gestoßen sein. Aber welches Ufer das war, konnte ich nur erraten.

»Jim!« brüllte ich wieder und lauschte.

Es kam keine Antwort.

Na, da saß ich schön in der Tinte. Nichts zu essen, kein Angelzeug, keine Decke, nur ein Messer und sonst nichts.

Sicher wartete Jim irgendwo am gegenüberliegenden Ufer, und ich trieb vielleicht tagelang stromabwärts.

Verdammt, da hatte ich mir etwas Schönes eingebrockt!

Der arme Jim — ohne meinen Rat und meine Hilfe war er verloren. Wer immer ihn allein im Boot fahren sah, mußte ihn als entlaufenen Negersklaven erkennen und dem nächstbesten Schiff übergeben. Und ich selber konnte betteln gehen, denn mein Geld hatte ich in eine neue Hose gesteckt, die ich später statt meiner zerrissenen anziehen wollte.

Die Stunden vergingen. Der Nebel lichtete sich, und mehrmals glaubte ich, die Umrisse von Bäumen zur Rechten zu sehen. Wenn ich mich nicht täuschte, befand ich mich auf jener Uferseite, an der Jim auf mich warten sollte. Da jedoch der Nebel sich nicht völlig gehoben hatte, war zu vermuten, daß Jim weiterruderte.

Immer schlimmer quälte mich Hunger. Es mußte schon spät am Nachmittag sein, und seit dem Morgen hatte ich nichts mehr gegessen. Gelang es mir nicht, das Floß in Ufernähe zu steuern, blieb mir nichts anderes übrig, als ins Wasser zu springen. Und das wollte ich hinausschieben, solange es nur ging. Denn mit den Kleidern am Leib zu schwimmen war verflixt gefährlich.

Als es zu dämmern begann, hob sich der Nebel. Und eben als ich wieder nach Jim rufen wollte, sah ich etwas Dunkles auf mich zukommen. Zuerst glaubte ich, es sei ein Dampfboot, dann merkte ich, daß es Bäume waren. Mein Floß trieb gegen das rechte Ufer — einer Bucht zu! Ich brauchte eine Weile, bis ich mein Glück begriff.

Jetzt stieß es auf Grund und drehte schwerfällig ab. Meinetwegen sollte es der Teufel verschlingen und er eine Ewigkeit lang Magendrücken davon haben. Ich wollte nichts mehr von dem Unding wissen, sprang ins seichte Wasser und watete dem Ufer zu.

Und was sah ich dort unter überhängenden Zweigen versteckt? Das Boot! Drinnen lag Jim wie ein Igel zusammengerollt und — schnarchte.

Sachte, um ihn nicht zu wecken, stieg ich ins Boot, legte mich neben Jim und stieß ihn an. Er wachte auf, und ich tat, als würde ich schlafen. Gleich darauf schrie er:

»O mein Gott, Hucky! Bist du's wirklich? Wie bist du hergekommen? Ich glaubte schon, ich würde dich nie mehr sehen! O Hucky, wie froh bin ich!«

Na, ich ließ ihn eine Weile seine Freude bekunden, dann tat ich, als erwachte ich aus tiefem Schlaf, und knurrte schlaftrunken:

»He, was ist! Mach nicht solchen Lärm! Oder bist du besoffen? So eine Frechheit, mich aufzuwecken.«

»Hucky! Wie sollt ich besoffen sein? Ich freu mich, daß du wieder da bist!«

»Na, war ich denn vielleicht fort? Was quatschst du da für dummes Zeug? Hast du geträumt, oder was?«

»Aber, Hucky, du warst doch auf dem Floß — bist weggeschwommen in dem Strudel. Auf einmal hab ich dich nicht mehr gesehen.«

Nun richtete ich mich auf und starrte Jim recht streng an.

»Du, hör einmal! Wenn du mich zum besten halten willst, sag's gleich. Ich hab mächtigen Schlaf, verstehst du? Wir sind die ganze Nacht gefahren — bei Tag wird geschlafen und nicht gespaßt. Leg dich hin und gib Ruh! Weck mich nicht mehr auf, wenn du einen Traum hast — das rat ich dir, Jim.«

Er gaffte mich lange an und murmelte dann: »Ich kann's nicht geträumt haben ... du bist aufs Floß hinüber, und ich hab geschrien, du sollst es nicht tun — dann hast du geschrien — aber ich hab nicht mehr verstehen können ... hab den ganzen Tag allein gerudert, bin zum linken Ufer hinüber und wieder zurück ... das hab ich bestimmt nicht geträumt. Ganz bestimmt nicht, Hucky, ich schwör dir's.«

Mir war's mächtig zum Lachen, aber ich wollt noch ein bißchen Spaß mit dem Schwarzen haben, drum sagte ich barsch: »Du, jetzt hab ich aber genug! Ganz bestimmt hast du geträumt. Und jetzt schlaf endlich, sonst kriegst du eins auf deinen Wollschädel, daß er wie eine Trommel brummt!«

Wieder schaute Jim mich lange an. Wie es mir schien, war er recht traurig. Endlich flüsterte er: »Ist gut, Hucky. Du sagst, ich hab geträumt, also hab ich geträumt. Ich wär dir aber vorhin gern um den Hals gefallen, als ich dich wiedergesehen hab — so schrecklich froh war ich —, mußt deswegen nicht mit mir schimpfen, weil ich dich gern hab.«

Dann stand er auf, legte sich im Bug zur Ruhe, und jetzt war ich es, der dumm glotzte.

Jims letzte Worte hatten mir den Spaß gründlich verdorben. Ich fühlte mich beschämt wie noch nie in meinem Leben. War geprügelt und herumgestoßen worden — gute Worte hatte ich selten gehört. Ich war eben ein zerlumpter kleiner Strolch gewesen, und erst als ich sechstausend Dollar besaß, wollte jeder mein Freund sein. Aber dieser Schwarze hatte ehrlich um mich gebangt. Ich war sein einziger Freund auf der Welt.

Es dauerte etwa eine Viertelstunde, bis ich mich überwand, aufstand und dem guten Kerl ein liebes Wort sagte. Aber bei Gott, es fiel mir nicht leicht. Das Leben hatte mich hart gemacht wie einen sauren Apfel.

Wir schliefen den Rest des Tages und machten uns gegen Abend wieder auf die Reise. Die halbe Nacht mochte schon vergangen sein, und wir paßten höllisch auf, um nicht an Cairo vorbeizufahren. Ständig hielten wir nach Lichtern Ausschau und vergaßen nicht, die Strömung zu prüfen. Denn die Stelle, wo der Fluß in den Ohio mündete, konnte nicht mehr weit sein. Und Cairo lag an der Mündung. Immer wieder sprang Jim auf und rief: »Wir sind da! Dort ist ein Licht!«

Der arme Kerl täuschte sich jedesmal. Wenn er glaubte, Lichter von Cairo zu sehen, waren es Lagerfeuer am Ufer oder Farmen. Einmal hielt er sogar einen Schwarm Leuchtkäfer für ferne Lichter.

Ich konnte Jims Aufregung gut verstehen. Cairo gehörte zu den Nordstaaten. Dort war er ein freier Mann, weil es in den Staaten keine Sklaverei gab. Er hätte ungehindert gehen können, wohin es ihm beliebte. Fuhren wir aber an Cairo vorbei, war's endgültig aus mit seinem Traum von Freiheit, denn dann befanden wir uns im schlimmsten Teil der Südstaaten, wo man einen entlaufenen Nigger zu Tode peitschte und jeden Weißen teerte und federte, der einem Negersklaven auf der Flucht behilflich gewesen war. Es wäre also mir selber schlimm ergangen, falls man uns erwischt hätte.

Daher strengte ich mich doppelt an, eine Spur von Cairo oder wenigstens die Flußeinmündung zu entdecken. Aber an keinem Ufer konnte ich in der Dunkelheit der Nacht etwas ausmachen, das ein Städtchen hätte sein können. Und doch mußten wir längst in der Nähe des Ortes sein. Alles, was ich früher von der Mündungsgegend gehört hatte, war hinter uns geblieben: die felsigen Ufer, die Stromschnellen und vor kurzem eine große Insel.

Sollten wir etwa bereits an Cairo vorbeigetrieben sein? Möglich war es, denn ein Flößer, der bis Cairo gekommen war, hatte mir erzählt, daß es bloß aus ein paar Dutzend Bretterbuden und Holzhäusern bestehe.

Der arme Jim hörte nicht auf, davon zu schwatzen, was er alles tun würde, wenn er endlich frei umherlaufen könnte. Arbeiten wollte er wie ein Ochse und jeden Cent sparen. Ein kleines Holzhaus wollte er sich bauen und dann seine schwarze Braut loskaufen, die beim Schreiner Harthorn in St. Petersburg für drei schuftete.

Der arme Kerl malte sich alles so schön aus, aber dieses verflixte Cairo schien im Boden versunken zu sein.

Ich ließ Jim plappern und stierte ins Dunkel, bis meine Augen schmerzten.

Auf einmal sprang Jim ungestüm auf und deutete in die Finsternis.

»Cairo! Cairo! Dort ist es! Hurra! Hucky, wir haben's! Hurra!«

Tatsächlich sah ich Lichter vor uns. Mir war's zuerst, als tanzten sie über dem Wasser, dann dachte ich, eine Flußbiegung täuschte mich, und glaubte wirklich, das gesuchte Städtchen liege vor mir.

Na, ich legte mich mächtig in die Riemen, und Jim ruderte, daß am Bootsbug das Wasser schäumte. Wir rückten schnell näher und sahen bald die Laternen von Cairo. Mir fiel ein Stein vom Herzen — wie man so sagt —, aber gleich darauf fiel er mir auf die Zehen. Denn als wir schon den dunklen Uferstreifen zu sehen vermeinten und mit aller Kraft darauf losruderten, packte mich Jim am Arm.

»Du, Hucky! Es ist nicht Cairo, es ist ein Riesending von einem Floß.«

Es war so, wie Jim sagte — vor uns trieb ein Floß, das aus mehreren Teilen bestand, die wahrscheinlich durch Ketten oder Taue zusammengehalten wurden. Auf jedem Teil befand sich ein mächtiges Zelt, und auf dem vordersten brannte sogar ein Feuer, das anscheinend auf einer Erdunterlage entzündet worden war. In meinem ganzen Leben hatte ich kein so riesiges Floß gesehen. Jetzt merkte ich auch, daß man die Zelte über Warenballen errichtet hatte. Ein Handelsfloß war's, das vom Oberlauf des Flusses kam und alles mögliche trug.

Vor Verwunderung vergaßen ich und Jim, die Ruder einzuziehen. Wir starrten auf die Ladung, maßen die Länge des Floßes und kamen ihm so nahe, bis wir von einem Wächter entdeckt wurden. Er schien am Floßdeck auf der Lauer gelegen zu sein, um Diebe rechtzeitig zu entdecken. Jetzt sprang er auf und schwenkte unter wildem Geschrei eine Laterne.

Als einige Männer auf ihn zuliefen, stellte er die Laterne nieder, zielte mit einer Flinte nach uns und rief:

»He, ihr! Legt an oder ich schieße! Rudert näher, sonst kracht's!«

Seine Gefährten drohten nun gleichfalls mit Flinten.

»Sie halten uns für Flußpiraten«, raunte ich Jim zu. »Leg dich auf den Boden, ich decke dich zu, sie dürfen dich nicht sehen!«

Jim war so erschrocken, daß er, ohne ein Wort zu sagen, sich niederwarf. Ich riß eine Decke von unserem Lager und breitete sie über ihn. Hierauf griff ich wieder nach dem Ruder und steuerte das letzte Floß an. Als ich nur mehr ein paar Meter entfernt war, richtete ich mich auf. Die Männer auf dem Floß sollten sehen, daß ich ein Junge war und kein Pirat.

Der Wächter griff nun nach der Laterne und beleuchtete mich.

»Wen hast du im Boot versteckt, he? Ist es ein Weißer oder ein Schwarzer? Komm näher, Bürschchen, wir wollen gern sehen, wer bei dir ist.«

Ein anderer sagte: »Ich wette fünf Dollar, daß er einen von den Niggern bei sich hat, die uns davongelaufen sind.«

»Ich wette zehn Dollar, daß zwei Nigger im Boot sind«, schrie ein dritter.

Mein Herz schlug so stark, daß ich kaum reden konnte. Die Stimme versagte mir, und so konnte ich nur kicksend erwidern, was mir ein guter Geist im Augenblick eingab:

»Wetten Sie lieber nicht, Gentlemen. Im Boot liegt mein Vater.«

»Na, dann laß ihn uns sehen, Junge. Wenn's dein Vater ist, möchten wir gern von ihm wissen, weshalb ihr euch bei Nacht hinter unserem Floß herschleicht.«

»Es ist Diebsgesindel, Joe«, sagte ein bärtiger Flößer. »Ich schieß ihnen eine Kugel in die Planken, dann werden sie sich's überlegen, uns bestehlen zu wollen.«

»Nein, Herr, wir sind keine Diebe«, schrie ich erschrocken. »Mein Vater ist Kaufmann in Goshen bei Sankt Petersburg. Wir wollen nach Cairo zu meiner Tante. Sie hat dort einen Laden . . .«

»Ah, nach Cairo willst du?« rief höhnisch der Wächter. »Hältst uns wohl für blöd, du kleiner Schuft, was? Wenn du's wissen willst, dann sag ich dir's — wir kommen von Cairo! Und jetzt leg an, wir möchten gar so gern deinen Alten kennenlernen.«

»Ja, Sir, ich rudere schon — aber — aber habt ihr einen Doktor bei euch?«

»Was? Einen Doktor? Wozu? Braucht dein Alter vielleicht eine Einreibung? Die kriegt er von uns, da mußt du keine Sorge haben. An unsere Medizin wird er lange denken. Na, mach schon — komm, Bürschchen!«

»Jawohl, Sir, halten Sie bloß mein Boot fest, damit es nicht schaukelt — — mein Vater ist sehr krank. Ich bin eigentlich froh, daß Sie mir helfen wollen. Meinen Bruder haben wir gestern nacht wie einen Heiden begraben müssen. In keinem Dorf wollt uns jemand beistehen.«

Der Wächter und zwei andere hatten bereits die Hände nach dem Bootsbug ausgestreckt. Jetzt traten sie wieder zurück und fragten bestürzt:

»Was ist mit deinem Alten? — Was fehlt ihm? — Warum hast du ihn zugedeckt?«

Da heulte ich los, so gut ich konnte. »Er — er hat — hat die — die schwarzen Blattern! Helfen Sie mir, bitte — sonst stirbt er wie mein Bruder Tom.«

Sekundenlang sagte keiner etwas. Dann schrien alle durcheinander. »Oh, du Teufelsjunge! — Weg mit dir! — Fahr ab! — Fort mit dem Boot! — Stoßt es weg! — Die schwarzen Blattern!«

Na, ich hatte wohl schon immer einen Schutzgeist gehabt, der mich im Augenblick der Gefahr das Richtige tun ließ. Und diesmal tat ich das Beste, das überhaupt zu tun war: Ich blieb mit meinem Boot an dem Floß liegen und schluchzte, daß ein Hund vor Mitleid den Schwanz eingezogen hätte.

»Bitte, liebe Gentlemen, stoßen Sie mich nicht weg — helfen Sie mir ... mein armer Vater muß sonst sterben. Ich hab dann niemanden mehr auf der Welt. Meine Tante ist vorgestern an den Blattern gestorben, und meine Großmutter vorige Woche. Bitte, bitte, helfen Sie mir!« Dazu rang ich die Hände, als wollte ich sie auswringen.

Zwei der Männer wollten mit den Flintenläufen mein Boot wegschieben, der Wächter dagegen wehrte ihnen. »He, nicht so schnell — der arme Junge tut mir mächtig leid. Was meint ihr, Gentlemen —?« Damit wandte er sich an seine Gefährten. »Helfen können wir ihm natürlich nicht, aber ... na, ich geb ihm fünf Dollar.«

»Ich auch! — Ich auch! Ich geb ihm sogar zehn! — Ich hab nur mehr sechs — da, fang sie auf, Kleiner.«

Dollarstücke fielen ins Boot. Es regnete Geld auf Jim, der unter der Decke lag.

Ich konnte nun gut verstehen, wie ihm zumute war, als ich immer wieder rief: »Danke, Gentlemen, danke. Gott wird's euch lohnen. Jetzt kann ich wenigstens Medizin kaufen.«

Obwohl wir uns am folgenden Morgen wie reiche Leute vorkamen — wir hatten fast fünfzig Dollar gesammelt —, waren wir alles andere als froh. Das Geld konnten wir natürlich gut gebrauchen, doch wie kamen wir nach Cairo zurück? Irgendwann waren wir an dem Städtchen vorbeigefahren. Es konnte zehn Meilen stromaufwärts gewesen sein, und ebensogut dreißig oder vierzig.

Da lagen wir jetzt in einer Bucht im Schilf versteckt und wußten keinen Rat. Gingen wir zu Fuß, entdeckte man uns sicher, denn das Land ringsum war stark besiedelt. Viel Baumwolle wurde hier gepflanzt und Mais und Getreide. Jede halbe Meile stand ein Farmhaus. Die Ufer waren nicht bewaldet — wenn wir aufrecht gingen, mußten uns die Leute auf den Feldern sehen. Marschierten wir aber bei Nacht, fielen die Schweißhunde uns an, die es hier im Süden auf jeder Farm zu Dutzenden gab.

»Halten wir ein Dampfboot an«, schlug ich Jim vor. »Geld haben wir, und ich könnt sagen, daß ich der Sohn eines verstorbenen Handwerkers oder Farmers aus dem Norden bin. Ich erzähl, ich sei auf der Reise nach Cairo gewesen, und unser Boot sei umgekippt. Irgend etwas fällt mir immer ein — ich hab keine Sorge. Und du warst unser Hausnigger, und ich wollt mich nicht von dir trennen, weil du mich schon als kleines Kind auf den Armen getragen hast.«

»Ja, ja, das wär schon recht«, meinte Jim und kraulte seinen Wollschädel. »Aber wie willst du einen Dampfer anhalten, wenn unser Boot umgekippt ist? Wir können ihm doch nicht entgegenschwimmen.«

Das sah ich ein und gab das Nachdenken auf. Vorläufig hatten wir Proviant genug aus dem Wrack. Fische gab's massenhaft im Fluß, und ein paar Tage faul in der Sonne zu liegen und bei Nacht wie ein richtiger Christenmensch zu schlafen war das Schlimmste nicht. Wozu sollten wir etwas übereilen? Kommt Zeit, kommt Rat — dachte ich. Also schliefen wir uns zunächst gehörig aus, denn das Erlebnis der vergangenen Nacht war uns mächtig in die Knochen gefahren.

Am späten Nachmittag wachte ich auf. Es war mir, als hätte ich trommeln gehört. Ich lauschte eine Weile und glaubte schon, mich getäuscht zu haben, doch gleich darauf krachten Flintenschüsse, und nun fuhr auch Jim hoch.

»Was ist denn los? Sind sie hinter uns her?« rief er.

Sein Gesicht war grau vor Angst. Ich beruhigte ihn, obwohl mir selber schwül wurde. »Pah, was wird schon sein? Ein paar Farmer sind auf der Jagd, das ist alles, Jim. Wenn sie uns entdeckt hätten, wären sie schon da.«

»Dann ist es aber doch besser, wir verschwinden, Hucky. Sie werden hierherkommen.«

»Du bist ein Narr. Wenn wir auf den Fluß hinausfahren, sehen sie uns sofort, und dann verfolgen sie uns. Hier im Schilf sind wir gut versteckt, und wenn's gefährlich wird ...« Ich unterbrach mich und lauschte. Von der Landseite her knackte es im Schilf, dann wurde das Geräusch deutlicher, und bald vernahmen wir heftiges Schnaufen.

Plötzlich hörte das Knacken und Rauschen auf. Jemand sagte keuchend: »Wir müssen zum Fluß, Alter. Wenn wir ins Wasser waten und uns im Schilf verstecken, können sie lange suchen.«

»Aber unsere Spuren werden sie sehen. Ich lauf lieber auf dem Pfad weiter.«

»Nein, du Hornochse — auf dem Pfad haben sie dich in ein paar Minuten eingeholt. Komm mit mir ins Wasser, dort sind wir sicher.«

Jim faßte meine Hand. »Hucky, das sind zwei Nigger — schätze, sie sind ausgerissen. Willst du ihnen denn nicht helfen?«

»Denk nicht dran«, brummte ich. »Noch zwei Nigger auf dem Hals — nein, ich tu's nicht. Du bist mein Freund, aber für Fremde ...«

Im nächsten Augenblick rauschte das Schilf, jetzt teilte es sich, und genau auf unser Boot zu stürzten zwei zerlumpte Weiße. Ein bärtiger Alter und ein Junger waren es, die so blindlings vorpreschten, daß schon das Schlammwasser unter ihren Füßen aufspritzte, als sie uns bemerkten.

»Ho!« entfuhr es dem Alten, dann stand er still, während der jüngere Strolch Miene machte, umzukehren und davonzulaufen. Als er aber merkte, daß wir selber dumm gafften, stieß er den Bärtigen beiseite und fragte lauernd: »Seid ihr nicht von Black Spencers Farm, Boys? Mir scheint, ich hätt euch gestern abend bei meiner Vorstellung gesehen.«

Schon wollt ich Antwort geben, doch kam Jim mir zuvor und beteuerte eifrig: »No, no, Sir, wir sind nicht von hier, wir haben's auf keinen Menschen abgesehen — wir tun niemandem etwas. Ist es nicht so, Hucky?«

Verärgert wegen der voreiligen Antwort, senkte ich die Hand in unser Beutegut, als fühlte ich nach einem Gewehr.

Der junge Strolch wich ängstlich zurück, der Alte hob die Hände, als wollte er sich ergeben. »Tun Sie mir nichts, junger Gentleman«, kreischte er. »Ich bin ganz unschuldig an der Sache — wirklich so unschuldig wie eine Baumwanze an einer Sonnenfinsternis. Glaubt mir, Gentlemen, ich wollt auf Spencers Farm predigen wie immer. Aber die Leute haben's nicht hören wollen. Quatsch nicht soviel, Alter — haben sie geschrien —, verkauf uns lieber Wunderbalsam, wir zahlen gut, es gibt weit und breit keinen Doktor für unsere Kranken. Na, was sollt ich tun, Gents? Sagt selber, hätt ich die guten Leutchen leiden lassen sollen? Sagt, wär das christlich gewesen? Nein, bestimmt nicht — also hab ich ihnen ein paar Flaschen von meinem Lebenselixier verkauft . . . schön, ich geb zu, es ist bloß Regenwasser mit'n bißchen Bittersalz drin und Apfelsaft. Aber die Leute glauben gern an den Schwindel — und manchmal glaubt einer so fest dran, daß er davon gesund wird.« Der Alte hob flehend die Hände. »Ich hab euch jetzt die Wahrheit gesagt, Gentlemen. Die reine, volle Wahrheit — Gott straf mich, wenn's nicht wahr ist! Tut mir nichts, Gents, ich bitt euch, habt Mitleid mit einem alten armen Menschen!«

Nach diesen Worten heulte der Medizinmann los wie ein Gewitter, raufte sich den Bart und hätt's wahrscheinlich mit den Kopfhaaren genauso gemacht — wenn auf seinem kahlen Schädel welche drauf gewesen wären.

Der junge Strolch hatte, während der Alte sprach, keinen Blick von mir gewandt. Er mochte erkannt haben, daß ich und Jim harmlose Burschen waren, denn jetzt stapfte er zu unserem Boot und stützte sich mit den Händen drauf.

»Boys, ich kenn den Alten erst seit gestern, hab mir ein

bißchen was verdienen wollen auf Spencers Farm. Bin Schauspieler und war sogar in London an einem großen Theater. Aber jetzt geht's mir dreckig, muß Gedichtchen schreiben, schauspielern, predigen und Kranken die Hände auflegen, um mich über Wasser zu halten. Gestern hab ich ein bißchen zuviel geschwindelt — hab den Leutchen auf der Farm weisgemacht, ich könnt krankes Vieh heilen. Der Teufel hat's aber gewollt, daß grad heute früh so ein Biest von einer Kuh krepiert ist. Und jetzt glauben die Idioten, ich sei ein Hexer. Mußte mit dem Quacksalber um mein Leben rennen, sonst hätten sie uns beide erschlagen. Sagt, Gentlemen — ihr habt doch ein gutes Herz, ich seh's euch an, daß ihr keine Unmenschen seid —, wollt ihr uns ein paar Meilen in eurem Boot mitnehmen? Ich kann euch nichts bezahlen dafür, weil ich kein Geld hab, aber ihr könnt jedem, der es hören will, sagen, daß ihr den Herzog von Gwalior gerettet habt.«

Er ließ den Bootsrand los, wölbte die Brust und schüttelte das wirre Haar aus der Stirn wie ein Engel, der aus dem Bad kommt. »Jawohl, Gentlemen, vor euch steht der Herzog von Gwalior. Ihr seid die ersten, die mein Geheimnis erfahren — das große einmalige Geheimnis meiner Geburt. Ich hab's übrigens aufgeschrieben und drucken lassen. Hier! Ein Zettel mit dem großen Geheimnis des Herzogs ... zwanzig Cent! Nur dieses einzige und letzte Mal: das große Geheimnis — zwanzig Cent!«

Dabei hielt er uns ein paar schmierige Zettel entgegen, und hätt ich nicht Jims Hand weggeschlagen, würde er einen halben Silberdollar für den Wisch gegeben haben — so begeistert war er von der Bekanntschaft mit einem richtigen Herzog.

Ich ließ mir jedoch nicht so schnell etwas weismachen. In meinem Vagabundenleben hatte ich eine solche Menge Gauner kennengelernt, daß ich jetzt zu dem angeblichen Herzog grinsend sagte: »Hören Sie, Mister Herzog, Ihre Geschichte gefällt mir gut und die von dem Glatzkopf ist auch nicht die schlechteste, aber ich sag's wie es ist — mitnehmen kann ich euch nicht, wir wollen nämlich gar nicht von da wegfahren, uns gefällt's gut hier. Wir haben niemanden zu fürchten, wir fischen, jagen, rauchen, essen — wir machen nämlich ein bißchen Ferien, verstehn Sie, Mister?«

Ich hatte kaum geendet, als vom Land her Hundegebell ertönte und gleich darauf das Hetzgeschrei von Jägern.

»Sie haben unsere Spur gefunden!« schrie der Alte und rannte zum Boot. »Sie verfolgen uns! Gleich werden sie dasein! Gentlemen, helft uns! Um Christi willen, rettet uns vor ihnen! Sie machen Siebe aus uns, wenn sie uns finden.

Der Herzog rang nun gleichfalls die Hände, bettelte und weinte, aber mich juckte selber die Haut, und ich hatte gar keine Lust, mit Leuten Bekanntschaft zu machen, die Hunde auf Menschen hetzten.

»Pack die Ruder, Jim! Wir müssen fort von da! Schnell, schnell!« rief ich dem Schwarzen zu, der so verdattert ins Leere stierte, als wäre er versteinert. Ich mußte ihm erst das Ruder gegen die Rippen stoßen, bis er sich endlich besann und so schnell abstieß, daß der Glatzkopf, der auf einen Wink von mir ins Boot steigen wollte, in den Schlamm platschte. Sein Gezeter hätte uns verraten können, also sagte ich dem Herzog, er solle dem alten Narren aufhelfen. Aber der Lump war so feig, daß er winselnd auf den Knien im Boot herumrutschte und mich beschwor, den Alten zurückzulassen, weil er uns ja doch nur im Weg sein würde.

Na, ich war immer ein Feind von Schuften, die einen Kameraden im Stich lassen, wenn's gefährlich wird, und gab dem feinen Herzog mit dem Ruder eins auf den Kopf, daß ihm die Luft wegblieb. Dann sprang ich hinaus, warf mit Jims Hilfe den schlammbeschmierten Alten ins Boot und machte, daß wir fortkamen, ehe die Hunde uns aufspürten.

Wir waren noch keine zwei Meilen weit gefahren, als der Herzog mit dem Glatzkopf wegen des Platzes zu streiten begann, ihn einen verdammten lausigen Schurken schimpfte und Miene machte, den Alten über Bord zu werfen. Soviel Frechheit brachte mich in Wut, und deshalb sagte ich dem Herrn Herzog gehörig meine Meinung. Denn schließlich war er in meinem Boot mein Gast und hatte sich gehörig zu betragen. Der Lumpenkerl fühlte sich aber jetzt außer Gefahr und schaffte mir, das Maul zu halten, sonst würde er mir den nötigen Respekt beibringen.

»Oder hältst du mich für so dumm«, fragte er, »daß ich nicht weiß, warum ihr bei Tag im Schilf versteckt liegt? Der Schwarze ist ein entlaufener Nigger, und du hältst ihn verborgen. Mich kannst du nicht für blöd verkaufen, Bürschchen, mich nicht!«

»Du bist noch blöder als blöd«, erwiderte ich im gleichen Ton. »Quatschst wie eine alte Ente, die von nichts eine Ahnung hat, und spielst dich auf. Jim hat meinem Vater gehört, der war Bürgermeister von Goshen, das liegt hundert Meilen flußaufwärts. Aber mein Vater ist gestorben, und daher gehört Jim mir, und wer ihn mir wegnehmen will, kriegt mein Messer zwischen die Rippen.«

Ich muß vor Zorn richtig blaß geworden sein, und es war mir sicher anzumerken gewesen, daß ich im Ernstfall tatsächlich zur Waffe greifen würde. Der Herzog wurde jedenfalls um einen guten Zoll kleiner und sagte mit scheinheiliger Freundlichkeit:

»Aber, aber, Boy. Hab ich denn gesagt, daß ich dir Jim wegnehmen will? Ich bin froh, daß er bei uns ist, es sieht viel harmloser aus, wenn drei Weiße und ein Nigger auf dem Fluß fahren. Jeder wird uns für Farmersleute halten, die irgendwo einen Besuch machen. Wir wollen nicht mehr streiten, Boy — gilt's? Wir sind schließlich aufeinander angewiesen — du brauchst mich, ich brauch dich ...«

»Ich brauch dich nicht«, knurrte ich unversöhnt. »Wenn's mir paßt, laß ich dich aussteigen, das Boot gehört mir.«

»Jawohl, das Boot gehört dem jungen Gentleman«, bestätigte schmeichlerisch der alte Glatzkopf. »Alles, was recht ist — der junge Herr war so gütig, uns zu helfen, und darum müssen wir ihm dankbar sein.«

Da schaute der Herzog mit verdrehten Augen himmelwärts und klagte: »Ach, du lieber Gott, warum strafst du mich so? Was hab ich getan, daß ich so verfolgt werde? Ich, der letzte Sproß aus dem Fürstengeschlecht der Herzoge von Gwalior, muß soviel Unrecht erleiden! Mein durchlauchtigster Vater, der berühmteste Feldherr des Königs von England, würde sich im Grab umdrehen, wenn er mich jetzt sehen könnte. Oh, meine teuren Ahnen, die ihr im Himmel versammelt seid, erbarmt euch meiner, gebt mir die Herzogskrone wieder zurück, die mir bei der Schlacht von Hastings der König von Frankreich entrissen hat!«

Mit Tränen in den Augen sprang jetzt der Herzog auf, reckte die Faust hoch und rief: »Gott strafe den König von Frankreich! Nieder mit dem verdammten Räuber meiner Herzogskrone! Nieder!«

Als er nun so aufrecht dastand und sein langes Haar im Winde flatterte, bekam ich wahrhaftig Respekt vor ihm. Ich dachte, wenn er den König von Frankreich so gut kennt, ist er am Ende doch ein wirklicher Herzog, und wenn ich und Jim ihm helfen, seine Krone zurückzuerobern, würde er uns vielleicht zu Grafen ernennen. Also bat ich ihn höflich, sich wieder zu setzen, weil sonst das Boot umkippen könnte. Er tat es und verharrte eine Weile stumm brütend auf seinem Platz, den Kopf auf die Hände gestützt, wie in Gedanken versunken. Mir schien's, als überlegte er, wie er ein Heer sammeln könnte, um den König von Frankreich zu schlagen. Auch Jim mußte ähnliches geglaubt haben, denn er glotzte den hohen Herrn ehrfurchtsvoll an. Der Alte dagegen rieb seinen Glatzkopf, seufzte ein paarmal und sagte dann, träumerisch in die Ferne blickend:

»Gentlemen, ich kann's nicht länger bei mir behalten. Auch ich trage ein großes Geheimnis mit mir herum. Hab noch nie davon geredet, aber jetzt ist's Zeit, daß ich's sag. Es hat mir das Herz abgedrückt, daß mein edler Freund, der Herzog von Gwalior, so bitteres Unrecht erleiden mußte. Noch dazu durch den König von Frankreich, der mein leibhaftiger Vetter ist. Ob ihr's glaubt oder nicht, ich bin der Thronerbe, weil mein Vetter, die erlauchteste Majestät, keine Kinder nicht hat.«

Als Jim hörte, daß der leibhaftige Vetter des Königs von Frankreich an Bord war, riß er den Mund auf, als wollt er diesen Vetter verschlucken. Und ich selber wußte nicht, sollt ich lachen oder vor dem Thronerben auf die Knie fallen. Der Herzog dagegen wußte besser, wie man sich einem königlichen Prinzen gegenüber zu benehmen hat. Er zwinkerte zuerst ungläubig, dann schlug er dem künftigen König auf die Schulter und sagte grinsend:

»Bist ein toller Bursche, prinzliche Gnaden! Hätte es mir nicht träumen lassen, daß ich einmal mit dem Vetter von meinem Todfeind auf einem Boot beisammen sein werde. Möcht bloß wissen, alter Gauner, warum du eigentlich herübergekommen bist, wenn du in Frankreich auf einem goldenen Nachttopf sitzen könntest?«

Der Alte streichelte seinen Bart so würdevoll wie ein richtiger König, dann räusperte er sich und schaute dabei besorgt um sich, obwohl meilenweit kein Mensch zu sehen war.

»Hm, ja, das ist so eine Geschichte, Herzog. Ich wollte eben einmal Amerika kennenlernen — wie das Volk hier lebt, und so.«

»Nicht schlecht — ist eine gute Idee«, lobte der Herzog. »Aber wenn ich fragen darf — wo ist Euer Gefolge geblieben, Hoheit?«

»Gefolge? Was denn für ein Gefolge, he? Wozu brauch ich denn so was, wenn ich unerkannt bleiben will, damit ich besser mit einfachen Leuten reden kann? Hat vielleicht der Harun al Hatschi — oder wie der Negerkönig geheißen hat — ein Gefolge gebraucht, he? Schaut doch den Nigger an, wie der 's Maul aufsperrt, seit er weiß, daß ich bald ein König sein werde. Von dem erfahr ich nichts mehr, weil er sich gar nicht getraut, mit einem — Königsprinzen zu reden. Werd ihn übrigens zu meinem Hofmarschall ernennen, wenn ich König bin. Da, lieber Jim, ich gestatte dir, mir zum Dank die Hand zu küssen — knie nieder, braver Bursche.«

Der Alte machte ein so feierliches Gesicht wie ein Bischof, der den Segen gibt, und streckte die Hand aus. Der arme Jim bekam vor Verlegenheit den Schluckauf und wollte schließlich wirklich auf die Knie fallen. Weil ich aber ein freier Amerikaner bin, wollt ich auch Jim nicht so klein vor einem Königsprinzen sehen, und deshalb hieß ich ihn sitzenbleiben. Ich nahm mich zusammen und fragte den Prinzen so höflich, wie er es verdiente:

»Mit Verlaub, Herr König, wo ist denn Euer Dokument? Ich meine, Ihr hättet doch so ein Papier mit Siegeln, wo's draufsteht, wer Ihr seid.«

»Bravo!« rief der Herzog. »Einen Adelsbrief oder ein ähnliches Ding muß er uns zeigen, der alte Schuft, sonst glauben wir ihm nicht. Ich hab mein Papier gezeigt, wo's draufsteht, wer ich bin. Sogar gedruckt hab ich's.«

»Jawohl, du brauchst ein Papier, weil es dir keiner ansieht, daß du ein Herzog bist, aber *ich* brauch keines. Wenn einer so eine Glatze und so einen Bart hat wie ich, hat er's nicht nötig, sich für einen König auszugeben, wenn er keiner ist.« Dabei zwinkerte er dem Herzog zu, daß ich gleich verstand, er wolle nur mich und Jim dumm machen.

Und richtig sagte der Herzog jetzt: »Du hast ganz recht, Hoheit, wer ein bißchen Gehirnschmalz hat, weiß gleich, wer du bist. Wenn es dir recht ist, bleiben wir Partner. Du bist ein König, ich ein Herzog — wir haben also ein Anrecht, bedient zu werden.« Und zu uns sagte er: »Boys, von heut an habt ihr die Ehre, unsere Leibdiener zu sein. Wir wünschen morgens das Frühstück serviert zu bekommen, nach dem Mittagessen pflegen wir ein Schläfchen zu halten und beauftragen euch, die Fliegen zu verjagen. Das Abendessen ...«

Jim nickte zu allem ehrfurchtsvoll, mich aber packte die Wut. Diese Schufte wollten Sklaven aus uns machen? Sich bedienen lassen, weil sie Herzog und Königsprinz waren?

»Ich werd euch den Teufel was servieren!« brüllte ich. »Ins Wasser schmeiß ich euch beide, wenn ihr nochmals so blödes Zeug quatscht. Ich rat euch gut, redet mir nicht mehr von Leibdienern, sonst seid ihr Schiffbrüchige, bevor ihr bis drei zählen könnt. In meinem Boot bin ich der Oberkönig, das merkt euch, ihr Maulaufreißer!«

Die beiden schauten einander betropetzt an, und ich war's zufrieden. Sie hatten meine Sprache gut verstanden, und das zeigte sich auch sofort.

»Aber, wer wird denn gleich so bös sein?« fragte der Alte erschrocken. »Einem königlichen Prinzen und einem Herzog zu dienen ist doch eine hohe Ehre. In meinem Palast in Frankreich haben mich Barone und Grafen bedient. Ich meine ...«

»Was du meinst, Alter, ist mir nicht einmal einen Hosenknopf wert!« erwiderte ich grob. »Ich bin nicht von heute, mein Lieber. Hab auch schon ein bißchen was erlebt, mir kannst du nichts weismachen.«

»Bei Gott, ich glaub's ihm, Hoheit«, rief der Herzog. »Er hat richtig das Zeug zu einem berühmten Vagabunden. Er ist einer wie wir. Er gehört zu uns — wir wollen ihn auch nicht mehr zum besten halten. Er wär sonst imstand, uns wirklich auszubooten.«

Jetzt rief auch der glatzköpfige Prinz begeistert: »Jawohl, er ist einer von uns. Hier meine Hand, kleiner Freund ... na, schlag ein, zier dich nicht, es ist die Hand eines ehrlichen alten Stromers, der nie um schnödes Geld für andere geschuftet hat.«

Diese Reden gefielen mir schon viel besser. Und so sträubte ich mich nicht länger — denn eines ehrlichen Vagabunden Hand drückte ich immer viel lieber als die eines feinen Leuteschinders.

Meine neuen Partner erwiesen sich als ganz vernünftige Burschen. Sie hatten eine Menge Einfälle und wußten recht gut, wie man aus der Dummheit anderer Leute harte Dollars macht. So legten wir zum Beispiel an einem Sonntagmorgen vor einem Städtchen an, dessen Bewohner sich auf einem nahen Hügel versammelt hatten, um einen berühmten Wanderprediger zu hören. Er trug einen mächtig langen Bart, um den ihn der Prinz heftig beneidete, einen Zylinder, dem die Krempe fehlte, einen speckigen Frack und gestreifte Hosen, die in verdreckten Stiefeln steckten. Der Kerl brüllte wie ein Besessener, fuchtelte mit den Armen in der Luft, als wäre er von einem Wespenschwarm überfallen worden, und machte sich das Leben so schwer wie möglich. Redete er von der Hölle und den Qualen, die ganz vermaledeite Sünder dort erleiden würden, so spuckte er, daß die Umstehenden meinten, es regnete. Sprach er aber vom Himmel und den Freuden, die jeden Gläubigen dort erwarteten, dann säuselte er so lieblich, als hätte er Honig geschleckt. Er hob die Hände zum Himmel, und sein Bart zitterte vor Rührung.

Gleich darauf wetterte er wieder gegen den Geiz und drohte jedem, der sich bei der folgenden Almosensammlung drücken würde, die grausamsten Höllenstrafen an. Danach wischte er den Bart ab, holte ein Stück Kautabak aus seiner Tasche und befahl den Gläubigen, niederzuknien, weil er jetzt den Heiligen Geist rufen wolle. »Oh, komm zu den Bedrückten, beladen mit Sünde!« heulte er zum Himmel.

Und die Sünder riefen im Chor: »Oh, komm zu uns!«

»Oh, komm zu den Lahmen und Tauben!«

»Oh, komm zu uns!«

»Oh, komm zu den Armen und Bedürftigen!«

»Oh, komm zu uns!« riefen alle bis auf den Prinzen. Der warf nämlich mit einemmal die Arme hoch und kreischte: »Der Heilige Geist ist über mir! Halleluja! Er erfüllt mich! Oh, wie selig bin ich! Halleluja! Halleluja!« Danach drängte er sich zu dem Prediger vor und brüllte: »Ladys und Gentlemen! Ein Wunder ist an mir geschehen! Der Heilige Geist hat mich alten Sünder begnadet. Ein Wunder, Leute! Ein Wunder!«

Da entstand ein wildes Gedränge. Jeder wollte dem Begnadeten die Hände schütteln, einige fielen vor ihm nieder und küßten seinen dreckigen Rock, andere faßten seine Knie, und nur der Wanderredner stand abseits und schaute den Begnadeten so wild an, als wollte er ihm die Zähne einschlagen. Der Prinz aber scherte sich nicht um die bösen Blicke, erzählte, daß er schon mit zwölf Jahren hinten im Indischen Ozean Seeräubern in die Hände gefallen und später selber der berüchtigste von allen geworden sei. Bei dem letzten Gefecht habe man jedoch seine Leute zusammengehauen, und nun sei er auf der Suche nach wagemutigen Burschen hierhergekommen. Doch da habe der Heilige Geist sich just ihn, den größten Schinder, den schlechtesten Kerl der ganzen Welt, ausgesucht, und das sei ein himmlisches Wunder, denn nun würde er stets auf dem Pfad der Tugend wandeln und nur Gutes tun. Leider falle ihm das gar nicht leicht, weil seine ganzen Schätze auf dem Meeresgrund lägen, und wie sollte er seine Sünden loswerden, wenn er doch nicht einmal mehr einen Hemdknopf besitze, den er verschenken könne. Hierauf brach er in Tränen aus und schluchzte, daß eine Kuh vor Mitleid geheult hätte.

Jemand schrie: »Er soll sammeln gehn!«

Ein anderer brüllte: »Halleluja!«, und ich sah den Prinzen umhergehen mit einem Gesicht wie ein Kamel vor der Himmelstür.

Es regnete Viertel- und Halbdollarstücke in seine speckige Mütze, und wenn einer nur zehn Cent gab, sagte der Prinz nicht einmal »Vergelt's Gott!« Der Wanderprediger fluchte wie ein Löwenbändiger, dem sein einziger Löwe krepiert ist, und der Herzog mußte ihn trösten, sonst hätte er sich vor Wut in die Nase gebissen. Ich hielt mich für alle Fälle im Hintergrund.

Na, wir machten schließlich, daß wir zu unserem Boot kamen, weil der Prediger anfing in seinen Taschen zu stöbern. Und es war eher anzunehmen, daß er nach einer Pistole fingerte als nach einem Gebetbuch.

Am Abend zählten wir zweiundsechzig Dollar und einen Messingknopf, den sicher ein frommer Mann für ein Goldstück gehalten hatte. Es war ein feines Geschäft gewesen, und was mich am meisten daran freute, war, daß meine Partner ehrlich mit mir teilten.

Für ein paar Dollar kaufte der Herzog im nächsten Ort eine Menge Fläschchen, die er mit Flußwasser anfüllte und tags darauf als Wasser aus dem Jordanfluß im Heiligen Land verkaufte. Leider war ihm beim Einfüllen in eines der Fläschchen ein Wasserkäfer geschlüpft, und zwar von einer Sorte, die hierzulande jedes Kind kennt. Der Käufer des heiligen »Jordanwassers« lief davon, um eine Schrotflinte zu holen. Wir warteten aber nicht, bis er zurückkam, sondern verdufteten rechtzeitig.

In den drei letzten Tagen hatten wir nicht schlecht verdient. Bisher war mir ganz unbekannt geblieben, wie leicht man den Menschen drei Silberdollars aus der Nase ziehen konnte. Man brauchte bloß großartig zu tun, sich für einen berühmten Doktor auszugeben oder für einen Sterndeuter, der die Zukunft voraussagen könne, überdies ein bißchen Tamtam dazumachen, und schon glaubten die Leute alles und ließen sich übers Ohr hauen. Dem Betrüger drängten sie die Silberdollars auf. Mit einem Handwerker, der ehrliche Arbeit lieferte, feilschten sie um Kupferstücke. Na, mir konnte es recht sein, wir lebten recht gut und hatten noch Spaß dabei! Anscheinend wollten die Menschen gerne betrogen sein.

Der Herzog war ein wahrer Meister in dieser Kunst. Alle paar Tage dachte er sich einen neuen Trick aus, mit dem er Gimpel auf den Leim gehen ließ. Einmal hängte er Jim eine Halskette aus Pferdezähnen um und band ihm zwei gewichtige Messingringe an die Ohren. Kamen wir in ein Dorf, mußte Jim im Boot das Hemd und die Hose ausziehen und sich einen buschigen Kranz aus Schilfblättern umlegen. Dann bemalte der Herzog Brust und Gesicht des Schwarzen mit roten und weißen Streifen, band Kaninchenschwänze an die Fußknöchel des Negers und steckte ihm ein Büschel Federn ins Haar. Jim sah greulich aus, und wär ich ihm bei Nacht begegnet, hätt ich wahrscheinlich meinen Rock abgestreift, um schneller davonrennen zu können.

Der Herzog hängte Jim einen Schild aus Baumrinde um, drückte ihm einen langen Stock mit einem Messer daran in die Rechte und einen Kalbsknochen in die Linke. Dann führte er den Schwarzen, der wild mit den Augen rollen mußte, an einer Hundekette ins Dorf.

Der glatzköpfige Prinz und ich liefen voraus. Auf dem Hauptplatz stellten wir uns auf und trommelten so lange auf einem Kochkesseldeckel, bis die Leute zusammenliefen. Der Prinz stellte sich nun auf eine Kiste und rief:

»Ladys und Gentlemen! Heute sehen Sie die staunenswerteste, die größte Sensation aller Sensationen unseres Jahrhunderts! Mister MacKean, der unerschrockene Afrikaforscher, wird persönlich vor Ihnen erscheinen! Mister MacKean hat im wildesten Urwald Jagd auf Menschenfresser gemacht. Es ist ihm gelungen, nach einem furchtbaren Kampf den Häuptling der gefürchteten Cri-Cra-Cru-Kannibalen, den schrecklichen Wamba-Bamba, mit einem Lasso zu fangen und in einem Käfig aus armdicken Eisenstäben nach Amerika zu bringen. Dieser furchtbare Häuptling muß mit rohem Fleisch gefüttert werden! Er trinkt Petroleum statt Wasser und schluckt silberne Zwanzig-Cent-Stücke wie Sie oder ich ein Stückchen Käse. Kupfercents spuckt er aus — die behagen ihm nicht! Wenn er daher vor Ihnen erscheint, werfen Sie ihm keine Fünf- oder Zehn-Cent-Stücke zu, sonst kommt er in Wut und reißt sich von der Stahlkette los, an die er gefesselt ist. Ein grauenhaftes Blutbad würde die Folge sein — treten Sie zurück, Ladys und Gentlemen — ich höre schon das Gebrüll des Menschenfresserhäuptlings Wamba-Bamba!«

Bei diesen Worten tauchte der Herzog mit Jim auf, der so furchtbar brüllte, als hätte er tatsächlich Petroleum gesoffen. Er zerrte an seiner Kette, fletschte die Zähne und schwang drohend seinen Spieß. Ab und zu blieb er stehen, schaute wild um sich, als suche er nach einem Opfer, und sprang dann plötzlich mit gellendem Geschrei wie ein Bock in die Luft.

Jim spielte so gut einen Menschenfresser, als wäre er früher einmal einer gewesen. Die Ladys kreischten vor Schreck, wenn er an seiner Kette zerrte, und sogar die Gentlemen sprangen zurück, als er nach ihnen schnappte. Drohte der Herzog mit einem Knüppel, dann fauchte Jim ihn an, ließ sich aber weiterführen und begann an dem Kalbsknochen zu nagen.

»Ladys und Gentlemen!« rief nun der Kannibalenbezwinger. »Wamba-Bamba hat Hunger, wie Sie sehen. Er zerbeißt soeben die Rippen eines geizigen Gentlemans, der ihn gestern mit einem Kupferstück füttern wollte statt mit einer Silbermünze. Hüten Sie sich, Wamba-Bamba schlechtes Geld zuzuwerfen! Ich bürge dann nicht für ihn — seine Wut ist fürchterlich, er zerreißt alles, was ihm in die Nähe kommt!«

Dazu brüllte unser Jim ganz gräßlich und schnappte nach jedem, der noch immer die Hände in den Taschen hielt, statt ihm Silber zuzuwerfen. Es war schaurig anzusehen. Jim fing tatsächlich die Münzen, die ihm entgegenflogen, mit dem

Mund auf. Allerdings schluckte er sie nicht, sondern schob sie an die Backe. Und wer gesehen hat, daß Jim imstande war, ein halbes gebratenes Huhn auf einmal in den Mund zu stopfen, der wird verstehen, daß er auch eine Handvoll Münzen mühelos darin unterbringen konnte.

Wamba-Bamba war eine prima Nummer, wir verdienten eine Menge Geld. Leider warf eines Tages irgendein verdammter Lausejunge dem armen Jim einen toten Frosch in den Mund. Jim schluckte versehentlich das Zeug und litt ein paar Tage an Magenschmerzen. So wurde uns die beste Nummer verdorben, und der Herzog mußte sich eine neue ausdenken. Er brauchte bloß einen halben Tag, bis ihm einfiel, daß er bei Hastings gegen den König von Frankreich gefochten hatte. Und weil doch dessen Vetter, der Glatzkopf und Kronprinz, sich bei uns befand, kam er auf die Idee, als nächste Nummer die Schlacht bei Hastings aufzuführen.

Im nächsten Städtchen, das wir mit unserm Besuch beehrten, ließ er Zettel mit folgendem Text bedrucken:

Die sensationellste Sensation!

Etwas noch nie Dagewesenes! Das größte Drama der Geschichte sehen Sie heute abend!

! ! DIE SCHLACHT BEI HASTINGS ! !

Persönliches Auftreten des Herzogs von Gwalior! Er kämpft gegen den Vetter des Königs von Frankreich! Versäumen Sie nicht die einmalige Gelegenheit, einen wirklichen Herzog und einen echten Kronprinzen zu sehen! Ein schauriger Zweikampf, ein blutiges Schauspiel nur für Nervenstarke um 30 Cent! Frauen und Kinder haben keinen Zutritt, da sie stets in Ohnmacht fallen!

Die letzte Zeile hielt der Prinz für die beste. Er hatte recht.

Im nächsten Dorf, in dem zum erstenmal das »größte Drama der Geschichte« gespielt werden sollte, versammelte sich, nachdem wir die Zettel an die Mauern geklebt hatten, gegen Abend das gesamte Volk. Von drei Meilen im Umkreis kamen die Leute heran. Selbstverständlich waren auch die Frauen mitgekommen, weil das Verbot sie gereizt hatte.

Der Herzog hatte das Gerichtshaus gemietet, aber schon um fünf Uhr nachmittags wackelte es bedenklich — so viele Menschen waren drinnen. Also mußte der Schauplatz des Dramas auf eine Wiese verlegt werden, wo unter einem mächtigen Ahornbaum der Zweikampf stattfinden sollte.

Der Herzog lieh vom Gerichtsdiener einen roten Vorhang und hängte ihn geschickt an die Baumäste. Danach zogen sich er und der Prinz Frauenstrümpfe an, die sich in unserem Beutegut aus dem Wrack befanden. Sie schnitten von alten Hosen die Beine oberhalb der Knie ab, banden farbige Schärpen um die Hüften und zogen Damenblusen an. Hierauf setzten sie Federhüte verwegen auf, und nun fehlten ihnen bloß noch die Schwerter. Aber solche hatten wir nicht. Also mußte Jim hölzerne Schwerter schnitzen, die mit roter Farbe bekleckst wurden, so daß sie aussahen, als wären sie mit Blut besprengt. Und nun begannen der Herzog und der Prinz zu proben. Sie schrien einander an, beschimpften und bespuckten einander, weil der Herzog Frankreich erobern wollte und der Prinz das stolze England. Als sie sich genügend in Zorn geredet hatten, griffen sie zu den Waffen und fochten. Der Herzog war der Flinkere. Er traf zweimal des Prinzen Herz. Beim drittenmal stieß er so heftig zu, daß der Glatzkopf in einen Wassertümpel fiel.

Ich war begeistert und Jim auch.

»Es ist wirklich eine feine Sache«, meinte er. »Aber es fehlt das Blut. Der Herzog muß den Prinzen ein bißchen stechen, damit die Leute etwas sehen für ihr Geld.«

Der Prinz wollte sich aber nicht stechen lassen. »Wenn schon Blut fließen soll, dann nicht meines«, sagte er. »Huck soll ein Huhn fangen, dann gibt's Blut genug.«

Na, ich machte mich gleich auf den Weg, und richtig lief mir bald ein Hühnchen zu, das mich anscheinend besonders gut leiden konnte. Es opferte sich gern für mich, und der Herzog füllte mit dem Opferblut eine Fischblase, die er dem Prinzen von Frankreich unter der Bluse an die Heldenbrust band.

Als endlich die »Schlacht bei Hastings« beginnen sollte, hatten sich etwa zweihundert Menschen um den Ahornbaum gelagert. Farmersleute saßen auf ihren Karren, Viehhirten auf den Pferden. Ein Farmer stand, um besser sehen zu können, auf einer Leiter, und einige Lausbuben hatten auf den Baumästen Platz gefunden. Ich mußte einsammeln gehen und füllte zweimal meine Mütze mit Geldstücken. Dann trat der Herzog vor und wurde mit gewaltigem Jubel empfangen. Man ließ ihn hochleben und winkte ihm zu wie einem richtigen Herzog. Besonders die Frauen zeigten sich mächtig begeistert, denn der Herzog war ein hübscher Bursche. Er schwenkte wie ein echter Ritter den Federhut und begann:

»Ladys und Gentlemen! Sie werden heute zum erstenmal in der Geschichte Amerikas einen wahrhaftigen Zweikampf sehen. Ich, der Herzog von Gwalior, und der Kronprinz von Frankreich sind hierhergekommen, weil unsere Heere sich gegenseitig bis auf den letzten Mann vernichtet haben. Hier, an dieser Stelle, will ich mein Erbe gegen den verdammten Schurken, den Prinzen, verteidigen. Er soll mir seinen feigen Überfall auf England büßen. Bei Hastings hätt ich ihn beinahe erwischt, aber sein weißer Araberhengst war schneller als mein Streitroß.«

»Erzähl uns keine Lügengeschichten«, rief ein hagerer Mann mit einer Brille auf der Nasenspitze dazwischen. »Die Schlacht bei Hastings fand im Jahre 1066 statt. Es war Wilhelm der Eroberer, der ...« Weiter kam der Magere nicht. Jemand schrie: »Halt den Mund, Lehrer! Verzapf deine Weisheit den Bengeln in der Schule!«

»Jawohl!« schrie ein anderer. »Wir wollen einen Zweikampf sehen und nicht Geschichtsunterricht nehmen.«

»Ich hab zwei Dollar auf den Herzog gewettet«, brüllte ein dritter, und da der Lehrer wieder berichtigen wollte, wurde er niedergeschrien. Nachher konnte der Herzog weiterreden. Mit schluchzender Stimme erzählte er von der schrecklichen Schlacht, bei der sich die Leichen zu Bergen türmten und sogar die Schwerverwundeten so lange kämpften, bis sie keine Arme und Beine mehr hatten. Er selber focht an der Spitze seiner Armee wie ein Löwe, aber hinter ihm starb die

Blüte Englands, bis nur er und der grausame Prinz übrig waren, der das Land verräterischerweise überfallen hatte.

»Gib's ihm jetzt, Herzog!« rief man ihm zu, und: »Schlag ihn nieder, den Schuft! — Spieß ihn auf, den Schurken! — Mach Hackfleisch aus ihm!«

Na, der Glatzkopf hatte keine Freunde unter den Zuschauern. Und als er vor den Vorhang trat, heulte, pfiff und johlte die Menge. Es fehlte nicht viel, und man hätte ihn gelyncht, doch der Herzog winkte mit dem Schwert und gebot: »Ich bitte euch, Leute, behaltet kaltes Blut! Gott allein soll entscheiden, auf wessen Seite das Recht ist. Und wenn ich fallen sollte, wünsche ich, daß ihr meinem Gegner kein Haar krümmt.«

Bei diesen Worten kicherte Jim, weil sich der Prinz das Haar zum Krümmen erst auf die Glatze hätte kleben müssen.

Nun gestattete man auch dem Prinzen, eine Rede zu halten, und er versicherte, daß er England nur deshalb überfallen habe, weil sein Vetter, der König von Frankreich, es ihm befohlen hatte. Und ein Feldherr dürfe sich doch niemals dem Befehl seines Königs widersetzen. So leid es ihm auch getan hätte, gegen die tapferen Engländer zu kämpfen, mußte er dennoch gehorchen. Falls er aber am Leben bliebe, wolle er sich mit seinem edelmütigen Gegner versöhnen und ihm seinen Palast in Frankreich mitsamt Diener, Pagen und Edelfräulein zum Geschenk machen.

Das war sehr klug gesprochen, denn soviel Großmut versöhnte die Zuschauer wieder. Bald standen die Wetten auf den Tod des Prinzen nur mehr 2 : 1, statt wie vorher 10 : 1.

Endlich nahmen die Gegner Aufstellung und kreuzten die Holzschwerter. Hierauf schlug der Herzog zu und traf den Prinzen auf den Kopf. Das brachte diesen in Wut, und er stach den Herzog ins Hinterteil, just als dieser auf einem faulen Apfel ausrutschte, den ein unversöhnlicher Gegner des Prinzen geworfen hatte. Vor Zorn über den Stich packte der Herzog den Prinzen und warf ihn nieder, worauf sich ein Ringkampf entspann, in dessen Verlauf der Prinz dem Herzog die Hose zerriß. Da so viele Ladys anwesend waren, mußte der Herzog mit einer Hand die Blöße bedecken und erhielt als Folge davon eines über den Buckel, daß es nur so schmetterte. Die Zuschauer riefen »bravo!« und »gib's ihm!«, und ich hörte, wie der Herzog seinem Feind zuwispelte: »Schlag nicht mehr so fest, sonst geb ich dir einen Kinnhaken!«

Der »Kampf« wogte hin und her, denn schließlich hatten die Leute eine Menge Geld ausgegeben und sollten auf ihre Rechnung kommen. Als aber einer rief: »Es lebe England! Nieder mit Frankreich!« — da gab's ein Beifallsgeschrei, als sollte das Schicksal Amerikas entschieden werden. Man verlangte stürmisch die Niederlage Frankreichs, der Herzog von Gwalior hob das Holzschwert wie ein Stierkämpfer, und der Prinz sprang, die Brust dem Todesstoß darbietend, auf ihn los. Er schwitzte mächtig und wollte endlich seine Ruhe haben. Jetzt stieß der Herzog zu, schlitzte tatsächlich die Fischblase auf, und der Prinz sank mit einem Todesröcheln zu Boden. Der Herzog wischte unter Freudengeschrei das blutige Holzschwert an seiner Hose ab, der Prinz zuckte schauerlich, vergaß nicht mit den Beinen zu strampfen, dann machte er »Uaah« und lag still.

Ich und Jim sollten ihn forttragen, aber einige Burschen wollten ganz sicher sein, daß der verfluchte Schurke von einem Franzosen ehrlich tot sei, und stießen uns weg. Dem Alten wäre es schlecht ergangen, hätte nicht der Herzog die Burschen zurückgedrängt und ihnen die Strafe des Himmels angedroht, wenn sie den edlen Feind nicht in Frieden ließen.

Nun konnten wir endlich doch den »Leichnam« fortschleppen, während man den Herzog feierte. Er wurde spätnachts von einigen Verehrern stockbesoffen zum Boot gebracht und machte einen mächtigen Radau.

Die »Schlacht bei Hastings« brachte uns in den nächsten Tagen mehr als zweihundert Dollar ein. Der Prinz und der Herzog machten sich schönere Kostüme, ergatterten irgendwo richtige Säbel und lernten ihre Rollen wie echte Schauspieler. Bald wurde es ein famoser Spaß, ihrem Kampf zuzusehen, und wir hätten wohl ein Jahr lang oder mehr die Schlacht in allen Orten spielen können und eine Menge Geld dabei verdient.

Bald trugen der Herzog und sein Partner auch bessere Kleider und sahen nicht mehr wie Strolche aus. Der Prinz hatte einen neuen feinen Rock aus schwarzem Tuch und glich darin einem ehrwürdigen Prediger. Und den Herzog in taubengrauen Hosen hätte keiner für einen Vagabunden gehalten, wenn er freundlich den breitrandigen Stetsonhut lüftete und sich wie ein richtiger Gentleman verbeugte.

Leider verdrehten ihm die Dollars, die jetzt in seinen Taschen klimperten, den Kopf. Er wollte noch mehr Geld verdienen. Die »Schlacht bei Hastings« brachte ihm zuwenig ein. Auch der Glatzkopf war längst nicht mehr der ehrliche Partner von einst. Nach jeder Vorstellung versuchte er, mich und Jim um unseren Anteil zu prellen, und zählte sich und dem Herzog immer doppelt so viel zu als uns. Na, ich ließ es mir nicht gefallen und machte jedesmal ein mächtiges Geschrei, bis eines Morgens der Herzog erklärte:

»Hör zu, Huck, von heut ab kriegt Jim keinen Cent mehr. Er ist ein entlaufener Nigger und soll froh sein, wenn er uns bedienen darf. Zu essen kriegt er genug, und sonst geht's ihm auch nicht schlecht, aber einem Niggersklaven werd ich meine schwerverdienten Dollars nicht vor die Füße werfen.«

Der Prinz gab dem Herzog recht, und ich merkte gleich, daß sich die beiden heimlich besprochen hatten. Das brachte mich in Wut.

Jim hatte nämlich als Menschenfresser genug Geld für uns verdient und ehrlich geteilt. Er war ein gleichberechtigter Partner wie jeder von uns vieren. Darum sagte ich zu den beiden:

»Ihr seid zwei verdammte Schufte. Ich und Jim haben euch das Leben gerettet, als die Leute von Spencers Farm mit den

Bluthunden hinter euch her waren. Damals habt ihr uns angewinselt, wir sollten Erbarmen haben und euch mitnehmen, und jetzt wollt ihr uns betrügen? Behaltet euer Geld, und ich behalt mir das Boot. Ich brauch euch nicht, geht zu Fuß, wenn ihr wollt.«

Damit sie sehen sollten, wie ernst es mir war, nahm ich die Kleiderbündel und was sonst noch ihnen gehörte, und warf alles ans Land.

»He, Huck, laß das sein!« rief der Prinz. »Wir brauchen das Boot noch einige Zeit. Wir werden dir dafür Miete zahlen, laß uns darüber reden.«

»Klar, mach keinen Unsinn, Huck«, mengte sich der Herzog ein. »Ohne das Boot sind wir aufgeschmissen. Kommt uns einmal einer auf unsere Tricks, können wir mit einem Boot viel leichter verduften als auf dem Land. Sag uns, wieviel du verlangst — wir zahlen's, wenn es eine vernünftige Summe ist.«

»Kauft euch selber ein Boot, wenn's euch paßt, oder mietet euch gleich einen Dampfer — Geld habt ihr ja genug jetzt. Ich such mir ehrlichere Partner, als ihr seid. Na, los — steigt schon aus! Oder wollt ihr lieber mit mir und Jim teilen?«

Nun gafften sie einander an, denn sie konnten mir nichts anhaben. Hätten sie Jim als entlaufenen Nigger angezeigt, wär ich zum nächsten Sheriff gerannt und hätt ihm mit einer feinen Geschichte von meinen Partnern aufgewartet. Und obwohl sie Geld genug hatten, sich ein Boot zu kaufen, wer hätte alle Arbeit für sie besorgt? Wer für sie gerudert? Sie hatten keine Ahnung vom Steuern in einer Strömung. Der Fluß war nur für einen geübten Schiffer ohne Gefahr zu befahren — und ich war ein guter Schiffer, das konnte ich von mir sagen, ohne zu prahlen.

Der Herzog merkte schneller als sein Partner, was los war. »Hör zu, Hucky, wir haben uns doch immer gut vertragen. Ich geb zu, es war nicht recht von mir, beim Teilen zu knausern — will's auch nicht wieder tun. Wir fahren wieder mitsammen. Das nächste Städtchen ist ein feiner Platz für uns, dort legt sogar das Dampfboot an. Na, Hucky, sei wieder gut, he?«

Ich hatte genau gesehen, daß der Herzog dem Prinzen zuzwinkerte, als wollt er deuten: ›Wart's bloß ab, dem legen wir schon ein Pflaster auf.‹ Aber ich nahm mir vor, um so besser auf der Hut zu sein und die beiden Halunken noch früher 'reinzulegen als sie mich. Deshalb hieß ich Jim, das Zeug meiner Partner ins Boot zu schaffen, und steuerte unser nächstes Ziel an.

Wir waren etwa fünf Meilen weit gefahren und mußten das Städtchen bald erblicken, da rief uns vom rechten Ufer her ein Bursche an, der einen mächtigen Koffer auf dem Rücken trug. Er schien von einem Dorf gekommen zu sein, das oberhalb der Flußbiegung lag, und bat uns, ihn ein Stück mitzunehmen.

Der Prinz beachtete den Burschen nicht, aber der Herzog meinte, es könnte nicht schaden, einen Einheimischen ein wenig auszufragen. Also fuhren wir hinüber und ließen den Burschen einsteigen. Er war sehr dankbar und erzählte, daß er nach dem Städtchen wolle, das auch unser Ziel war. Von dort aus müsse er mit dem Dampfboot nach New Orleans weiterfahren. Er schwatzte wie eine alte Tante beim Stricken, erzählte von einem Mister Wilks, der gestern abend in dem Dorf gestorben sei, dann schaute er plötzlich den Herzog an und fragte: »Sind Sie vielleicht gar Mister Wilks' jüngerer Bruder, der aus England kommen soll?«

Der Herzog verneinte und gab sich für einen Kaufmann aus, aber der Bursche plapperte gleich weiter: »Sie müssen wissen, daß Mister Charley Wilks mein Nachbar war. Er konnte mich gut leiden und erzählte mir alles. Aber seit Monaten war er sehr krank und hoffte bis zum letzten Tag, er werde seine beiden Brüder, die in England leben, noch vor seinem Tod wiedersehen. Der jüngere soll etwa fünfunddreißig Jahre alt sein und der andere über fünfzig. Der ältere ist ein Taubstummer, das hat Mister Wilks auch erzählt. Na, ich hätt's ihm gegönnt, wenn seine Brüder rechtzeitig gekommen wären, dann hätte er in Frieden sterben können und sich nicht wegen seiner Nichten zu sorgen brauchen. Die Ärmsten wissen jetzt nicht, was sie mit dem großen Haus und den Niggern anfangen sollen.«

Der Prinz hatte, während der Bursche redete, schläfrig geblinzelt. Bei der Erwähnung des großen Hauses schaute er interessiert auf, stieß den Herzog an, und der fragte sofort: »Was war denn dieser Mister Wilks, daß er so ein großes Haus hatte?«

»Na hören Sie, das weiß doch jedes Kind in der Umgebung, daß Mister Wilks der reichste Farmer war«, erwiderte er.

»So, so«, sagte der Herzog und warf dem Glatzkopf einen bedeutungsvollen Blick zu. »Na, dann haben die Mädel ganz hübsch geerbt, wie? Wie viele sind es denn?«

»Zwei — die ältere heißt Norah, ist siebzehn Jahre alt, und die Betsy ist vierzehn, glaub ich. Aber sagen Sie selber, Herr, was sollen die armen Dinger mit dem vielen Geld anfangen? Sechstausend in Gold hat der Alte vergraben — das hat er mir erzählt, und daß in seinem Brief an seine Brüder der Ort angegeben ist, wo das Gold zu finden wär. Na, die Norah wird halt warten müssen, bis ihre Onkel Allan und Teddy aus England kommen. Ich möcht gern dabeisein, wenn die zwei eintreffen — es kann schon morgen sein oder auch heute noch, falls der Dampfer keine Verspätung hat —, leider muß ich auf ein paar Wochen nach New Orleans zu meinem Onkel. Und wenn ich zurückkomm, sind der Allan und der Teddy sicher nicht mehr da.«

»Hm, kennst du denn die zwei Onkel?« erkundigte sich der Herzog.

»Ach wo! Die leben doch seit ihrer Geburt in England, Mister Wilks ist seinerzeit allein hierhergekommen. Der Allan soll drüben in Sheffield einen Buchhandelsladen haben, und sein Bruder, der Taubstumme, hilft ihm, so gut er kann. Ach, wie gern hätt ich einmal zwei richtige Engländer gesehen und mit ihnen geredet. Wollt schon immer nach England fahren. Stell es mir mächtig romantisch vor — mit alten Schlössern und Rittern, Grafen und Lords. Haben Sie schon einmal einen Lord gesehen, Mister, Mister ...«

»Edwards, heiß ich«, brummte zerstreut der Herzog. »Bin Buchhändler aus Shef ... wollte sagen, bin Buchdrucker aus — na, ist ja egal. Aber das wollt ich noch gern wissen, junger Freund: Dieser Mister Wilks hat alles Geld vergraben?«

»Ach nein, er hat auch einen Teil in der Bank liegen, aber was denken Sie, was die Farm wert ist und der Steinbruch und die Papiermühle? Ein Haufen Geld ist das, Mister Edwards! Ein riesiger Haufen — das kann ich Ihnen sagen. Mister Wilks war nicht geizig — o nein, das war er sicher nicht —, aber er verstand's, aus wenig etwas zu machen. Ich sag Ihnen, wär er nicht gestorben, hätte unser Städtchen in einem halben Jahr eine eigene Dampfbootanlegestelle bekommen, jawohl, eine eigene — das war Mister Wilks' Lieblingsplan. Und er hätte ihn durchgeführt, das können Sie mir glauben.«

Der Bursche schwatzte noch weiter, aber der Herzog rutschte zu dem Glatzkopf und sagte leise: »Na, Prinz, ich denk, es ist doch alles klar, wie?«

Und der Prinz gab ebenso leise zurück: »Für mich, ja. Es fragt sich nur, welche Rolle Hucky und der Nigger dabei spielen sollen.«

»Pah, darüber brauch ich doch nicht einmal eine Sekunde lang nachzudenken — Huck spielt natürlich meinen englischen Diener, und der Nigger ... na, den haben wir eben erst hier bei einer Versteigerung gekauft.«

»Schön, aber wer gibt den Taubstummen ab, du oder ich?«

»Frag nicht so blöd. Du natürlich! Hast du nicht gehört, daß der ältere Bruder Teddy taubstumm ist, und nicht der jüngere?«

»Ja, das ist wahr, aber wart — was will denn der Boy?«

Der Bursche hatte, als sich der Herzog von ihm abwandte, auf Jim eingeredet. Plötzlich drehte er sich um, sah weit hinter unserem Boot einen Flußdampfer auftauchen und schrie aufgeregt: »Oh, mein Schiff kommt schon! Mister Edwards, ich bitte Sie, sagen Sie Ihrem Nigger, er soll schneller rudern, sonst komm ich zu spät. Oh, oh, das ist ein Pech, verflixt noch mal! Ich dachte, ich hätt noch massig viel Zeit. Werd ich den Dampfer kriegen, Mister Edwards? Was meinen Sie — könnten wir ihn nicht stoppen?«

»Laß doch, Boy, reg dich nicht auf!« beruhigte der Herzog den Ungestümen. »Wie ich seh, sind wir gleich bei der Anlegestelle. So schnell holt uns das Dampfboot nicht ein.«

Richtig waren wir bereits so nahe an das Städtchen herangekommen, daß Jim die Ruder einzog und ich das Boot nur mehr zu steuern brauchte. Ein paar Minuten später legten wir an, unser redseliger Gast packte sein Bündel und sprang aufs Anlegefloß.

Von dort rief er uns mit vielen Verbeugungen einen Schwall von Dankesworten zu, aber der Herzog hieß Jim schnell weiterrudern.

Zuerst verstand ich nicht, was er beabsichtigte, aber schon erklärte er: »Hört gut zu, Boys. Wir vertäuen das Boot eine halbe Meile unterhalb der Stadt und gehen zu Fuß zurück. Wir werden nur das Notwendigste mitnehmen, einen Koffer kaufen und dann auf den Dampfer warten, der von New Orleans heraufkommt. Dann fahren wir zu Wilks' Farm zurück und stellen uns dort als Mister Allan und Teddy Wilks aus Sheffield vor. Der Huck spielt ein paar Tage unseren Diener, und du, Jim, bist ein Niggersklave, den wir in New Orleans gekauft haben. Ihr beide redet sowenig wie möglich — alles andere werden der Prinz und ich erledigen. Ich sag euch noch genau, was ihr tun müßt und was nicht. Mir scheint, diesmal springt aus der Geschichte ein ordentlicher Haufen Dollars. Mindestens dreitausend für jeden. Na, wie gefällt dir das, Jim? Dreitausend Dollar für dich, he? Kannst beruhigt nach Sankt Petersburg zurückfahren und deine Niggerbraut freikaufen.«

Jim schnappte ein paarmal nach Luft und hätte sicher einen Freudentanz aufgeführt, wären wir nicht in einem Boot gesessen.

Die Farm des verstorbenen Mister Wilks war weit und breit so bekannt wie ein Ochse mit zwei Köpfen. Schon auf dem Dampfboot, auf dem wir dieselbe Strecke zurückfuhren, die wir gekommen waren, wußte jeder Bescheid. Der Kapitän murrte zwar anfangs, als er hörte, daß wir vier nach ein paar Meilen wieder aussteigen und noch dazu mit einem Boot an Land gerudert werden wollten. Da ihm aber der Herzog außer dem Fahrgeld zehn Dollar in die Hand drückte, war er gleich viel freundlicher mit den »verrückten Engländern«. Denn der Herzog und der Prinz spielten ihre neue Rolle so gut, daß jeder Passagier an Bord glauben mußte, dieser Mister Allan Wilks und sein taubstummer Bruder Teddy kämen tatsächlich geradewegs aus England.

Allan Wilks, früher »Herzog von Gwalior«, trug jetzt einen feinen taubengrauen Gehrock und schwang ein Stäbchen mit Elfenbeingriff, mit dem er dauernd gegen das Ufer zeigte und jeden, der in seiner Nähe stand, in näselndem Ton fragte, was dies und jenes sein sollte. Wenn er dann erfuhr, daß dieser Hügel oder jene Farm so und so benannt war, übersetzte er es seinem taubstummen Bruder, dem ehemaligen »Kronprinzen«, durch eine verrückte Zeichensprache. Und Mister Teddy Wilks lüftete dann seinen funkelnagelneuen Zylinder gegen den freundlichen Auskunftgeber und gurgelte »uah, uah« wie ein richtiger Taubstummer.

Als wir auf der Höhe von Wilks' Farm angelangt waren, hatte der Herzog den Mitreisenden zwei Dutzend Schnäpse spendiert und gab dem Käptn nochmals zehn Dollar, worauf dieser, als wir in das Boot stiegen, das uns ans Ufer bringen sollte, ununterbrochen die Dampfpfeife zum Abschied heulen ließ. Das brachte die ganze Umgebung auf die Beine, und wir hatten kaum das Ufer betreten, da strömten aus dem Dorf, das bei der Wilks-Farm lag, eine Menge Neugierige herbei. Der Herzog begrüßte sie alle wie liebe alte Bekannte, umarmte einen schwarzgekleideten, düster dreinschauenden Mann, der sich Reverend Hobson nannte, drückte mit Tränen in den Augen ein spindeldürres Männchen, das Ben Rucker hieß, so stürmisch an die Brust, daß es zu schielen begann, und nannte jeden, der ihm vor die Füße kam, seinen besten Freund.

Eine dicke, ältliche Frau, die sich ihm als Witwe Bartley vorstellte, küßte er gar auf beide Wangen und sagte ihr, er sei entzückt, die reizendste Amerikanerin endlich persönlich kennenzulernen, von der ihm sein lieber Bruder Charley so oft geschrieben habe. Wieder verdolmetschte er dem »Taubstummen« alles, was er gesagt hatte, und der grinste und zog, vor jedem Anwesenden sich höflich verbeugend, den Zylinder wie ein echter Gentleman. Dann ließ »Mister Allan Wilks« eine Rede vom Stapel, in der er beteuerte, wie glück-

lich er sei, endlich am Ziel seiner Reise zu sein und gleich so viele neue Freunde gewonnen zu haben, aber nun müsse er eilen, um seinen geliebten Bruder Charley umarmen zu können, den er seit seiner Kindheit nicht mehr gesehen habe. »Glaubt mir, liebe Freunde«, sagte er, wie vor Glück seufzend, »es gibt nichts Schöneres als Bruderliebe, und nichts ist schmerzlicher, als den Gespielen der Kindheit jahrzehntelang in fernem Land zu wissen, getrennt durch den weiten Ozean.« Hierauf breitete er die Arme aus, machte Miene fortzustürzen und rief: »O mein lieber Bruder Charley, ich eile zu dir! Noch weißt du nicht, daß ich gekommen bin, aber gleich wirst du es wissen.«

Da senkten die Dörfler bekümmert die Blicke, stießen einander an, und manche hatten Tränen in den Augen. Die dicke Witwe Bartley schneuzte sich vor Weh in ihren Rockzipfel und heulte wie eine alte Schoßhündin, der einer auf den Schwanz getreten ist. Der düstere Reverend Hobson hatte gleichfalls feuchte Augen und streckte die Hände nach dem verzückt dastehenden Herzog aus, als wollte er diesen zurückhalten — tat es aber nicht und ließ die Arme wieder sinken. Ben Rucker wand sich wie ein Wurm, der Bauchgrimmen verspürt, und raunte seinem fetten Nachbarn, einem Mister Abner Shakleford, etwas ins Ohr, worauf der Fette einen Schnaufer tat und vortrat.

Mit tränenerstickter Stimme sagte er zu dem Herzog: »Mister Wilks — ich — wir ... ich mein', es ist doch so, daß — daß einer ... na, ich mein' ... das Leben ist kurz — und — und keiner lebt ewig. Ihr Bruder Charley ist — er ist ... na ja ...«

Es war eine großartige Leistung, wie der Herzog einen Mann mimte, der plötzlich die schreckliche Nachricht vom Tode seines geliebten Bruders erfährt. Bald griff er an die Brust, als litte er Herzschmerzen, bald bedeckte er das Gesicht mit der Hand wie einer, der mächtig Zahnweh hat, dann starrte er zu Boden und blickte gleich wieder zum Himmel auf, als klagte er dem sein Leid.

Ich war so begeistert von seiner Kunst, daß ich beinahe »bravo!« gerufen hätte. Zum Glück begann Jim vor Mitleid zu heulen, und ich mußte ihn beruhigen, was auf die Anwesenden einen besonders guten Eindruck machte.

Als wir zum Haus der Wilks kamen, drängte sich eine solche Schar Neugieriger vor, daß Reverend Hobson mit den schlimmsten Höllenstrafen drohen mußte, um für die Herren Allan und Teddy Wilks den Weg zum Eingang freizubekommen.

In der Tür standen zwei prächtig aussehende Mädel, die den beiden Onkeln aus England mit großen Augen entgegenstarrten. Es waren Norah und Betsy Wilks, die Töchter des schon früher verstorbenen vierten Bruders Charleys. Die junge gefiel mir besonders gut. Sie hatte ein Gesicht wie ein Engel, und als sie mich flüchtig anschaute, bekam ich gleich Herzklopfen und trat vor Verlegenheit dem Prinzen auf die Zehen. Der Herzog jedoch war weniger schüchtern. Er nahm beide Mädel auf einmal in die Arme und drückte sie so lange, bis der Prinz ihn gegen das Schienbein stieß, weil auch er die schmucken Dinger an sich drücken wollte.

Hierauf überließ der Herzog dem Alten die jüngere Betsy, aber das arme Mädel tat mir so leid, daß ich den Prinzen, just als er sie zum zweitenmal auf die Wangen küßte, heimlich in den Hintern zwickte. Danach gingen alle ins Haus, und da stand in einem Zimmer der Sarg mit dem toten Charley Wilks.

Der Herzog und der Prinz legten feierlich ihre Zylinder auf den Boden, traten auf Zehenspitzen an den Sarg, schauten hinein, dann blickten sie einander an und heulten wie auf Kommando, daß man es bis New Orleans hätte hören können. Hierauf schauten sie wieder den Toten an und fielen einander, über den Sarg gebeugt, in die Arme und ließen eine solche Menge Tränen rinnen, daß man damit den Boden hätte scheuern können.

Es war eine erschütternde Szene. Alle Leute im Zimmer weinten vor Rührung.

Der dürre Ben Rucker sagte zur Witwe Bartley, er habe niemals soviel Bruderliebe gesehen und es sei jeder ein verdammter Halunke, der Allan und Tedd Wilks die sechstausend Dollar nicht gönne, die der Verstorbene ihnen vermacht hatte. Dann hob Reverend Hobson die Arme und gebot Ruhe. Eine Viertelstunde lang redete er von den Verdiensten des teuren Verblichenen und daß dieser jetzt in Frieden ruhen werde, weil seine Brüder doch noch gekommen waren und ihm die letzte Ehre erwiesen.

Mister Hobson hätte sicher noch eine Viertelstunde geredet, aber der Herzog übersetzte die Ansprache seinem »taubstummen Bruder« mit so verrückten Gesten und Zeichen, bis Reverend Hobson vor Verwirrung nicht mehr weiterwußte und zu stottern begann. Darauf wollte er dem Herzog im Namen aller sein Beileid ausdrücken, trat aber in die Zylinder auf dem Boden, und alle gingen hinaus, um sich bei einem großartigen Leichenschmaus von dem Schreck zu erholen.

Ich und Jim wurden in die Küche geladen und stopften uns voll mit Pasteten, Schinken, Gebratenem, Gesulztem und Gebackenem, bis wir nimmer schnaufen konnten. Ab und zu kam Betsy Wilks herein und fragte, ob wir genug hätten. Dabei sah ich, daß sie reizende Grübchen in den Wangen hatte und

Augen, so blau wie — wie — na, mich schwindelte jedenfalls, wenn sie mich anschaute.

Später hörte ich wieder des Herzogs Stimme und schlich hinaus. Seine Lippen glänzten von Bratensaft und seine Finger auch. Er sprach davon, welch grausame Prüfung es für ihn und seinen Bruder Teddy bedeutete, nach einer Reise von viertausend Meilen seinen geliebten Bruder Charley tot vorzufinden, doch sei dieser Schmerz versüßt durch das Mitgefühl und die Tränen der lieben Anwesenden, und so danke er von ganzem Herzen und auch aus seines Bruders Herzen, weil der nicht reden könne, für die tiefempfundene Teilnahme. Dann tat er, als könnte er vor Schluchzen nicht weiterreden, legte seinen Kopf auf die Schulter des Prinzen und schlang die Arme um dessen Hals, was die lieben Anwesenden zutiefst ergriff.

Nachdem der Herzog seinen Kummer überwunden hatte, setzte er seine Kinnbacken wieder in Tätigkeit und lobte schmatzend die Zartheit eines gebratenen Huhnes. Später wurde für die Frauen Kaffee, süßer Likör und Bäckerei gebracht, für die Herren Schnaps und Zigarren, und es wurde munter geplaudert und gesoffen. Schließlich brachte Norah einen Brief ihres verstorbenen Onkels Charley, den sie allen vorlas. Es war das Testament, in dem bestimmt wurde, daß die Nichten des Charley Wilks die Farm, den Steinbruch, die Papiermühle und je dreitausend Dollar erben sollten, während die Brüder Allan und Teddy je sechstausend bekamen, die auf der Bank lagen, sowie sechstausend in Gold, die im Keller vergraben seien.

Der Herzog übersetzte sodann dem »Taubstummen«, was das Testament enthielt, und der zerdrückte ein paar Tränen, worauf der Herzog erklärte, er wolle gleich in den Keller gehen und das Gold holen, damit die Seele des teuren Verblichenen nicht unnötig aufgehalten werde und beruhigt in den Himmel aufsteigen könne. Die Anwesenden fanden das in Ordnung, und so wurde nun dem »Diener« Huck Finn befohlen, mit einer brennenden Kerze seinen Herren vorauszugehen.

Reverend Hobson, Abner Shakleford und Ben Rucker wollten die beiden Schwindler begleiten, aber der Herzog schlug die Kellertür vor ihren Nasen zu.

Wir fanden bald das Gold in einem Lederbeutel in einer Ecke vergraben. Es war ein Vergnügen zu sehen, wie es gleißte und flimmerte, und ich kam mir mächtig reich vor.

Da ich aber gleich meinen und Jims Anteil forderte und die Hand in den Beutel steckte, stieß der Herzog mich zurück und sagte:

»He, warte, mein Kleiner, nur nicht so hastig! Wir werden das Gold zur richtigen Zeit teilen, es ist noch lange nicht alles. Auf der Bank liegt auch noch was für uns, und die Farm und was sich noch verkaufen läßt, wollen wir doch auch zu Geld machen. Ich schätze, daß ich in ein paar Tagen für jeden von uns gut zehntausend herausschlagen werde. Habe vor, eine Auktion zu veranstalten!«

»Nun, sei bloß kein Narr, Herzog«, brummte der Glatzkopf. »Ich denk, es ist höchste Zeit, wenn wir mit dem Gold da so schnell wie möglich verduften, bevor die echten Brüder Allan und Teddy Wilks auftauchen. Hab keine Lust, ins Gefängnis zu wandern. Was ich hab, das hab ich, und den armen

Mädeln will ich nicht das Letzte wegnehmen. Ich will verdammt sein, wenn das noch ein ehrlicher Schwindel ist.«

»Na, na, tu doch nur nicht so, alter Gauner«, meinte der Herzog. »Die Farm und alles andere könnten wir innerhalb vierundzwanzig Stunden los sein, und wenn dann die Brüder Allan und Teddy kommen, wird der Verkauf sicher rückgängig gemacht, weil doch wir als die falschen Erben kein Recht hatten, etwas zu verkaufen. Den Schaden haben dann bloß die Käufer und nicht die Mädel.«

Sie stritten noch eine Weile, bis der Herzog seinen Kumpan überzeugt hatte, daß sein Plan der bessere sei.

Ich sagte gar nichts dazu, denn ich war wie vor den Kopf geschlagen. Was ich gehört hatte, entsetzte mich. Soviel Gemeinheit hatte ich nicht einmal dem Saufbold Mister Finn zugetraut, und der war doch bestimmt ein schlechter Kerl.

Na, ich nahm mir jedenfalls vor, meinen feinen Gefährten die Suppe zu versalzen, auch wenn ich ohne Hemd und Hose von hier fortgejagt werden sollte.

Scheinbar mit allem einverstanden, leuchtete ich den beiden Galgenvögeln die Treppe hinauf. Oben drängten sich die Leute um uns, denn jeder wollte das Gold sehen. Der Herzog wies jedoch die Neugierigen mit feierlicher Miene zurück, als wäre er zu sehr erschüttert, um Auskunft geben zu können. Trotzdem machten er und der Prinz sich wieder über die Speisen und Getränke her, und es dauerte nicht lange, da fing er an, von seinem verstorbenen Bruder Charley zu reden, wie großmütig er gewesen sei, und daß er, Allan Wilks, gesonnen sei, diese Großmut fortzusetzen. Schließlich wandte er sich an Norah und Betsy und erklärte mit gramerstickter Stimme: »Als ich vorhin im Keller war, stellte ich mir vor, mein lieber Bruder Charley wär noch am Leben. Im Geist hab ich ihn gefragt, was nun aus den süßen beiden Dingern, den armen Waisen Norah und Betsy, werden soll, denn Geld und Besitz allein machen nicht glücklich. Und es war mir, als hört ich die Stimme meines geliebten Bruders zu mir sagen: ›Tu, was du für das Beste hältst, Allan. Du bist jetzt Norahs und Betsys einzige Stütze in der Welt, sie brauchen deinen Rat, wie ich selber immer ihn gebraucht hab, da ich noch ein

Junge war. Stets hast du mir gut geraten, Bruder Allan, und so bin ich auch einverstanden, wenn du Norah und Betsy rätst, alles Besitztum zu verkaufen und dir nach England zu folgen . . .‹«

Bei diesen Worten packte mich der Zorn. Der scheinheilige Schurke wollte tatsächlich die armen Mädel um alles betrügen, sie womöglich scheinhalber auf die Reise mitnehmen und dann irgendwo ohne einen Cent zurücklassen.

Na, dem Kerl wollt ich's geben!

Zuerst dachte ich daran, augenblicklich vor die Anwesenden hinzutreten und den ganzen Schwindel aufzudecken, dann fiel mir jedoch ein, daß Jim in Gefahr kam, als entlaufener Neger erkannt zu werden, und gab mein Vorhaben auf. Dagegen beschloß ich, mich im Zimmer der beiden Gauner zu verbergen, um zu sehen, wo sie das Gold verstecken würden, das sie bis jetzt noch immer bei sich trugen.

Ich verschwand daher unauffällig, schlich mich in das Zimmer, das man den zweien angewiesen hatte, und verbarg mich hinter einem Kleiderständer.

Nach etwa einer Stunde hörte ich sie die Treppe heraufsteigen und das Zimmer betreten. Sie schienen weit über den Durst getrunken zu haben, das verriet ihr unsicheres Tappen. Jedenfalls begannen sie gleich zu bereden, wohin sie das Gold geben sollten. Der Herzog war dafür, es in den Strohsack zu stecken, der Prinz schlug vor, es über Nacht in die Stiefel zu tun. Schließlich einigten sie sich, den Schatz vorläufig doch im Strohsack zu verbergen, und erst dann, wenn die Gäste fortgegangen waren, einen besseren Platz zu suchen. Hierauf hörte ich Stroh knistern und das Geklingel von Goldstücken.

»So, das wär getan«, sagte nach einer Weile der Herzog. »Und jetzt gehen wir wieder hinunter zu den Leuten.«

»Wozu? Bleiben wir doch da«, widersprach der Prinz. »Ich möcht das Gold nicht gern allein lassen. Wenn einer von den Niggern im Haus auf die Idee kommt, das Gold zu suchen, wohin wird er gehen, he? Doch nur in unser Zimmer.«

»Warum sind wir dann heraufgekommen, du Esel? Hätten doch gleich drunten bleiben können.«

»Na, du wolltest ja nicht, hast andauernd Zeichen gemacht, ist es nicht so? Ja oder nein?«

»Ach was, ich fühlt mich nicht mehr ganz sicher auf den Beinen, hab ein bißchen zuviel Schnaps gesoffen. Na, ist ja egal, komm jetzt, es wird schon niemand im Strohsack suchen.«

»So, wird nicht?« höhnte der Prinz. »Und der Huck ist wohl ganz auf den Kopf gefallen, wie? Meinst, dem brauchst nur ein Schlummermärchen zu erzählen, und schon glaubt er ans ehrliche Teilen, he? Ich sag dir, das Bürschchen ist gerissen für drei, und wenn wir nicht vorsichtiger sind, schnappt er alles und ist fort mit dem Nigger, bevor wir aufwachen.«

Mehr konnt ich nicht mehr hören, war aber mächtig stolz, daß der Herzog eine so gute Meinung von mir hatte. Ich wollte ihn dafür belohnen und wühlte den Goldschatz aus dem Strohsack, bevor meine sauberen Freunde die halbe Treppe hinuntergestiegen waren. Zwei Minuten später schlich ich wie ein Indianer zu dem Zimmer von Norah und Betsy Wilks, lauschte eine Weile, bis ich ganz sicher war, daß mich niemand gesehen hatte, und huschte in den Raum.

Es duftete hier wundervoll nach Lavendel. Alles war so zierlich und sauber, als wär's frisch gewaschen. Ich getraute mich gar nicht zu bewegen und hatte richtig Herzklopfen. Noch nie in meinem Leben war ich in einem Mädchenzimmer gewesen, und in einem so feinen erst recht nicht.

Mein Plan war, den Schatz in einem ihrer Betten zu verstecken. Sobald ich aber anfing, das duftige Linnen hochzuheben, kam ich mir als der schlechteste Kerl der Welt vor. Hätte mich dabei eines der Mädel ertappt, wär ich sicher vor Scham zerschmolzen. Schon war ich nahe daran, alles liegenzulassen und davonzulaufen. Nachdem ich endlich das Gold am Fußende unter einer Matratze verborgen hatte, schwitzte ich nicht schlecht und konnte erst wieder richtig atmen, als ich drunten war.

Am nächsten Morgen weckten mich Geschrei und Gepolter, und als ich durch eine Luke meiner Dachbodenkammer guckte, sah ich eine Menge Leute im Hof versammelt. Der Herzog hatte also tatsächlich seine Absicht wahr gemacht, alles zu versteigern, was des Verkaufes wert war. Aus der ganzen Umgebung waren Männer gekommen, die um jeden Morgen Land feilschten und auf die Nigger boten, die im Hause dienten. Die Mädel standen mit blassen Gesichtern hinter dem Auktionstisch und schauten verstört zu.

Der Herzog verstand sein Geschäft ausgezeichnet. Er feuerte die Bietenden durch Zurufe an, witzelte über Zögernde, lobte die Kauflustigen und trieb die Preise für Scheunen, Felder, Möbel und Ackergeräte so hoch es nur möglich war.

Abseits der Bietenden sah ich einige Männer mit finsteren Gesichtern stehen, die sich an der Versteigerung nicht beteiligten. Ab und zu redeten sie leise miteinander, warfen dann wütende Blicke nach dem Herzog und gebärdeten sich überhaupt so, als wollten sie alle davonjagen. Als aber wieder ein paar Nigger versteigert werden sollten, machte ein Farmer ein Angebot auf einen besonders starken Schwarzen. Dessen Frau und zwei Kinder wollte er jedoch nicht kaufen. Die Negerin weinte und bat herzzerreißend, man solle sie doch bei ihrem Mann lassen, die Kinder jammerten und rutschten vor dem Herzog auf den Knien. Der aber blieb hart. Da trat Norah auf ihn zu und bat mit Tränen in den Augen für die Niggerfamilie. Es seien die fleißigsten und bravsten Leutchen gewesen — sagte sie —, und Onkel Charley würde sich im Grab umdrehen, wenn er wüßte, was hier geschah.

Es half ihr nichts — der Herzog ließ sich nicht erweichen. Nun wandte sich Norah an die finster dreinschauenden Fremden. »Richter Bell und Doktor Harvey, helfen Sie!« rief sie. »Sagen Sie meinem Onkel Allan, er soll Josuah und Amy beisammenlassen. Es ist zu grausam, eine Familie zu trennen.«

Richter Bell schaute finster brütend zu Boden, der Doktor zuckte die Schultern. »Wir können nichts tun«, hörte ich ihn brummen. »Wir haben von der ganzen Sache erst heute früh gehört. Wir waren in Louisville und hatten nicht erwartet, Mister Wilks schon bei einer Versteigerung vorzufinden.«

»Wir wundern uns mächtig über die ganze Sache«, sagte jetzt der Richter, als spräche er zu sich selbst. »Mir kommt verschiedenes nicht geheuer vor, kann aber jetzt beim besten Willen nichts mehr machen.«

Ein großer Mann mit einem Vollbart und wie ein Jäger gekleidet, der ebenfalls zur Gesellschaft des Doktors gehörte, stampfte wütend mit dem Fuß auf. »Ich denke, wir könnten schon etwas tun, wenn wir nur richtig wollten. Richter Bell sollte zum Beispiel Mister Allan bitten, seine Papiere vorzuzeigen. Ich tät's, hätt ich das Recht dazu.«

Die Männer redeten noch weiter in der gleichen Tonart, aber nicht so laut, daß der Herzog es hören konnte. Ich hätte den Halunken warnen können, aber ich tat's nicht, denn ich

wollte wissen, ob es noch Gerechtigkeit auf der Welt gab, oder ob einer nach Herzenslust betrügen und rauben konnte, ohne bestraft zu werden.

Na, ich brauchte gar nicht so lange zu warten — auf einmal gab es ein großes Geschrei: ein Dampfer war angekommen, und kurz darauf zog die Menge mit Juchhu und Hurra zu uns herauf. Ein Junge rief: »Hoho! Da sind noch ein paar Erben vom alten Wilks!« Und seine Gefährten johlten und lachten, als wäre das der größte Spaß.

Der Herzog wurde blaß, und der Prinz vergaß vor Überraschung, daß er taubstumm war, und sagte leise: »O verdammt, jetzt wird's aber brenzlig!« Dann schaute er um sich, wie wenn er einen Fluchtweg suchen wollte, aber der Kumpan gab ihm einen Stoß und raunte: »Bleib da, du Idiot, und halt 's Maul.«

Doktor Harvey schien das Geraune der beiden gehört zu haben, denn er blickte sie sekundenlang scharf an, wandte sich aber dann, ebenso wie seine Freunde, den Ankömmlingen zu. Es waren ein älterer, freundlich aussehender Herr, der karierte Hosen und einen weiten zimtfarbenen Reisemantel trug, und ein jüngerer Mann, der seinem Begleiter ziemlich ähnlich sah. Er schaute verständnislos auf die Menge und machte dem anderen durch schnelle Fingerbewegungen Zeichen. Hierauf stiegen sie aus dem Wagen und halfen dem Kutscher, ohne sich um die Zuschauer zu kümmern, einige Koffer und Taschen abladen. Jetzt trat Richter Bell zu den Reisenden und sagte zu dem älteren: »Erlaubt mir zu fragen, Fremder, wer seid Ihr, von wo kommt Ihr her?«

Der Fremde lüftete seinen Zylinder, der mit einem Band geschmückt war, verbeugte sich etwas steif und sagte im besten Englisch, das ich bisher gehört hatte: »Ich bin Allan Wilks, wenn Sie gestatten, und dies ist mein Bruder Teddy. Wir sind aus England gekommen, um unseren Bruder Charley zu sehen.«

»Du bist ein Schwindler!« schrie über die Umstehenden hinweg der Herzog. »Packt den Gauner, Leute! Fesselt ihn, wir werden ihn teeren und federn!«

Der Engländer wandte sich nach dem Rufer um und musterte ihn ruhig von oben nach unten, als betrachtete er eine interessante Steinfigur.

»Wer ist dieser Mann?« fragte er den Richter so ruhig, als hätte er sich nach dem Wetter erkundigt.

Ringsum wurde es still.

Es ließ sich nicht leugnen, daß der Herzog unter den anwesenden Farmern eine Menge Freunde hatte, die schon deshalb bereit gewesen wären, die beiden Fremden zu teeren und zu federn, weil diese ihnen vielleicht die billig erworbenen Grundstücke hätten streitig machen können. Die Blicke, die diese Leute den Engländern zuwarfen, waren also durchaus keine freundlichen. Dagegen hatten sich nun Richter Bell, der Doktor und noch einige ehrenwerte Gentlemen um die Ankömmlinge geschart, so daß jetzt zwei Parteien einander gegenüberstanden. Die Mehrheit war auf seiten des Herzogs, der, obwohl er den Engländer laut verhöhnte, ihn einen Galgenvogel, einen Narren und Leichenfledderer hieß, doch viel lieber Reißaus genommen hätte, weil er ja besser als seine Freunde wußte, wer der tatsächliche Betrüger war.

Norah und Betsy standen abseits und blickten verwirrt auf die Männer. Sie schienen noch immer nicht zu begreifen, was sich hier eigentlich abspielte. Dann bemerkte ich, daß die Negerin Amy zu Norah schlich und ihr etwas ins Ohr wispelte. Norah drehte sich um, starrte die Schwarze an, als hätte diese ihr eine Binde von den Augen gerissen, und schaute darauf wieder nach den Engländern. Anscheinend verglich sie die beiden mit dem Herzog und dem Prinzen, und ich ahnte, warum sie das tat. Sie mußte, von Amy aufmerksam gemacht, die Ähnlichkeit der beiden mit ihrem verstorbenen Onkel festgestellt haben, denn nun riß sie sich von der Schwester los und trat entschlossen auf die Engländer zu. So laut, daß alle es hören konnten, sagte sie energisch zu dem älteren:

»Ich bin Norah Wilks, die Nichte Charley Wilks'. Haben Sie schon von mir gehört?«

Der Engländer betrachtete schmunzelnd das Mädchen, streckte die Hand aus und strich ihr zärtlich übers Haar. »Das hättest du mir nicht zu sagen brauchen, mein Kind. Du hast die Nase der Wilks und auch den trotzigen Mund. Außerdem hat mir dein Vater, mein Bruder George, bevor er starb, ein Bild von dir geschickt — warte, ich hab's sogar bei mir und auch einen Packen Briefe von Charley.« Er riß eine Tasche auf und kramte darin.

Nun war's aber höchste Zeit für mich, lautlos und geschwind zu verduften. Ich suchte Jim unter den Gaffenden und fand ihn nasebohrend an einem Baum lehnen, als ginge ihn alles, was sich rundherum abspielte, nichts an. Schon wollte ich Jim mit mir fortziehen, da hörte ich Norah aufschluchzen. Ich drehte mich um und sah, wie sie dem Engländer um den Hals fiel. »Oh, Onkel Allan«, rief sie mit tränenerstickter Stimme. »Ach, wie bin ich froh, daß du rechtzeitig gekommen bist . . .«

Na, das genügte mir. »Lauf, Jim! Lauf mir nach!« zischelte ich.

Im folgenden Augenblick hörte ich schreien: »Haltet sie! Packt sie!«

Das erschreckte mich mächtig, weil ich dachte, das Rufen gelte mir und Jim. Für eine Sekunde hielt ich an und — war gefangen. Eine starke Faust hielt mich am Kragen fest, während Jim von einigen Farmern gepackt wurde.

»Jetzt wirst du etwas erleben, du kleiner Strolch«, hörte ich eine rauhe Stimme sagen, dann wurde ich wieder geschüttelt, daß mir Hören und Sehen verging. In der Nähe jammerte Jim unter den Püffen einiger Burschen, etwas ferner schrie der Herzog: »Laßt mich los! Ich bin Allan Wilks! Der Kerl ist ein Betrüger. Hängt ihn auf!«

»Oho, wenn einer gehängt wird, bist du es, du Schuft«, ertönte Richter Bells Stimme. Dann gab's schreckliches Geschrei und Gewinsel, und jemand rief lachend:

»Ha! Jetzt kann der Gauner auf einmal reden!«

Ich wußte, daß der Prinz gemeint war, konnte ihn aber in dem Getümmel nirgends entdecken.

Na, ein paar Minuten darauf sah ich mich im Geiste bereits an einem Baumast zappeln. Man hielt nämlich an Ort und Stelle Gericht über uns. Der wahre Allan Wilks hatte durch Briefe und Ähnlichkeit mit dem Verstorbenen bewiesen, wer er war. Und es standen eine Menge voreilige Käufer des Wilksschen Eigentums mit Schafsgesichtern da, während andere sich dünnmachten oder den Vorsichtigeren einzureden versuchten, sie hätten nur deshalb an der Versteigerung teilgenommen, weil sie den armen Waisen, der Norah und Betsy, das wertvollste Gut retten wollten.

Richter Bell und Doktor Harvey straften jedoch die Heuchler durch Verachtung und baten nur jene am Gericht teilzunehmen, die sich als wirkliche Freunde der Wilks erwiesen hatten.

Dem Herzog und dem Prinzen hatte man die Hände auf den Rücken gefesselt. Ich und Jim durften als weniger Schuldige hinter dem Richtertisch stehenbleiben. Mitunter warf mir Betsy Wilks einen mitleidigen Blick zu, und einmal machte sie mir sogar verstohlen ein Zeichen, das bedeuten konnte: Hab keine Angst, es wird dir nichts geschehen.

Ich aber hatte eher das Gefühl, als ob mir sogar recht viel geschehen würde, und konnte Jim nichts Tröstliches sagen, als er mir zuwispelte: »Meinst du, daß sie uns bloß auspeitschen? Oder werden sie uns teeren und federn?«

Der arme Jim — ich konnte ihm nicht helfen. Und doch war er am wenigsten an der Sache schuld. Aber nun würde man ihn als entlaufenen Negersklaven besonders hart behandeln.

Hölle, Pest und Schwefel! Warum hatte ich nicht gleich von Anfang den Halunken ihren Streich verdorben? Viel zu lange hatte ich gewartet, und jetzt nützte keine Reue. Ein Bürschchen wie mich würde man zwar nicht zu Hackfleisch machen, aber mit mindestens fünfzig Peitschenhieben durfte ich sicher rechnen.

Na, an Hiebe war ich schließlich gewöhnt. Trotz seiner Jugend hatte der zerlumpte Strolch Huck Finn von allen möglichen Leuten mehr Prügel bekommen als eine ganze Klasse schlimmster Bengel zusammengenommen. Mein Fell war gegerbt — ob es aber fünfzig Peitschenhiebe aushalten würde?

So sehr war ich mit meinen eigenen Gedanken beschäftigt, daß ich wohl die Anklagerede des Richters Bell vernahm, aber nicht deren Sinn verstand. Ich dachte weiter über mein verpfuschtes Leben nach und wie ich bald allein und mit wundgeschlagenem Rücken übers Land ziehen würde — überall abgewiesen von Leuten, die an den Spuren der Peitsche sehen mußten, wer ich war.

Aber besaß ich nicht sechstausend Dollar?

Ich war doch ein reicher Mann! Richter Tatcher in Sankt Petersburg verwaltete mein Geld. Ich brauchte ihm nur zu schreiben — — ach, Unsinn, schreiben — —. Wer von den Leuten hier würde mir glauben, daß ich imstande wäre, mich und Jim für eine Riesensumme freizukaufen?

So blieben denn meine Gedanken weiterhin trübe, und erst als mich jemand rüttelte, besann ich mich wieder.

Der Doktor hielt mich an der Schulter. »He, mir scheint gar, du schläfst im Stehen. Hast du nicht gehört, was dich Richter Bell gefragt hat?«

Ich sagte, daß ich nichts gehört hätte, und machte wohl ein ziemlich dummes Gesicht dabei, denn einige der Zuhörer grinsten.

»Also sag schon, du Strolch, wo haben deine sauberen Freunde das Gold versteckt?« herrschte mich der Richter an.

»Das Gold? Welches meinen Sie, Sir?« fragte ich, aus meinen Gedanken gerissen. Wieder lachten ein paar Kerle, aber der Richter befahl ihnen, die Schnauze zu halten, und sagte, hier sei kein Theater, sondern es gehe um das Erbteil zweier verwaister Mädchen, die verfluchten Halunken aufgesessen seien. Dann wandte er sich an den Herzog und den Prinzen und schrie ihnen zu, er werde ihnen, diesen Schuften, schon noch die Zungen lösen, und wenn er ihnen eigenhändig Riemen aus der Haut schneiden müßte.

»Ich hab die Wahrheit gesagt«, greinte der Prinz. »Ich schwör's beim Licht meiner Augen — das Gold war in unserem Strohsack, als wir in der Nacht hinunterstiegen zu den Gästen.«

»Lüg nicht, verdammter Lump!« brüllte der Doktor. »Ihr habt das Gold beiseite geschafft, weil ihr dachtet, ihr könntet es euch später holen, falls man vorzeitig dahinterkommt, wer ihr seid.«

»Es ist nicht wahr, Sir! Das Gold ist gestohlen worden — vielleicht von einem der Nigger oder sonst wem«, schrie der Herzog.

Wieder schüttelte mich der Doktor. »Sag du die Wahrheit, Boy. Ersparst dir allerhand, das versprech ich dir — wo habt ihr das Gold vergraben?«

Ich schaute zu Betsy und Norah hinüber und sah, wie mich die Mädchen mitleidig anblickten und gar nicht gespannt auf meine Antwort warteten. Da hob ich den Blick zum Richter und bekannte: »Das Gold ist nicht vergraben, Sir.«

»So, wo ist es denn? Red schon endlich, Bursche, sonst reißt mir die Geduld!«

»Sie können mich schlagen, Sir«, erwiderte ich furchtlos. »Ihnen sag ich nichts, aber Betsy Wilks möcht ich gern ins Ohr flüstern, wo sich das Gold befindet, wenn sie sich zu mir hergetraut.«

Die Blicke aller waren jetzt auf Betsy gerichtet. Der Himmel weiß, wie leid sie mir tat. Aber ich hatte schließlich ihretwegen das Gold in Sicherheit gebracht und konnte unmöglich vor allen Leuten sagen, daß ich in einem Mädchenzimmer die Betten durchgewühlt hatte. Ich hätt mich furchtbar geschämt und mir eher die Zunge abgebissen, als das öffentlich einzugestehen.

Na, Betsy kam denn auch herangetrippelt, die Blicke zu Boden gesenkt, blieb einen halben Meter vor mir stehen und schaute mir plötzlich bittend und lieb in die Augen, so daß ich, der vor dem gefürchteten Indianer-Joe keine Angst gehabt hatte, vermeinte, das Herz würde mir gleich durch den Hals schlüpfen. Meine Stimme klang so heiser wie eine alte Brunnenröhre bei Tauwetter, als ich mich vorbeugte und ihr ins Ohr wispelte:

»Das Gold ist in deinem Bett — im Strohsack. Ich wollt's für dich retten, Betsy. Ich bin ein ehrlicher Strolch und kein Bandit — glaubst du mir?«

Ein paar Sekunden lang blickte mich das Mädchen an, als wollt es mir bis ins Gehirn sehen. Und dann — du lieber Gott — es war schrecklich — dann schlang sie vor allen Leuten die Arme um meinen Hals und küßte mich links und rechts auf die Backen, daß mir noch heute die Ohren sausen, wenn ich dran denke.

Ich stand wohl, als das Mädel schon längst ins Haus gelaufen war, noch immer da wie eine Vogelscheuche nach einem Gewitter.

Ja, und ein wenig später hörte ich wie im Traum ein mächtiges Geschrei. Der Richter schlug mir freundschaftlich auf die Schulter, der Doktor puffte mich ebenso, Schwarze und Weiße umdrängten mich und sagten, ich sei der ehrlichste, bravste Bursche in den Staaten, und es wäre ein Wunder, wenn ich nicht in ein paar Jahren Präsident werden würde.

Na, mich machte jedenfalls das freundliche Geschrei ganz wirr im Schädel, und als ich wieder vernünftig denken konnte, hatte das Gericht bereits das Urteil verkündet: Der Herzog und der Prinz wurden als betrogene Betrüger und auch, weil sie keinen eigentlichen Schaden angestiftet hatten, nicht gehenkt, wie das damals üblich war, sondern bloß zu je fünfzig Peitschenhieben verurteilt. Mir wurde geraten, aus der Gegend zu verschwinden und in Zukunft die Gesellschaft ehrlicher Leute zu suchen.

Ich war also frei und hätte gleich gehen können, aber mein Jim durfte das nicht. Wie ich es vorausgeahnt hatte, wurde er als entlaufener Nigger zurückbehalten und nach kurzer Beratung einem Farmer in Verwahrung gegeben, der Phelps hieß und nahe dem Städtchen Louisville wohnte.

Auf einen entlaufenen Sklaven waren damals zweihundert Dollar Ergreiferprämie ausgesetzt. Das Geld sollte zwischen dem Richter und Mister Phelps geteilt werden, wenn die Eigentümerin Jims, die Witwe Douglas, ihn abholen ließ.

Na, ich wußte gleich, daß sie niemals jemanden ein paar hundert Meilen weit auf die Reise schicken würde, um Jim zurückzubringen. Das mußte ich wohl selber tun, falls mich Mister Phelps nicht dabei erwischte und mir den Rücken mit Blei spickte.

Das Farmhaus Mister Phelps' lag auf einem Hügel oberhalb von Louisville. Es war eine kleine Baumwollfarm, wie es in dieser Gegend der Südstaaten Dutzende ähnliche gibt. Ich brauchte, obwohl Mister Phelps wahrscheinlich in zwei Stunden zu Hause war, zwei volle Tage bis zur Farm. Und dann trennte mich noch immer der Fluß von ihr, denn — sie lag auf der andern Seite.

Da stand ich also am Ufer, vom Gebüsch verdeckt, und spähte hinüber. Vor mir glitzerte der Fluß im Sonnenlicht, über dem der feine Dunst eines Spätsommertages lag. Kein Windhauch war zu spüren, selbst die zartesten Gräserspitzen standen reglos, und nur ein paar überhängende Zweige, deren Enden ins Wasser tauchten, federten ruhelos. Ein Hahnenschrei schallte übers Wasser, Kindergelärme ließ sich hören, eine Brunnenwinde knarrte — und alle Geräusche klangen in der friedlichen Stille so nahe, als wäre das Farmhaus keine zwanzig Fuß weit entfernt. Und doch trennte mich ein breiter Fluß von der Siedlung — doppelt so breit wie bei St. Petersburg. Es war ein schlimmes Gefühl, zu wissen, daß drüben mein treuer schwarzer Kamerad wahrscheinlich mit Ketten an einem Pflock gefesselt wie ein Hund leben mußte, während ich hilflos hier im Gebüsch stand und meinen Schädel zermarterte, um einen Ausweg zu finden.

Ich brauchte ein Boot oder ein Floß, und wenn's bloß ein Baumstamm war, an den ich mich klammern konnte. Wohl gab's kaum eine Meile flußabwärts bis Louisville eine Fähre, und ich hatte noch genügend Geld zum Übersetzen — aber durfte ich es wagen, nach dem Rummel auf der Wilks-Farm, mich bei Louisville zu zeigen, wo ganz sicher einer oder der andere aus der Umgebung mich erkannt hätte? Mein Versprechen, mich nie wieder in der Gegend zu zeigen, mußte ich halten, sonst erging's mir schlecht — also mußte ich eben unsichtbar bleiben und durfte keinem Menschen begegnen. Mit Proviant war ich reichlich versorgt — das Paket, das mir eine Schwarze auf der Wilks-Farm heimlich zugesteckt hatte, wog gut zehn Pfund und war bestimmt ein Geschenk Betsys. Aber wie gern hätt ich es gegen das schäbigste Fahrzeug eingetauscht, das mich hätte hinübertragen können!

Stunden vergingen, und ich hockte noch immer im Gebüsch und belauerte die Farm. Wenn Nigger von der Arbeit auf den Baumwollfeldern heimkehrten, hörte ich ihren wehmütigen Gesang. Später vernahm ich eine kreischende Weiberstimme. Ein Mann, von Hunden begleitet, stieg den Hügel hinauf und ging nach einiger Zeit denselben Weg zurück. Gegen Abend kamen zwei Reiter an, nachher wurde ein Licht entzündet, und als die Nacht kam, hallten Zurufe und gleich danach Jammergeschrei über den Fluß. Mir schien es, als würden Nigger für irgendein Vergehen geprügelt, und ich dachte sofort an den armen Jim — denn vielleicht war er der Geprügelte.

Die Vorstellung, daß jetzt ein hartherziger Kerl meinen schwarzen Freund schlug, der wehrlos angebunden war, machte mich so wütend, daß ich einen Ast abriß und das Gebüsch um mich zerfetzte. Da hatte ich mit Jim viele Wochen gelebt, hatte alle Gefahren mit ihm geteilt und jeden Bissen Brot, immer wieder hatte er mir versichert, daß ich der erste Weiße sei, der ihn wie einen Menschen behandle und ihm Freundschaft gegeben habe. Und wenn ich in seine dunklen Augen sah, hätte ich kurzsichtig sein müssen, um darin die tiefe Dankbarkeit nicht zu lesen. Der liebe gute Jim! Er war nicht mit Mut gesegnet und zitterte vor Angst, wenn sich bei Nacht im Busch etwas regte. Aber für mich hätte er sich bedenkenlos in Stücke reißen lassen — so groß war seine Freundschaft.

Mit trüben Gedanken und wenig Hoffnung schlief ich ein. Mein Bett war der feuchte Grasboden, mein Kissen eine Handvoll Zweige. Ich weiß nicht, wie lange ich geschlafen hatte, als mich lautes Reden weckte. Feuerschein beleuchtete die Äste über mir, und ich fuhr hoch, weil ich meinte, das Unterholz sei in Brand geraten. Zu meinem Glück prasselte das Feuer, und ich hatte mich nicht von der Stelle gerührt, sonst wäre ich sicher von zwei Männern bemerkt worden, die in einer Entfernung von etwa drei Körperlängen nahe der Glut auf dem Boden hockten. Es waren — der Herzog und der glatzköpfige Prinz! Der Herzog schmierte dem andern eine Salbe auf den wundgepeitschten Rücken, und der Halunke stöhnte und winselte dabei erbärmlich. Hierauf tat er seinem Kumpan den gleichen Dienst, und nun heulte dieser wie ein geprügelter Köter. Eine Weile später fingen sie an, über die verdammten Schufte von Farmern zu reden, die sie so zugerichtet hatten, und daß sie mich lebendig braten würden, falls sie mich eines Tages erwischten, weil ich das Gold versteckt hatte.

Das alles regte mich nicht auf, dagegen durchfuhr mich freudiger Schreck, als ich den Herzog sagen hörte: »Ich denke, wir legen uns jetzt ein bißchen nieder und fahren mit dem Boot erst vor Sonnenaufgang weiter, was meinst du?«

Die Burschen besaßen ein Boot!

Natürlich war's ein gestohlenes — aber was kümmerte mich das? Ich mußte dieses Boot haben, und wenn ich die zwei Strolche mit einem Knüppel niederschlagen sollte!

So leise und langsam wie noch nie kroch ich Zoll um Zoll im Bogen um das Lagerfeuer, war für jedes Knacken der Glut dankbar und fluchte und betete abwechselnd, wenn ich selber ein Geräusch verursachte. Es dauerte zumindest eine Stunde, bis ich spürte, daß der Boden unter mir schlammig wurde. Dann griff ich endlich ins Wasser und stand bald bis zu den Hüften drinnen. Die Strömung drückte gegen meinen Körper, und hätte ich mich nicht an überhängenden Zweigen festhalten können, wäre ich sicher mitgerissen worden, denn der Fluß war hier schon ziemlich tief.

Doch nun wurde ich für mein zähes Durchhalten belohnt — ich sah die Umrisse eines Bootshecks vor mir und zog mich daran hoch. Es war ein schmales kleines Ruderboot, das vielleicht den Kindern von Farmern gehört haben mochte, aber selbst wenn es nur ein Waschtrog gewesen wäre, hätte ich mit Freuden alles dafür gegeben, was ich besaß.

Ich tastete nach den Rudern, fand aber keine. Die verflixten Lumpen hatten sie mit sich genommen. So löste ich also die Stricke, mit denen das Boot an einen Ast gebunden war, und sofort trieb es mich ab.

Eine Weile schoß ich mit der Strömung dahin, dann versuchte ich mit den Händen zu paddeln und riß schließlich die Sitzbank los, um sie als Ruder zu benützen. Das leichte Fahr-

zeug schaukelte so heftig bei jeder Bewegung, daß ich mehrmals fürchtete umzukippen. Etwa in Flußmitte geriet ich in Wasserwirbel, die das Boot wie eine Nußschale drehten. Aber dann verlangsamte sich die Strömung, und ich sah bald das gegenüberliegende Ufer.

Gut drei Meilen war ich flußabwärts getrieben worden und mußte mich weit unterhalb von Louisville befinden. Also beschloß ich, die Dunkelheit zu nützen und noch bei Nacht um das Städtchen herum zu Phelps' Farm zurückzumarschieren.

An einer schilfbewachsenen Stelle zog ich das Boot an Land, verbarg es, so gut ich's vermochte, vor Späherblicken und machte mich auf den Weg landeinwärts. Bis zum Morgengrauen stapfte ich durch Felder und Wiesen, dann übermannte mich die Müdigkeit, ich legte mich in einer Baumwollpflanzung nieder und erwachte erst, als mich etwas an der Nase kitzelte.

Schlaftrunken wollte ich den Halm, oder was es sonst war, entfernen, aber gleich darauf kitzelte es mich wieder. Eine Fliege — dachte ich —, na wart, du verdammtes Biest, gleich werd ich dir — plapp! — Ja, Schnecken, das Ding kroch schon wieder auf meiner Nasenspitze herum.

Na, jetzt machte ich endlich doch die Augen auf. Und was sah ich? Ein Riesenkerl von Neger stand breitbeinig über mir und fletschte grinsend das weiße Gebiß. Der Lümmel hatte mich mit einer Baumwollflocke gekitzelt und lachte jetzt wie ein Kind über den Spaß.

»Hallo, Baby! Soll ich dir vielleicht ein Schlummerliedchen singen?« fragte er mich mit einer Baßstimme, die wie Donnergrollen klang.

»Hm, ja, wär gar nicht schlecht, hab noch nie eins gehört«, sagte ich freundlich, um den Riesen nicht zu verärgern.

Na, und was tut der Kerl? Er fängt wirklich an, mir ein Liedchen zu singen, und noch dazu so schön und leise, daß ich alter Knabe meinte, ich wär wieder ein Kind und läg in einer Wiege, obwohl ich nie einen solchen Schlummerkasten gekannt habe, weil ich immer auf Stroh gelegen bin. Als aber der Schwarze grad singt »... drum schlafe, schlafe süß, mein Bübchen, gleich wirst im Märchenland sein«, da wurde er plötzlich still, schaute ängstlich nach hinten, und schon hörte ich jemanden schreien: »Samson! Was ist mit dir, faules Biest? Willst du Wolle pflücken oder lieber die Peitsche kosten? Verdammt, es ist wohl Zeit, dir ein paar übers Fell zu geben, wenn du nicht gleich arbeitest!«

»Oh, Mister Phelps ist schon da«, raunte Samson mir zu. »Bleib liegen, Boy, ich tu, als wärst du nicht da.«

Und schon schwang der freundliche Riese seinen Pflückersack und zupfte eilig Flocke um Flocke von den umliegenden Baumwollstauden.

Die Rede des Schwarzen und das Geschrei Mister Phelps' hatten mir einen gehörigen Schrecken eingejagt. Ich streckte mich so flach auf den Boden wie eine aufgespießte Blindschleiche und wälzte mich, so gut es ging, unter die Stauden. Da sich jedoch Samson von mir entfernte, kroch ich hinter ihm her, denn ich meinte, dem Burschen vertrauen zu können, und wollte, wenn möglich, über Jim etwas erfahren, besonders, wo man ihn gefangenhielt. Vorerst mußte ich jedoch sicher sein, von niemandem belauscht zu werden, und deshalb steckte ich mit aller Vorsicht die Nasenspitze in den Wind. Ich sah die breiten Schultern eines Farmers, der jetzt auf eine weiter entfernt arbeitende Gruppe von Niggern zuging. Rechts und links vor meinem Freund Samson pflückten eifrig einige Schwarze.

Die Lage war günstig. Schnell kroch ich weiter vor, zwischen Samsons gespreizten Säulenbeinen hindurch und redete ihn nun, auf dem Rücken liegend, von unten herauf an:

»He, sag, Samson, hat dir schon einmal jemand einen ganzen Dollar geschenkt?«

Der Riese glotzte auf mich nieder wie ein Elefant, dem eine Maus zwischen die Füße geraten ist.

»Wer bist du, Boy? Von wo kommst du eigentlich her?« kam seine Gegenfrage.

»Ich bin vom Mond heruntergefallen und hab eine Menge Dollars bei mir, die ich an brave Nigger verschenken will. Also sag schon, möchtest du einen?«

Samson rieb seine Nase, schaute prüfend nach links, nach rechts, schwang dann seinen Sack mit der Wolle und arbeitete weiter, wobei er brummte:

»Du bist wohl von der Wings-Farm ... ich glaub, ich hab dich schon einmal gesehen, Boy. Aber ich laß mich von dir nicht aushorchen — ich weiß nicht, wo das Vieh ist, das man euch gestohlen hat. Wenn du etwas wissen willst, geh gleich zu Mister Phelps, der zieht dir die Peitsche über die Ohren, wie er es unlängst Mister Wings getan hat.«

Der Schwarze wollte weitergehen, aber ich hielt ihn an einem Bein fest. »Du, hör mich an, ich kenn keinen Wings — bin fremd hier, geb dir mein Wort, es ist wahr. Da hast du einen Dollar — nimm ihn, ich schenk ihn dir, weil du mich vorher nicht verraten hast.«

Samson starrte auf das Geldstück nieder, das ich hochhielt, griff jetzt zögernd danach, zog aber gleich die Hand zurück. »Nein, ich nehm's nicht — du bist ein Hexer oder vielleicht der Teufel selber. Soviel Geld verschenkt niemand umsonst. Geh fort — führ mich nicht in Versuchung ...« Und schon fing er an, ein Gebet zu murmeln, wobei er mit einer Hand über meinem Kopf ein paar Kreuze in die Luft zeichnete.

Er war so abergläubisch wie alle Schwarzen. Da ich aber nicht wie der Teufel zu winseln begann und mich auch unter den Kreuzzeichen nicht krümmte, beruhigte er sich und schielte wieder nach dem Geldstück wie ein Rabe, der nur deshalb nicht zupackt, weil er eine Falle fürchtet.

Na, ich hielt jetzt Samson den Dollar unter die Nase, und da konnt er nicht länger widerstehen. Blitzschnell griff er danach, spuckte zur Vorsicht dreimal drauf, um jeden Zauber zu bannen, und weil ihm auch jetzt nicht das Silber die Finger verbrannte, schob er es hinter die Wange.

»Was willst du wissen, Boy? Frag mich — ich sag dir alles ...«, knurrte er nun wie ein hungriger Hund, der einen gefundenen Knochen verteidigt. Gleichzeitig begann er wieder mit Feuereifer Baumwolle zu pflücken.

Nun hatte er mein Geld genommen, und ich durfte es wagen, ihn ohne viel Umstände zu fragen, ob er den entlaufenen Neger gesehen habe, den Mister Phelps auf die Farm gebracht hatte.

Samson schaute dumm drein. Er schien gefährlichere Fragen erwartet zu haben und konnte nicht begreifen, daß ich einen Dollar ausgab, bloß um zu erfahren, wo sich ein Nigger namens Jim befand. Nach einer halben Minute wußte ich mehr, als ich nach tagelangem Umherschnüffeln bei der Phelps-Farm erfahren hätte.

Es war aber eine schlimme Botschaft für mich. Der verdammte Phelps hatte noch gestern abend meinen Jim dem Sheriff in Boneville übergeben, dem er Geld schuldete. Nun erinnerte ich mich auch der Reiter, die gestern in der Dämmerung zur Phelps-Farm auf den Hügel hinaufgeritten waren. Sie hatten Jim mitgenommen, während ich ahnungslos am Ufer saß und hinüberstarrte.

Ach, wie winzig war jetzt die Aussicht, jemals wieder mit Jim zusammenzukommen. Boneville lag zwanzig Meilen von hier stromaufwärts — so sagte Samson, und er mußte es wissen, da er dort auf dem Sklavenmarkt von Phelps gekauft worden war.

Na, ich ließ mir jedenfalls von Samson genau schildern, wie es in Boneville aussah und wo dieser Sheriff Higgins wohnte. Daß sich vor dem Städtchen eine Dampferanlegestelle befand, war mir recht, denn so mußte ich nicht ermüdende Umwege bei Nacht machen, sondern konnte mit einem Dampfboot fahren. Weniger freute es mich, daß dieser Sheriff Higgins in Boneville ein Mann war, der sein Schießeisen nicht zum Spaß mit sich trug oder bloß Löcher in die Luft schoß, wenn er hinter einem, der das Gesetz auf krumme Weise auslegte, her war. Und mein Vorhaben, Jim zu befreien, würde von jedem Südstaatler hier sehr, sehr übelgenommen werden — das war mir klar. Kein weißer Gentleman ließ sich jemals einfallen, einen Schwarzen zu entführen, nur weil er ihn gut leiden mochte. Ein Nigger galt nicht mehr als ein Stück Vieh und wurde wie ein solches verhandelt. Mit einem Viehräuber aber machte man sogar in den Nordstaaten kurzen Prozeß — dort knüpfte man ihn an den nächsten Baumast.

Na, mir war keinesfalls nach Halleluja-Singen zumute, und das merkte auch Samson. Während er, um keinen Verdacht zu erregen, gleich zwei Baumwollstauden auf einmal über mir zusammenbog und eifrig davon die Flocken abzupfte, fragte er teilnahmsvoll:

»Was ist denn los, Boy? Machst ein Gesicht, als hättest eine Klapperschlange für eine saure Gurke gehalten und in den Schwanz gebissen. Was willst du eigentlich von diesem Jim? Hat er dir etwas gestohlen?«

»Ach nein«, sagte ich traurig. »Jim ist mein bester Freund, ich will ihn ... na, denk dir, was du willst.«

Da ließ Samson die Sträucher los und beugte sich zu mir nieder. Seine tiefe Baßstimme klang heiser vor Aufregung:

»Du — willst — einem Nigger helfen? Willst du ihn vielleicht loskaufen?«

Ich schaute in die guten, ehrlichen Kulleraugen des Riesen über mir und dachte: Na, wenn der ein Verräter ist, dann ist der Petrus im Himmel ein Sklavenhalter. Darum gestand ich freimütig: »Zum Loskaufen hätt ich zuwenig, ich will ihn befreien und dann fortlaufen mit ihm, verstehst du? Ich hab noch nie einen so braven Kameraden gehabt wie ihn. Mir ist's schnuppe, wie jemand darüber denkt, daß ein Weißer einen Schwarzen zum Freund hat. Glotz nicht so dumm, sonst glaub ich, du bist auch so ein Idiot von Nigger, der seinem Herrn die Füße leckt wie ein Hund, statt ihm einen Kinnhaken zu geben, wenn er zur Peitsche greift.«

Ich schickte mich an, quer durch das Baumwollfeld in Richtung zu meinem Boot wegzukriechen, aber Samson hielt mich am Bein zurück. Als ich aufblickte, merkte ich, daß seine Augen voll Tränen waren. Er hielt mir den Dollar hin und konnte kaum reden, so sehr würgte ihn etwas in der Kehle:

»Boy, du bist der — feinste Kerl — den's gibt. Da, nimm dein Geld wieder — du wirst es brauchen ...«

Na, ich überlegte nicht lange und gab dem Riesen noch einen Dollar, denn für ihn war's ein Vermögen, und ich hatte es bei der »Schlacht von Hastings« leicht verdient.

Die wichtigste Frage war nun für mich, wie ich am besten und schnellsten nach Boneville kommen konnte. Doch brauchte ich gar nicht lange zu überlegen, um die Lösung zu finden: Ich legte mich im Boot auf die Lauer und wartete auf einen Dampfer, der flußaufwärts fuhr. Es dauerte einige Stunden, bis einer von Louisville heraufkam. Als ich eine Rauchwolke hinter der nächsten Flußbiegung aufsteigen sah, lenkte ich mein Boot in die Strömung hinaus und paddelte mit dem Sitzbrett dem Dampfer entgegen. Er fuhr in Flußmitte, und ich mußte mich mächtig anstrengen, mit ihm auf gleiche Höhe zu kommen. Wie bei allen Flußdampfern befand sich das Schaufelrad am Heck, also steuerte ich auf den Bug zu. Mein leichtes Boot wurde von Wasserwirbeln erfaßt und herumgedreht. Bald schwamm es quer zur Strömung, bald mit dem Hinterteil flußabwärts. Noch dazu tat ich alles, um den Eindruck eines hilflos Dahintreibenden zu erwecken, schaukelte und beugte mich einmal backbords, dann wieder steuerbords, so daß es aussah, als würde ich umkippen. Da der Dampfer näher kam, reckte ich überdies, wie nach Halt suchend, die Arme hoch und brüllte, daß jeder an Bord glauben mußte, ich befürchte einen Zusammenstoß. In Wahrheit bemühte ich mich nach bestem Können, einen solchen herbeizuführen.

Ich wollte kentern, und zwar vor dem Schiffsbug.

Der Dampfer kam rasch näher. Schon sah ich Passagiere und Bootsleute am Bug mir aufgeregt zuwinken. Der Steuermann betätigte die Dampfpfeife und versuchte mir auszuweichen. Doch gerade das wollte ich verhindern. Also benahm ich mich wie einer, der vor Angst völlig den Kopf verloren hat, und lenkte mein Boot so ungeschickt, daß der Bug genau gegen jenen des Raddampfers zuhielt.

Die Aufregung auf dem Schiff wuchs, je mehr ich mich näherte. Ich hörte Frauen vor Entsetzen kreischen und Zurufe von Männern, die alles mögliche rieten und tun wollten. Dazwischen heulte die Dampfpfeife Warnsignale, und jetzt bimmelte auch noch die Schiffsglocke Alarm. Der Dampfer stoppte, und das war das Vernünftigste, was der Kapitän für mich tun konnte, denn ich war schon so nahe heran, daß mein Vorhaben, im letzten Augenblick mit dem Boot umzukippen, schlimme Folgen für mich gehabt hätte. Ich wäre nämlich, falls das Schiff nicht angehalten hätte, vorbeigetrieben und vom Schaufelrad erfaßt worden.

Nun aber war es Zeit für mich. Schwimmen und tauchen konnte ich wie eine Ente. Noch einmal reckte ich hilfeschreiend die Arme hoch, dann legte ich mich seitwärts, und schon kenterte das Boot knapp vor dem Dampferbug. Ich schwamm wie ein blutiger Anfänger, strampelte, ließ mich untergehen, kam prustend wieder hoch und kriegte endlich ein Tauende zu fassen, das mir ein braver Bootsmann zugeworfen hatte. Zappelnd wurde ich hochgezogen, stand schließlich triefend auf Deck und ließ mich niedersinken, als wäre ich vollkommen erschöpft.

Passagiere umringten mich, Frauen bemitleideten mich heftig, Männer prahlten mit ihrer Geistesgegenwart, der Kapitän kam und schimpfte, ein Bootsmann faßte mich an den Füßen und stellte mich auf den Kopf, damit das verschluckte Wasser aus mir rinnen sollte.

Na, ich spielte jedenfalls eine Weile den Ohnmächtigen, bis ich eine Frau zum Kapitän sagen hörte:

»Sie sollten sich was schämen, Sie Unmensch. Ist das christlich, den armen Jungen noch zu beschimpfen, wo er fast ertrunken wär? Sie täten besser, heißen Kamillentee bringen zu lassen und ein paar Decken — sehen Sie doch, wie's das arme Kerlchen rüttelt!«

Ein Mann pflichtete mit Predigerstimme meiner Samariterin bei: »Sie haben vollkommen recht, Miß Tuckerstone, der Allmächtige hat uns ein Zeichen gegeben, wir sollten in Demut niederknien und für das Wunder der Errettung dieses Jungen danken. Stimmt alle ein in den Psalm des Herrn, wo geschrieben steht . . .«

Na, ich hatte keine Lust, in klatschnassen Kleidern Psalmen singen zu hören, und blinzelte daher zu meiner Gönnerin Miß Tuckerstone auf. Es war eine mächtig feine alte Dame mit Spitzenrüschen am Halsausschnitt und an den Ärmeln. Sie trug ein graues Seidenkleid und hatte eine Goldkette umgehängt, so lang wie ein Lasso. Der Käptn schien sie gut zu kennen und ziemlichen Respekt vor ihr zu haben, denn ich sah ihn verlegen an seiner Mütze fingern und dienernd fortschleichen, als hätt ihm ein leibhaftiger Erzengel einen Nasenstüber versetzt. Da mich jetzt die alte Dame blinzeln sah, stieß sie einen Freudenschrei aus und kniete neben mir nieder.

»Oh, er kommt zu sich! Seht, wie ängstlich er schaut. Oh, was mag er für Schrecken ausgestanden haben, der gute liebe Kleine! Mister Granger! Betten Sie den Jungen sofort auf eine Bank, ich werde ihn pflegen ... kommen Sie, Mistreß Raffle, Sie helfen mir, ihn in Decken zu wickeln. Wo bleibt der Kamillentee? He, zum Teufel, was denkt sich wohl der Käptn ... schläft der Kerl oder säuft er schon wieder? Ich werde das Schiff kaufen und den Mann entlassen, wenn der Kamillentee nicht gleich da ist!«

Mir wurde gleich viel besser, als ich hörte, daß ich unbedingt Kamillentee trinken sollte. Also richtete ich mich auf, schaute wie verstört um mich und hauchte, wie es sich für einen manierlichen Ohnmächtigen gehört: »Wo bin ich?« Darauf gab's ein mächtiges Getue, jeder wollt mir oder vielleicht bloß der reichen Miß Tuckerstone beweisen, daß er ein Herz voll Güte habe, und so wurde mir zwanzigmal gesagt, wo ich sei und wie sich jeder über meine Rettung freue. Mister Granger, der Mann mit der Predigerstimme — er war wirklich Geistlicher —, rang die Hände, verdrehte entzückt die Augen und beschwor die himmlischen Heerscharen, Zeuge seiner Demut zu sein. Mistreß Raffle, eine ziemlich dicke Dame, drückte mich an ihre Brust, daß mir die Luft wegblieb, und ein paar andere Ladys walkten mich gehörig durch, weil das — wie sie sagten — die Atmung wieder in Gang brächte. Als ich auch noch heißen Tee aus einer Kanne schlucken sollte, wurde mir die Sache zu bunt, und ich erhob mich trotz des Protestgeschreis sämtlicher Wohltäterinnen.

»Wo ist mein Boot?« fragte ich unschuldsvoll. »Ich muß nach Boneville fahren. Mein Bruder Sid wartet auf mich.«

»Nach Boneville willst du?« wunderte sich ein Mann, der wie ein Farmer aussah. »Du lieber Gott, an dem Städtchen bist du schon längst vorbei.«

»Von wo kommst du her, mein Sohn?« fragte nun der Prediger.

»Ach, ich — ich bin — ich bin aus — aus Sankt Petersburg. Hätte mit meinem Bruder Sid nach Boneville fahren sollen, aber — aber ich stieg vorher zum Spaß in das Boot, und da schwamm es fort . . . es war kein Ruder drin.«

»O du meine Güte! Er ist aus Sankt Petersburg!« rief Miß Tuckerstone vor Staunen. »Leute, hört euch das an! Der Junge ist mit einem Boot mehr als zweihundert Meilen den Fluß hinabgefahren!«

»Ein Wunder! Es ist wahrhaftig ein Wunder — genau wie ich's gesagt hab!« schrie der Prediger, und alle anderen drängten sich erneut so eifrig um mich, daß es mich verdammt reute, nichts Gescheiteres erfunden zu haben.

Na, ich konnt jetzt nicht plötzlich erzählen, ich sei der Sohn des Kaisers von Hinterindien und eigens hierhergefahren, um mich von Mister Granger taufen zu lassen — also blieb ich dabei, ich sei mit meinem Bruder Sid Sawyer auf die Reise nach Boneville geschickt worden, und das war wieder falsch. Denn mit einemmal rief der Farmer:

»He, bist du vielleicht gar jener Tom Sawyer aus Sankt Petersburg, auf den die Familie Flatcher in Boneville schon seit Tagen wartet? Ich wette, du bist's, Junge! Sag, daß ich recht hab!« Na, jetzt war ich nicht schlecht durcheinander.

In Boneville warteten die Flatchers auf Tom Sawyer!

Was zum Teufel hatte mein Blutsbruder dort zu suchen? Und wer waren die Flatchers?

Das konnte eine schöne Geschichte werden, wenn auf mich, den falschen Tom Sawyer, jemand wartete, den ich gar nicht kannte!

Zum Überlegen ließ mir aber der Farmer keine Zeit. Er schlug mich lachend auf die Schultern, hieß mich den verflixtesten Teufelskerl in den Staaten und beteuerte, daß meine Bootsfahrt das großartigste Abenteuer sei, von dem er jemals gehört hatte. Die alten Tanten staunten mich an, als wäre ich der Entdecker Amerikas, die Männer lobten meinen Mut, und einer meinte, ich würde bestimmt einmal ein berühmter Nordpolfahrer oder zumindest ein Dampferkapitän werden. Beides wäre ich für die nächsten Stunden mit Freuden gewesen, denn dann hätte ich mein Schiff zum Nordpol gesteuert, und allen Ladys und Gentlemen, die mich jetzt nach allem möglichem ausfragten, wären die Zungen festgefroren.

Ich fühlte mich wahrlich nicht wohl in meiner Haut und verwünschte dieses ganze Abenteuer. Hätte ich wenigstens den Namen Sid nicht erwähnt, dann wäre es keinem eingefallen, mich für Tom Sawyer zu halten.

Oder hatte der Farmer vielleicht einen anderen Tom Sawyer gemeint? Das war ziemlich unwahrscheinlich — in Sankt Petersburg gab es nur einen Jungen dieses Namens.

Und gerade er sollte nach Boneville unterwegs sein?

Niemals hatte er mir von Verwandten erzählt, die in diesem Städtchen wohnten.

Halt, das stimmte nicht ganz!

Einmal, es war im vergangenen Herbst, da verabredeten wir, Seeräuber zu werden und den Fluß hinab ans Meer zu fahren. Damals sagte ich zu Tom, wir müßten unterwegs unseren Proviant ergänzen, und er meinte, das wäre ganz einfach: eine Tante von ihm wohne in einer Stadt unterhalb Cairo am Fluß. Sie hieß — — wie hieß sie bloß?

Tante Sala — Salamon?

Nein, das war ein ägyptischer Präsident oder etwas Ähnliches.

Hieß sie vielleicht Sila? Auch nicht — so wurde der Hund von Richter Tatcher gerufen.

Himmel, wenn mir doch bloß einfiele, wie diese verflixte Tante hieß! Ich hätte zu ihr gehen und sagen können: Da bin ich, Tante Sally, ich bin der Tom — — —

Ha, wie war das eben? Ich dachte doch Tante Sally? Halleluja, das war ihr Name! Jawohl, Sally hieß sie! Nun war alles in bester Ordnung. Ich brauchte nur noch Toms Ankunft abzuwarten und mit ihm zu bereden, daß ich er sei und er sein Bruder Sid. Dann konnten wir mitsammen das Haus des Sheriffs Higgins beschleichen, und Jim war von da an so gut wie frei! Denn daß es mir im Bunde mit Tom Sawyer nicht gelingen sollte, Jim aus dem tiefsten Kerker zu holen, konnte ich mir gar nicht vorstellen.

Viel besser gelaunt als zuvor, ließ ich mich von Miß Tuckerstone und den andern Ladys bemuttern, erzählte ihnen, daß ich und mein Bruder Sid zwei arme Waisen seien, die nun bei Tante Sally Flatcher leben sollten, weil wir in St. Petersburg bald verhungert wären. Ich erwähnte auch, daß ich und Sid in einer Regentonne hätten schlafen müssen und uns im Winter mit Stroh zudeckten.

So gut schilderte ich mein eigenes Vagabundenleben, daß die Ladys bald nicht mehr nachkamen, die Tränen zu trocknen, und sogar der Prediger sich schneuzte wie ein verschnupftes Walroß.

Schließlich tropfte es mir selber vor Rührung von der Nase, und Miß Tuckerstone öffnete ihren mit Perlen bestickten Beutel. Ich dachte schon, sie wolle mir mindestens einen Golddollar schenken, aber sie gab mir bloß das Bild irgendeines Heiligen, zu dem ich beten sollte. Und als der Dampfer in Boneville anlegte, nahm sie mir sogar die Decke weg, die ich aus Vergeßlichkeit mitnehmen wollte, und ermahnte mich, ein guter, braver Junge zu bleiben.

Na, ich winkte trotzdem der geizigen Alten und den andern Passagieren recht herzlich zu und übersah den Kapitän, der durchaus für die paar Meilen Fahrt eine Menge Geld von mir haben wollte. Er wäre mir vielleicht bis nach Boneville hinein nachgelaufen, aber zum Glück war ich der einzige Fahrgast, der in Boneville ausstieg, und der besoffene Steuermann lenkte das Schiff, kaum daß es angelegt hatte, sofort wieder gegen die Flußmitte.

Da stand ich nun allein auf morschen Brettern einer Dampferhaltestelle und gab mich von neuem trüben Gedanken hin. Solange ich auf dem Schiff geweilt hatte, war mir alles ganz einfach vorgekommen — aber nun sah ich ein Städtchen, auf einen Hügel gebaut, mit freundlichen netten Häuschen, eine neue Holzkirche dazwischen und nirgends eine alte Bretterbude oder eine verfallene Scheune, wo ich mich hätte verkriechen können.

In diesem Ort schien es nur wohlhabende Bürger zu geben, die keine Zeit hatten, am Flußufer herumzulungern. Außer einem bärtigen Alten, der am Geländer der Anlegestelle lehnte, sah ich nämlich niemanden, den ich nach den Flatchers hätte ausfragen können. Der Alte musterte mich neugierig, rückte seinen zerfransten Hut von der Stirn in den Nacken, schob ihn gleich darauf wieder in die Stirn und schien nicht übel gesonnen, einen kleinen Plausch anzufangen. Jetzt spuckte er ein Stück Kautabak ins Wasser, grinste freundlich und kam auf mich zu. Die Hände in den Taschen, blieb er vor mir stehen, zog ein neues Stück Kautabak hervor und biß davon die Hälfte ab, während er fragte:

»Schönes Wetter heut, wie? Grad die richtige Zeit zu reisen, denk ich, he?«

Ich gab ihm recht, und das machte ihn noch redseliger. Er warte hier auf den Dampfer aus Cairo — erzählte er —, seit drei Tagen tue er das, aber jedesmal vergeblich: denn der junge Mann, den er erwarte, sei nicht gekommen. Dann musterte er mich nachdenklich und sagte ganz unerwartet:

»Der Junge müßte eigentlich genauso aussehen wie du. Könnt mir fast vorstellen, du wärst es, Boy. Aber du kannst es nicht sein, weil du flußaufwärts gefahren bist. Na, aber vielleicht bist du's doch, und ich red und red und weiß gar nicht, wer du bist. Bin wirklich schon ein richtiger alter Nußknacker geworden, wie meine Alte immer sagt — na, ich war aber nicht immer so, das kannst du mir glauben, Junge. So vor dreißig Jahren, da war ich der beste Flußschiffer zwischen New Orleans und Sankt Petersburg — ja, mein Kleiner, so einen Kerl wie mich hat's bisher nicht wieder gegeben. Hab schön verdient damals — Dampfer waren zu der Zeit noch keine erfunden. Hab in Sankt Petersburg ein Haus gehabt und ein zweites hier. Ich sag dir, den Roy Flatcher hat jedes Kind auf hundert Meilen den Fluß hinauf und hinab gekannt. Aber heute — na, sag selber, Boy, hast du vielleicht schon von mir gehört?«

»Klar, Mister Flatcher«, sagte ich unter Herzklopfen, weil mein guter Stern mir grad den richtigen Mann zur richtigen Zeit schickte. »Ich hab sogar schon eine ganze Menge von Ihren Fahrten gehört. Ich wär gar nicht hergekommen, wenn's mir nicht gefallen hätt, was mir Tante Polly von Ihnen erzählt hat.«

Im nächsten Moment riß der Alte den Mund auf, als wollt er mich verschlucken. Vor Überraschung schluckte er aber

bloß den Priem, an dem er zuvor gekaut hatte. Eine Weile würgte er daran, holte aber dann doch das Endchen Kautabak mit den Fingern aus dem Schlund und breitete etwas verspätet die Arme aus.

»Tom! Du Lausejunge, du dreimal verflixter Bengel, du bist's wirklich! Oh, ich alter, verdammter Narr. Red und red, und der Teufelsjunge steht da und ... ach, komm, laß dich umarmen!«

»Bitte gern, Mister Flatcher, ich steh zu Diensten«, sagte ich höflich, denn der Alte war mir schon recht sympathisch geworden. Statt mich aber an sich zu drücken, beugte er sich vor und fragte vorwurfsvoll:

»He, du kleiner Strolch, willst mich wohl ein bißchen aufziehen, wie? Sagst Mister Flatcher zu deinem alten Onkel Roy, statt ihm um den Hals zu fallen. Na, ich hab's ja auch verdient, bin ein richtiger Flauskopf gewesen, weil ich dich nicht gleich erkannt hab. Recht geschieht mir, ganz recht — aber ich bitt dich, Tom, erzähl Tante Sally kein Wort davon, sonst macht sie mir die Hölle heiß!«

Es war alles so gut abgelaufen, wie ich es nicht einmal zu träumen gewagt hätte. Seit zwei Tagen lebte ich nun schon als Tom Sawyer im Haus der Flatchers und hatte »meine« Tante Sally richtig ins Herz geschlossen. Die gute Alte stopfte mich wie einen Gänserich zu Weihnachten mit allerhand Leckerbissen voll, und ich erzählte ihr zum Dank alles, was sie wissen wollte: von meinem Bruder Sid, von Tante Polly und sogar von einem gewissen Huckleberry Finn, der Tom Sawyers bester Freund war. Die Tante lachte, daß ihre dicken Hängebacken wackelten, und mein neuer Onkel saß dabei und vergaß vor lauter Zuhören zu reden, was bei ihm ein wahres Wunder war, denn er redete sogar im Schlaf.

Also wäre alles in bester Ordnung gewesen, hätte mich nicht die Sorge geplagt, was geschehen würde, wenn mein Blutsbruder Tom plötzlich auftauchte. Um meinen Freund Jim konnte ich mich vorderhand wenig kümmern. Es hätte Verdacht erregt, wäre ich schon jetzt um das Haus des Sheriffs herumgeschlichen. Deshalb genügte es mir, daß die Tante, auf meine vorsichtigen Fragen, von einem entlaufenen Nigger erzählte, den Sheriff Higgins in seinem Haus im Keller eingesperrt hatte. Wie sie sagte, sollte es ein besonders gewalttätiger Nigger sein, den der Sheriff in Ketten legen mußte, um ihm bessere Manieren anzugewöhnen. Übrigens habe Higgins die Eigentümerin des Niggers schon verständigt, um bald die Prämie einstreifen zu können. Die Besitzer des Niggers hatten jedoch bisher nichts von sich hören lassen — vielleicht, weil ihnen das Geld für die weite Reise fehlte, oder weil sie einen so schlechten Sklaven gar nicht mehr haben wollten, für den sie noch dazu zweihundert Dollar Ergreiferprämie hätten zahlen müssen.

Na, ich wußte jedenfalls genug, um dann, wenn Tom kam, mit ihm einen Befreiungsplan zu bereden. Aber Tom kam nicht, und ich wartete auch am dritten Tag nach meiner Ankunft vergeblich am Landesteg beim Ufer. Ich hatte vor, ihn sofort so stürmisch zu umarmen und dabei »Sid!« zu rufen, daß er sogleich stutzig werden mußte. Denn seine Geistesgegenwart kannte ich, und daß er mich verraten würde, brauchte ich erst gar nicht zu befürchten.

Am Morgen des vierten Tages stand ich besonders früh auf, da ich zum Fluß fischen gehen wollte. Auf dem Weg dahin überlegte ich es mir aber und schlenderte ein bißchen durch das Städtchen. Ich wollte nun endlich doch das Haus des Sheriffs Higgins kennenlernen und ein wenig die Lage erkunden. Schon am Tage vorher hatte ich Onkel Roy vorsichtig ausgefragt und wußte nun, daß ich Sheriff Higgins' Haus hinter der Kirche am Rande des Städtchens suchen müßte.

Ich fand es auch bald und beguckte es von allen Seiten. Es war ein stockhoher Bau aus massiven Bohlen mit festen Türen vorn und hinten. Wie ein kleines Fort an den Grenzen der Indianerreservationen sah es aus. Da gab's kein loses Brett daran und kein morsches Brett am Zaun um den Garten. Nirgends fand ich eine Lücke zum Durchschlüpfen oder eine Möglichkeit, in den Boden einen Gang zu graben. Selbst Tom Sawyer, der immer einen Ausweg wußte, hätte angesichts dieses festen Blockhauses jeden Versuch, Jim zu befreien, für unmöglich gehalten. Zum Überfluß liefen innerhalb der Umzäunung, die einer Palisade ähnlich sah, einige Bluthunde hin und her. Sie japsten gierig, als ich näher kam, und hätte ich es gewagt, über den Zaun zu klettern, würden sie mich in Stücke gerissen haben.

In diesem Haus war Jim wie in einer Festung mit meterdicken Mauern verwahrt, und ich konnte mir leicht vorstellen, daß Mister Higgins, der Bewohner dieses Gefängnisses, kein Menschenfreund war.

Der arme Jim — welche Angst mußte er wohl in diesem Kerker ausstehen! Vielleicht ließ ihn dieser verdammte Higgins in einem finsteren Kellerloch hungern. Was hatte Jim getan, daß er wie ein Verbrecher behandelt wurde? Seine ganze Schuld bestand lediglich darin, eine schwarze Hautfarbe zu haben. Aber trotzdem war er ein Mensch wie jeder andere Bürger dieses Staates und ganz sicher ein besserer als dieser Sheriff, der wegen lumpiger zweihundert Dollar Prämie einen Mitmenschen wie ein Stück Vieh in Ketten gelegt hatte.

Haßerfüllt starrte ich das Blockhaus an und ballte die

Hände zu Fäusten. Ich wünschte so groß und stark zu sein, daß ich diesen Higgins hätte verprügeln können, bis er nicht mehr wußte, wo oben und unten war. Im Geiste malte ich mir aus, wie ich ihn dann mit einer Hundekette um den Hals in der Sonnenhitze auf einem Baumwollfeld vierzehn Stunden im Tag schuften ließ. Und ich war so versunken in diese Vorstellung, daß ich vergaß, mich weniger auffällig zu benehmen.

Da stand ich vor dem Higgins-Haus und starrte es finster brütend an, statt mich wie ein zufällig vorübergehender Fremder zu benehmen. Und als mir endlich mein dummes Verhalten bewußt wurde, öffnete sich die Haustür. Ein beleibter Mann trat heraus mit dem Gesicht einer Bulldogge und mit kurzgeschnittenem eisengrauem Haar. Er kam geradewegs auf mich zu, packte mich an den Schultern und herrschte mich an:

»Was suchst du hier, Bürschchen? Wer bist du? Von wo kommst du her?«

Na, ich wußte gleich, daß der Kerl nur der Sheriff sein konnte, denn so ähnlich hatte ich ihn mir vorgestellt. Trotzig blickte ich in dieses feiste Gesicht und gab keck zur Antwort:

»Was geht Sie das an, he? Wer sind Sie denn überhaupt?«

Der Dicke legte den Kopf schief und kniff ein Auge zu, als hätte er schlecht verstanden. »Frag mich nicht noch einmal, du Rotznase, sonst leg ich dich übers Knie und zieh dir ein paar über, daß du gleich von selber draufkommst, wer ich bin.« Bei den letzten Worten griff er überraschend zu und packte mich.

Nun war ich doch fremd im Ort und mußte nicht wissen, wer der Dicke war, da er keinen Sheriffstern trug. Also ließ ich mich nicht einschüchtern, sondern duckte mich blitzschnell und riß mich dadurch von seiner Faust los. Einige Fuß weit sprang ich zurück und hätte ebensogut davonlaufen und dem Kerl eine lange Nase drehen können. Meine Wut war aber größer als meine Vernunft. Deshalb blieb ich in sicherer Entfernung stehen und höhnte: »Na, los jetzt, legen Sie mich doch übers Knie, wenn Sie noch können!«

Der Dicke schnaufte voll Zorn und tat einen Satz nach

vorn. Doch ich machte doppelt so schnell zwei Sprünge nach hinten und spottete wieder: »Na, was ist, Sir? Ich wart schon auf die Hiebe!«

Der Sheriff lief rot an wie eine Tomate in der Sonne. Pfauchend schoß er auf mich los und griff abermals daneben. »Wart nur, du verfluchter Strolch«, schimpfte er, »dich werd ich gleich haben! Ich hetz dir die Hunde nach, dann wirst du winseln.«

Wirklich drehte er sich um und eilte seinem Hause zu. Jetzt erst wurde mir bewußt, wie unüberlegt ich gehandelt hatte. Darum lief ich ihm nach:

»Ich lauf nicht weg, wenn Sie die Hunde auf mich hetzen, aber das eine sag ich Ihnen — mein Onkel knallt Sie nieder, wenn Sie's tun.«

Augenblicklich blieb der Kerl stehen und schaute mich forschend an. »Wer ist denn dein Onkel, he?«

»Zuerst sagen Sie mir, wer Sie sind, damit ich's meinem Onkel erzählen kann, daß Sie mir mit den Hunden gedroht haben wie einem Verbrecher.«

Mein furchtloses Reden schien den Dicken doch etwas aus der Fassung gebracht zu haben. Er kratzte die fette Wange und überlegte sich anscheinend, wie er sich am besten aus der Schlinge ziehen konnte, ohne sich lächerlich zu machen. Viel weniger schroff als am Anfang sagte er: »Schön, du bist kein Hiesiger, wie ich seh, drum kannst du mich auch nicht kennen. Ich bin Sheriff Higgins — und wer bist du?«

»Na, das hätten Sie doch gleich sagen können«, erwiderte ich grinsend. »Hab keinen Grund, mich vor Ihnen zu verstecken — ich heiße Tom Sawyer und wohne hier bei meinem Onkel Roy Flatcher.«

Des Sheriffs Miene heiterte sich auf, das heißt, er tat zumindest so, als freue er sich, meine Bekanntschaft gemacht zu haben, und schlug die rechte Faust in die flache Linke.

»Donnerwetter! Du bist der Neffe von meinem lieben alten Freund Roy! Ja, zum Teufel, Junge, wozu haben wir uns eigentlich gestritten? Hab dich für einen Vagabunden gehalten, der bei Tag ein bißchen herumspioniert und bei Nacht stehlen kommt.«

Das Nachgeben des Sheriffs hob mein Selbstbewußtsein beträchtlich. Ich verzog geringschätzig den Mund und erwiderte, die Hände in den Taschen, die Beine gespreizt, in hochmütigem Ton:

»Na, für einen Sheriff haben Sie eigentlich gar keine guten Augen — wenn Sie mich für einen Vagabunden halten ... ich bin der Neffe der reichsten Frau in Sankt Petersburg und hab selber sechstausend Dollar, die Richter Tatcher für mich verwaltet.«

Die Augen des Sheriffs weiteten sich vor Staunen, während seine Lippen so rund wurden wie das Mundstück einer Trompete. »Du bist — aus — Sankt Petersburg? Junge, sag noch einmal, wie du heißt?«

»Tom Sawyer. Warum fragen Sie? Gefällt Ihnen mein ehrlicher Name nicht?«

»O doch — klar, du Goldjunge! Wart ... ich such da etwas — wo ist denn nur — der Brief?«

Aufgeregt kramte er in den Hosentaschen und brachte dann ein zerknülltes Schreiben zum Vorschein, das er sorgfältig glättete, worauf er es, vor sich hin murmelnd, flüchtig durchlas. Mit einemmal zeigte er auf eine bestimmte Zeile und rief:

»Natürlich! Da steht es: Miß Polly Sawyer wird Ihnen auch wegen des Negers Jim, der sich bei Ihnen aufhält, eine wichtige Mitteilung überbringen — Ann Douglas.« Und sich wieder an mich wendend, fragte er: »Kennst du Miß Douglas, Junge? Klar, du mußt sie kennen. Nicht wahr, sie hat auch eine Menge Geld, aber wahrscheinlich ist sie krank, weil deine Tante, Miß Sawyer, statt ihrer hierherkommt. He, sag doch — du weißt es bestimmt: Bringt mir Miß Sawyer die zweihundert Dollar für den Neger, den ich gefangen hab?«

Ich sagte gar nichts, hätte auch nichts sagen können, weil mir der Mund plötzlich ausgetrocknet war.

Polly Sawyer kam hierher? Das hatte die Witwe Douglas geschrieben? O Teufel, dann saß ich aber ordentlich in der Tinte!

Aber was war mit Tom? Wo blieb denn der? War ihm etwas geschehen? Sicher nicht, sonst würde seine Tante nicht zweihundert Meilen flußabwärts zu ihren Verwandten fahren. Himmel, was war da los? Ich kannte mich überhaupt nicht mehr aus. Ganz wirr war mir im Schädel.

Bloß das eine war mir klar: Der Sheriff hatte Jims wegen an die Witwe Douglas geschrieben. Und die schickte Tante Polly mit wichtigen Mitteilungen nach Boneville.

»Na, so red doch schon, Junge! Laß dich nicht so bitten — du weißt es doch, daß ich mein Geld krieg für den Nigger, he?« drängte der Sheriff wieder.

»Ich weiß nichts — kann Ihnen gar nichts sagen«, antwortete ich, drehte mich um und ging davon.

Die ganze Nacht hatte ich gegrübelt, was ich tun könnte, um Jim zu befreien. Aber was immer ich auch plante — es blieb undurchführbar. Gegen Morgen war ich so weit, daß ich überlegte, ob es nicht am besten wäre, das Haus des Sheriffs anzuzünden und in dem darauffolgenden Tohuwabohu Jim zu entführen. Aber sollte ich zum Brandstifter werden, wochenlang mich hetzen lassen, um endlich doch erwischt zu werden? Und dann gab's auch für Jim keinen Pardon. Ach, es war schon Wahnsinn, nur daran zu denken.

Etwas mußte aber getan werden. Ich durfte nicht länger warten, sonst wurde Jim versteigert, und ich sah ihn nie wieder.

Meine Augen brannten vor Schlaf. Schließlich legte ich den Kopf auf die Arme und schlief ein.

Als ich aufwachte, schien die Sonne ins Zimmer. Ich hörte im Hause Tante Sally eine Schwarze wegen eines zerbrochenen Kruges schelten, sah durchs Fenster Onkel Roy die Tür des Schuppens ausbessern, und dann erblickte ich etwas so Unerwartetes, daß mir vor Freude, aber auch vor Schreck die Beine steif wurden. Einige Sekunden lang vermochte ich mich weder zu rühren noch einen Entschluß zu fassen. Ich konnte einfach nichts denken, so groß war die Überraschung.

Auf der Straße, die von der Dampferanlegestelle am Fluß zum Flatcher-Haus führte, näherten sich drei Personen: ein Nigger, der einen mächtigen Holzkoffer trug, eine ältere rundliche Dame, die auf drollige Art über die Brille auf ihrem Knollennäschen hinweg die Umgebung musterte, und ein Junge, der verdrossen neben ihr schlenderte.

Die Dame war Tante Polly, und der Junge war — —

»Tom Sawyer!« — schrie ich auf und stürzte zum Fenster. Mit einem Satz war ich draußen, rannte an Onkel Roy vorbei, der mir etwas nachrief, das ich nicht verstand, und stürmte die Straße hinab. Jetzt erblickte mich Tom, blieb stehen, starrte mir entgegen und schrie entsetzt:

»Ein Geist! Ein Geist! Geh weg, Huck — ich hab dir nie etwas getan! Fort! Fort!«

Dabei streckte er abwehrend die Hände gegen mich, und nun gaffte auch Tante Polly erschrocken.

»Ooch, du lieber Gott, steh mir bei — es ist wahrhaftig Huck Finns Geist«, rief sie und bekreuzigte sich hastig.

Doch nun stand ich bereits vor Tom und umarmte ihn trotz seines Sträubens.

»Ich bin kein Geist, Tom! Ich bin's leibhaftig — faß mich doch an, du närrischer Pudel — — na, so glaub's doch endlich, ich bin Huck Finn ... das heißt, ich bin eigentlich Tom Sawyer. He, Miß Sawyer, laufen Sie nicht weg ...«

Tante Polly hatte ihre Röcke gerafft und vor dem vermutlichen Geist Huck Finns die Flucht ergriffen. Mit wenigen Sprüngen holte ich sie ein, doch konnte ich sie erst nach vielem Reden davon überzeugen, daß ich kein Gespenst war. Unterdessen hatte sich Tom von seinem Schreck erholt und betastete mich mit zunehmender Freude.

»Huck, du bist wirklich kein Geist — jetzt spür ich's endlich«, sagte er mit noch immer belegter Stimme.

»Alle glaubten, du seist ermordet worden«, erklärte Tante Polly. »Richter Tatcher meinte, dein eigener Vater habe dich umgebracht, weil er dich beerben wollte. Noch dazu hat man den Alten ein paar Tage später tot aus dem Fluß gefischt, so daß jeder sagte, das böse Gewissen habe ihn ins Wasser getrieben ... na, sei deswegen nicht traurig, mein Junge! Dein Vater hätt sich sowieso zu Tode gesoffen. Und er hat dich doch immer furchtbar geprügelt. Ich sag, er war ein richtiger Unmensch, jawohl, das sag ich, Huck, weil ich dich immer gut leiden mochte. Na, Kopf hoch — nicht weinen ...«

»Ach, ich wein ja gar nicht«, entgegnete ich. »Wenn ich jetzt traurig bin, so hat das einen ganz anderen Grund.«

»Na, dann sag's doch«, drängte Tom. »Uns kannst du alles anvertrauen, wir verraten nichts. Nicht wahr, Tante, du hältst zu uns? Du bist unsere Verbündete, willst du? Wir ernennen dich zu unserem Ehrenhäuptling! Na, sag doch ja — schau, ich freu mich so, daß ich Huck wieder hab — es war ein mächtig langweiliges Leben ohne ihn!«

»Ich verrat bestimmt nichts«, versicherte Tante Polly, ihre Brille putzend, »ich hoffe nur, daß Huck nichts Schlimmes angestellt hat und ich ihm nicht aus der Patsche helfen kann. Nun, Huck? Was ist los, he? Was hast du wieder ausgefressen?«

Ich schaute in das liebe gute Gesicht der Alten, die sich stets bemühte, streng auszusehen, was ihr aber nie gelang, und nahm mir vor, alles zu gestehen, was mich bedrückte. Also legte ich los:

»Wissen Sie, Miß Sawyer, ich bin gar nicht Huckleberry Finn — ich heiße hier Tom Sawyer. Und Tom Sawyer ist eigentlich sein Bruder Sid, und Sie sind nicht Toms Tante, sondern die meine, und wenn Sie jemand fragt, dann müssen Sie sagen, daß alles, was ich gesagt hab, richtig ist.«

Tante Polly schien meine Sprache nicht zu verstehen. Sie schaute mich so verwirrt über die Brille hinweg an, als hätte ich chinesisch geredet. Besorgt legte sie die Hand an meine Stirn, fühlte dann meinen Puls und sagte kopfschüttelnd:

»Hm, Fieber hast du nicht, aber so eine Krankheit sitzt manchmal tief drin. Ich rate dir, geh nach Haus und laß dir kalte Wickel um den Leib machen. Wo wohnst du denn überhaupt hier?«

»Bei Mister Roy Flatcher.«

»Was? Bei den Flatchers? O du meine Güte, bei denen

wollen doch wir wohnen. Sally Flatcher ist meine Schwester.«

»Ja, das ist es eben«, sagte ich bedrückt. »Tante Sally hält mich für Tom, und wenn Tom kommt, wird sie Sid zu ihm sagen, weil ich es ihr eingeredet hab. Verstehen Sie nun, wie das alles zusammenhängt?«

Na, die gute Tante Polly hatte eine mächtig lange Leitung, sie verstand mich nicht. Tom dagegen kannte mich besser, er witterte ein aufregendes Abenteuer und begriff nach zwei Minuten, was eigentlich los war. Als ich ihm aber flüsternd anvertraute, warum ich mich hier befand und daß ich nur seine Ankunft abgewartet hätte, um mit ihm Jim zu befreien, da machte er ein langes Gesicht.

»Was? Den Jim wolltest du befreien? Ja, wozu denn? Der ist doch schon frei.«

Nun war ich es, der so dumm dreinschaute wie ein Schaf bei Vollmond.

»Jim ist frei?« fragte ich verdattert. »Ja, wie kann das sein, wenn ich doch sicher weiß, daß ihn der Sheriff Higgins hier in Boneville in den Keller gesperrt hat.«

»Es ist aber doch so, wie ich sag«, beharrte Tom. »Du weißt doch, daß Miß Watson die Schwester der Witwe Douglas ist, oder nicht?«

»Freilich weiß ich das. Aber was hat die Watson mit Jim zu tun, he?«

»Ooch, eine ganze Menge, edler Blutsbruder. Denn Miß Watson ist vor ein paar Wochen gestorben, und bevor sie das tat, hat sie ihre Sünden bereut. Ich sag dir, es war ein ganzer Haufen. Mister Washer, unser Hilfsgeistlicher, hat zwei Stunden zuhören müssen, was die Alte beichtete, dann ist er eingeschlafen, und sie ist mittlerweile gestorben. Hast du das kapiert, mein Goldjunge? — Na also, und dann hat Mister Washer gesagt, Miß Watson habe in ihrer Sterbestunde alle ihre Sklaven freigelassen und gebeten, ihre Schwester, die Witwe Douglas, möchte um Gottes willen, und damit auch sie in den Himmel kommt, das gleiche tun. Na, was ist denn?«

»He, Huck! Bist närrisch geworden? Huck, mach uns nicht lächerlich!« rief Tante Polly mir zu. Aber ich hörte nicht mehr auf sie. Ich schlug Purzelbäume, stand kopf, sprang und tanzte — ich war wirklich wie närrisch vor Glück. Mein lieber Kamerad, der Neger Jim, war ein freier Mann, und keine Macht der Welt konnte daran etwas ändern — nicht einmal der Sheriff Higgins, der sich schon so sehr auf die Fangprämie von zweihundert Dollar gefreut hatte!

So, jetzt hab ich meine Geschichte durchgelesen und muß sagen, es hat mir Spaß gemacht — ich meine das Lesen und nicht die Zeit, in der ich das alles erlebte. Damals hatte ich nämlich wenig Spaß. Ich war wieder im Haus der Witwe Douglas, und dort war's mächtig langweilig. Lernen sollt ich wieder von früh bis spät, denn die Witwe hatte noch immer ihren Plan nicht aufgegeben, einen richtigen Gentleman aus mir zu machen.

Na, und so kam's denn, daß noch ziemlich viel Wasser im Fluß abwärts floß, bis es so weit mit mir war, daß jemand von mir sagte:

»Sehen Sie doch, Mister Smith, dieser Herr dort in dem feinen Gehrock und mit dem Zylinder in der Hand ist Mister Huckleberry Finn. Er sieht wirklich vornehm aus mit seiner Glatze, aber in seiner Jugend soll er ein toller Bursche gewesen sein. Man sagt, er hat in einer Regentonne geschlafen und schon als Junge mehr Abenteuer erlebt als Käptn Kid, der Seeräuber.«

INHALT